Deutsch von Susanna Rademacher

John Collier

Gesammelte Erzählungen

Rowohlt

Die in diesem Band enthaltenen Erzählungen erschienen
erstmals in folgenden Ausgaben:
«Presenting Moonshine», Rupert Hart-Davis Ltd., London, 1941;
«Fancies and Goodnights», Doubleday & Company, Inc.,
New York, 1951;
«Pictures in the Fire», Rupert Hart-Davis Ltd., London, 1958
(Nähere Angaben s. S. 318)
Die deutschen Erstveröffentlichungen in zwei Bänden trugen die Titel
«Mitternachtsblaue Geschichten» (1967) und
«Blüten der Nacht» (1970)
Schutzumschlag- und Einbandentwurf Jürgen Wulff

1. Auflage der Sonderausgabe März 1977

Gesamtherstellung Clausen & Bosse, Leck/Schleswig
Printed in Germany
ISBN 3 498 09059 3

Für Gus Lobrano

Inhalt

Abenteuer an einem See

Mr. Beaseley betrachtete sich am Tage nach seinem fünfzigsten Geburtstag beim Rasieren im Spiegel; man mußte es zugeben: er hatte auffallende Ähnlichkeit mit einer Maus. «Tschiep, tschiep!» sagte er achselzuckend zu seinem Spiegelbild. «Das könnte mir egal sein – wäre es nicht wegen Maria. Ich weiß noch, als wir heirateten, erinnerte sie mich an ein junges Kätzchen. Inzwischen ist sie merklich herangereift.»

Er knüpfte seine bindfadendünne Krawatte und eilte hinunter, ganz verängstigt bei der Vorstellung, daß er zu spät zum Frühstück kommen könnte. Gleich danach mußte er seinen Drugstore aufmachen, in dem er, wie in kleinen Städten üblich, bis zehn Uhr abends beschäftigt sein würde, ohne viel einzunehmen. Tagsüber würde Maria hin und wieder hereinschauen, um ihn zu überwachen und ihm ohne Rücksicht auf etwaige Kunden seine Fehler und Schwächen vorzuhalten.

Einen kurzen Trost fand er allmorgendlich in der Zeitung, in der er vor allem anderen den fesselnden Artikel von Mr. Ripley las. Freitags erwartete ihn ein noch größerer Genuß, denn an diesem Tag bekam er seine Lieblingszeitschrift, *Wunder der Naturwissenschaft.* Diese Lektüre stellte in seinem sonst hoffnungslosen Dasein sozusagen ein Schlupfloch dar, durch das er dem Unerträglichen ins Unglaubliche entfloh.

An diesem speziellen Morgen war das Unglaubliche so gütig, sich zu Mr. Beaseley zu bemühen. Es kam in Gestalt eines länglichen Briefumschlages, der den eleganten Briefbogen einer bekannten Anwaltsfirma enthielt. «Ob du es glaubst oder nicht, meine Liebe», sagte Mr. Beaseley zu seiner Frau, «ich habe vierhunderttausend Dollar geerbt.»

«Woher weißt du das? So zeig doch her!» rief Mrs. Beaseley. «Tu nicht so geheimnisvoll mit diesem Brief!»

«Hier», sagte er. «Lies ihn. Steck deine Nase hinein. Wohl bekomm's!»

«Oho!» sagte sie. «Nur nicht so stolz!»

«Warum nicht?» sagte er, sich in den Zähnen stochernd. «Ich habe vierhunderttausend Dollar geerbt.»

«Wir werden uns eine Wohnung in New York leisten können», sagte seine Frau, «oder ein Häuschen in Miami.»

«Du bekommst die Hälfte des Geldes und kannst damit machen, was du willst», sagte Beaseley. «Ich meinerseits gedenke zu reisen.»

Mrs. Beaseley hörte dieses mit Bestürzung, die sie stets bei dem Gedanken überkam, daß sie etwas verlieren könnte, was ihr gehörte, mochte es noch so alt und wertlos sein. «Du würdest mich also verlassen», sagte sie, «und irgendeinem Eingeborenenweib nachjagen? Ich dachte, du wärest über dergleichen hinaus.»

«Die einzigen Eingeborenenfrauen, die mich interessieren», sagte er, «sind die auf einem Bild bei Ripley – mit so großen Lippen, daß man einen Teller draufstellen kann. Und in *Wunder der Naturwissenschaft* waren welche abgebildet, die hatten Hälse so lang wie Giraffen. Die würde ich auch gern sehen, und dann Pygmäen und Paradiesvögel und die Tempel von Yukatan. Ich habe dir die Hälfte des Geldes angeboten, weil ich weiß, daß dir das Leben in der Stadt und in der großen Gesellschaft lieber ist. Ich ziehe es vor zu reisen. Wenn du willst, kannst du ja mitkommen.»

«Das werde ich auch», sagte sie. «Und vergiß nicht: ich tue es für dich, damit du nicht vom rechten Pfad abkommst. Und wenn du es satt hast, die Welt zu beglotzen und zu beschnüffeln, dann nehmen wir uns eine Wohnung in New York und ein Häuschen in Miami.»

Mrs. Beaseley ging also grollend mit auf die Reise, bereit, die Hölle zu ertragen, wenn sie dadurch ihren Mann um ein Stückchen Himmel bringen konnte. Ihre Reisen führten sie in tiefe Wälder, wo jedes Fenster ihres nüchternen, kahlen Zimmers – Wände, Fußboden und Decke, alles aus rohem Fichtenholz – den Ausblick auf eine perfekte kleine Cézanne-Landschaft bot: schräge Flächen bläulichen Lichts zwischen den Senkrechten der Pinien oder sprühende Helle auf dem frischen Grün eines schwebenden Zweiges. In den Bergen der Anden dagegen war ihr Fenster ein Rechteck von flammendem Azurblau, in dem zuweilen ganz unten in der Ecke eine kleine schneeweiße Wolke schwamm wie ein Stück fest zusammengerollter Watte. In den Strandhütten tropischer Inseln legte ihnen die Flut wie ein einfallsreicher, geschmackvoller Hotelwirt jeden Morgen ein kleines Geschenk vor die Tür: ein fächerförmiges Gerippe von violettem Seetang, einen Seestern oder eine Muschel. Mrs. Beaseley, die mehr für das Landläufige war, hätte eine Flasche Hochprozentigen und eine Nummer des *Examiner* bevorzugt. Sie seufzte unaufhörlich nach einer Wohnung in New York und einem Häuschen in Miami und benutzte jede Gelegenheit, ihren armen Mann dafür zu strafen, daß er ihr diese Dinge vorenthielt.

Wenn ein Paradiesvogel sich auf einem Ast über seinem Kopf niederließ, stieß sie geflissentlich einen heiseren Schrei aus, der das interessante Geschöpf verjagte, bevor Mr. Beaseley es studieren konnte. Sie sagte ihm die falsche Aufbruchszeit für den Ausflug zu den Tempeln von Yukatan und lenkte seine Aufmerksamkeit von einem Gürteltier ab, indem sie so tat, als wäre ihr etwas ins Auge geflogen. Angesichts der berühmten Busen von Bali, die ihnen wie Trauben vom Kai entgegenstarrten, machte sie kurzerhand kehrt und ging, ihren protestierenden Gatten die Gangway hinauftreibend, schnurstracks aufs Schiff zurück.

Sie bestand auf einem ausgedehnten Aufenthalt in Buenos Aires, weil sie sich eine Dauerwelle und eine Gesichtsbehandlung machen lassen, ein paar schicke Kleider kaufen und zum Rennen gehen wollte. Mr. Beaseley tat ihr aus Anstand den Willen, und sie nahmen ein Appartement in einem komfortablen Hotel. Als seine Frau eines Nachmittags beim Rennen war, schloß unser Freund in der Hotelhalle Bekanntschaft mit einem kleinen portugiesischen Arzt, und bald entspann sich eine lebhafte Unterhaltung über Hoazins, Riesenschlangen und Axolotls. «Übrigens», sagte der Portugiese, «ich war kürzlich im Quellgebiet des Amazonas, wo es diese tollen Sümpfe und Seen gibt. Nach Aussage der Indianer lebt in einem dieser Seen ein von der Wissenschaft noch unerforschtes Geschöpf – ein riesengroßes Tier, halb Alligator, halb Schildkröte, mit einem Panzer, einem langen Hals und säbelartigen Zähnen.»

«Was für ein interessantes Tier!» rief Mr. Beaseley verzückt.

«Ja, ja», sagte der Portugiese. «Es ist sicher interessant.»

«Wenn ich nur dorthin reisen könnte!» rief Mr. Beaseley. «Wenn ich nur mit diesen Indianern reden könnte! Wenn ich dieses Tier nur sehen könnte! Haben Sie zufällig nichts anderes vor? Würden Sie sich zu einer kleinen Expedition überreden lassen?»

Der Portugiese war bereit, und bald war alles abgemacht. Als Mrs. Beaseley vom Rennen zurückkam, vernahm sie zu ihrer Enttäuschung, daß sie unverzüglich aufbrechen, den Amazonas hinauffahren und sich eine Zeitlang auf dem unerforschten See, umgeben von degenerierten Indianern, aufhalten würden. Die Beleidigungen, mit denen sie den Portugiesen überschüttete, quittierte dieser nur mit Verbeugungen, denn er hatte mit Mr. Beaseley eine sehr annehmbare finanzielle Abmachung getroffen.

Mrs. Beaseley beschimpfte ihren Mann während der ganzen Flußfahrt und hackte vor allem darauf herum, daß es das gesuchte Geschöpf überhaupt nicht gäbe und daß er das leichtgläubige Opfer eines Schwindlers geworden sei. Obwohl er gegen den üblichen Strom ihrer Beschwerden abgehärtet war, ließ ihn dieser Vorwurf, der ihn vor dem Portugiesen demütigte, schmerzlich zusammenzucken. Außerdem war ihre Stimme so laut und schrill, daß er während der Tausende von Kilometer langen Fahrt auf dem berühmten Strom nichts weiter sah als die rasch verschwindenden Hinterteile von Tapiren, Klammeraffen und riesigen Ameisenbären, die in die heimlichen Tiefen des undurchdringlichen Dschungels flüchteten.

Schließlich kamen sie an den See. «Woher weißt du, ob das der See ist, von dem er gesprochen hat?» sagte Mrs. Beaseley zu ihrem Mann. «Wahrscheinlich ist es einfach *irgendein* See. Was sagen diese Indianer zu ihm? Man kann kein Wort verstehen. Du nimmst alles auf Treu und Glauben hin. Du wirst nie ein Ungeheuer zu sehen bekommen. Nur ein Narr kann so etwas glauben.»

Mr. Beaseley sagte nichts. Der Portugiese erfuhr bei seinem Gespräch mit den Indianern von einer leerstehenden Grashütte, die sie denn auch nach erheblichen Mühen ausfindig machten. Sie zogen ein. Die Tage vergingen. Mr. Beaseley hockte, mit dem Fernglas bewaffnet, im Schilf und wurde fürchterlich von Moskitos zerbissen. Nichts zeigte sich.

Mrs. Beaseley brachte das Kunststück fertig, einen befriedigten Ton anzunehmen, ohne im mindesten von ihren Beleidigungen abzulassen. «Ich mache das nicht mehr mit», sagte sie zu ihrem Mann. «Ich habe mich von dir herumschleppen lassen. Ich habe mich bemüht, auf dich aufzupassen. Ich bin Hunderte von Kilometern in einem Kanu mit Eingeborenen gefahren. Jetzt muß ich sehen, wie du unser Geld an einen Gauner verschleuderst. Morgen früh fahren wir nach Para.»

«Du kannst gern fahren, wenn du willst», sagte er. «Ich werde dir einen Scheck über zweihundertausend Dollar ausschreiben. Vielleicht kannst du einen vorbeifahrenden Eingeborenen dazu bringen, dich in seinem Kanu den Strom hinunter mitzunehmen. Aber ich komme nicht mit.»

«Das werden wir sehen», sagte sie. Sie hatte nicht die leiseste Absicht, ihren Mann allein zu lassen, er hätte sich ja womöglich amüsieren können. Trotzdem drohte sie ihm weiter damit, nachdem er den Scheck ausgeschrieben und ihr überreicht hatte; wenn er nachgab, hatte sie ihren Triumph, wenn nicht, dann war es ein Posten mehr auf seinem Schuldkonto.

Eines Morgens stand sie zufällig früh auf und ging hinaus, um sich aus den köstlichen Früchten, die in Hülle und Fülle um die Hütte herum hingen, ein reizloses Frühstück zu bereiten. Sie war noch nicht weit gegangen, als ihr Blick auf den sandigen Boden fiel, und da sah sie eine Fußspur, fast einen Meter breit, gespreizt, mit Sporen und Krallen. Drei Meter weiter entdeckte sie den Abdruck des anderen Fußes.

Mrs. Beaseley betrachtete diese erstaunlichen Fußspuren weder mit Ehrfurcht noch mit Interesse, sondern lediglich mit Ärger über den Triumph ihres Mannes und die gerettete Ehre des Portugiesen. Sie stieß keinen Schrei des Erstaunens aus, sie rief auch die schlafenden Männer nicht; sie schnaufte nur kurz und verächtlich. Dann suchte diese gewissenlose Frau sich einen großen Palmwedel, und damit löschte sie die hochinteressanten Fußspuren aus, die noch keines weißen Mannes Auge erblickt hatte. Dann suchte sie grimmig lächelnd nach der nächsten Spur, um auch diese zu verwischen. Ein Stückchen weiter entdeckte sie wieder eine und dann noch eine und so weiter – bis zu der letzten unmittelbar am Ufer des lauen Sees, und alle löschte sie mit ihrem Palmwedel aus.

Nachdem Mrs. Beaseley auch die letzte Spur verwischt hatte, richtete sie sich auf. Sie wandte sich zur Hütte zurück und sagte zu ihrem schlafenden Gatten: «Das werde ich dir erzählen, wenn wir erst in Miami wohnen und du zu alt dazu bist, auf Expeditionen zu gehen.»

In diesem Augenblick erhob sich in dem Wasser hinter ihr ein Strudel, und sie wurde von einem Maul voller Zähne gepackt, die genau wie Säbel aussahen. Sie kam nicht dazu, die übrigen von dem Portugiesen aufgezählten Merkmale zu kontrollieren, aber zweifellos entsprachen sie seiner Beschreibung. Sie verschwand mit einem kurzen Aufschrei, der jedoch ungehört verhallte, weil sie sich während der vergangenen Wochen heiser geredet hatte, und selbst wenn ihn jemand gehört hätte, so wäre er leicht mit dem Brunstschrei des angeblich ausgestorbenen Riesenfaultiers zu verwechseln gewesen. Tatsächlich trat kurz darauf das letzte überlebende Riesenfaultier aus dem Dschungel; es sah sich nach allen Seiten um, zuckte resigniert die Achseln und ging dorthin zurück, woher es gekommen war.

Bald danach erwachte Mr. Beaseley; er bemerkte die Abwesenheit seiner Frau und weckte schließlich den Portugiesen. «Haben Sie meine Frau gesehen?» fragte er.

«Also hören Sie mal!» sagte der kleine Portugiese und schlief wieder ein.

Mr. Beaseley ging hinaus, sah sich um und ging schließlich zu seinem Freund zurück. «Ich fürchte, meine Frau ist weggelaufen», sagte er. «Ich habe ihre Fußspuren gefunden: sie führen zum See hinunter. Offenbar hat sie einen Eingeborenen mit einem Kanu getroffen, den sie überredet hat, sie den Strom hinunter mitzunehmen. Sie hat schon immer damit gedroht, sie wollte so gern ein Häuschen in Miami haben.»

«Kein schlechter Ort», sagte der Portugiese, «aber so, wie die Dinge liegen, ist Buenos Aires vielleicht besser. Dieses Ungeheuer ist eine große Enttäuschung, mein lieber Freund. Lassen Sie uns nach Buenos Aires zurückfahren, da werde ich Ihnen ein paar hochinteressante Dinge – natürlich von ganz anderer Art – zeigen, von denen Ihr Mr. Ripley sich nichts träumen läßt.»

«Was sind Sie doch für ein angenehmer Reisegefährte!» sagte Mr. Beaseley. «Sie machen selbst das Großstadtleben verlokkend.»

«Gut, und wenn Sie davon genug haben, können wir jederzeit weiterziehen», sagte der Portugiese. «Ich kenne tropische Inseln, wo die Mädchen zwar nicht so große Lippen haben, daß man Teller draufstellen kann, aber trotzdem Wunder der Natur sind, und ihre Tänze sind Wunderwerke der Kunst.»

Ein Männlein steht im Walde

«Unsere Henne hat zwei Eier gelegt», sagte Mrs. Scrivener. «Ich habe sie uns zum Frühstück gekocht.» Dabei enthüllte sie, eine schneeweiße Serviette entfaltend, die Schätze des Hühnerhofes, ein weißes Ei und ein braunes Ei; das erstere tat sie in den Eierbecher ihres Mannes, das letztere in ihren eigenen.

Das Ehepaar Scrivener wohnte in einem Haus mit steilem Dach und weißem Giebel, das in waldigem Gelände zwischen jungen Birken stand. Es war ein sehr kleines Haus, aber dafür brauchten sie wenig Miete zu zahlen. Sie lebten recht bescheiden, denn Henry hatte sich mit vierzig Jahren zur Ruhe gesetzt, um die Natur zu studieren. Trotzdem war das kleine Anwesen pieksauber und sorgsam gepflegt. Jede Woche reifte in ihrem Gärtchen ein neuer Salatkopf heran. Seine Fortschritte wurden täglich genauestens verfolgt, und sobald er auf der Höhe, dem Gipfel seiner Entwicklung war, wurde er geschnitten und gegessen.

Am nächsten Tag hatten sie dann einen Blumenkohl.

Menschen, die so geruhsam von einer kleinen Freude zur anderen leben, haben ausnahmslos einen fast durchsichtig reinen Teint und lebhafte Vogelaugen. Außerdem haben sie ein sehr feines Gefühl für den Unterschied zwischen zwei frisch gelegten Eiern, der – wie so manche andere Feinheiten – im Getriebe der Großstadt häufig übersehen wird. Beide Scriveners wußten sehr wohl, daß braune Eier – entgegen dem von Händlern bestärkten Aberglauben – nicht nur ansprechender aussehen, sondern auch nahrhafter und schmackhafter sind. Als Mr. Scrivener bemerkte, daß seine Frau das braune Ei für sich behalten hatte, wurden seine Augen noch runder und vogelähnlicher. «Ella», sagte er, «wie ich sehe, hast du mir das weiße Ei gegeben und das braune für dich behalten.»

«Ja», sagte sie, «warum nicht? Warum soll ich nicht das braune Ei haben? Schließlich halte *ich* ja das Haus so sauber und adrett, *ich* putze den Käfig des Kanarienvogels so blitzblank –

was du mir abnehmen würdest, wenn du ein Mann wärest. Du püttjerst doch bloß im Garten, und dann treibst du dich im Wald herum und studierst die Natur.»

«Nenn unseren Dickie nicht so verächtlich ‹Kanarienvogel›», erwiderte ihr Mann. «Manchmal denke ich, du kennst überhaupt keine Liebe zu irgendeinem Lebewesen, am wenigsten zu mir. Schließlich bin ich es, der täglich unsere liebe Henne füttert, und ich finde, wenn sie ein braunes Ei legt, könnte ich wenigstens *gefragt* werden, ob ich es haben möchte.»

«Ich glaube, ich kenne deine Antwort im voraus», sagte sie, kurz auflachend. «Nein, Henry. Ich habe nicht vergessen, wie du dich benommen hast, als die Tomate reif war. Ich glaube, je weniger man darüber sagt, wem in diesem Hause was zusteht, desto besser.»

Henry fiel keine passende Erwiderung ein. Er betrachtete mißmutig das weiße Ei, das ihm minderwertiger erschien denn je. Seine Frau köpfte ihr Ei mit beleidigend kratzigem Geräusch. Henry sah sich das Ei noch einmal an und dachte: «Bei Gott, es ist nicht nur weiß, es ist auch kleiner!»

Das war einfach zuviel. «Ella», sagte er, «du interessierst dich wahrscheinlich nicht für das Buch von Ripley, *Ob du's glaubst oder nicht,* denn du mißachtest ja die Wunder der Natur. Wenn ich mich recht erinnere, ist darin ein Bild von einem gekochten Ei, in dem zusammengeringelt ein unverdauter Wurm liegt. Ich glaube, es war ein braunes Ei.»

«In diesem Ei ist kein Wurm», erwiderte Ella, gelassen weiterkauend. «Sieh mal in deinem nach. Höchstwahrscheinlich wirst du da einen finden.»

Henry war in der Lage eines ungeschickten Bumerangwerfers: die Vermutung, die er Ella zugeworfen hatte, weil er hoffte, sie würde ihm dann ihr Ei überlassen, fiel höchst beunruhigend auf ihn zurück. Er unterzog sein Ei einer genauen Prüfung, kostete einen Löffelvoll und fand, daß es ihm nicht schmeckte. «Verdammt und zugenäht!» brummte er, denn wie so mancher sanftmütige Mensch neigte er zu Wutanfällen, in denen er sich hinsichtlich seiner Ausdrucksweise keinen Zwang auferlegte.

Seine Frau warf ihm einen raschen Blick zu, der ihn beschämte, aber nicht besänftigte. «Selbstsucht und Habgier», sagte er, «haben die Welt zu dem gemacht, was sie heute ist.» Ella verschlang mit unverhohlenem Genuß einen gehäuften Löffel voll. Henry stand mit verkniffenen Lippen und flammenden Augen vom Tisch auf, langte nach seiner Mütze und stapfte aus dem Haus. Ella zog nur die Augenbrauen hoch, dann nahm sie sich seines verschmähten Eies an, das sie nicht weniger schmackhaft fand als das erste. Das versetzte sie in ausgezeichnete Laune, und sie ging mit einem eher spitzbübischen als schadenfrohen Lächeln an ihre Haushaltspflichten.

Henry hingegen schlug auf seinem Weg zum Wald wütend nach den hochstehenden Gräsern und Kräutern. «Was war ich für ein Trottel!» brummte er vor sich hin. «Sich so früh zur Ruhe zu setzen und zu glauben, das Glück wäre in einer Hütte zu finden! Ich stellte mir das einfache Leben so vergnüglich vor wie in einer Kindergeschichte. Zwei Tassen, die eine mit Rosen, die andere mit Kornblumen verziert. Zwei Teller, der eine mit blauem, der andere mit rotem Rand. Zwei Äpfel am Baum, beide rotbackig, aber der eine ein bißchen größer als der andere, *und der sollte für mich sein*! Es ist nur recht und billig, daß ich als Mann den größeren bekomme. Ja, es könnte ein göttliches Leben sein, wenn Ella nur Sinn dafür hätte, was sich gehört. Wie glücklich könnte ich sein, wäre sie nur liebevoller und gutartiger, nicht so habgierig, nicht so versessen darauf, alten Groll aufzurühren, wenn sie etwas blonderes Haar und eine schlanke Figur hätte und an die zwanzig Jahre jünger wäre! Aber kann man von so einer Frau verlangen, daß sie sich ändert?»

An diesem Punkt seiner Überlegungen angekommen, fiel sein Blick auf einen ganz besonders hübschen Pilz von der Gattung *Clavaria*, und er stieß einen Freudenruf aus. Es gehörte zu ihrem Sparsamkeitsprogramm, daß sie durch alles Eßbare, was Wald und Feld boten, Abwechslung in den Küchenzettel brachten und Waldbeeren und Wildsalate sammelten, vor allem aber die verschiedenen Sorten eßbarer Pilze, die sie besonders wohlschmeckend und nahrhaft fanden.

Henry pflückte daher auch diesen und wickelte ihn in sein Taschentuch. Wäre er seinem natürlichen Impuls gefolgt, so hätte er auf der Stelle kehrtgemacht und wäre strahlend zu seiner Eheliebsten geeilt (oder auch, seinen wertvollen Fund als

Überraschung hinter dem Rücken versteckt, mit trauriger Miene vor sie hingetreten), jedenfalls aber früher oder später frohlockend damit herausgerückt. «Hier, mein Schatz», hätte er gesagt, «ein phantastisches Exemplar von der Gattung *Clavaria*! Schüre dein Feuer, meine Liebe, und serviere ihn uns dampfend heiß zum Mittagessen. Jeder bekommt eine Hälfte – ein Stückchen für dich, ein Stückchen für mich.» Diese edelmütige Regung wurde von dem Gedanken erstickt, daß Ella weder so gutmütig und blond noch so schlank und jung war, wie sie hätte sein sollen. «Außerdem», dachte er, «wird sie es bestimmt so einrichten, daß sie die größere Hälfte bekommt, und einen Pilz zu zerschneiden ist sowieso ein Fehler, weil dabei die nahrhaften Säfte verlorengehen.»

Er sah sich nach allen Seiten um in der Hoffnung, einen zweiten Pilz dieser Sorte zu finden, fand aber keinen. «Wie freudig würde ich ihn nach Hause bringen», dachte er, «wenn ich von einem Wesen begrüßt würde, wie ich es mir oft vorgestellt habe! Wie gern würde ich die nahrhaften Säfte opfern! So aber werde ich ihn lieber an einem Stock rösten. Es ist ein Jammer, denn dabei trocknen sie leicht aus.»

Er begann nach Zweigen zu suchen, um ein Feuerchen zu machen, und fast sofort fiel sein Blick auf einen anderen Pilz von höchst interessanter Form und einer perlmutterartigen Blässe, die für den Naturforscher Bände spricht. Er erkannte ihn sofort als den Todesengel, von der vorurteilsfreien Wissenschaft mit dem unfeinen Namen *Amanita phalloides* bezeichnet (die Damen mögen das Latein entschuldigen). Er verbindet die lebenspendendste aller Formen mit dem tödlichsten aller Stoffe, und schon der Genuß eines kleinsten Stückchens fällt den Menschen wie ein Blitzschlag. Henry blickte respektvoll auf diesen furchtbaren Pilz und konnte einen leichten Schauder nicht unterdrücken. «Trotzdem», sagte er, «der Name ist bestimmt sehr passend. Wo so ein Giftpilz wächst, könnte man eine zierlich tanzende Elfe erwarten, ein zaubrisches Geschöpfchen mit goldenem Haar .. Und, bei allem Wunderbaren», rief er, «ich glaube wirklich, ich sehe gerade das – bildlich gesprochen!»

Mit zitternden Händen pflückte er den todbringenden Lekkerbissen und legte ihn zu dem anderen in sein Taschentuch, schob aber vorsichtig eine Leinenfalte zwischen die beiden Pilze, damit sie sich nicht berührten. «Ella hat immer häßliche Witze über die Natur gemacht», sagte er. «Jetzt soll sich die Natur mit ihr einen Witz machen.»

Er eilte sofort zu seinem Haus zurück, wo Ella ihn lächelnd begrüßte. «Es lächelt sich leicht, wenn man zum Frühstück zwei Eier gegessen hat», dachte unser Held. «Mal sehen, ob du noch lächelst, wenn du *Amanita phalloides* zu Mittag gegessen hast.» Diese Überlegung erheiterte ihn ungemein, und er gewährte seiner Frau ein sehr glaubhaftes Schmunzeln, aus dem sie schloß, daß ihre kleine Meinungsverschiedenheit völlig vergessen sei. Das fand sie hocherfreulich, weil sie ein einfaches, unkompliziertes Geschöpf war und ihr Blut nach der doppelten Frühstücksration warm und träge durch ihre Adern floß.

«Sieh mal, was ich gefunden habe», sagte Henry. «Zwei Pilze von verschiedener Art. Dieser ist ein *Clavaria*, ein eßbarer Pilz von recht anständigem, befriedigendem Geschmack.»

«Und der andere, der so weiß wie eine Perle aussieht?» fragte sie.

«Oh, das ist ein *Eheu fugaces*», sagte der tückische Gatte.

«Was für ein hübscher Name!» sagte sie. «Aber eine sehr merkwürdige Form für einen Pilz, meine ich!»

«Das ist nicht so wichtig», sagte er. «Er ist unglaublich nahrhaft, weil er reich an Vitaminen ist – Vitamin D, E, A, T und H –, außerdem aber so schmackhaft, daß er einer königlichen Tafel Ehre machen würde. Darum werde ich ihn selbst essen, denn so, wie du gebaut bist, hast du kaum etwas Königliches.»

«Ach ja, das stimmt», sagte sie kichernd. «Das stimmt wirklich, Liebling. Haha! So wie ich gebaut bin!»

Bei dieser Antwort schwammen Henry alle Felle weg, hatte er doch erwartet, daß sie den tödlichen Pilz, sobald er seinen hohen Vitamingehalt und guten Geschmack rühmte, energisch für sich beanspruchen würde. Da er jedoch ein wendiger Mann war, schlug er sofort einen anderen Kurs ein. «Du sollst diesen ausgezeichneten Pilz trotzdem haben», sagte er, «denn ich glaube, du verdienst ihn wirklich.»

«Das ist sehr lieb von dir, Henry», sagte sie. «Wie soll ich dir diese Freundlichkeit lohnen? Womit kann eine Frau einem guten Ehemann ihre Dankbarkeit zeigen?»

«Schneide die Pilze klein, und koche jeden für sich, damit der Geschmack jeder Sorte erhalten bleibt. Serviere sie getrennt auf Toast, und streu reichlich geriebenen Käse darüber.»

«Das werde ich tun», sagte sie, «obwohl es mir leid tut, sie kleinzuhacken.» Sie gab ihm einen kleinen Rippenstoß, ging in die Küche und machte sich an das Putzen und Zubereiten der Pilze. Henry wartete im Wohnzimmer und dachte an ein entzückendes Geschöpf, das auf den Tag zwanzig Jahre alt war. Ella warf hin und wieder einen zärtlichen Blick durch die Tür, gewahrte den Glanz in seinen Vogelaugen und ging frohen Herzens wieder an ihre Kocherei. «Er verdient nur das Beste», dachte sie, «und das soll er haben. Er soll den besseren Pilz haben, der so hohen Nährwert hat, wie er sagt, denn er ist ein König unter den Männern. Ich habe schließlich zwei Eier zum Frühstück gegessen, und das – *tralala* – ist genug für mich.»

«Komm, mein Liebes», sagte sie, als alles fertig war. «Hier ist unser Essen, und hier sind unsere Teller, meiner mit dem blauen Rand und deiner mit dem roten. Nun greif zu, mein Engel, und du wirst für deine Güte und Rücksicht belohnt werden.»

Henry, der nach seinem frugalen Frühstück hungrig war und sich zudem für den Tag stärken wollte, an dem das wahre Goldköpfchen seinen Einzug halten würde, säbelte ein ansehnliches Stück ab und stopfte es sich in den Schlund. Im selben Augenblick fuhr er vom Stuhl hoch; er begann im Zimmer herumzuhüpfen, er wand und krümmte sich, er taumelte und torkelte mit verrückten Sprüngen und Drehungen von einer Seite zur anderen. Zugleich wurde ihm übel und schwindelig. Flecke tanzten vor seinen Augen, Herzklopfen, Krämpfe, Blähungen und andere gräßliche Symptome traten auf, die ich lieber nicht schildern will.

«Du meine Güte, was hast du denn, Liebling?» fragte seine Frau. «Fühlst du dich nicht wohl?»

«Verflucht!» keuchte er. «Ich habe den Todesengel gegessen! Ich habe *Amanita phalloides* gegessen!»

«Aber hör mal, mein Lieber!» sagte sie erstaunt. «Was für ein Ausdruck! Was denkst du dir eigentlich dabei?»

«Du Rabenaas!» schrie er. «Willst du jetzt um Worte streiten? Ich sterbe! Ich bin vergiftet! Lauf und hol einen Arzt! Hörst du nicht?»

«Vergiftet?» sagte sie. «Von diesem Pilz? Aber, Henry, den wolltest du mir doch aufschwatzen!»

«Ja, ich gestehe es», sagte er. «Ich war so gekränkt und wütend. Verzeih mir. Und hol einen Arzt, um Himmels willen, oder ich bin in fünf Minuten ein Mann des Todes.»

«Ich verzeihe dir, daß du mich vergiften wolltest», sagte Ella. «Aber das gemeine Wort, das du eben zu mir gesagt hast, das kann ich nicht vergessen. Nein, Henry, das Aas eines Raben kann nicht zum Arzt laufen. Ich werde nicht weiter gehen als bis zur Schlucht da unten, wo dieser kräftige junge Holzarbeiter dabei ist, eine Ulme zu fällen. Wie oft hat er, wenn ich an ihm vorüberkam, gepfiffen wie ein Pirol im Frühling! *Den* werde ich fragen, was er von einem Mann hält, der so etwas zu seiner Frau sagt und ihr ein Ding mit so einem Namen mitbringt. Er wird mir's sagen – da kannst du Gift drauf nehmen!»

Bottle-Party

Franklin Fletcher träumte von Luxus in Form von Tigerfellen und schönen Frauen. Schlimmstenfalls war er bereit, auf die Tigerfelle zu verzichten, aber leider schienen die schönen Frauen ebenso rar und unerreichbar zu sein. Die Mädchen, die er im Büro und in seiner Pension traf, waren entweder graue Mäuse oder tückische Katzen oder verspielte Kätzchen, und andere wieder hatten seine Annoncen zu flüchtig gelesen. Sonst machte er keine Bekanntschaften. Mit fünfunddreißig gab er es auf und beschloß, sich mit einem Hobby zu trösten, obwohl das ein recht kümmerlicher Ersatz ist.

Er durchstreifte die entlegensten Winkel der Stadt, sah sich die Schaufenster von Antiquitätenhändlern und Trödlern an und fragte sich, was in aller Welt er sammeln könnte. Dabei stieß er auf einen schäbigen Laden in einer schäbigen Gasse, in dessen verstaubtem Fenster ein einziger Gegenstand ausgestellt war: ein vollgetakeltes Schiff in einer Flasche. Das erschien ihm wie ein Abbild seiner selbst, und so ging er hinein, um nach dem Preis zu fragen.

Der Laden war klein und verkommen. An den Wänden entlang zogen sich primitive Regale mit einer großen Anzahl von Flaschen jeder Form und Größe; sie enthielten alle möglichen verschiedenartigen Gegenstände, an denen nichts weiter interessant war, als daß sie in Flaschen eingeschlossen waren. Während Franklin sich noch umsah, ging eine kleine Tür auf, und herein schlurfte der Besitzer, ein verrunzelter alter Mann mit einem Hauskäppchen, der über den Kunden mäßig überrascht und mäßig erfreut zu sein schien.

Er zeigte Franklin Blumensträuße und Paradiesvögel und die Schlacht von Gettysburg und japanische Miniaturgärten und sogar einen menschlichen Schrumpfkopf, alles auf Flaschen gezogen und zugestöpselt. «Und was ist in denen da im untersten Fach?» fragte Franklin.

«Ach, nichts Besonderes», antwortete der Alte. «Viele Leute

finden das unsinnig. Mir persönlich gefallen sie.»

Er zerrte einige Exemplare aus ihrem staubigen Versteck. In der einen Flasche schien nichts weiter zu sein als eine vertrocknete Fliege, in anderen etwas Undefinierbares – Roßhaare oder Strohhalme oder wer weiß was für Fasern; einige waren anscheinend mit grauem oder schillerndem Rauch gefüllt. «Das sind», erklärte der Alte, «verschiedene Arten von Kobolden, Dschins, Hexen, Dämonen und dergleichen. Ich glaube, manche von ihnen sind noch viel schwerer in eine Flasche zu kriegen als ein vollgetakeltes Schiff.»

«Aber hören Sie mal! Wir sind doch in New York», sagte Frank.

«Um so mehr Grund dafür», sagte der alte Mann, «die merkwürdigsten Dschins in Flaschen zu erwarten. Ich werd's Ihnen zeigen. Einen Moment. Der Stöpsel klemmt ein bißchen.»

«Sie meinen, in der Flasche ist einer drin?» sagte Frank. «Und Sie wollen ihn rauslassen?»

«Warum nicht?» erwiderte der Alte, von seinen Bemühungen ablassend und die Flasche ans Licht haltend. «Dieser – ach, du lieber Himmel! Von wegen: *warum nicht!* Meine Augen werden schwach. Beinah hätte ich die falsche Flasche aufgemacht. Das ist nämlich ein ganz häßlicher Bursche. Meine Güte! Wie gut, daß ich den Stöpsel nicht rausgekriegt habe. Den stelle ich lieber gleich ins Regal zurück. Ich muß mir merken, daß er rechts unten in der Ecke steht. Ich werde dieser Tage ein Etikett draufkleben. Hier ist etwas Harmloseres.»

«Was ist da drin?» fragte Frank.

«Angeblich das schönste Mädchen der Welt», sagte der Alte. «Na ja, wenn Sie an so was Geschmack finden. Ich habe mir noch nie die Mühe gemacht, sie zu öffnen. Ich suche Ihnen was Interessanteres.»

«Nun, vom wissenschaftlichen Gesichtspunkt aus», sagte Frank, «würde ich . . .»

«Wissenschaft ist nicht alles», sagte der Alte. «Sehen Sie mal hier.» Er hielt eine Flasche hoch, in der man durch das verschmutzte Glas mit Mühe ein winzigkleines, mumifiziertes, insektenartiges Etwas erkannte. «Halten Sie mal das Ohr dran.»

Frank tat es. Er hörte ein dünnes, pfeifendes Stimmchen, das ununterbrochen die Worte wiederholte: «Louisiana-Boy, Saratoga, vier-fünfzehn, Louisiana-Boy, Saratoga, vier-fünfzehn.»

«Was ist das, um Himmels willen?» fragte er.

«Das ist die Originalsibylle von Cumae», erklärte der alte Mann. «Interessant, was? Sie hat sich dem Rennsport ergeben.»

«Wirklich sehr interessant», sagte Frank. «Trotzdem, ich würde mir die andere gern einmal ansehen. Ich bin ein Verehrer der Schönheit.»

«Bißchen künstlerischer Einschlag, was?» sagte der Alte. «Aber wissen Sie, eigentlich brauchten Sie einen guten, anstelligen Mann für alles. Hier, das wäre zum Beispiel einer. Dieses Kerlchen kann ich aus eigener Erfahrung empfehlen. Sehr brauchbar. Der verschafft Ihnen alles.»

«Wirklich?» fragte Frank. «Aber wieso haben Sie dann keinen Palast mit Tigerfellen und so weiter?»

«Ich habe das alles gehabt», sagte der Alte. «Und alles durch ihn. Ja, das war meine erste Flasche, und alles übrige hat er beschafft. Vor allem einen marmornen Palast mit Gemälden und Sklaven. Und mit Tigerfellen, wie Sie sagen. Auf eins ließ ich ihn Kleopatra setzen.»

«Und wie war sie?», rief Frank.

«Ganz nett», sagte der Alte, «wenn man für dergleichen was übrig hat. Mich langweilte es mit der Zeit. Ich dachte mir: ‹Was ich eigentlich haben möchte, ist ein kleiner Laden mit Flaschen, in denen alles mögliche drin ist.› Also gab ich ihm den Auftrag. Er hat mir die Sibylle besorgt und den wilden Kerl da, kurzum: die ganze Gesellschaft.»

«Und jetzt ist er da drin?» fragte Frank.

«Ja. Jetzt ist er da drin», antwortete der Alte. «Hören Sie mal.»

Frank legte das Ohr an die Flasche und hörte ein klägliches Gewinsel: «Laß mich raus. Laß mich doch raus. Bitte, laß mich raus. Ich will ja alles tun. Laß mich raus. Ich bin harmlos. Bitte, laß mich raus. Nur für ein Weilchen. Laß mich doch raus. Ich will ja alles tun. Bitte . . .»

Frank sah den alten Mann an. «Tatsächlich», sagte er, «er ist da drin.»

«Natürlich ist er drin», sagte der Alte. «Ich würde Ihnen doch keine leere Flasche verkaufen. Wofür halten Sie mich?

Eigentlich wollte ich diese überhaupt nicht verkaufen, aus Sentimentalität, wissen Sie, aber nun habe ich den Laden schon so viele Jahre, und Sie sind mein erster Kunde.»

Frank horchte wieder an der Flasche. «Laß mich raus. Laß mich raus. Ach, bitte, laß mich raus. Ich will . . .»

«Mein Gott!» sagte Frank beklommen. «Geht das so *immer* weiter?»

«Höchstwahrscheinlich», sagte der Alte. «Ich kann nicht behaupten, daß ich ihm zuhöre. Ich höre lieber Radio.»

«Es muß doch schrecklich für ihn sein», sagte Frank mitfühlend.

«Möglich», erwiderte der Alte. «Diese Geschöpfe haben anscheinend etwas gegen Flaschen. Ich für meinen Teil mag sie gern. Ich finde sie faszinierend. Zum Beispiel habe ich da . . .»

«Sagen Sie: ist er wirklich harmlos?» fragte Frank.

«O ja», sagte der Alte. «Völlig harmlos, glauben Sie mir. Manche Leute behaupten, diese Dschins wären heimtückisch – wegen dem östlichen Blut und so –, aber bei ihm habe ich das nie festgestellt. Ich habe ihn rausgelassen, er tat seine Arbeit, und dann mußte er wieder rein in die Flasche. Er ist sehr tüchtig, muß ich sagen.»

«Er könnte mir alles verschaffen?»

«Alles, was Sie sich wünschen.»

«Und wieviel soll er kosten?» fragte Frank.

«Ach, ich weiß nicht», sagte der Alte. «Vielleicht zehn Millionen Dollar.»

«Um Himmels willen! So viel! Das kann ich nicht bezahlen. Allerdings, wenn er wirklich so tüchtig ist, wie Sie sagen . . . Ich könnte es in Raten abzahlen.»

«Machen Sie sich keine Sorgen. Sagen wir statt dessen fünf Dollar. Ich habe ja alles, was ich brauche, wirklich. Darf ich ihn für Sie einpacken?»

Frank bezahlte seine fünf Dollar und eilte mit der kostbaren Flasche nach Hause, ständig in Angst, sie zu zerbrechen. Sobald er in seinem Zimmer war, zog er den Stöpsel heraus. Aus dem Flaschenhals floß eine erstaunliche Menge von rußigem Rauch, der sich alsbald zu einer Gestalt verdichtete, zu einem einsachtundneunzig großen, grobschlächtigen, fleischigen Orientalen mit Fettwülsten und Hakennase, mehreren Doppelkinnen und böse glitzerndem Augenweiß – im großen und ganzen wie ein Filmproduzent in vergrößertem Maßstab. Frank rang verzweifelt nach Worten, dann bestellte er Schaschlik, Kebab und Konfekt, und alles wurde unverzüglich aufgetragen.

Nachdem Frank sein Gleichgewicht wiedergefunden hatte, bemerkte er mit Wohlgefallen die erstklassige Qualität dieser bescheidenen Gaben und die blitzblank polierten, prachtvoll ziselierten, schwergoldenen Schüsseln, auf denen sie angerichtet waren. An solchen kleinen Einzelheiten erkennt man einen wirklich erstklassigen Dienstboten. Frank war entzückt, zügelte jedoch seine Begeisterung. «Goldene Schüsseln sind schön und gut», sagte er. «Aber kommen wir zur Sache. Ich möchte einen Palast.»

«Euer Wunsch ist mir Befehl», sagte der dunkelhäutige Leibdiener.

«Einen Palast», fuhr Frank fort, «von passender Größe, in passender Lage, mit den passenden Möbeln, Bildern und Marmorstatuen, Tapeten, Draperien und allem, was dazugehört. Ich hätte gern recht viele Tigerfelle. Ich liebe Tigerfelle.»

«Ihr werdet sie vorfinden», sagte der Sklave.

«Ich habe eine künstlerische Ader», sagte Frank, «wie dein ehemaliger Besitzer sehr richtig bemerkte. Für meine Kunst brauche ich – sozusagen – auf diesen Tigerfellen etliche junge Frauen von verschiedener Art – blonde und brünette, zierliche und junonische, schmachtende und temperamentvolle, aber alle müssen schön sein und brauchen nicht übertrieben viel anzuhaben. Ich hasse es, wenn Leute sich übertrieben anziehen, das ist unfein. Hast du verstanden?»

«Sehr wohl», sagte der Dschin.

«Dann mach dich an die Arbeit», sagte Frank.

«Würdet Ihr geruhen», sagte der Diener, «nur für eine einzige Minute die Augen zu schließen. Wenn Ihr sie wieder aufschlagt, werdet Ihr Euch von den angenehmen Dingen umgeben finden, die Ihr beschrieben habt.»

«Gut», sagte Frank. «Aber keine Mogeleien, verstanden?»

Er schloß, wie verlangt, die Augen. Ein leises, melodisches Summen und Rauschen erhob sich und verklang wieder. Als die Minute verstrichen war, öffnete er die Augen und sah sich um.

Er befand sich in dem herrlichsten Palast, den man sich vorstellen kann, mit Bogengängen und Säulen, Marmorstatuen und Draperien und allem, was dazugehört, und wo er auch hinsah, erblickte er ein Tigerfell, und auf jedem Tigerfell ruhte eine bildschöne junge Frau, die bestimmt nicht unfein übertrieben angezogen war.

Unser guter Frank befand sich – milde ausgedrückt – in einem Freudentaumel. Er flitzte hin und her wie eine Biene in einem Blumenladen. Überall wurde er mit unbeschreiblich reizendem Lächeln und mit offen oder verschleiert einladenden Blicken empfangen. Hier fand er zartes Erröten und gesenkte Lider, dort ein in Leidenschaft erglühtes Antlitz. Die eine zeigte ihm ihre – keineswegs kalte – Schulter, die andere empfing ihn mit offenen Armen, und was für Armen! Hier bot sich verhüllte – vergebens verhüllte – Liebe an, dort offen triumphierende. «Ich muß sagen», gestand Frank zu später Stunde, «es war ein wirklich bezaubernder Nachmittag. Ich habe ihn gründlich genossen.»

«Darf ich dann um die Gunst bitten», sagte der Dschin, der ihm gerade sein Abendessen servierte, «darf ich um die Gunst bitten, Euch als Haushofmeister und Maître de plaisir dienen zu dürfen, anstatt in diese abscheuliche Flasche zurück zu müssen?»

«Warum nicht?» antwortete Frank. «Du hast alles sehr schön gemacht, da wäre es bestimmt ungerecht, dich wieder in die Flasche zu zwängen. Also gut, du darfst mein Haushofmeister sein, aber merk dir: was auch immer der Brauch sein mag, ich wünsche nicht, daß du ein Zimmer betrittst, ohne anzuklopfen. Und vor allem: keine Mogeleien!»

Der Dschin zog sich mit einem kriecherisch-dankbaren Lächeln zurück, und Frank begab sich alsbald wieder zu seinem Harem, wo er den Abend ebenso erfreulich verbrachte wie den Nachmittag.

Über diesem angenehmen Zeitvertreib vergingen einige Wochen. Eines Tages merkte Frank, daß er – infolge eines Gesetzes, das auch der tüchtigste Dschin nicht außer Kraft setzen kann – ein bißchen blasiert, ein bißchen mäkelig geworden war und einen Hang zu Kritik und Nörgelei hatte.

«Das sind ja sehr hübsche junge Geschöpfe», sagte er zu

seinem Dschin, «wenn man für dergleichen was übrig hat, aber ich kann mir kaum vorstellen, daß sie wirklich erstklassig sind, denn sonst würden sie mich mehr interessieren. Schließlich bin ich ein Kenner, und nur das Allerbeste ist für mich gut genug. Laß sie verschwinden. Roll alle Tigerfelle auf, bis auf eins.»

«Sehr wohl», sagte der Dschin. «Siehe, es ist schon geschehen.»

«Und auf dieses Tigerfell leg mir Kleopatra.»

Im nächsten Augenblick war Kleopatra da, und man muß es zugeben: sie sah einfach prachtvoll aus. «Hallo!» sagte sie. «Da bin ich – wieder mal auf einem Tigerfell!»

«Wieder?» rief Frank, dem plötzlich der alte Mann im Laden einfiel. «Hier! Nimm sie zurück. Bring mir die Schöne Helena.»

Im nächsten Augenblick war die Schöne Helena da. «Hallo!» sagte sie. «Da bin ich – wieder mal auf einem Tigerfell!»

«Wieder?» rief Frank. «Dieser verflixte Alte! Schaff sie fort. Bring mir die Schöne Lilofee.»

Die Schöne Lilofee sagte genau dasselbe, desgleichen Madame de Pompadour, Lady Hamilton und jede andere berühmte Schönheit, die Frank einfiel. «Kein Wunder», sagte er, «daß der Alte so verrunzelt war! Dieser alte Schurke! Der alte Teufel! Er hat mir den ganzen Spaß an der Sache verdorben. Du kannst es Eifersucht nennen, aber ich denke nicht dran, nach diesem häßlichen alten Gauner die zweite Fiedel zu spielen. Wo finde ich das vollkommene Geschöpf, das würdig ist, von einem Kenner wie mir umarmt zu werden?»

«Sofern Ihr diese Frage an mich zu richten geruht», antwortete der Dschin, «möchte ich Euch daran erinnern, daß es in jenem Laden ein Fläschchen gab, das mein ehemaliger Herr nie entkorkt hat, weil er, als ich es ihm lieferte, bereits das Interesse an solchen Dingen verloren hatte. Nichtsdestoweniger steht es in dem Ruf, das schönste Mädchen der Welt zu enthalten.»

«Du hast recht», rief Frank. «Verschaff mir auf der Stelle diese Flasche.»

Binnen weniger Sekunden lag die Flasche vor ihm. «Ich gebe dir den Nachmittag frei», sagte Frank zu seinem Diener.

«Vielen Dank», sagte der Dschin. «Ich werde meine Familie in Arabien besuchen. Ich habe sie lange nicht gesehen.» Er verbeugte sich und zog sich zurück. Frank wandte seine Aufmerksamkeit der Flasche zu, und bald hatte er sie entkorkt.»

Heraus kam das allerschönste Mädchen, das man sich vorstellen kann. Mit ihr verglichen, waren Kleopatra und all die anderen alte Hexen und Vogelscheuchen. «Wo bin ich?» fragte sie. «Was ist das für ein schöner Palast? Wie komme ich auf dieses Tigerfell? Wer ist dieser hübsche junge Prinz?»

«Ich bin es!» rief Frank verzückt. «Ich!»

Der Nachmittag verging wie ein Augenblick im Paradiese. Bevor Frank sich's versah, war der Dschin zurück, um das Abendessen zu servieren. Frank wollte mit seiner Schönen speisen, denn diesmal war es wirklich Liebe. Als der Dschin die Hors d'œuvres auftrug, rollte er angesichts von soviel Schönheit die bösen Augen.

Nun begab es sich, daß Frank, ganz zappelig vor lauter Liebe, zwischen zwei Bissen in den Garten hinauslief, um für seine Geliebte eine Rose zu pflücken. Der Dschin tat so, als wollte er ihr Wein einschenken, trat dicht an sie heran und flüsterte ihr zu: «Ich weiß nicht, ob du dich an mich erinnerst. Ich war in der Flasche neben dir und habe dich oft durch das Glas bewundert.»

«O ja», sagte sie. «Ich erinnere mich recht gut an dich.»

In diesem Augenblick kam Frank zurück. Der Dschin konnte nichts weiter sagen, machte sich aber im Zimmer zu schaffen, wobei er seinen kolossalen Brustkasten aufblähte und die dikken Muskeln seiner dunklen Arme spielen ließ. «Du brauchst dich nicht vor ihm zu fürchten», sagte Frank. «Er ist nur ein Dschin. Beachte ihn gar nicht. Sag mir, ob du mich wirklich liebst.»

«Natürlich», sagte sie.

«Dann sag es», forderte er. «Warum sagst du es nicht?»

«Ich habe es doch gesagt», antwortete sie. «Ich habe ‹natürlich› gesagt. Genügt das nicht?»

Diese unbestimmte, ausweichende Antwort trübte Franks Glück, als wäre eine Wolke vor die Sonne getreten. Aufsteigende Zweifel verdarben ihm die Augenblicke höchster Wonne.

«Woran denkst du?» fragte er dann.

«Ich weiß nicht», antwortete sie.

«Aber du solltest es wissen», sagte er, und schon begannen

sie zu streiten.

Ein- oder zweimal schickte er sie sogar in ihre Flasche zurück. Sie gehorchte mit einem unergründlichen, hinterhältigen Lächeln.

«Warum lächelt sie so?» fragte Frank den Dschin, dem er seinen Kummer anvertraute.

«Ich kann's nicht sagen», antwortete der Dschin. «Wer weiß, vielleicht hat sie da drin einen Liebhaber versteckt.»

«Ist das möglich?» rief Frank bestürzt.

«Es ist überraschend», sagte der Dschin, «wieviel Platz in so einer Flasche ist.»

«Komm raus!» rief Frank. «Komm sofort raus!»

Die Schöne gehorchte sofort. «Ist noch jemand in dieser Flasche?» rief Frank.

«Wie wäre das möglich?» fragte sie mit etwas zu unschuldiger Miene.

«Gib mir eine ehrliche Antwort», sagte er. «Antworte ja oder nein.»

«Ja oder nein», lautete die aufreizende Antwort.

«Du doppelzüngiges, hinterhältiges kleines Luder!» rief Frank. «Ich werde hineingehen und selbst nachsehen. Wenn ich jemand finde, dann gnade dir Gott, dir und ihm!»

Mit diesen Worten und äußerster Willensanstrengung schlängelte er sich in die Flasche. Er sah sich überall um: es war niemand da. Plötzlich hörte er über sich ein Geräusch. Er blickte auf: gerade wurde die Flasche zugestöpselt.

«Was macht ihr da?» rief er.

«Wir machen die Flasche zu», sagte der Dschin.

Frank fluchte und bettelte, flehte und betete. «Laßt mich raus!» schrie er. «Laßt mich raus. Bitte, laßt mich raus. Laßt mich doch raus. Ich will ja alles tun. Laßt mich raus, bitte.»

Der Dschin jedoch hatte anderes zu tun. Frank mußte dieses andere zu seiner unendlichen Demütigung durch die Glaswände seines Gefängnisses mitansehen. Am nächsten Tag wurde er aufgehoben und durch die Luft gewirbelt, und er landete zwischen den anderen Flaschen in dem schmutzigen, kleinen Laden, wo diese Flasche nie vermißt worden war.

Dort lag er eine lange, lange Zeit, über und über verstaubt und rasend vor Wut beim Gedanken an das, was in seinem herrlichen Palast zwischen seinem Dschin und seiner treulosen Schönen vor sich ging. Schließlich verirrten sich ein paar Matrosen in den Laden, und als sie hörten, daß diese Flasche das schönste Mädchen der Welt enthielte, legte die ganze Back zusammen, und sie kauften sie. Wieder auf See, machten sie die Flasche auf, und als nur der arme Frank herauskam, kannte ihre Enttäuschung keine Grenzen, und sie machten mit barbarischer Roheit von ihm Gebrauch.

Malefizgeld

Foiral hatte eine Ladung Kork zur Chaussee hinaufgebracht, wo sie von dem aus Perpignan kommenden Lastauto aufgenommen wurde. Als er auf dem Rückweg zum Dorf arglos und nichtsahnend neben seinem Maulesel einherging, wurde er von einem Wanderer überholt. Der Kerl war halbnackt und offenbar verrückt. So einen hatte man in dieser Gegend der Ost-Pyrenäen bestimmt noch nie gesehen.

Es war nicht so ein Idiot mit übergroßem Kopf, wie es zwei oder drei unten im Dorf gab. Er war auch nicht von dem hageren Typ wie Barrilles' alter Vater, der irre redete, seitdem das Haus abgebrannt war, und hatte auch keinen winzigkleinen zusammengeschrumpften Wackelkopf wie der jüngere Lloubes. Der hier war von einer ganz anderen Sorte.

Es war sozusagen ein *explosiver* Irrer, entschied Foiral, einer, der alles mit Getöse und Gewese heraussprudelte, unerträglich wie die Sonne. Sein sparsam mit buntem Firlefanz bekleideter Körper schien aus den Nähten zu platzen – rote Arme, rote Knie, roter Hals –, und auch sein großes, rundes rotes Gesicht platzte geradezu von Worten, Gelächter und freundlichen Grimassen.

Foiral überholte ihn auf der Höhe des Bergkammes, wo er stand und ins Tal hinabstarrte, als hätte ihn der Blitz getroffen.

«Mein Gott!» sagte er zu Foiral. «Sehen Sie sich das an!» Foiral sah sich's an. So weit er sehen konnte, war alles in Ordnung.

«Da bin ich nun wochenlang auf und ab durch diese verdammten Pyrenäen gelaufen», sagte der Irre. «Nichts als Wiesen, Birken, Tannen, Wasserfälle – alles grün wie grüne Bohnen! Und hier finde ich, was ich die ganze Zeit gesucht habe. Warum hat mir das keiner gesagt?»

Was soll man auf so eine Frage antworten! Doch da Verrückte ihre Fragen selber zu beantworten pflegen, versetzte Foiral seinem Muli einen tüchtigen Klaps und machte sich an den

Abstieg. Der närrische Kerl schloß sich ihm an.

«Was ist das, um Gottes willen?» fragte er. «Ein Stückchen Spanien, das sich über die Grenze verirrt hat, oder was? Könnte ein Mondkrater sein. Wahrscheinlich kein Wasser, was? Herrgott, sehen Sie bloß diesen Kranz von roten Hügeln! Und das Rosa und Gelb dieses Bodens! Sind das Dörfer da unten? Oder die Gebeine Verstorbener?

Ja, hier gefällt's mir», fuhr er fort. «Hübsch, wie die Feigenbäume den Fels sprengen. Hübsch, wie die Feigen vor Kernen bersten. Mal was von Surrealismus gehört? Das ist lebendig gewordener Surrealismus. Was sind das für Bäume? Korkeichen? Wie versteinerte Ungeheuer! Ihr prachtvollen Ungeheuer, die ihr blutet, wenn die frechen Sterblichen euch schinden! Mit meinem Pinselchen, auf meinem Stückchen Leinwand werde ich ein wichtiges Stück eures Lebens neu erschaffen!»

Foiral, obwohl durchaus nicht fromm, ergriff die vernünftige Vorsichtsmaßnahme, sich zu bekreuzigen. Der Kerl redete immer weiter, er redete und redete während des ganzen zwei bis drei Kilometer langen Abstiegs, und Foiral antwortete mit «ja» oder «nein», oder er grunzte nur. «Das ist *mein* Land!» rief der Wahnsinnige. «Es ist für mich *geschaffen.* Ein Glück, daß ich nicht nach Marokko gefahren bin! Ist das Ihr Dorf? Wunderbar! Diese Häuser – drei, vier Stockwerke. Wie kommt es, daß sie so aussehen wie von Höhlenmenschen aufgehäuft, von Höhlenmenschen, die keine Felswand gefunden haben? Oder sind es Höhlen, von denen der Fels abgebröckelt ist, und nun stehen sie nackt und bloß in der Sonne und müssen sich dicht zusammendrängen? Wieso habt ihr keine Fenster? Der gelbe Glockenturm da gefällt mir. Hat was Spanisches. Hübsch, wie die Glocke da in dem eisernen Käfig hängt. Genauso schwarz wie Ihr Hut. Tot. Vielleicht ist es darum hier so still. Totes Geläut am Galgen vor dem Blau des Himmels! Haha! Sie scheinen das nicht komisch zu finden. Der Surrealismus ist Ihnen schnuppe? Um so schlimmer, mein Freund, denn Sie sind der Stoff, aus dem solcherlei Träume gemacht sind. Hübsch, daß ihr alle schwarz angezogen seid. Wieder was Spanisches. Ihr seht aus wie Löcher im Licht.»

«Wiedersehn», sagt Foiral.

«Moment mal!» sagte der Fremde. «Wo kann ich in diesem

Dorf unterkommen? Gibt es ein Gasthaus?»

«Nein», sagte Foiral, in seinen Hof einbiegend.

«Zum Teufel!» sagte der Fremde. «Es wird doch wohl jemand ein Zimmer haben, wo ich schlafen kann?»

«Nein», sagte Foiral.

Das ernüchterte den Mann ein bißchen. «Na schön», sagte er schließlich, «ich werde mich sowieso umsehen müssen.»

Er ging also auf die Straße hinauf. Foiral sah ihn mit Madame Arago sprechen, die den Kopf schüttelte. Dann sah er, wie er's beim Bäcker versuchte, und der schüttelte auch den Kopf. Aber er kaufte in der Bäckerei einen Laib Brot und bei Barilles Käse und Wein. Er setzte sich auf die Bank vor dem Haus und aß; dann schlenderte er weiter, den Abhang hinauf.

Foiral hielt es für besser, ihn im Auge zu behalten, und folgte ihm bis zur höchsten Stelle des Dorfes. Der Bursche bummelte ziellos herum, ohne etwas aufzuheben oder sonst etwas zu tun. Dann wanderte er zu dem kleinen Bauernhaus hinüber, wo der Brunnen ist, ein paar hundert Meter oberhalb der anderen Häuser.

Nun gehörte dieses Häuschen zufällig Foiral, dem es die Frau mit in die Ehe gebracht hatte – eine gute Bleibe für einen Sohn, wenn sie einen gehabt hätten. Als Foiral den Fremden diesen Weg einschlagen sah, folgte er ihm, weder zu schnell noch zu langsam, Sie verstehen schon. Und natürlich, als er oben ankam, spähte der Kerl durch die Ritzen der Fensterladen, er fummelte sogar an der Tür herum. Wer weiß, was er vorhatte.

Als Foiral näher kam, sah er sich um und fragte: «Wohnt hier niemand?»

«Nein», sagte Foiral.

«Wem gehört es denn?» fragte der Fremde.

Foiral wußte nicht recht, was er sagen sollte. Schließlich mußte er zugeben, daß es ihm gehörte.

«Würden Sie mir's vermieten?» fragte der Fremde.

«Wieso?» fragte Foiral.

«Ich möchte das Haus für sechs Monate mieten», sagte der Fremde.

«Wozu?» fragte Foiral.

«Herrgott!» sagte der Fremde. «Um drin zu wohnen.»

«Warum?» fragte Foiral.

Der Fremde hält eine Hand hoch, nimmt den Daumen in die andere Hand und sagt sehr langsam: «Ich bin Künstler, Maler.»

«Ja», sagte Foiral.

Dann nimmt der Fremde den Zeigefinger in die Hand. «Ich kann hier arbeiten. Mir gefällt's hier. Mir gefällt die Aussicht. Mir gefallen die beiden Ilexbäume da.»

«Sehr gut», sagte Foiral.

Dann nimmt der Fremde den Mittelfinger in die Hand. «Ich möchte sechs Monate hier wohnen.»

«Ja», sagte Foiral.

Dann nimmt der Fremde den Ringfinger in die Hand. «In diesem Haus. Es sieht interessant aus auf diesem gelben Grund, ich möchte sagen, wie ein Würfel in einer Wüste. Oder vielleicht wie ein Schädel?»

«Aha!» sagte Foiral.

Dann nimmt der Fremde den kleinen Finger in die Hand und sagt: «Wieviel – wollen Sie – dafür haben – wenn ich – sechs Monate – in diesem Haus – wohne und arbeite?»

«Warum?» fragte Foiral.

Daraufhin begann der Fremde mit den Füßen zu stampfen. Es kam zu einer längeren Auseinandersetzung, in der Foiral klipp und klar erklärte, daß in dieser Gegend der Welt keine Häuser vermietet würden, weil jeder sein eigenes habe.

«Aber ich muß hier Bilder malen», sagte der Fremde zähneknirschend, «ich muß, verstehen Sie?»

«Um so schlimmer», sagte Foiral.

Der Fremde schrie alles mögliche in einem ausländischen Kauderwelsch, vielleicht war es sogar die Sprache des Gottseibeiuns. Dann sagte er: «Ich sehe Ihre Seele als gänzlich sterilen, kleinen schwarzen Marmorbrocken auf einer brennenden weißen Alkalihalde.»

Foiral beugte die beiden Mittelfinger und streckte den zweiten und vierten Finger gegen den Fremden aus – auf die Gefahr hin, ihn zu beleidigen.

«Was wollen Sie für die Bruchbude haben?» sagte der Fremde. «Vielleicht kaufe ich sie.»

Es war recht erleichternd für Foiral, daß der Mann sich doch bloß als ein ganz gewöhnlicher, schlichter Wahnsinniger entpuppte. Nicht einmal ein Paar anständige Hosen auf dem Hintern, und da wollte er dieses gute, solide Haus kaufen, für das Foiral – wäre ein zahlungsfähiger Käufer dagewesen – zwanzigtausend Francs verlangt hätte.

«Na?» sagte der Fremde. «Wieviel?»

Foiral fand, es sei nun genug Zeit vergeudet und eine vergnügliche Sensation könne nichts schaden. «Vierzigtausend», sagte er.

Darauf der Fremde: «Ich gebe Ihnen fünfunddreißig.»

Foiral wollte sich vor Lachen ausschütten.

«Das ist ein gutes Lachen», sagte der Fremde. «So ein Lachen möchte ich malen. Ich würde es als ein Durcheinander von soeben gezogenen Zahnwurzeln darstellen. Nun, wie wär's? Fünfunddreißig? Ich kann Ihnen gleich etwas anzahlen.» Und wahrhaftig, dieser Narrenkrösus zog die Brieftasche und hielt Foiral einen, zwei, drei, vier, fünf knisternde Tausend-Franc-Scheine unter die Nase.

«Danach werde ich pleite sein», sagte er. «Na wennschon. Ich kann es doch wieder verkaufen, nicht wahr?»

«So Gott will», sagte Foiral.

«Jedenfalls könnte ich hin und wieder herkommen», fuhr der andere fort. «Herrgott! In sechs Monaten kann ich hier eine ganze Ausstellung zusammenmalen. Die New Yorker werden aus dem Häuschen sein. Und dann komme ich wieder und male die nächste Ausstellung.»

Foiral war in einem Freudentaumel und gab es auf, etwas verstehen zu wollen. Er begann sein Haus wie wild anzupreisen: er zerrte den Mann hinein, zeigte ihm den Herd, klopfte an die Mauern, ließ ihn den Schornstein hinauf-, in den Schuppen hinein- und den Brunnen hinuntersehen . . . «Gut. Gut», sagte der Fremde. «Großartig. Alles großartig. Tünchen Sie die Wände. Suchen Sie mir eine Frau, die zum Saubermachen und Kochen herkommt. Ich fahre nach Perpignan zurück und komme in einer Woche mit meinen Sachen wieder. Den Tisch, zwei bis drei Stühle und die Bettstelle behalte ich, verstanden? Alles übrige besorge ich mir. Hier ist Ihre Anzahlung.»

«Nein, nein», sagte Foiral. «Alles muß seine Richtigkeit haben, vor Zeugen. Wenn dann der Advokat kommt, kann er die Papiere ausschreiben. Kommen Sie mit zu mir. Ich werde

Arago holen lassen, ein grundehrlicher Mann. Dann Guis, auch grundehrlich. Und Vigné, der ist die Ehrlichkeit in Person. Und eine Flasche alten Wein. Ich habe welchen. Kostet Sie nichts.»

«Fein!» sagte der Irre, Gott segne ihn.

Sie gingen zurück. Herein kamen Arago, Guis, Vigné, alle so ehrlich wie der lichte Tag. Die Anzahlung wurde gemacht, der Wein entkorkt, der Fremde rief nach mehr, andere drängten sich ins Haus; wer nicht hereingelassen wurde, blieb draußen stehen, um dem Gelächter zu lauschen. Man hätte meinen können, im Hause würde eine Hochzeit gefeiert oder eine Niedertracht ausgeheckt. Foirals Alte ging sogar ab und an hinaus und stellte sich in die Haustür, nur um sich den Leuten zu zeigen.

Kein Zweifel, dieser Verrückte hatte etwas von einem großen Herrn. Am nächsten Tag, als er wieder fort war, hechelten sie ihn gründlich durch. «Schon wenn man ihm zuhört», sagte der kleine Guis, «wird man betrunken, ohne einen Pfennig auszugeben. Man glaubt es zu verstehen; es ist so, als flöge man durch die Luft; man muß einfach loslachen.»

«Irgendwie hatte ich das köstliche Gefühl, daß ich reich wäre», sagte Arago. «Nicht so, als hätte ich was im Schornstein versteckt, sondern als könnte ich wer weiß wieviel ausgeben. Sogar noch mehr.»

«Er gefällt mir», sagte der kleine Guis. «Er ist mein Freund.»

«Jetzt redest du dummes Zeug», sagte Foiral. «Erstens ist er verrückt, und zweitens bin ich es, der das Geschäft mit ihm macht.»

«Ich weiß nicht, ich fand ihn gar nicht so verrückt, als er sagte, das Haus sieht aus wie ein alter Schädel, der aus dem Boden rausguckt», sagte Guis, den Blick abwendend, wozu er auch allen Grund hatte.

«So, und lügen tut er vielleicht auch nicht?» sagte Foiral. «Außerdem hat er nämlich gesagt, es sähe aus wie ein Würfel in einer Wüste. Kann es denn beides sein?»

«Erst hat er gesagt, er ist aus Paris», sagte Arago, «und gleich darauf, er ist Amerikaner.»

«O ja. Fraglos ein großer Lügner», sagte Quès. «Vielleicht einer der größten Gauner, die man auf der ganzen weiten Welt findet. Aber zum Glück auch verrückt.»

«Da kauft er ein Haus», sagte Lafago. «Wenn er, ein so gewaltiger Lügner, seinen Verstand beisammen hätte, würde er sich's einfach so nehmen. Aber nein, er kauft es. Fünfunddreißigtausend Francs!»

«Verrücktheit kann einen großen Mann umkrempeln wie einen Sack», sagte Arago. «Und wenn er noch dazu reich ist ...»

«... dann schmeißt er mit dem Geld nur so um sich», sagte Guis. Es war also eine hochbefriedigende Angelegenheit. Sie warteten ungeduldig auf die Rückkehr des Fremden. Foiral tünchte das Haus, reinigte die Schornsteine, brachte alles in Ordnung. Selbstverständlich durchsuchte er alle Ecken und Winkel, wo der alte Herr von seiner Frau vor Jahren etwas versteckt haben konnte, wovon dieser Bursche vielleicht gehört hatte. In Paris schrecken sie vor nichts zurück, heißt es.

Der Fremde kam zurück, und sie waren den ganzen Tag mit den Mauleseln unterwegs, um seine Sachen von der Landstraße, wo das Lastauto sie hingebracht hatte, ins Haus zu schaffen. Gegen Abend versammelten sich alle bei ihm – Zeugen, Helfer und Zuschauer –, und es blieb nur noch eine Kleinigkeit zu erledigen: das Geld.

Foiral deutete dies mit äußerster Delikatesse an. Der Fremde, ganz lächelnde Bereitwilligkeit, ging in das Zimmer, wo seine Koffer aufgestapelt waren, und kam bald mit so etwas wie einem Büchlein zurück, das aus lauter kleinen *billets* bestand, ähnlich den Lotterielosen, die sie einem in Perpignan andrehen wollen. Er riß das oberste heraus, hielt es Foiral hin und sagte: «Hier. Dreißigtausend Francs.»

«Nein», sagte Foiral.

«Was ist denn jetzt wieder?», fragte der Fremde.

«Diese Dinger kenne ich», sagte Foiral. «Und nicht für dreißigtausend Francs, mein Freund, sondern für drei Millionen. Und hinterher erzählen sie einem, man hätte nichts gewonnen. Ich möchte lieber das Geld.»

«Das ist ja das Geld», sagte der Fremde. «Jedenfalls ist es genauso gut wie Geld. Legen Sie das vor, dann bekommen Sie dreißigtausend Francs in genau solchen Scheinen, wie ich Ihnen schon gegeben habe.»

Was sollte Foiral tun? Es ist in jenen Gegenden durchaus üblich, einen Verkauf am Monatsende perfekt zu machen, und er wollte sich auf keinen Fall das Geschäft verpatzen. Er steckte also den Zettel in die Tasche, bot dem Fremden einen guten Tag und ging mit den anderen ins Dorf zurück.

Der Fremde lebte sich rasch ein. Bald war er mit allen Leuten bekannt. Foiral, dem dabei nicht ganz wohl war, nahm ihn bei jeder Gelegenheit ins Kreuzverhör. Anscheinend kam er wirklich aus Paris, weil er dort gewohnt hatte, und war wirklich Amerikaner, weil er in Amerika geboren war. «Dann haben Sie keine Verwandten in dieser Gegend?» fragte Foiral.

«Keinen einzigen.»

Gut! Gut! Gut! Hoffentlich hatte es mit dem Geld seine Richtigkeit. Aber da war noch mehr dran. Keine Verwandten! Ein Gedanke, dem man nachgehen mußte. Foiral verstaute ihn im Hintergrund seines Bewußtseins: wenn er einmal nachts nicht schlafen konnte, würde er diesem Gedanken auf den Grund gehen.

Am Monatsende ging er mit seinem Zettel wieder zum Haus hinauf. Der verrückte Kerl saß dreiviertel nackt unter einem Ilexbaum und pinselte etwas auf seine Leinwand. Und was malte er? Ausgerechnet Roustands kümmerliche Olivenbäume, die seit Menschengedenken nichts getragen haben!

«Was ist?» sagte der Verrückte. «Ich habe zu tun.»

«Nur dies», sagte Foiral, ihm den Zettel hinhaltend. «Ich brauche das Geld.»

«Warum in Dreiteufelsnamen gehen Sie dann nicht hin und holen sich's, anstatt mich hier zu belästigen?»

Foiral hatte ihn noch nie so übellaunig gesehen. Aber vielen solchen Lachern vergeht das Lachen, wenn es um Bargeld geht. «Hören Sie mal», sagte Foiral, «das ist eine sehr ernste Angelegenheit.»

«Hören Sie mal», sagte der Fremde. «Das nennt man einen Scheck. Ich gebe Ihnen den Scheck, Sie bringen ihn zur Bank, und die Bank gibt Ihnen das Geld.»

«Welche Bank?» fragte Foiral.

«Ihre Bank. Irgendeine Bank. Die Bank in Perpignan», sagte der Fremde. «Da gehen Sie hin, und die erledigen alles für Sie.»

Foiral, der die Hoffnung auf Bargeld noch nicht aufgegeben

hatte, wies darauf hin, daß er ein sehr armer Mann sei und daß man, um nach Perpignan zu fahren, einen ganzen Tag brauche – ein beträchtliches Unternehmen für einen so bitterarmen Mann wie ihn.

«Passen Sie auf», sagte der Fremde. «Sie wissen verdammt gut, daß Sie bei diesem Verkauf einen guten Schnitt gemacht haben. Lassen Sie mich jetzt weiterarbeiten. Bringen Sie den Scheck nach Perpignan. Die kleine Mühe lohnt sich. Ich habe, weiß Gott, genug bezahlt.»

Da wußte Foiral, daß Guis über den Preis des Hauses geredet haben mußte. «Wart's nur ab, mein kleiner Guis, an einem langen Abend, wenn die Regenzeit beginnt, werde ich darüber nachdenken.» Aber es war nichts zu machen: er mußte sich in seinen besten schwarzen Anzug werfen, auf dem Muli nach Estagel reiten und von dort mit dem Bus nach Perpignan fahren.

In Perpignan kommt man sich vor wie unter lauter Affen. Man wird geschubst und von oben bis unten angestarrt, und manche kichern einem direkt ins Gesicht. Wenn jemand geschäftlich zu tun hat – sagen wir, bei einer Bank – und auf der anderen Straßenseite steht, um sich diese Bank mal richtig anzusehen, dann wird er innerhalb von fünf Minuten ein halbdutzendmal auf den Fahrdamm gestoßen, und er kann von Glück sagen, wenn er mit dem Leben davonkommt.

Nichtsdestoweniger gelangte Foiral schließlich in die Bank. Als Sehenswürdigkeit war sie imposant: Messinggeländer, poliertes Holz, eine Uhr so groß wie für eine Kirche, graue Männchen zwischen Geldhaufen wie Mäuse in einem Käse.

Er stand etwa eine halbe Stunde lang wartend im Hintergrund, ohne daß ihn jemand beachtete. Schließlich winkte so ein graues Männchen ihn an das Messinggeländer heran. Foiral kramte in seiner Tasche und zog den Scheck heraus. Das Männchen sah ihn so an, als wäre er gar nichts. «Heilige Jungfrau!» dachte Foiral.

«Ich möchte das Geld dafür haben», sagte er.

«Sind Sie Bankkunde?»

«Nein.»

«Wollen Sie es werden?»

«Bekomme ich dann das Geld?»

«Aber natürlich. Unterschreiben Sie hier. Und da. Unterschreiben Sie auf der Rückseite des Schecks. Nehmen Sie dies. Unterschreiben Sie das. Vielen Dank. Auf Wiedersehn.»

«Aber die dreißigtausend Francs?» rief Foiral.

«Damit, mein lieber Herr, müssen wir warten, bis der Scheck kontrolliert ist. Kommen Sie ungefähr in einer Woche wieder.»

Foiral fuhr etwas verstört nach Hause. Er hatte eine schlimme Woche. Bei Tage war es ihm einigermaßen sicher, daß er sein Geld bekommen würde, aber nachts, sobald er die Augen schloß, sah er sich in diese Bank gehen, und all die grauen Männchen schworen, sie hätten ihn noch nie gesehen. Aber er überstand auch das, und sobald die Woche um war, begab er sich wieder zur Bank.

«Sie wünschen ein Scheckbuch?»

«Nein. Nur das Geld. Das Geld.»

«Alles? Sie wollen das Konto auflösen? Gut! Gut! Unterschreiben Sie hier. Unterschreiben Sie da.»

Foiral unterschrieb.

«So, vielen Dank. Neunundzwanzigtausendachthundertundneunzig.»

«Aber, mein Herr, es waren doch dreißigtausend.»

«Aber, mein lieber Herr, die Spesen.»

Foiral sagte sich, daß Streiten keinen Zweck haben würde. Er nahm sein Geld und ging. Schön und gut. Aber die restlichen hundertzehn! So was bleibt einem im Halse stecken.

Sobald Foiral nach Hause kam, stellte er den Fremden zur Rede. «Ich bin ein armer Mann», sagte er.

«Ich auch», sagte der Fremde. «Jedenfalls zu arm, um Sie extra dafür zu bezahlen, daß Sie einen Scheck nicht wie ein zivilisierter Mensch einlösen können.»

Das war eine besonders niederträchtige Lüge. Foiral hatte mit eigenen Augen gesehen, daß dieses Büchlein, aus dem der Fremde den Zettel gerissen hatte, einen ganzen Block von diesen merkwürdigen Dreißigtausend-Francs-*billets* enthielt. Aber auch hier war nichts zu machen; ein gerader, ehrlicher Mann ist immer der Dumme. Foiral ging nach Hause und legte seine verkrüppelten Neunundzwanzigtausend-und-Einiges in das Kästchen hinter dem Schornstein. Wie anders wäre es gewesen, wenn er runde dreißigtausend hätte hineinlegen können! Eine barbarische Ungerechtigkeit!

Das war etwas, worüber man abends nachdenken konnte, und Foiral dachte viel darüber nach. Er kam zu dem Schluß, daß es unmöglich sei, allein zu handeln, und so rief er denn Arago, Quès, Lafago, Vigné und Barilles zusammen. Guis nicht. Guis hatte bestimmt zu dem Kerl gesagt, er habe zuviel für das Haus bezahlt und ihm so den Rücken gestärkt. Guis mußte aus der Sache rausbleiben.

Den übrigen setzte er alles sehr eindrucksvoll auseinander. «Nicht einen Verwandten in der ganzen Gegend. Und in diesem Buch, meine lieben Freunde – ihr habt es selbst gesehen –, zehn, zwölf, fünfzehn, vielleicht zwanzig von diesen merkwürdigen kleinen *billets.*»

«Und wenn jemand kommt und nach ihm fragt? Jemand aus Amerika?»

«Dann ist er weggegangen, zu Fuß, so verrückt wie er gekommen ist. Einem Irren, der rumläuft und mit dem Geld um sich schmeißt, kann alles zustoßen.»

«Das stimmt, dem kann alles zustoßen.»

«Aber es sollte ihm zustoßen, ehe der Advokat kommt.»

«Stimmt. Bisher hat ihn nicht einmal der Curé gesehen.»

«Gerechtigkeit muß sein, meine guten Freunde, ohne sie kann die Gesellschaft nicht existieren. Ein Mann, ein ehrlicher Mann, darf nicht einfach um hundertzehn Francs geprellt werden.»

«Nein, das kann man nicht dulden.»

In der nächsten Nacht traten diese grundehrlichen Männer aus ihren Häusern, den Häusern, die mit ihren hohen, weißverputzten Pfosten und den schwarzen Schatten im Mondlicht noch mehr als bei Sonnenschein wie ein Haufen gebleichter Rippen in der Wüste wirken. Sie gingen ohne viele Worte den Hügel hinauf und klopften an die Tür des Fremden.

Nach kurzer Zeit kehrten sie zurück, auch jetzt ohne viele Worte; einer nach dem anderen schlüpfte in seine stockdunkle Haustür, und das war alles.

Eine ganze Woche lang war im Dorf keine Veränderung zu bemerken. Höchstens daß Schatten und Stille, diese Löcher im wilden Licht, sich vertieft hatten. Im schwarzen Inneren jedes Hauses saß ein Mann, der zwei dieser ausgezeichneten *billets* besaß, die je dreißigtausend Francs wert waren. Solch ein Besitz läßt die Augen leuchten, verleiht der Einsamkeit die rechte Würde – wie der Künstler gesagt hätte –, befähigt den Menschen dazu, sich in Fabres Tarantel zu versetzen, die unbeweglich hinter einer Biegung ihres Tunnels lauert. Aber sie konnten sich nur noch mit Mühe auf den Künstler besinnen. Sein Gequassel, sein Lachen, sogar sein letzter Schrei hatten kein Echo hinterlassen. Das alles war dahin wie Blitz und Donner des gestrigen Gewitters.

So saßen sie, außer wenn sie zwecks Tarnung wie gewöhnlich ihrer Morgen- und Abendarbeit nachgingen, allein in ihren Häusern. Ihre Frauen wagten sie kaum anzusprechen, und um miteinander zu sprechen, waren sie zu reich. Guis kam dahinter, denn innerhalb des Dorfes war es kein Geheimnis, und Guis war wütend. Aber da seine Frau von morgens bis abends mit ihm schimpfte, blieb ihm keine Kraft, seinen Nachbarn Vorhaltungen zu machen.

Am Ende der Woche kehrte Barilles ins Dasein zurück. Die Daumen in den Gürtel gesteckt, stand er in seiner Haustür, sein sonst bleigraues Gesicht war gerötet wie eine reife Pflaume, und seine Haltung verriet gereizte Entschlossenheit.

Er ging zu Arago hinüber, klopfte an und lehnte sich an den Türpfosten. Arago kam heraus und lehnte sich an den anderen. Ein Weilchen unterhielten sie sich über Belanglosigkeiten. Dann warf Barilles seinen Zigarettenstummel weg und machte eine versteckte mitleidige Bemerkung über ein gewisses kleines Grundstück mit einem Schuppen, ein paar Weinstöcken und einem ansehnlichen Olivenhain, das Arago gehörte. «Es ist doch verteufelt», sagte Barilles, «in wie vielen Oliven heutzutage der Wurm ist. So ein Hain wäre früher vielleicht was wert gewesen.»

«Es ist mehr als verteufelt», sagte Arago. «Ob du's glaubst oder nicht, mein lieber Freund, in manchen Jahren bringt mir dieser Hain nicht mehr als dreitausend Francs.»

Barilles gab ein Geräusch von sich, das in jenem Teil der Welt als Gelächter gilt. «Entschuldige!» sagte er. «Ich glaubte dreitausend zu hören. Dreihundert – ja. In einem guten Jahr könntest du das wohl ganz leicht erreichen.»

Dieses Gespräch durchlief die verschiedenen Phasen der

Höflichkeit, der Ironie und Empörung, der Wut und Verzweiflung und endete mit einem herzlichen Handschlag und dem Verkauf des Grundstückes an Barilles für fünfundzwanzigtausend Francs. Die Zeugen wurden geholt. Barilles händigte eines seiner *billets* aus und erhielt fünftausend in bar aus Aragos Kästchen hinter dem Schornstein. Der Handel fand allgemeinen Beifall: man hatte das Gefühl, daß die Dinge im Dorf in Bewegung kamen.

Das taten sie wirklich. Noch bevor die Gesellschaft sich trennte, kam es bereits zu Vorbesprechungen über den Verkauf von Vignés Mauleseln an Quès für achttausend, die Übertragung von Lloubes' Kork-Konzession an Foiral für fünfzehntausend, die Verheiratung von Roustands Tochter an Vignés Bruder mit einer Mitgift von zwanzigtausend und, nach erbittertem Feilschen, zum Verkauf einer Kollektion von Messinggegenständen aus dem Besitz der Madame Arago für fünfundsechzig Francs.

Nur Guis war nicht mit von der Partie, aber auf dem Heimweg wagte es Lloubes, voll des süßen Weines, die Schwelle des Ausgestoßenen zu überschreiten und dessen Frau Filomena dreimal von oben bis unten, vom Scheitel bis zur Sohle anzusehen. Guis' mürrisch-verbittertes Gesicht nahm einen nur unvollkommen verhüllten, milde interessierten Ausdruck an.

Das war aber nur der Anfang. Bald begannen alle möglichen Besitztümer in verwirrendem Tempo und zu immer höheren Preisen die Besitzer zu wechseln. Es war ein ausgesprochener Aufschwung. Fortwährend wurde Wechselgeld ausgegraben – unter Fußbodenfliesen, aus der Strohfüllung von Matratzen, aus Mauerlöchern oder ausgehöhlten Balken. Mit der Freigabe dieser eingefrorenen Guthaben blühte das Dorf auf wie eine Orchidee an einem dürren Stecken. Der Wein floß beim Abschluß jedes Geschäfts. Alte Feinde schüttelten einander die Hand. Ältliche Jungfrauen umarmten junge Bewerber, reiche Witwer führten junge Frauen heim. Es gab Schwächlinge, die täglich ihren besten schwarzen Anzug trugen. Zu ihnen gehörte Lloubes, der seine Abende im Haus von Guis verbrachte. Guis pflegte – nicht mehr mürrisch – abends durchs Dorf zu spazieren, und man konnte ihn bei Lafago oder Roustand stehen sehen, wo er den Preis eines Maultiergeschirrs oder eines erstklassigen Gewehrs herunterhandelte. Es ging das Gerücht von einer ganz besonderen Fiesta nach der Traubenernte, aber darüber wurde nur geflüstert, damit der Curé es nicht bei einem seiner Besuche hörte.

Foiral, der seinen Ruf als Anführer aufrechterhielt, schlug etwas geradezu Tollkühnes vor, nämlich nichts weniger als den Ausbau des Maultierpfades vom Dorf bis zur Schotterstraße am Fuß der Berge zu einem Fahrweg, so daß Lastautos bis ins Dorf fahren konnten. Es wurde eingewandt, daß die Löhne enorm kostspielig sein würden. «Ja», sagte Foiral, «aber die Löhne bringen wir selbst auf, denn wir werden für unsere Produkte um die Hälfte mehr hereinholen.»

Der Vorschlag wurde angenommen. Selbst Dorfjungen waren jetzt am Wohlstand beteiligt. Barilles' Bäckerlädchen hieß jetzt «Grand Café de l'Univers et des Pyrénées». Die Witwe Loyau bot gewissen alleinstehenden jungen Frauen Logis, Kost und Kleidung und gab abends exklusive Gesellschaften.

Barilles fuhr nach Perpignan und kaufte einen Zerstäuber, der den Ertrag seines neuen Olivenhaines verdoppeln würde. Lloubes fuhr ebenfalls hin und kam mit einer ganzen Kollektion von Damenwäsche zurück, die sozusagen vom Teufel selbst entworfen war. Ein paar erpichte Kartenspieler besorgten sich neue, ganz prachtvolle Kartenspiele, in denen es nur Asse und Könige zu geben schien. Als Vigné nach Perpignan fuhr, kam er mit einem langen Gesicht zurück.

Der unentwegt aufblühende Handel erforderte immer mehr flüssiges Geld. Foiral machte einen neuen Vorschlag. «Wir werden alle nach Perpignan fahren, alle miteinander; wir werden in die Bank marschieren, unsere *billets* auf den Tisch knallen und den grauen Männchen zeigen, wem das Geld gehört. Wir werden ihnen keinen Franc lassen, Jungens.»

«Die hundertzehn haben sie immer noch», sagte Quès.

«Zum Teufel mit den hundertzehn!» sagte Foiral. «Und dann, Jungens – na! Haha! –, jeder muß einmal sündigen. Es heißt, allein der Geruch von so einem Geschöpf ist fünfzig Francs wert. Berauschend! Treppenläufer, rotes Haar, jede Sündhaftigkeit, die man sich vorstellen kann. Also: auf morgen!»

«Auf morgen!» riefen alle, und am nächsten Morgen fuhren

sie alle in ihren feierlichsten Anzügen freudestrahlend nach Perpignan. Alle rauchten wie die Schlote, und alle hatten sich die Füße gewaschen.

Es war eine tolle Fahrt. Sie ließen den Bus an jedem Gasthaus halten und wollten von allem, was sie sahen, den Preis wissen. In Perpignan bewegten sie sich in geschlossener Phalanx; wenn die Stadtleute sie anstarrten, wurden sie von unseren Freunden doppelt so frech angestarrt. Als sie die Straße zur Bank überquerten, sagte Foiral: «Wo ist denn Guis?» Dabei tat er so, als suchte er ihn unter den anderen. «Hat er denn nichts zu kriegen?» Darüber mußten alle lachen. Sosehr sie sich auch um ein ernstes Gesicht bemühten, sie konnten nicht anders: sie erstickten fast vor Lachen, als die Pendeltür sich hinter ihnen schloß.

Eichhörnchen haben blanke Augen

Ich hatte das Pech, mich in ein herrliches Geschöpf zu verlieben, eine Amazone, eine richtige Diana. Ihre Wohnung – ein Penthouse auf dem Dach eines Wolkenkratzers – bestand aus einem einzigen riesigen Raum, der verschwenderisch mit den Köpfen und Fellen der Tiere ausgestattet war, die sie mit ihrem Lee-Enfield- oder Ballardkarabiner oder ihrer leichten Winchester-Repetierbüchse erbeutet hatte. Päng! – ein Kaminvorleger. Piffpaff! – ein Pelzmantel. Poppop! – ein Paar mollige Fausthandschuhe.

Dabei bekam sie in jedem normalen Kleidungsstück Erstikkungsanfälle. Nur mit einer Art Kittel bekleidet, durchstreifte sie ungemein nordisch ihre weitläufige Wohnung, freigebig den Anblick ihrer vier prachtvollen Gliedmaßen gewährend, deren sonnengebräunte Haut einige Nuancen dunkler schimmerte als ihr blondes Jägerinnenhaar. Ich verliebte mich also. Diese Gliedmaßen! Dieses Haar! Diese Liebe!

Sie lachte nur. «Eichhörnchen», sagte sie – so nannte sie mich nämlich –, «Eichhörnchen, es hat keinen Zweck. Aber du bist ein richtiges Haustierchen; du erinnerst mich ein bißchen an Bopotiti. Er wohnte auf einem Baum im Kongo.

Bogey», sagte sie zu ihrer abscheulichen kleinen Verehrerin, die immer auf dem einen oder anderen Fell herumlag. «Bogey», sagte sie, «zeig ihm das Foto von Bopotiti.»

«Eigentlich», sagte ich, «kann ich keine Ähnlichkeit entdekken. Ich bin anmutiger, mehr wie ein Vogel.»

«Ja, aber er hat mir immer *mjna-mjnas* gebracht. Jeden Morgen.»

«Ich werde dir Liebe bringen, zu jeder Tageszeit. Heirate mich.»

«Nein.»

«Laß uns zusammen leben.»

«Nein, nein. Ich lebe mit meinen Gewehren. Einem Mädchen, das keusch mit seiner Lee-Enfield, seiner Ballard und seiner leichten Winchester zusammen lebt, kann der grobe, lüsterne Hohn der Welt nichts anhaben.»

«Aber Liebe ist besser.»

«Haha! Verzeih, aber da muß ich lachen.» Und sie warf sich in einem Anfall von gigantischer Heiterkeit auf ein Eisbärfell.

Völlig zerschmettert verließ ich sie, um mir das Leben zu nehmen. Während ich mir das Gehirn nach der eindrucksvollsten Methode zermarterte, fiel mir plötzlich ein Mann namens Harringay ein, ein Tierausstopfer, der häufig zu ihren Cocktail-Parties kam und mich freundlich interessiert gemustert hatte.

Ich ging in seine Werkstatt und traf ihn allein an. «Harringay! Stopfen Sie mich!»

«Gern. Was soll's denn sein? Ein Steak? Chop Suey? Etwas Ausgefallenes?»

«Nein, Harringay, Bitumen. Harringay, wenden Sie Ihre Kunst auf mich an. Und dann schicken Sie mich zu Miss Bjornstjorm für ihre Sammlung – mit einer Empfehlung von mir. Ich liebe sie.» Hier brach ich zusammen.

Harringay, der Ähnlichkeit mit einer Eule hatte, benahm sich großartig. Er stopfte mich mit seiner Lebensweisheit und mit neuem Mut. «Gehen Sie einfach so, wie Sie sind», sagte er. «Vielleicht wird ihre Liebe erwachen. Zum Glück haben Sie von Natur etwas glasige Augen. Sie müssen nur die Pose beibehalten.»

«Sie glauben, ihre Liebe wird erwachen?»

«Auf jeden Fall muß sie Ihre bewundernswerte Bewegungslosigkeit anerkennen, die Sie zum würdigen Gefährten für ein – na, es schwebt mir auf der Zunge –, für so ein Dings macht, das man vom Baum runterschießt.»

«Ja, es schwebt mir auch auf der Zunge. Darauf werde ich setzen. Harringay, Sie sind wirklich ein Freund.»

«Ach wo, das ist eine gute Reklame für mich.»

«Nein, nein, es ist ein Freundschaftsdienst. Einen Augenblick, gleich bin ich bereit.»

Er trug mich in ihre Wohnung. «Brynhild, hier ist ein neues Stück für Ihr naturhistorisches Museum.»

«Nanu, das ist doch Eichhörnchen! Ist er ausgestopft?»

«Aus Liebe zu Ihnen, Brynhild.»

«Wie naturgetreu! Harringay, Sie sind der König der Ausstopfer.»

«Ja, und ich werde täglich kommen und ihn überholen. Das ist eine neue Technik. Es ist alles vorbereitet. Soll ich ihn in den Alkoven stellen?»

«Ja, und wir werden eine Cocktail-Party machen. Gleich jetzt. Alle müssen kommen. Bogey, ruf alle Leute an.»

«Auch Hauptmann Fenshawe-Fanshawe?»

«Ja, unbedingt, der Hauptmann muß kommen.»

Sie brach, vor Lachen schreiend, auf einem grellgelben Tigerfell zusammen. Sie lachte noch, als die Gäste hereinströmten. Mein Nebenbuhler, der riesige Hauptmann Fenshawe-Fanshawe mit Monokel und Habsburgerkinn, überragte sie alle, sogar Brynhild.

Alle lachten, schwatzten und bewunderten mich. «Prachtvolle Arbeit, Mr. Harringay! Wenn unser lieber Pongo stirbt, werde ich ihn zu Ihnen schicken.»

«Ich hoffe, Sie übernehmen auch unsere Fifi, Mr. Harringay.»

Harringay verbeugte sich lächelnd.

«Es heißt, er hätte es aus Liebe getan.»

«Aus Liebe!» dröhnte der Hauptmann und versetzte mir einen Nasenstüber. Ich zitterte vor Wut und Demütigung.

«Vorsicht! Die Drähte sind sehr empfindlich», sagte Mr. Harringay.

«Liebe!» dröhnte der Hauptmann. «Ein Eichhörnchen! Haha! Nur ein ausgewachsener Mann kann das lohnende Maß von Liebe aufbringen. Was für ein Herz haben Sie in ihm gefunden, Harringay?»

«Ein recht gutes», sagte Harringay. «Natürlich gebrochen.»

Brynhilds Gelächter verstummte plötzlich.

«Ein Eichhörnchen!» höhnte der Hauptmann. «Wußte gar nicht, daß du dich auf Kleinwild verlegt hast, Brynhild. Werde dir zu Weihnachten eine ausgestopfte Maus schicken.»

Er hatte nicht auf Brynhilds Gesichtsausdruck geachtet. Ich hingegen hatte sie genau beobachtet. Ihr Gesicht war wie ein Bild der Erde aus der Vogelschau, das man zu Anfang einer Wochenschau sieht: alles dreht sich – Wolken, Erdteile, Meere, eins nach dem anderen. Plötzlich wechselte sie mit einer einzigen krampfhaften Bewegung von dem grellgelben Tigerfell zu dem Begräbnispelz eines schwarzen Panthers hinüber, auf dem sie sich in majestätischer Bauchlage ausstreckte. «Geht!» rief sie mit halberstickter Stimme. «Geht weg, alle! Geht! Geht weg!»

Irgend etwas stimmte nicht; die Gäste spürten es und verdrückten sich nach und nach.

«Bin ich auch gemeint?» sagte der Hauptmann.

«Ja, geh!» rief sie.

«Ich auch?» fragte Bogey.

«Alle», schluchzte Brynhild. Nichtsdestoweniger klammerte sie sich an Bogeys Hand: eine Frau braucht eine Freundin.

«Brynhild! Was hast du? Du weinst ja. Ich habe dich noch nie weinen sehen. Sag es mir. Wir sind allein.»

«Bogey, er hat es aus Liebe getan.»

«Ja.»

«Mir ist gerade klargeworden, was das heißt, Bogey. Ich habe es nicht gewußt. Mein Leben lang habe ich alles mögliche gejagt – getötet – und ausstopfen lassen. Bogey, damit ist es jetzt aus. Er ist mein ein und alles. Ich werde ihn heiraten.»

«Liebling, ich glaube, das geht nicht, wo er doch ausgestopft ist.»

«Dann werde ich mit ihm zusammen leben.»

«Und die Welt . . .?»

«Einer Frau, die mit einem ausgestopften Mann zusammen lebt, kann der grobe, lüsterne Hohn der Welt nichts anhaben. Ich werde ihn bei Tisch neben mich setzen und so mit ihm sprechen, als wäre er lebendig.»

«Brynhild, du bist wundervoll!»

Ich war einverstanden. Zugleich aber befand ich mich in einer schwierigen Lage. Es ist kein Spaß, sich ausgestopft benehmen zu müssen, während die Geliebte einen mit leidenschaftlicher, reuevoller Liebe überschüttet, bei Tisch neben einem sitzt, beim Schein des Kaminfeuers mit einem plaudert, ihr Herz ausschüttet, sogar Tränen vergießt. Und doch durfte ich meinen Gefühlen nicht nachgeben, durfte kein Geständnis ablegen, sonst hätte ihre zarte, junge Liebe in der Knospe welken können.

Manchmal streichelte sie mich oder drückte einen brennenden Kuß auf meine Stirn; dann riß sie sich los, warf sich auf ein Leopardenfell und machte in ihrer Hoffnungslosigkeit wie wild gymnastische Übungen. Ich mußte all meine Selbstbeherrschung zusammennehmen.

Harringay kam jeden Vormittag, um «mich zu überholen», wie er sagte. Unter dem Vorwand des Berufsgeheimnisses bestand er darauf, daß Brynhild für eine Stunde ausging. Er gab mir mein belegtes Brot und mein Glas Milch, staubte mich gründlich ab und massierte meine versteiften Gelenke.

«Diese absurd versteifte Situation können Sie nicht wegmassieren», sagte ich.

«Vertrauen Sie mir», sagte er.

«Na schön», sagte ich, «ich werd's versuchen.»

Brynhild kam, wie gewöhnlich, ein paar Minuten früher zurück. Sie brachte es nicht fertig, eine ganze Stunde fortzubleiben. «Er fehlt mir so, wenn ich nicht bei ihm bin», sagte sie. «Und wenn ich dann zurückkomme – dann ist er ausgestopft. Es ist zu schrecklich.»

«Vielleicht kann ich Ihnen helfen», sagte Harringay.

«Das wage ich nicht zu glauben», sagte sie, sich ans Herz greifend.

«Was?» rief er. «Haben Sie etwa Angst? Sie, das kleine Mädchen, das große Tiger schießt? Nehmen Sie Ihren Mut zusammen. Würden Sie sich vor einem künstlichen Bein fürchten?»

«Nein», sagte sie. «Das könnte ich ertragen.»

«So ein modernes», sagte er, «das gehen und treten, sogar tanzen kann, alles mechanisch?»

«Ja», sagte sie, «ich glaube schon.»

«Dann», sagte er, «können Sie's um seinetwillen auch mit zwei künstlichen Beinen aufnehmen.»

«Ja, das will ich.»

«Seien Sie tapfer. Auch mit zwei solchen Armen?»

«Ja. Ja.»

«Und so fort. Ich kann seine Kiefer beweglich machen. Er wird essen. Er wird die Augen auf- und zumachen. Alles.»

«Wird er mit mir sprechen?»

«Jaja, vielleicht wird er ‹Mama› sagen.»

«Ach, die Wissenschaft ist doch etwas Wunderbares! Aber – was wird die Welt sagen?»

«Ich weiß nicht. Vielleicht ‹Bravo› oder etwas dergleichen.»

«Nein. Wenn ich mit ihm zusammen lebe und er ‹Mama› sagt, wird sie mich mit ihrem groben, lüsternen Hohn beschmutzen. Und ich kann ihn nicht heiraten, weil er ausgestopft ist. Oh, ich wußte schon, es nützt alles nichts.»

«Machen Sie sich keine Sorgen», sagte Harringay. «Das ist nur eine Frage der Technik. Ich werde die Sache schon deichseln. Alles weitere morgen.»

Sie brachte ihn hinaus und kam kopfschüttelnd zurück. Sie war verzweifelt. Ich desgleichen. Ich wußte, wie stark die Diana in ihr war. Und sie wußte es auch. Sie verbrachte den Nachmittag auf dem Fell eines riesigen Grizzlybären. Ich sehnte mich danach, bei ihr zu liegen. Mir war, als läge ich auf der Haut eines Stachelschweines.

Plötzlich, gerade als die Dunkelheit in dem großen Raum sich verdichtete, klopfte es an die Tür. Sie öffnete. Es war der gräßliche Fenshawe-Fanshawe.

«Was willst du?» fragte sie.

«Rate mal», sagte er.

«Ich habe keine Ahnung», sagte sie.

«Brauchst du auch nicht», sagte er, sein Jackett ausziehend.

«Was machst du da?» fragte sie.

«Ich habe lange genug gewartet», sagte er. «Hör mal, ich mag diesen Kittel nicht. Er ist unkleidsam.»

Sie jedoch war mit einem Sprung an der Wand, wo ihre Gewehre hingen, und richtete die Lee-Enfield auf ihn. «Zurück!» schrie sie.

Der Hauptmann lachte höhnisch und rückte weiter vor.

Sie spannte den Abzug. Man hörte ein hohles Klicken. Der Hauptmann lächelte und rückte näher.

Sie griff nach der Ballard: Klick. Nach der leichten Winchester: Klick! Klick! Klick!

«Ich habe die Patronen herausgenommen», sagte der Hauptmann, «bei der Cocktail-Party, während du so herzlich lachtest.»

«Oh, Eichhörnchen. Könntest du mir doch helfen!»

«Er kann nicht. Er ist ausgestopft.»

«Oh, Eichhörnchen! Hilf mir! Eichhörnchen! Eichhörn . . .» In diesem Augenblick packte er sie. Sie riß sich los. «Hilf mir!»

«Das werde ich, da kannst du dich drauf verlassen», sagte ich, mich steif von meinem Sitz erhebend. Die Wirkung in dem halbdunklen Alkoven war vermutlich recht unheimlich. Der Hauptmann stieß einen dumpfen Schrei aus, machte kehrt und flüchtete zur Tür. Doch mein Blut war in Wallung geraten: ungeachtet der Nägel und Nadeln, die mich zusammenhielten, nahm ich die Verfolgung auf, im Vorüberlaufen den Stoßzahn eines preisgekrönten Elefanten an mich reißend. Während er noch am Türschloß fummelte, gab ich ihm, was er verdiente. Er ging zu Boden.

Brynhild stand an meiner Seite, ein treuer Kamerad. «Verzeih mir», sagte ich. «Ich habe dich betrogen.»

«Du hast mich gerettet. Mein Held!»

«Aber ich bin gar nicht ausgestopft», murmelte ich.

«Dafür», sagte sie, «hast du mehr Mumm in den Knochen als diese große Bestie.»

«Er könnte jetzt etwas Füllung gebrauchen, Brynhild, sonst wird dieser Riesenkadaver zum Ärgernis.»

«Ja. Wir werden Harringay kommen lassen.»

«Unseren guten alten Harringay!»

«Eine saubere Strecke, mein Eichhörnchen! Waidmannsheil!»

«Waidmannsdank!»

Ich setzte den einen Fuß auf den gewaltigen Rumpf, dann zog ich den anderen nach. Nun waren unsere Lippen auf gleicher Höhe. «Brynhild! Darf ich?»

«Ja.»

«Wirklich?»

«Ja.»

Es war ein göttlicher Augenblick. Wir sanken auf das Fell eines riesigen Pandabären. Bogey klopfte vergebens.

Am nächsten Tag – wie konnte es anders sein? – waren wir verheiratet.

De Mortuis

Dr. Rankin war ein breiter, grobknochiger Mann, der auch im neuesten Anzug so altmodisch aussah wie auf einer Fotografie von vor zwanzig Jahren. Das lag an seinem platten, vierschrötigen Rumpf, der wie von einem Kistenfabrikanten zusammengesetzt erschien. Auch sein Gesicht hatte etwas Hölzernes, kunstlos Zusammengeschlagenes, und sein Haar wirkte wie eine Perücke und war durch keinen Kamm zu bändigen. Er hatte diese großen, plumpen Hände, die für einen Provinzarzt von Vorteil sein können, denn in kleinen Landstädten hat man noch Gefallen am Paradoxen und glaubt, daß solche Orang-Utan-Pfoten so heikle Sachen wie eine Mandeloperation besonders präzise ausführen.

Diese Annahme war im Fall von Dr. Rankin völlig berechtigt. An diesem schönen Morgen beispielsweise – an dem es sich freilich um etwas weniger Kitzliges handelte, nämlich um das Zementieren eines großen Fußbodenstückes in seinem Keller – gebrauchte er diese breiten, plumpen Hände mit der unbeirrbaren Sicherheit eines Chirurgen, der nie einen Tupfer im Bauch des Patienten vergessen und nie eine häßliche Operationsnarbe hinterlassen würde.

Der Doktor betrachtete das Werk seiner Hände von allen Seiten. Er nahm hier und da eine kleine Verbesserung vor, bis das Ganze fachmännisch geglättet war. Er kehrte die letzten Erdkrumen zusammen und warf sie in den Heizofen. Bevor er Hacke und Schaufel wegräumte, hielt er noch einmal inne und fand Gelegenheit, den Übergang zwischen der neuen Zementfläche und dem alten Fußboden mit einem letzten künstlerischen Kellenstrich auszugleichen. In diesem Augenblick höchster Konzentration wurde oben die Verandatür mit dem Knall eines mittleren Artilleriegeschützes zugeschlagen. Dr. Rankin fuhr denn auch wie erschossen zusammen.

Er runzelte die Stirn und hob lauschend den Kopf. Er hörte zwei Paar schwere Füße über den hohlklingenden Verandaboden stapfen. Er hörte die Haustür aufgehen und die Besucher in den Flur treten, von dem ein paar Treppenstufen in seinen Keller führten. Er hörte Buck und Bud pfeifen und dann rufen: «He, Doktor! Doktor! Sie beißen an!»

Ob der Doktor heute keine Lust zum Fischen hatte, ob er – wie manche Menschen dieses großen, massigen Typs – auf den plötzlichen Schreck besonders heftig und ungesellig reagierte oder ob es ihm nur eilte, mit der angefangenen Arbeit ungestört fertig zu werden und sich dann wichtigeren Dingen zuzuwenden – wie auch immer, er antwortete nicht auf den einladenden Ruf seiner Kumpane. Er stand nur lauschend da, während die Dinge oben ihren natürlichen Lauf nahmen und sich schließlich ein ratloser, etwas verstimmter Dialog entspann.

«Scheint nicht da zu sein.»

«Ich werd ihm einen Zettel hinlegen – daß wir unten am Bach sind und ihn da erwarten.»

«Wir könnten's Irene sagen.»

«Aber die ist auch nicht da. Man sollte meinen, daß *sie* wenigstens zu Hause wäre.»

«Müßte sie eigentlich, so wie es hier aussieht.»

«Da hast du recht, Bud. Sieh dir bloß diesen Tisch an. Man kann seinen Namen drauf schreiben . . .»

«Scht! Sieh mal, da!»

Offenbar hatte der letzte Sprecher die offene Kellertür und den Lichtschein aus dem Keller bemerkt. Gleich darauf wurde die Tür weit aufgemacht, und Bud und Buck blickten hinunter.

«Nanu, Doktor, da sind Sie ja!»

«Haben Sie uns nicht rufen hören?»

Dem Doktor hatte das, was er mitgehört hatte, nicht sonderlich gefallen; dennoch zwang er sich zu seinem etwas hölzernen Lächeln, als die beiden Männer die Treppe herunterkamen. «Mir war doch so, als hätte ich was gehört», sagte er.

«Wir haben uns heiser geschrien», sagte Buck. «Dachten schon, es wäre alles ausgeflogen. Wo ist denn Irene?»

«Weggefahren», sagte der Doktor. «Jemand besuchen.»

«Heh, was geht hier vor?» sagte Bud. «Was machen Sie denn? Begraben Sie vielleicht einen Patienten?»

«Ach, da war eine nasse Stelle am Boden», erklärte der Doktor, «und ich dachte, vielleicht ist da eine Quelle durchgebrochen, oder so was.»

«Was Sie nicht sagen!» rief Bud, der sich als Grundstücksmakler sofort bei seiner Berufsehre gepackt fühlte. «Hören Sie, Doktor, dieses Grundstück habe ich Ihnen verkauft. Sie wollen doch nicht etwa sagen, ich hätte Ihnen einen Dreckhaufen mit einer unterirdischen Quelle angedreht.»

«Aber es war naß», sagte der Doktor.

«Na ja, Doktor, aber sehen Sie sich doch mal die geologische Karte an, die sie im Kiwanis-Klub haben. Es gibt keinen besseren Baugrund in der Stadt.»

«Sieht so aus, als wären Sie angeschmiert worden, Doktor», frotzelte Buck.

«Nein», sagte Bud. «Paß auf: als der Doktor herkam, hatte er von nichts 'ne Ahnung. Das wirst du zugeben. Was der alles nicht wußte!»

«Richtig, er hat Ted Webbers alte Klapperkiste gekauft», sagte Buck.

«Und er hätte Jessops Grundstück gekauft, wenn ich's zugelassen hätte», fuhr Bud fort. «Aber ich würde ihm doch keinen falschen Tip geben.»

«Nein, bist ja bloß unser armer, einfältiger Stadtgauner», sagte Buck.

«Andre hätten sich das zunutze gemacht», sagte Bud. «Vielleicht haben's manche getan. Aber ich nicht. Ich hab ihm das hier empfohlen, und er ist mit Irene eingezogen, sobald sie verheiratet waren. Ich hätte dem Doktor doch keinen Dreckhaufen mit 'ner Quelle unter den Fundamenten angedreht.»

«Ach, reden wir nicht mehr davon», sagte der Doktor, den Buds gewissenhafte Verteidigung verlegen machte. «Vielleicht kommt es einfach von den starken Regenfällen.»

«Meine Güte!» sagte Buck mit einem Blick auf die verschmierte Spitzhacke. «Sie haben aber mächtig tief gegraben. Bis in den Lehm runter, was?»

«Bis zur Lehmschicht ist es über einen Meter», sagte Bud.

«Nein, fünfundvierzig Zentimeter», sagte der Doktor.

«Über einen Meter», wiederholte Bud. «Ich kann's Ihnen auf der Karte zeigen.»

«Laß doch das Streiten», sagte Buck. «Wie wär's denn, Doktor? Eine Stunde oder zwei am Bach? Sie beißen heute.»

«Nein, Jungens, ich kann nicht», sagte der Doktor. «Muß ein paar Patienten besuchen.»

«Ach was, Doktor, leben und leben lassen», sagte Bud. «Geben Sie den Leuten Gelegenheit, gesund zu werden. Wollen Sie denn die ganze Stadt entvölkern?»

Der Doktor blickte lächelnd und brummelnd vor sich hin, wie immer, wenn dieser Scherz aufgetischt wurde. «Tut mir leid, Jungens», sagte er. «Ich kann nicht.»

«Na, dann werden wir lieber gehen», sagte Bud enttäuscht. «Wie geht's denn Irene?»

«Irene?» sagte der Doktor. «Danke, ausgezeichnet. Ist zu Besuch nach Albany gefahren. Mit dem Elf-Uhr-Zug.»

«Elf Uhr?» sagte Buck. «Nach Albany?»

«Hab ich Albany gesagt?» sagte der Doktor. «Ich meine Watertown.»

«Haben Sie Freunde in Watertown?» fragte Buck.

«Ja, Mrs. Slater», antwortete der Doktor. «Mr. und Mrs. Slater. Waren Nachbarn von Irenes Eltern, sagte sie, da drüben in der Sycamore Street.»

«Slater?» sagte Bud. «Nachbarn von Irene? Aber nicht in unserer Stadt.»

«O doch», sagte der Doktor. «Sie hat mir noch gestern abend davon erzählt. Sie hat von ihnen einen Brief bekommen. Ich glaube, diese Mrs. Slater hat sich mal um Irene gekümmert, als ihre Mutter im Krankenhaus lag.»

«Nein», sagte Bud.

«Jedenfalls hat sie mir's so erzählt», sagte der Doktor. «Natürlich ist das viele Jahre her.»

«Hören Sie mal, Doktor», sagte Buck. «Bud und ich, wir sind in dieser Stadt aufgewachsen. Wir haben Irenes Leute unser Leben lang gekannt. Wir sind dauernd bei ihnen aus- und eingegangen. Da haben keine Slaters nebenan gewohnt.»

«Vielleicht ist die Frau zum zweitenmal verheiratet», sagte der Doktor. «Vielleicht hieß sie damals anders.»

Bud schüttelte den Kopf.

«Wann ist Irene denn zum Bahnhof gegangen?» fragte Buck.

«So etwa vor einer Viertelstunde», sagte der Doktor.

«Sie haben sie nicht hingefahren?» fragte Buck.

«Nein, sie ist zu Fuß gegangen.»

«Wir sind die Main Street langgekommen», sagte Buck. «Wir sind ihr nicht begegnet.»

«Vielleicht ist sie über die Wiese gegangen», sagte der Doktor.

«Etwas beschwerlich mit einem Koffer», meinte Buck.

«Sie hat nur eine kleine Tasche mit dem Nötigsten mit», sagte der Doktor.

Bud schüttelte noch immer den Kopf.

Buck sah Bud an, dann die Hacke und dann den frischen, feuchten Zementfleck. «Du lieber Himmel!» sagte er.

«Großer Gott, Doktor!» sagte Bud. «Ein Mann wie Sie!»

«Was denkt ihr denn, um Himmels willen, ihr verdammten Idioten?» fragte der Doktor. «Was wollt ihr damit sagen?»

«Eine Quelle!» sagte Bud. «Ich hätte gleich wissen können, daß hier keine Quelle ist.»

Der Doktor sah den Zementfleck an, dann seine Hacke und dann die gutmütig-besorgten Gesichter seiner Freunde. Sein Gesicht wurde aschfahl. «Bin ich verrückt oder ihr?» sagte er. «Wollt ihr etwa andeuten, daß ich – daß Irene – meine Frau – wunderbar, nur weiter so! Nun geht schon! Ja, geht und holt den Sheriff. Sagt ihm, er soll herkommen und nachgraben. Ihr – so geht doch!»

Bud und Buck sahen einander an, traten von einem Fuß auf den anderen und standen wieder still.

«Nun geht schon», sagte der Doktor.

«Ich weiß nicht», sagte Bud.

«Nicht daß er keine Veranlassung hätte», sagte Buck.

«Die hat er, weiß Gott», sagte Bud.

«Ja, weiß Gott», sagte Buck. «Du weißt es. Ich weiß es. Die ganze Stadt weiß es. Aber versuch das mal den Geschworenen beizubringen.»

Der Doktor faßte sich an den Kopf. «Was heißt das?» fragte er. «Was soll das? Was wollt ihr damit sagen? Was meint ihr?»

«Eine verflixte Situation!» sagte Buck. «Doktor, Sie müssen das verstehen. Man muß sich das überlegen. Wir sind von Anfang an Freunde gewesen. Richtig gute Freunde.»

«Aber wir müssen uns das überlegen», sagte Bud. «Es ist eine ernste Sache. Veranlassung oder nicht, es gibt schließlich Gesetze. Man kann sich mitschuldig machen.»

«Ihr habt von Veranlassung gesprochen», sagte der Doktor.

«Richtig», sagte Buck. «Und wir sind mit Ihnen befreundet. Und wenn jemand berechtigt wäre . . .»

«Wir müssen uns irgendwie darüber klarwerden», sagte Bud.

«Berechtigt?» fragte der Doktor.

«Früher oder später mußten Sie es ja erfahren», sagte Buck.

«Wir hätten's Ihnen sagen können», sagte Bud. «Bloß – ja, warum eigentlich?»

«Wir hätten's Ihnen sagen können», sagte Buck. «Und beinah hätten wir's getan. Vor fünf Jahren. Als Sie noch nicht verheiratet waren. Sie waren noch keine sechs Monate hier, aber wir mochten Sie irgendwie gern. Wir wollten Ihnen einen Wink geben. Haben darüber gesprochen. Weißt du noch, Bud?»

Bud nickte. «Komisch», sagte er. «Jessops Grundstück, da hab ich ganz offen mit Ihnen drüber geredet. Nie hätte ich zugelassen, daß Sie das kaufen, Doktor. Aber heiraten, das ist wieder was anderes. Doch, wir hätten's Ihnen sagen können.»

«Insofern sind wir mit dran schuld», sagte Buck.

«Ich bin fünfzig», sagte der Doktor. «Das ist wohl ziemlich alt für Irene.»

«Und wenn Sie Johnny Weissmüller mit einundzwanzig wären, das würde auch nichts ändern», sagte Buck.

«Ich weiß, viele Leute halten sie nicht direkt für eine gute Ehefrau», fuhr der Doktor fort. «Vielleicht ist sie keine gute Ehefrau. Sie ist jung. Sie ist lebenslustig.»

«Ach, hören Sie auf, Doktor!» sagte Buck scharf und sah wieder den frischen Zementfleck an. «Hören Sie um Gottes willen auf.»

Der Doktor strich sich mit der Hand übers Gesicht. «Die Menschen sind verschieden», sagte er. «Ich bin ein etwas trokkener Bursche. Ich schließe mich nicht so leicht auf. Irene – die ist mehr von der munteren Sorte.»

«Kann man wohl sagen», sagte Buck.

«Sie ist keine Hausfrau», sagte der Doktor. «Das weiß ich. Aber das ist nicht das einzige, was der Mensch braucht. Sie hat sich amüsiert.»

«O ja», sagte Buck. «Das hat sie.»

«Und das liebe ich an ihr», sagte der Doktor. «Weil ich selber nicht so bin. Sie ist geistig nicht sehr tiefgründig. Na schön. Sagen wir, sie ist dumm. Ist mir egal. Faul. Unsystematisch. Na wennschon, systematisch bin ich selber. Sie hat sich amüsiert, unschuldig wie ein Kind. Ich finde das schön.»

«Ja. Wenn das alles wäre», sagte Buck.

«Aber», sagte der Doktor, ihm den Blick voll zuwendend, «ihr wißt anscheinend mehr.»

«Jeder weiß es», sagte Buck.

«Ein anständiger, ehrlicher Mann kommt hierher und heiratet das Stadtflittchen», sagte Bud bitter. «Und keiner sagt's ihm. Alle sehen bloß zu.»

«Und lachen», sagte Buck. «Wir beide auch, Bud, genau wie die anderen.»

«Wir haben ihr gesagt, sie soll sich in acht nehmen», sagte Bud. «Wir haben sie gewarnt.»

«Alle haben sie gewarnt», sagte Buck. «Aber als es dann bis zu Lastwagenfahrern ging . . .»

«Wir sind's nie gewesen, Doktor», sagte Bud ernst. «Jedenfalls nicht, seitdem Sie hier sind.»

«Die ganze Stadt wird auf unserer Seite sein», sagte Buck.

«Das wird nicht viel nützen, wenn es zur Verhandlung in der Hauptstadt kommt», sagte Bud.

«Oh!» schrie der Doktor plötzlich. «Was soll ich nur machen? Was soll ich machen?»

«Ich überlasse es dir, Bud», sagte Buck. «Ich kann ihn nicht anzeigen.»

«Immer mit der Ruhe, Doktor», sagte Bud. «Beruhigen Sie sich. Paß auf, Buck. Als wir hier reingingen, war doch niemand auf der Straße, oder?»

«Ich glaube, nein», sagte Buck. «Jedenfalls hat uns niemand in den Keller gehen sehen.»

«Und wir sind auch gar nicht hier unten gewesen», sagte Bud eindringlich zum Doktor. «Haben Sie das verstanden, Doktor? Wir haben oben gerufen und sind ein paar Minuten rumgestanden und dann wieder gegangen. Aber in diesem Keller sind wir nie gewesen.»

«Ich wollte, es wäre so», sagte der Doktor schwer und langsam.

«Sie brauchen bloß zu sagen, Irene ist spazierengegangen

und nicht wiedergekommen», sagte Buck. «Bud und ich können beschwören, daß wir sie mit einem Mann in einem – na, sagen wir, in einer Buick-Limousine gesehen haben, die stadtauswärts fuhr. Jeder wird das unbesehen glauben. Das machen wir schon. Aber erst nachher. Jetzt wollen wir lieber verduften.»

«Und vergessen Sie's nicht, und bleiben Sie dabei: Wir sind nie hier unten gewesen, wir haben Sie heute überhaupt nicht gesehen», sagte Bud. «Wiedersehn!»

Buck und Bud stiegen mit etwas lächerlicher Vorsicht die Stufen hinauf. «Decken Sie das . . . das da lieber zu», sagte Buck noch über die Schulter.

Als der Doktor allein war, setzte er sich auf eine leere Kiste und stützte den Kopf in beide Hände. Er saß noch so da, als die Verandatür wieder zuschlug. Diesmal fuhr er nicht zusammen. Er lauschte. Die Haustür ging auf und wieder zu. Eine Stimme rief: «Juhuh! Juhuh! Ich bin wieder da.»

Der Doktor erhob sich langsam. «Ich bin hier unten, Irene!» rief er.

Die Kellertür öffnete sich. Eine junge Frau stand auf der obersten Stufe. «Ist das nicht die Höhe?» sagte sie. «Ich habe den Zug versäumt.»

«Oh!» sagte der Doktor. «Bist du über die Wiese zurückgekommen?»

«Ja, ich Idiot», sagte sie. «Ich hätte mich doch von jemand im Wagen mitnehmen lassen können, dann hätte ich den Zug noch auf der Strecke erwischt. Ich habe mir das einfach nicht überlegt. Aber wenn du mich zur Umsteigestation fährst, könnte ich es noch schaffen.»

«Vielleicht», sagte der Doktor. «Hast du auf dem Rückweg jemand getroffen?»

«Nein, keine Menschenseele. Bist du noch nicht fertig mit deiner Arbeit?»

«Ich fürchte, ich muß alles noch mal aufmachen», sagte der Doktor. «Komm runter, mein Liebes, du wirst schon sehen.»

Novembernebel

Ich war auf alles gefaßt, als ich in das Seebad T . . . kam. Es war schon spät im Jahr. Dürre Blätter krochen wie Krebse über den Asphalt der menschenleeren Promenade. Die Winde galoppierten durch die Korridore der größeren Hotels und platzten in die falschen Zimmer hinein.

An solch einem Ort und in solch einer Jahreszeit findet man verzweifelte Strohwitwen oder lebenshungrige junge Dinger, die mit natürlicher Leichtgläubigkeit auf den gröbsten Schwindel anbeißen. Aus ist es mit der Illusion der unbegrenzten Möglichkeiten, sobald der ausgelassene Karneval des Sommers zu Ende, die sonnengebräunte Maske verblaßt und der letzte Mann, der einmal allein in den Dünen sitzen könnte, abgereist ist. Heißhungrige Träume geistern in den verlassenen Salons der Villen oder am Strand zwischen hochgehenden Wogen und rieselndem Laub.

Mein hintergründiges Lächeln und der Hintersinn meiner Worte hätten mir in dem kurzlebigen Paarungstanz des Sommers den Ruf eines ränkeschmiedenden Machiavelli verschafft. Man hätte mich als schwierigen, neunmalklugen, sogar als unangenehmen oder gar gefährlichen Zeitgenossen verurteilt. Jetzt dagegen würde meine etwas komplizierte Persönlichkeit ebenso freudig begrüßt werden wie ein Puzzlespiel von vor Langeweile zappeligen Händen. Trotzdem war ich so weit gegangen, mir ein neues Sportjackett zu kaufen, und wäre mein schwarzer Schnurrbart tatsächlich vorhanden gewesen, so hätte ich ihn vorsichtshalber abrasiert.

Ich hatte noch ein bißchen Geld. Ich ging nicht auf Profit aus, sondern auf Vergnügen. Ich wollte mich an einem echten Gefühl berauschen. In welcher der noch bewohnten Villen, in welchem albernen Wohnzimmer würde ich – ängstlich auf der Hut vor welchem Ehemann, vor welcher Tante? – unter der berauschenden Wirkung dieses Zaubertrankes meine Possen treiben?

Peinlich darauf bedacht, meine Schutztarnung einzuhalten, sagte ich mir an meinem ersten Abend im Hotel, daß ich den Apéritif vor dem Abendessen natürlich nicht versäumen dürfe. Ich betrat also flotten Schrittes die Bar, den Mund – wie die Augenhöhle eines Provinzschauspielers (aber alle Schauspieler sind provinziell) im Kampf mit dem wackeligen Monokel – schon zu einem durchschlagenden Witz verziehend.

Diese witzige Bemerkung wurde nie ausgesprochen. Ich glaubte einen Goldfisch vor mir zu sehen. Es war der honigblonde Kopf der über eine Liebesgeschichte gebeugten Bardame, aber da die Bar das Aussehen des Zweiter-Klasse-Salons eines vor zwei Jahren auf den Grund des graugrünen Ozeans gesunkenen Dampfers hatte, glaubte ich, es wäre ein Goldfisch. Dieser Irrtum wurde sogleich richtiggestellt: die Dame hob den Kopf, und ihr rosiges Gesicht schien so von Sonnenglanz übergossen, daß ich unwillkürlich nach den blühenden Zweigen eines Obstgartens suchte.

Das alles war etwas verwirrend und geeignet, meine Haltung zu erschüttern. Diese zum Anbeißen frischen Gesichter haben nämlich eine ganz besondere Wirkung auf mich. «Fahr hin, du schmachtende Seemannsfrau und du bleichsüchtige Leidenschaft im Pfarrhaus!» dachte ich. «Ihr seht mich nimmermehr.»

Ich bestellte eines der hinter ihr aufgestellten Getränke – bei weitem nicht so berauschend wie sie – und steckte ein bißchen zurück: ich verwandelte mich in einen gewissen Bert, einen schon gut verdienenden jungen Mann, gleichzeitig keß und schüchtern, aber wahrscheinlich zu ernsten Gefühlen fähig. Einer, bei dem man nie weiß, was er als nächstes sagen wird.

Ich wußte es selbst nicht recht, als sie mich ostentativ kaum beachtete und sich wieder in das blumige Dickicht ihrer Traumwelt zurückzog. Dieses Dickicht mußte in den letzten ein bis zwei Monaten ziemlich wild ins Kraut geschossen sein, denn bevor sie sich umdrehen und einen Blick hinauswerfen konnte, wurde sie davon wie ein angehendes Dornröschen mit Haut und Haar verschlungen, und wirklich: sie gähnte schon.

Ich analysierte dieses Gähnen mit der zurückhaltenden Exaktheit jener Wissenschaftler, die Scotland Yard auf die richtige Spur zu bringen pflegen. Ich entdeckte, daß es von Seufzern schwer übersättigt war und dem wehmütigen Protest gegen die

Diskrepanz zwischen Traum und Wirklichkeit entsprang. Obgleich wir erst Mitte November hatten, diagnostizierte ich es als ein verfrühtes Dezembergähnen, und im Dezember findet man sich bekanntlich mit der Wirklichkeit ab. Das ermutigte mich dazu, sofort zu handeln.

Ich tat so, als befragte ich mein Herz wie eine Taschenuhr, ich atmete schwer, ich biß mich auf die Lippe und starrte sie wild und argwöhnisch an. Man konnte nie wissen, ob ich etwas ernst oder spaßig meinte. «Glauben Sie an Liebe auf den ersten Blick?» fragte ich feurig.

«Nein, mein Herr», antwortete sie streng. «So was verfängt bei mir nicht, vielen Dank.»

Sie konnte höchstens seit sieben bis acht Wochen Bardame sein. Hinter ihrer beruflichen Kaltschnäuzigkeit lauerte die bezaubernde Neugier auf die Wirkung wie bei einem Kind, das sich den schrecklichen Hut seiner Mutter aufgesetzt hat.

«Ich rede nicht nur so daher», sagte ich (mit einem kleinen Dämpfer, wohlgemerkt). «Ich bin nämlich, ob Sie es glauben oder nicht, ein bißchen telepathisch veranlagt.» Bei diesem Wort – dem nützlichsten, wenn auch nicht dem schönsten unserer Sprache – blickte sie auf und sah mir in die Augen, in denen ich ein paar Stückchen alter Aufrichtigkeit als Köder ausgelegt hatte, die ich für solche Zwecke stets bei mir habe. Ein paar davon legte ich auch in meine Stimme, als ich hinzusetzte: «Wissen Sie, was ich gedacht habe, als ich Sie sah?»

«Was denn?» fragte sie.

«Ich will es Ihnen sagen. Ich habe gedacht: ‹Es ist etwas Tragisches um dieses Mädchen. Sie vergeudet ihr Leben. Da ist so etwas wie eine Schranke, die sie von den freudigen Überraschungen des Lebens absperrt. Ich wollte, sie könnte diese Schranke niederreißen.›»

«Ist das Ihr Ernst?»

«Ja», sagte ich. «Geben Sie mir Ihre Hand. Ich kann darin lesen wie in einem Buch, wahrscheinlich eins von Ihrem Lieblingsschriftsteller. O ja, ich bin bestimmt telepathisch veranlagt. Schon als ich hier ankam, hatte ich so etwas wie eine Vorahnung. Ich wußte, daß ich mich verlieben würde.»

«Und ich weiß, daß Sie mich nur zum besten halten», sagte sie, aber sie hielt mir doch ihre offene Hand hin, die sich als völlig unleserlich erwies.

Trotzdem sagte ich in überzeugendem Ton: «Sie haben heute Liebesgedanken gehabt. Sie haben von einem Fremden geträumt. Bestreiten Sie's nicht, denn es steht in Ihrer Hand geschrieben. Und das ist noch nicht alles.»

«Was steht denn noch drin?» fragte sie.

«Nennen Sie es, wie Sie wollen», sagte ich. «Nennen Sie's Schicksal oder Kismet – es ist nicht wegzuleugnen. Oder nennen wir es meinetwegen Bestimmung. Gegen die Bestimmung darf man sich nicht sträuben. Hier steht . . . Raten Sie mal!»

«Ich kann nicht», sagte sie. «Sagen Sie's.»

Ich konnte es auch nicht raten. Schweigend studierte ich ihre Handfläche. Sie beugte sich neugierig ein bißchen weiter vor. Unsere Stirnen berührten einander. Ich fiel nicht in Ohnmacht, aber der Schock unterbrach jede Verbindung zwischen bewußtem Denken und Willenskraft. Mit göttlichem Erschauern hörte ich mich antworten: «Da steht, daß wir heiraten werden.»

«Oh», sagte sie. «Das weiß ich noch nicht.»

«Was?» rief ich, bis ins Mark getroffen, alle Vorsicht vergessend. «Ist das zwei Seelen und ein Gedanke? Ist das zwei Herzen und ein Schlag? Soll denn schon jetzt Zwietracht zwischen uns herrschen?»

«Ich habe es nicht so gemeint», antwortete sie reuig.

«Großartig!» sagte ich. «Unser erster kleiner Streit schon beigelegt. Und kennen wir einander dadurch nicht irgendwie besser? Sind wir einander nicht nähergekommen? Wir sollten einander so nah wie möglich sein. Beugen Sie sich doch ein bißchen mehr herüber.»

Das Schicksal hatte offensichtlich triumphiert. Ihr Kuß war wie Himmelschlüssel mit Sahne. Keine Frage: ich war verliebt und nicht mehr verantwortlich für das, was ich tat.

In diesem Augenblick jedoch tönten Gongschläge durch die hallenden Tiefen des Hotels. «Geh jetzt lieber», sagte sie, schon ganz ehefraulich. «Geh zum Essen. Du triffst mich später hier.»

Ich sah ein, daß Bert sein Abendessen nicht versäumen durfte und ging. Als ich wiederkam, waren noch keine störenden Besucher da, und sie saß noch hinter der Bar. Ich stürzte zu ihr, ich riß sie in meine Arme und setzte den so jäh unterbrochenen Kuß fort.

Gerade ging mir der hübsche Gedanke durch den Kopf, daß der Kuß eigentlich mehr nach Sahne und Jelängerjelieber als nach Himmelschlüssel schmeckte, als mich eine schallende Ohrfeige traf.

«Was?» sagte ich zurücktaumelnd. «Hast du mich schon satt? Das hättest du mir wenigstens etwas sanfter mitteilen können.»

«Ich werde den Geschäftsführer rufen», sagte sie.

«Tu das nur», sagte ich. «Ruf auch gleich den Hausknecht. Und die Kellner. Und alle Honoratioren von T . . .! Sie alle sollen wissen, daß du mir vor dem Essen die Heirat versprochen und mir nach dem Essen wegen eines Kusses eine geknallt hast.»

«Ich Ihnen die Heirat versprochen?» rief sie. «Vor dem Essen? Ooooh! Das muß Bella gewesen sein. Na, so was! Bella!»

«Wie heißen Sie?» fragte ich.

«Nellie», sagte sie.

«Richtig, Nellie», sagte ich. «Sie waren es. Zum Teufel mit dieser hinterhältigen Bella, die sich hier einmischen will . . .» Aber noch während ich sprach, machte sie kehrt und stürzte durch die Tür hinter der Bar hinaus.

Ich hörte köstlich quietschende, kichernde Mädchenstimmen. «Hoffentlich zwickt sie diese abscheuliche Bella gehörig», dachte ich. «Sich für sie auszugeben! Das arme Mädchen war ja ganz durcheinander.» In diesem Augenblick ging die Tür wieder auf, und sie kamen heraus, Hand in Hand.

«Ich bin Nellie.»

«Ich bin Bella.»

«Seien Sie mal ganz ruhig», sagte ich, den Erstaunten spielend. «Darüber muß ich erst ein Weilchen nachdenken.»

«Sieh mal! Das haut ihn um.»

«Ist er nicht süß?»

«Ja, er ist goldig. Bella, was *hast* du für ein Glück!»

«Beim nächsten bist du dran.»

Das eben war der Haken. Mein Gemüt verdüsterte sich beim Gedanken an einen Schwager. Man weiß doch, wie biestig Männer sein können. Ich sah ein Gewirr von tausend verwikkelten Eifersüchteleien vor mir. Die Mädchen glichen einander aufs Haar; wie ein Ei dem anderen, könnte man sagen: Außerdem: wer kann sich zwischen Himmelschlüssel und Jelängerjelieber entscheiden?

Es wurde Zeit, daß ich etwas sagte. «Also, so was Wunderbares!» sagte ich. «Ich wollte, der gute Fred wäre jetzt hier!»

«Wer ist Fred?»

«Fred? Oh, der würde euch gefallen. Ein prachtvoller Bursche. Mein Zwillingsbruder.»

«Nein!»

«Doch, und wir sind einander zum Verwechseln ähnlich. Noch ähnlicher als ihr beiden. Gleiches Aussehen. Gleicher Geschmack. Gleiche Gedanken. Ich weiß immer, was er denkt. Gerade jetzt versucht er mir irgendwas zu sagen. Wetten, daß er weiß, wie glücklich ich bin? Ja, er weiß es. Er gratuliert mir. In Wellen. Er fragt etwas. Was denn, Fred, alter Junge? Ob *was* da ist? *Ist eine für mich da, Bert?* Das ist es, was er mir sagen will. Was soll ich ihm antworten, Nellie?»

«Ich weiß wirklich nicht.»

«Kannst du ihn nicht mal mitbringen?» fragte Bella.

«Das geht nicht», sagte ich. «Wir haben einen ganz speziellen Posten, von dem immer nur einer von uns weg kann. Aber wißt ihr was? Ich werde ihn *herschicken.*»

Darauf einigten wir uns. Es wurde ein reizender Abend, und am nächsten Vormittag kaufte ich mir ein neues Sportjackett, bürstete mir das Haar anders und kehrte als Fred zurück.

Als ich die Bar betrat, hielt ich die Finger vor die Augen. «Welche sind Sie?» rief ich. «Ich will Sie erst richtig ansehen, wenn ich das weiß. Sonst verliebe ich mich am Ende in die falsche.»

«Ich bin Nellie.»

«Gut! Um jede Unklarheit zu beseitigen: ich bin Fred.» Damit ließ ich die Hand sinken. «Der gute alte Bert!» rief ich. «Was hat er doch für einen guten Geschmack! Prachtvoller Bursche!»

«Ja, er ist nett. Aber Sie sind auch nett.»

«Finden Sie das wirklich?»

Kurzum: wir waren glücklich. Bald darauf kam Bella herein. Wir taten nichts als kichern, Vergleiche anstellen und uns künftige Freuden ausmalen.

«Wir sollten wirklich eine Doppelhochzeit machen», sagte sie.

«Das geht nicht», erwiderte ich. «Wirklich nicht. Ihr könnt Bert fragen, wenn ihr mir nicht glaubt. Er wird auch sagen, daß es nicht in Frage kommt.»

Die nächsten paar Tage vergingen in Blitzesschnelle. Alles war doppelt so lustig als gewöhnliches Hochzeitsgeläut. Ich mietete ein Doppelhaus, richtete beide Wohnungen mit Möbeln aus demselben Laden ein und nahm eine Woche Urlaub für Berts und die nächste für Freds Hochzeitsreise.

Dann begann für mich ein ungemein befriedigendes und geregeltes Doppelleben. Den einen Abend luden Nellie und ich Bella zum Essen ein, und wir sangen die ganze Zeit Berts Lob; am nächsten Abend bewirteten Bella und ich Nellie, und wir taten das gleiche für Fred.

Erst nach einem vollen Monat fragte ich mich: wer ist der Glücklichere von beiden, Fred oder Bert? Ich konnte es nicht beantworten. Die Frage blieb offen, bis sie mich zu quälen begann. Ich wurde ein bißchen launisch und zog mich manchmal, Kopfschmerzen vorschützend, ins Nebenzimmer zurück, um wieder über diese Frage nachzugrübeln. Einmal ging ich dabei in die Diele, um aus meiner Manteltasche Zigaretten zu holen, und da hörte ich durch die dünne Wohnzimmertür die beiden Mädchen schwatzen. «Die lieben Kinder!» dachte ich. «Sie sprechen wieder über ihre Männer. Vielleicht bringt das etwas Licht in mein Problem. Bella findet, daß Bert die hübschere Stimme hat. Nellie behauptet, daß Fred mehr Lieder kennt. Was höre ich? Also wirklich, Bella! Komm, komm, Nellie, du schmeichelst mir! Bella, du übertreibst! Nellie, das ist eine glatte Lüge!»

Bald darauf hörte ich Nellie nach Hause gehen. Ich ging zu Bella, die sehr mit ihren Gedanken beschäftigt war. «Bert», sagte sie, «wer ist der bessere Schwimmer, du oder Fred?»

«Wir schwimmen nie um die Wette, Liebling, wir wissen genau, daß wir gleich gut sind.»

«Wenn ihr's nun mal versuchtet – ob ihr wirklich gleich gut wäret?» sagte Bella mit sehr nachdenklicher Miene.

Als ich am nächsten Abend in die andere Wohnung kam, fand ich Nellie ebenso beunruhigt vor. «Ich muß dich etwas fragen», sagte sie. «Natürlich, Bella ist meine Schwester, meine Zwillingsschwester, und niemand könnte sie lieber haben als ich. Aber sag mir, Fred, glaubst du, daß sie absolut ehrlich ist?»

«Absolut», sagte ich. «Dafür würde ich mein Leben verwetten und Berts Leben dazu. Sie ist unfähig, zu lügen.»

«Oh», sagte Nellie und versank in noch tieferes Nachdenken.

Es war mir ein bitteres Vergnügen, die zunehmende Nachdenklichkeit meiner beiden Frauen zu beobachten. «Ich habe so ein Gefühl», sagte ich mir, «als sollte ich bald erfahren, wer glücklicher ist: Bert oder Fred.»

Und so kam es denn auch. Sehr bald ließ Nellie eines Abends fragen, ob Bert ihr helfen könne, ein paar schwere Möbelstücke zu verschieben. Ich ging hinüber, um ihr zu helfen, und danach saßen wir eine Weile zusammen und plauderten über Zwillinge, Ähnlichkeiten und Unterschiede, Ehe, Konventionen und Liebe, und was passiert wäre, wenn Fred Bella vor mir kennengelernt hätte, und ob man etwas, was keinem schadet, wirklich ein Unrecht nennen kann.

Es dauerte lange, bis wir alle diese Probleme zu vollkommener Zufriedenheit gelöst hatten, so daß ich Bellas Gesellschaft fast während des ganzen Abends entbehren mußte. Dafür wurde ich am folgenden Tag entschädigt, denn sie kam herüber, um zu fragen, ob Fred ihr beim Reparieren eines undichten Wasserhahns helfen könne, und wir hatten ein fast identisches Gespräch, das ebensoviel Zeit in Anspruch nahm.

Ich befand mich nun in einem Zustand höchster, komplizierter Seligkeit. Es war ganz klar, daß Bert keinen Grund hatte, Fred zu beneiden und daß Freds Glück in jeder Beziehung demjenigen von Bert gleichzusetzen war. Ich hatte nicht nur zwei bezaubernde Frauen, sondern mein doppeltes Eheglück wurde durch die genußreiche zweifache Untreue noch vermehrt.

Aber als ich eines Tages in meiner Eigenschaft als Bert am Kamin saß, mein legitimeres Glück mit Bella genoß und mich an ihrem entzückenden Geplauder und an ihrer wieder vollständig hergestellten guten Laune freute, traf mich plötzlich wie ein Donnerkeil der Gedanke: «Diese Frau betrügt mich.»

Ich sprang, eine Entschuldigung murmelnd, auf und stürzte

aus dem nun verhaßten Haus. Ich ging, eine Beute höchst bitterer Überlegungen, bis spät nachts am Strand spazieren. Ich mußte zugeben, daß ich weitgehend selbst daran schuld war, aber ich wußte wenigstens, daß es keinen Unterschied machte. Sie hatte diese Entschuldigung nicht; sie hatte unser Paradies zerstört.

Mitternacht war längst vorüber, als ich nach Hause ging. Ich schlief unruhig und eilte morgens aus dem Haus, um die erbärmliche Persönlichkeit des betrogenen Ehemannes mit derjenigen des schurkischen Ehebrechers zu vertauschen.

Als sorglos grinsender Fred kehrte ich zurück. Nellie begrüßte mich und fragte: «Wie ging es Bert, als du dich von ihm trenntest?»

«Bert?» sagte ich. «Bert!»

Ohne ein weiteres Wort ging ich schweren Schrittes hinauf und betrachtete mich im Spiegel. Der Anblick machte mich wütend. Am liebsten hätte ich mich eigenhändig erdrosselt. Ich sehnte mich danach, ins Nebenhaus zu stürzen und meiner anbetungswürdigen Geliebten mein bekümmertes Herz auszuschütten, aber im Grunde wußte ich, daß sie genauso falsch war wie ihre Schwester.

Ich dachte an Scheidung und rechnete mir unter Zuhilfenahme der Finger das Für und Wider aus, wobei ich mir zwei Finger häßlich verstauchte. Außerdem wäre die Öffentlichkeit einer solchen Prozedur sehr peinlich gewesen.

Endlich kam ich zu einem Entschluß. Ich eilte zum Bahnhof, um den letzten Zug in die Stadt zu erwischen. Dort angekommen, schrieb ich zwei Briefchen folgenden Inhalts:

«Liebe Nellie, ich bin dahintergekommen. Ich werde Bert bitten, mit mir zum Schwimmen zu gehen. Er wird nie zurückkommen, Fred.»

«Liebe Bella, ich weiß alles. Ich werde Fred zu einem mitternächtlichen Bad im Meer überreden. Er wird nicht wiederkommen. Bert.»

Nachdem ich meine Briefe in den Kasten gesteckt hatte, brachte ich meine beiden Sportjacketts an den Strand, wo ich sie nebeneinander liegen ließ.

Ich kam gerade noch rechtzeitig zum Zug nach B . . ., und dort lernte ich Mrs. Wilkinson kennen.

Mitternachtsblau

Mr. Spiers kam sehr spät nach Hause. Er schloß ganz leise die Tür und knipste das elektrische Licht an, dann blieb er lange auf der Türmatte stehen.

Mr. Spiers war ein wohlhabender Buchprüfer; er hatte ein langes, hageres, für gewöhnlich blasses Gesicht mit kalten Augen und verkniffenem Mund. Hinter seinen Kinnbacken zuckte ein Muskel, ganz leicht, wie die Kiemen eines Fisches.

Nun nahm er seinen steifen Hut ab; er musterte ihn erst von innen, dann von außen, dann hängte er ihn an den Haken, wo er hingehörte. Er nahm sein Halstuch ab – es war ein dunkles Halstuch mit mittelgroßen Punkten –, unterzog es einer sorgfältigen Prüfung und hängte es an einen anderen Haken. Sodann wurde der Mantel aufgehängt, nachdem er ihn womöglich noch gewissenhafter geprüft hatte, und dann ging Mr. Spiers rasch hinauf.

Im Badezimmer stand er sehr lange vor dem Spiegel. Er drehte das Gesicht hin und her und legte den Kopf zur Seite, um auch Kinn und Hals betrachten zu können. Er kontrollierte den Sitz des Kragens und der Schlipsnadel, musterte seine Manschetten- und sonstigen Knöpfe, und schließlich begann er sich zu entkleiden. Wieder untersuchte er jedes Kleidungsstück sehr genau; gut, daß Mrs. Spiers ihn jetzt nicht sah, sie hätte am Ende geglaubt, daß er nach einem langen Haar oder Puderspuren suchte. Aber Mrs. Spiers schlief seit zwei Stunden. Ihr Mann schlich, nachdem er jeden Faden seiner Kleidung geprüft hatte, ins Ankleidezimmer und holte eine Kleiderbürste, mit der er sogar seine Schuhe bearbeitete. Endlich betrachtete er Hände und Fingernägel und schrubbte sie sehr gründlich.

Dann setzte er sich auf den Badewannenrand, stützte die Ellbogen auf die Knie und das Kinn in die Hände und versank in tiefes Nachdenken. Immer wenn er einen Punkt erledigt hatte, hob er einen Finger und legte ihn dann wieder an die Wange oder auch an die Stelle hinter dem Kiefer, wo sich ein

Muskel bewegte, ganz leicht, wie die Kiemen eines Fisches.

Schließlich schien Mr. Spiers zu einem befriedigenden Schluß gekommen zu sein; er drehte das Licht aus und begab sich in das eheliche Schlafgemach, dessen Einrichtung in Kremfarben, Rosarot und Altgold gehalten war.

Am nächsten Morgen erhob Mr. Spiers sich zur üblichen Stunde und ging mit seinem üblichen Gesichtsausdruck ins Frühstückszimmer hinunter.

Seine Frau, in jeder Hinsicht das Gegenteil von ihm – wie eine Ehefrau angeblich sein soll –, war bereits dabei, den Kaffee einzugießen. Sie war so blond und rundlich, so gutmütig und konfus, wie eine Frau am Frühstückstisch sein soll, vielleicht sogar noch mehr. Die beiden jüngeren Kinder saßen an ihren Plätzen, die beiden älteren verspäteten sich. «Da bist du ja!» sagte Mrs. Spiers in munterem Ton zu ihrem Mann. «Du bist gestern abend spät nach Haus gekommen.»

«Gegen eins», sagte er, die Zeitung zur Hand nehmend.

«Nein, es muß später gewesen sein», sagte sie. «Ich habe es ein Uhr schlagen hören.»

«Es kann auch halb zwei gewesen sein», sagte er.

«Hat Mr. Benskin dich heimgefahren?»

«Nein.»

«Schon gut, mein Schatz, ich habe ja nur gefragt.»

«Gib mir meinen Kaffee», sagte er.

«So ein Herrenessen – ich habe nichts dagegen», sagte sie. «Ein Mann muß mal einen Abend mit seinen Freunden zusammen sein können. Aber du brauchst deine Nachtruhe, Harry. Nicht daß ich letzte Nacht viel Ruhe gehabt hätte. Oh, ich habe so einen schrecklichen Traum gehabt! Ich habe geträumt, daß ...»

«Wenn ich etwas noch mehr hasse als ein Fußbad in der Untertasse ...» sagte ihr Mann. «Sieh mal, was du da gemacht hast!»

«Also wirklich, Schatz», sagte sie, «du hast so schroff um deinen Kaffee gebeten ...»

«Vater hat selber übergeschwappt», piepste der kleine Patrick. «Er hat mit der Hand geruckelt – so.»

Mr. Spiers richtete den Blick auf seinen jüngeren Sohn, und der jüngere Sohn verstummte.

«Ich sagte», fuhr Mr. Spiers fort, «wenn ich etwas noch mehr verabscheue als diese Schweinerei in meiner Untertasse, dann ist es albernes Geschwafel über Träume am Frühstückstisch.»

«Ach so, mein Traum!» sagte Mrs. Spiers äußerst gutwillig. «Gut mein Schatz, wenn du ihn nicht hören willst. Ich wollte nur erzählen, daß ich von Dir geträumt habe.» Damit wandte sie sich wieder ihrem Frühstück zu.

«Entweder erzähl deinen Traum, oder erzähl ihn nicht», sagte Mr. Spiers.

«Du sagst doch, du willst ihn nicht hören», antwortete Mrs. Spiers, nicht unlogisch.

«Nichts ist so widerwärtig und ärgerlich», sagte Mr. Spiers, «wie die Geheimtuerei einer Frau . . .»

«Es ist kein Geheimnis», sagte Mrs. Spiers. «Du hast doch gesagt, du willst nicht . . .»

«Würdest du so gütig sein», sagte Mr. Spiers, «dieser Sache ein Ende zu machen und mir ganz kurz erzählen, was für einen Unsinn du geträumt hast, damit wir es hinter uns haben? So kurz, als ob du ein Telegramm diktiertest.»

«Mr. H. Spiers, Normandene, Radclyffe Avenue, Wrexton Garden. Ich habe geträumt, du würdest gehangen.»

«*Gehängt*, Mutter», sagte die kleine Daphne.

«Hallo, Mammi», sagte die große Schwester, die in diesem Augenblick eintrat. «Hallo, Pappi. Entschuldigt die Verspätung. Guten Morgen, Kinder. Was ist denn los, Pappi? Du siehst ja aus, als hättest du den Einkommensteuerbescheid bekommen.»

«Wegen Mord», fuhr Mrs. Spiers fort, «mitten in der Nacht. So ein lebhafter Traum, Schatz! Ich war ganz glücklich, als du sagtest, du wärst um halb zwei nach Haus gekommen.»

«Von wegen halb zwei», sagte die ältere Tochter.

«Laß diesen schnodderigen Ton, Mildred», sagte ihre Mutter.

«Pappi ist ein alter Bummelfritze», sagte Mildred, ihr Ei aufschlagend. «Als Freddy und ich um halb zwei von der Tanzerei kamen, hing sein Hut und Mantel noch nicht da.»

«*Hingen* noch nicht da», sagte die kleine Daphne.

«Wenn dieses Kind in meiner Gegenwart noch einmal seine ältere Schwester oder dich korrigiert . . .» sagte Mr. Spiers.

«Sei still, Daphne», sagte ihre Mutter. «Na ja, mein Schatz, das war's. Ich habe geträumt, du hättest einen Mord begangen und würdest gehängt.»

«Pappi gehängt?» rief Mildred in höchster Schadenfreude. «Oh, Mammi, wen hat er denn ermordet? Erzähl doch – alle grausigen Einzelheiten!»

«Ja, es war wirklich grausig», sagte die Mutter. «Ich wachte ganz deprimiert auf. Es war der arme Mr. Benskin.»

«Was?» sagte ihr Mann.

«Ja, du hattest den armen Mr. Benskin ermordet», sagte Mrs. Spiers. «Obwohl ich nicht verstehe, warum du deinen eigenen Sozius ermorden solltest.»

«Weil er darauf bestanden hat, die Bücher einzusehen», erklärte Mildred. «Das tun sie immer, und dann werden sie ermordet. Ich wußte, daß Pappi das eine oder andere passieren würde – ermordet oder aufgehangen.»

«Aufgehängt», sagte die kleine Daphne. «Und *wen* hat er ermordet?»

«Du sollst *still* sein!» sagte ihr Vater. «Diese Kinder machen mich wahnsinnig.»

«Ja, mein Schatz, so war es», sagte seine Frau. «Ich sah dich und Mr. Benskin, spät nachts, er fuhr dich in seinem Wagen nach Hause, und ihr unterhieltet euch über das Geschäft – du weißt ja, man kann ganz schwierige Unterhaltungen träumen, über Sachen, von denen man gar nichts versteht, und alles klingt ganz richtig, aber es ist natürlich nichts als Unsinn. Mit Witzen ist es genauso. Man träumt, man hätte den besten Witz der Welt gemacht, und wenn man dann aufwacht ...»

«Erzähl weiter», sagte Mr. Spiers streng.

«Na ja, mein Schatz, ihr habt euch unterhalten und seid direkt in seine Garage gefahren, und da war es so eng, daß der Wagen nur nach einer Seite aufging, und du bist zuerst ausgestiegen und hast zu ihm gesagt: ‹Warten Sie einen Augenblick.› Und du hast den Vordersitz von seinem kleinen Chevrolet vorgeklappt und bist nach hinten gestiegen, wo eure Mäntel und Hüte lagen. Hab ich gesagt, daß ihr ohne Mäntel gefahren seid, weil es eine so milde Nacht war?»

«Weiter», sagte Mr. Spiers.

«Na ja, auf dem Rücksitz lagen eure Mäntel und Hüte, und

Mr. Benskin saß noch am Steuer, und da lag der dunkle Mantel, den er immer trägt, und dein leichter Cheviotmantel, den du gestern angehabt hast, und eure seidenen Halstücher und eure Hüte und so weiter, und du hast das eine Halstuch genommen – sie waren beide weiß gepunktet –, ich glaube, er hat eins umgehabt, das war ganz ähnlich wie deins, nur dunkelblau. Na ja, du hast das Halstuch genommen, und ihr habt euch unterhalten, und du hast einen Knoten in das Tuch gemacht, und mit einemmal hast du es um seinen Hals gelegt und ihn erdrosselt.»

«Weil er die Bücher sehen wollte», sagte Mildred.

«Also das ist – das ist wirklich zuviel», sagte Mr. Spiers.

«Für mich war es beinah zuviel», sagte seine Gemahlin. «Ich war ganz außer mir, im Traum, meine ich. Dann hast du ein Seil genommen, das hast du mit dem einen Ende an das Halstuch und mit dem anderen an den Querbalken von der Garagendekke gebunden, damit es so aussah, als hätte er sich erhängt.»

«Großer Gott!» sagte Mr. Spiers.

«Ich kann dir gar nicht sagen, wie lebendig es war», fuhr seine Frau fort. «Und dann ging alles durcheinander, wie so oft in Träumen, und ich sah dich immerfort mit diesem Halstuch, und es drehte sich immer fester um deinen Hals. Und dann wurdest du verhört, und sie brachten – das Halstuch herein. Aber bei Tageslicht sah man, daß es das von Mr. Benskin war, denn es war dunkelblau. Nur bei künstlichem Licht sah es schwarz aus.»

Mr. Spiers zerkrümelte sein Brot. «Sehr merkwürdig», sagte er.

«Es ist natürlich ganz albern», sagte seine Frau. «Aber du *wolltest* ja, daß ich es dir erzähle.

«Ich weiß nicht, ob es wirklich so albern ist», sagte Mr. Spiers. «Ich bin nämlich gestern abend tatsächlich mit Mr. Benskin nach Hause gefahren. Wir hatten eine sehr ernste Unterhaltung. Ich will mich nicht über Einzelheiten verbreiten, aber ich bin zufällig im Büro auf etwas sehr Eigenartiges gestoßen, und das mußte ich mit ihm besprechen. Wir haben lange im Wagen gesessen und geredet. Vielleicht bin ich wirklich später nach Hause gekommen, als ich dachte. Als ich mich von ihm trennte, weißt du, hatte ich ein ganz häßliches Vorgefühl. Ich dachte: ‹Der Mann wird sich umbringen.› Tatsächlich, das habe ich gedacht. Beinah wäre ich wieder umgekehrt. Ich fühlte mich sozusagen – na ja, ich fühlte mich verantwortlich. Es ist eine ernste Angelegenheit, und ich habe sehr eindringlich mit ihm geredet.»

«Meinst du etwa, daß Mr. Benskin was unterschlagen hat?» rief Mrs. Spiers. «Wir sind doch nicht ruiniert, Harry?»

«Ruiniert nicht», sagte ihr Mann. «Aber der Verlust ist ziemlich groß.»

«Glaubst du wirklich, daß er es war?» fragte Mrs. Spiers. «Er – er macht einen so ehrlichen Eindruck.»

«Er oder ich», sagte ihr Mann. «Und ich war es nicht.»

«Aber du glaubst doch nicht, daß er – daß er sich erhängt hat?» fragte Mrs. Spiers.

«Gott behüte!» sagte ihr Mann. «Allerdings, dieses Gefühl, das ich hatte – nun, vielleicht war dieses Gefühl an deinem Traum schuld.»

«Das stimmt: Rose Waterhouse hat von Wasser geträumt, als ihr Bruder auf einer Segeltour war», erzählte Mrs. Spiers, «aber er ist nicht ertrunken.»

«Solche Fälle gibt es zu Tausenden», sagte ihr Mann. «Die Einzelheiten stimmen meistens nicht.»

«Das will ich hoffen!» rief Mrs. Spiers.

«Zum Beispiel», fuhr er fort, «hatten wir beide gestern abend zufällig die ganze Zeit unsere Mäntel an und die Halstücher um. Die Atmosphäre war etwas gezwungen.»

«Das kann ich mir denken», sagte Mrs. Spiers. «Wer hätte das von Mr. Benskin gedacht?»

«Seine Frau hat es bestimmt nicht gedacht, die Ärmste», sagte Mr. Spiers ernst. «Ich habe beschlossen, sie zu schonen. Also, Mildred und ihr, Kinder, was auch passiert ist oder nicht, kein Wort, kein einziges Wort wird darüber geredet. Habt ihr verstanden? Zu niemand! Ihr wißt nichts. Ein einziges Wort kann Schande über die ganze bedauernswerte Familie bringen.»

«Du hast völlig recht, mein Schatz», sagte seine Frau. «Ich werde dafür sorgen, daß die Kinder den Mund halten.»

«Morgen, Mammi», rief Fred, der in diesem Augenblick hereinplatzte. «Morgen, alter Herr. Keine Zeit zum Frühstükken. Ich kann gerade noch den Zug erwischen, wenn ich Glück habe. Übrigens, wem gehört dieses Halstuch? Deins ist es doch nicht, Pappi? Es ist nämlich dunkelblau. Darf ich es mir aneignen? Nanu – was ist denn los? Was ist denn um Gottes willen los?»

«Komm rein, Fred», sagte Mrs. Spiers. «Komm rein und mach die Tür zu. Dein Zug ist jetzt Nebensache.»

Grüne Gedanken

Und alles Geschaffene wird zunicht –
Ein grüner Gedanke im gründunklen Licht.
MARVELL

Entweder war die Orchidee unter den Habseligkeiten seines Freundes gewesen, der auf einer Expedition eines einsamen und mysteriösen Todes gestorben war. Oder er hatte sie am Schluß einer Auktion zusammen mit anderen «nicht katalogisierten» Restbeständen erworben. Ich habe vergessen, ob es das eine oder andere war, aber eines von beiden war es bestimmt. Ferner hatte diese Orchideenwurzel selbst im trockenen, braunen Zustand des Schlummers etwas Unheimliches an sich. Das struppige Bündel mit seinen seltsamen Auswüchsen gemahnte an eine häßlich verkrümmte, starre und doch zupackende Hand oder auch an ein drohendes Gesicht mit groteskem Bartwuchs. Wäre Ihnen diese Orchidee nicht gleich verdächtig vorgekommen?

Mr. Mannering hegte keinen Verdacht. Seine Lektüre beschränkte sich auf Kataloge und Bücher über Düngemittel. Er packte die Neuerwerbung mit einer Besorgtheit aus, die im zwanzigsten Jahrhundert bei jeder Orchidee – oder auch jeder Primel – recht absurd erscheinen mußte, aber bei einer so ins Haus geschneiten Orchidee von diesem Aussehen schlechthin idiotisch, vermessen und verhängnisvoll war. Und da er ein stumpfsinniges Gewohnheitstier war, pflanzte er sie unverzüglich in seine sogenannte «Beobachtungsabteilung», ein an die Südmauer seines plumpen roten Wohnhauses angebautes Gewächshaus. Hier brachte er stets die interessantesten Zugänge seiner Sammlung unter, besonders aber schwache und kränkliche Pflanzen, denn dieses Gewächshaus konnte er von seinem Arbeitszimmer aus durch eine Glastür beobachten, so daß ihm keine Krise der schwachen und kränklichen Pflanzen, die seine sorgsame Pflege erforderte, verborgen blieb.

Diese Pflanze jedoch erwies sich als recht widerstandsfähig. An den Enden ihrer dicken, sehnigen Stengel sprossen Büschel von dunkel glänzenden Blättern, und bald breitete sie sich nach allen Seiten aus und beanspruchte so viel Platz, daß alle ihre Nachbarn nach und nach verdrängt wurden und in einem anderen Gewächshaus am Ende des Gartens untergebracht werden mußten. Base Jane sagte ganz richtig, daß sie ins Kraut schösse wie eine Hopfenpflanze. Unterhalb der Blattbüschel hatte sie Ranken angesetzt, die ohne ersichtlichen Zweck müßig herabhingen. Mr. Mannering hielt es für sehr wahrscheinlich, daß sie rudimentäre Organe seien, ererbt aus einer Zeit, in der die Orchidee eine Kletterpflanze gewesen sein mußte. Aber konnte eine nicht mehr kletternde Kletterpflanze derart dicke und kräftige rudimentäre Ranken haben?

Nach langer Zeit erschienen zwischen dem üppigen Laub hier und da winzige Knospen, die bald zu armseligen, kleinen Blümchen erblühten, die an Fliegenköpfe erinnerten. Von so einer Pflanze erwartet man natürlich eine große, prunkvolle, unheimliche Blüte wie eine Seeanemone oder einen chinesischen Lampion oder ein gähnendes Nilpferd – oder eben wie eine bedeutende Orchidee; und auch von einer nicht katalogisierten Orchidee könnte man wohl mit gutem Recht verlangen, daß ein überwältigender, leicht widerlicher Duft mitgeliefert wird.

Mr. Mannering nahm an diesen Mängeln keinen Anstoß. Abgesehen von seiner Freude, seinem Glück, Entdecker und Taufpate einer neuen Orchideensorte zu sein, zeigte er nur ein gemäßigtes wissenschaftliches Interesse für die Pflanze, sogar für die große Ähnlichkeit der kümmerlichen Blüten mit Fliegenköpfen. Hatte dieses Aussehen vielleicht den Zweck, die echten Fliegen als Nahrung oder Dünger anzulocken? Aber warum dann Fliegen*köpfe*?

Ein paar Tage später verschwand Base Janes Katze. Das war für die gute Dame ein harter Schlag, doch Mr. Mannering war darüber im Grunde seines Herzens nicht sehr betrübt. Die Katze war ihm ein Dorn im Auge gewesen, denn sobald er in einem Glasdach zwecks Lüftung auch nur einen kleinen Spalt offenließ, quetschte die Kreatur sich durch, um die Treibhauswärme zu genießen, und dabei hatte sie schon so manchen zarten Schößling abgeknickt. Aber die arme Base Jane hatte noch keine zwei Tage lang getrauert, als etwas eintrat, was Mr.

Mannering derart beschäftigte, daß er völlig vergaß, an ihrem Kummer Anteil zu nehmen oder sich beim Frühstück mit heuchlerischer Freundlichkeit nach der verlorenen Katze zu erkundigen. Die Orchidee hatte nämlich eine seltsame neue Knospe angesetzt. Es zeigte sich deutlich, daß diese eine Pflanze zwei ganz verschiedene Blütensorten hervorbrachte, wie es manchmal bei phantastischen Abarten der Pflanzenwelt vorkommt, und daß die neue Blüte eine völlig andere Größe und Struktur haben würde als die bisherigen. Sie wuchs und wuchs und erreichte schließlich die Größe einer menschlichen Faust.

Gerade zu dieser Zeit – so ungelegen wie möglich – rief eine Angelegenheit höchst unangenehmer, höchst betrüblicher Natur Mr. Mannering in die Stadt. Es handelte sich um seinen miserablen Neffen, der sich wieder einmal in Schwierigkeiten befand, und zwar diesmal in so großen und schändlichen Schwierigkeiten, daß es aller Großmut und allen Einflusses von Mr. Mannering bedurfte, um den jungen Tunichtgut zu befreien. Tatsächlich teilte er, als ihm die Situation klarwurde, dem verlorenen Sohn mit, daß er von nun an nicht mehr mit seiner Hilfe rechnen könne, daß sein lasterhaftes Leben und seine Undankbarkeit längst jegliche Zuneigung zwischen ihnen ausgelöscht hätten, daß er – Mr. Mannering – die Hoffnung auf Reue oder Besserung bei seinem Neffen aufgegeben habe und nur im Andenken an dessen Mutter bereit sei, ihm zum letztenmal eine helfende Hand zu reichen. Ferner schrieb er, um sein Herz zu erleichtern, einen Brief an Base Jane, in dem er ihr die ganze Geschichte erzählte und hinzufügte, jetzt bleibe ihm weiter nichts übrig, als den jungen Mann restlos zu enterben.

Als er nach Torquay zurückkam, war Base Jane nirgends zu finden. Mr. Mannering war in einer sehr ärgerlichen Lage. Der einzige Dienstbote im Haus war die sehr alte, sehr dumme und stocktaube Köchin, die zudem an einer fixen Idee litt; Mr. Mannering hatte ihr nämlich seit vielen Jahren bei jeder Gelegenheit streng eingeschärft, sie habe stets und unter allen Umständen das Feuer in dem großen Küchenherd auf einer bestimmten Höhe zu halten, weil dieser Herd das heiße Wasser nicht nur für das Haus, sondern auch für die Heizröhren der «Beobachtungsabteilung» lieferte, die der täglich kommende Gärtner, der die anderen Gewächshäuser versorgte, nicht betreten durfte. Mit der Zeit waren ihre Heizerpflichten für sie zum Hauptdaseinszweck geworden, und so brachte sie in ihrer Borniertheit fast jede Frage, die an ihre tauben Ohren drang – besonders wenn Mr. Mannering sie stellte –, irgendwie mit ihrem Herd in Zusammenhang. Er kriegte nicht mehr aus ihr heraus, als was sie ihm freiwillig bei der Begrüßung mitgeteilt hatte: Miss Jane sei fortgegangen, ohne ein Wort zu sagen, und sie habe sie seit drei Tagen nicht gesehen. Mr. Mannering war bestürzt und verärgert, aber da er ein systematischer Mann war, beschloß er, weitere Erkundigungen auf später zu verschieben, wenn er sich nach seiner langen, ermüdenden Reise ein wenig erfrischt hatte. Aus der alten Köchin eine Auskunft herauszuholen, erforderte seine ganze Energie, und außerdem würde er wahrscheinlich irgendwo eine Nachricht von Base Jane finden. Es war nur natürlich, daß Mr. Mannering, bevor er in sein Zimmer ging, einen Blick ins Gewächshaus warf, nur um sich zu vergewissern, daß die wundervolle Orchidee während Base Janes rücksichtsloser Abwesenheit nicht zu Schaden gekommen war. Als er die Tür öffnete, galt sein erster Blick der neuen Knospe; ihre Form hatte sich beträchtlich verändert, sie hatte nun die Größe eines menschlichen Kopfes. Mr. Mannering stand – ohne Übertreibung! – volle fünf Minuten wie angewurzelt da und starrte die wunderbare Knospe an.

Aber, wird man fragen, sah er denn nicht ihre Kleider am Boden liegen? Nun, das ist ein heikler Punkt, denn um bei der Wahrheit zu bleiben: es lagen keine Kleider am Boden. Selbstverständlich war Base Jane eine in jeder Hinsicht achtbare Frau und zudem weit über vierzig, aber sie war eine Anhängerin der modernen Bewegung für gleichzeitige Seelen- und Körperkultur – schwedisch, deutsch, neugriechisch und so fort –, und zur Verwirklichung dieser Ideen eignete das warme Orchideenhaus sich am besten. Aber ich muß in der chronologischen Folge der Ereignisse fortfahren.

Mr. Mannering riß sich schließlich von der erstaunlichen Knospe los und beschloß, seine Aufmerksamkeit den Erfordernissen des grauen Alltags zuzuwenden. Doch während sein Körper der Pflicht gehorchte und die Treppe hinaufstieg, weilten Herz, Geist und Seele noch immer anbetend vor der wunderbaren Pflanze. Obgleich die jämmerlich kleinen früheren

Blüten ihn gleichgültig, ja, kalt gelassen hatten, empfand er jetzt über die Größe der neuen Knospe ebensoviel Befriedigung, wie Sie und ich empfunden hätten. Daher war es nicht unnatürlich, daß Mr. Mannering sich während seines Bades begeistert das Erblühen seines geliebten pflanzlichen Patenkindes ausmalte. Diese Blüte – bestimmt die größte, die es je gegeben hatte – würde so komplex sein wie ein Traum, oder auch von verblüffender Einfachheit. Sie würde sich entfalten wie eine Tänzerin oder aufgehen wie die Morgensonne. Wer weiß, vielleicht öffnete sie sich gerade in diesem Augenblick! Mr. Mannering konnte sich nicht länger beherrschen; er stieg aus dem dampfenden Wasser, warf den Bademantel um und eilte – trotz seiner Neigung zu Erkältungen –, kaum abgetrocknet, hinunter zum Gewächshaus.

Die Knospe war noch nicht aufgegangen; noch unentfaltet stand sie aufrecht zwischen den glänzenden fleischigen Blättern, und jetzt sah er – wofür er vorhin keine Augen gehabt hatte –, wie ungemein üppig dieses Laub geworden war. Plötzlich wurde ihm mit Erstaunen klar, daß diese riesige Knospe nicht diejenige war, die er vor seiner Abreise gesehen hatte. Diese hatte weiter unten an der Pflanze gesessen. Wo war sie geblieben? Ach so, die neu gewachsene Laubfülle verbarg sie. Er ging um die Pflanze herum, und da war sie. Sie hatte sich zur Blüte erschlossen, und während er sie betrachtete, wurde sein Erstaunen zur Bestürzung, man könnte sagen, zur Versteinerung, denn Mr. Mannering stand tatsächlich volle fünfzehn Minuten wie angewurzelt da und starrte diese Blume an. Sie war ein getreues Abbild des Kopfes von Base Janes verlorener Katze, so täuschend ähnlich und naturgetreu, daß Mr. Mannering nach Ablauf der fünfzehn Minuten als erstes nach dem Bademantel griff und ihn um sich zog, denn er war ein gesitteter Mann, und die Katze war zwar als Kater gekauft worden, hatte sich aber später als das Gegenteil entpuppt. Ich erwähne das nur, um zu zeigen, wieviel Charakter, Geist und Gegenwärtigkeit – man nenne es, wie man will – in dem Gesicht dieser Blumenkatze lag. Aber der Griff nach dem Bademantel kam zu spät. Er konnte sich nicht rühren. Das neue, üppige Laub hatte sich unbemerkt um ihn geschlossen; die leichtfertig mißachteten Ranken wanden sich um seinen Körper; mit ein paar schwachen Schreien sank er zu Boden, und damit hat er in dieser Geschichte seine Rolle als normaler Mr. Mannering ausgespielt.

Mr. Mannering versank in Bewußtlosigkeit, in eine so tiefe Betäubung, daß eine schwarze Ewigkeit verging, bevor sich in seinem Gehirn die ersten schwachen Elemente seines Bewußtseins wieder zusammenschlossen. Denn sein Gehirn war der Kern einer entstehenden neuen Knospe. Tatsächlich war dieser zunächst fast hoffnungslos primitive Klumpen organischer Materie erst nach zwei bis drei Tagen so weit herangereift, daß er den Namen Mr. Mannering verdiente. Diese Tage, die in der Außenwelt in nicht unangenehmer, mäßiger Aufregung schnell genug vergingen, erschienen dem schwerfällig arbeitenden Geist im Innern der Knospe als ein Resümee der epochemachenden Abschnitte der Entwicklungsgeschichte der Menschheit.

Dieser Prozeß vollzog sich analog den Mutationen des Embryos. Das Wesen wurde in absurd verkürzter Perspektive durch die Zeitalter gejagt, dann verlangsamte es sein Tempo und kam schließlich in der Gegenwart fast zum Stillstand. Nun war es zu erkennen. Die sieben Lebensalter des Mr. Mannering wurden sozusagen mit dem Zeitraffer dargestellt wie in einem Kulturfilm; sein Bewußtsein ordnete und klärte sich. Die Knospe war reif, bereit, sich zu öffnen. An diesem Punkt muß Mr. Mannerings Geisteszustand genau dem eines Patienten geglichen haben, der sich aus verschwommenen Narkoseträumen hochkämpft und klagend fragt: «Wo bin ich?» Dann ging die Knospe auf, und er wußte alles.

Da war das Gewächshaus, aber in einer ungewohnten Perspektive gesehen. Dort, hinter der Glastür, war sein Arbeitszimmer. Dort unter ihm war der Katzenkopf, und da – da neben ihm war Base Jane. Er konnte kein Wort sagen, aber sie schließlich auch nicht, und das war vielleicht ganz gut. Sonst hätte er zumindest zugeben müssen, daß sie in ihrem alten Streit recht behalten hatte: sie hatte sich nie davon abbringen lassen, daß seine Vorliebe für «diese unnatürlichen Blumen» letzten Endes zu nichts Gutem führen werde.

Es ist zuzugeben, daß Mr. Mannering sich anfangs über diese außerordentliche Umwälzung seines täglichen Lebens nicht besonders aufregte. Das lag vermutlich daran, daß ihn an seiner Metamorphose nicht nur die private, persönliche Seite, sondern auch der weitere, allgemeinere, man könnte sagen, der biologische Aspekt interessierte. Im übrigen reagierte er pflanzlich, einfach weil er jetzt eine Pflanze *war*. So bekümmerte ihn beispielsweise die Unmöglichkeit der Fortbewegung nicht im geringsten, nicht einmal das Fehlen von Rumpf und Gliedmaßen, auch nicht das Versiegen der Zufuhr von gebratenem Speck und Tee, Keksen und Milch, Koteletts und so weiter, an die er seit über fünfzig Jahren gewöhnt war und an deren Stelle jetzt die kaum spürbare, sanfte, kontinuierliche Ernährung von unten her trat. Daher versetzte der ganze gewaltige Einfluß des Physischen auf das Geistige ihn in gelassene Stimmung. Und doch ist das Physische nicht alles. Zwar war er kein Mensch mehr, doch er war noch Mr. Mannering, eine Anomalie, die zu einer Unmenge hauptsächlich subjektiv begründeter Kümmernisse führte, sobald sein wissenschaftliches Interesse nachließ.

Zum Beispiel wurmte ihn der Gedanke, daß er nun keine Gelegenheit haben würde, seiner Orchidee einen Namen zu geben oder eine Abhandlung über sie zu schreiben; schlimmer noch: er kam zu der gräßlichen Gewißheit, daß er, hatte man seine hoffnungslose Lage erst entdeckt, selbst benannt und eingeordnet, zum Gegenstand einer Abhandlung, womöglich sogar von Kommentaren und Kritiken in der Laienpresse werden würde. Wie alle Orchideensammler war er überaus scheu und sensibel, und natürlich verstärkte die gegenwärtige Situation diese Eigenschaften, so daß schon der Gedanke an die öffentliche Aufmerksamkeit ihn an den Rand des Welkens brachte. Noch quälender war die Angst, daß man ihn verpflanzen, an einen unbekannten, zugigen, wahrscheinlich öffentlichen Platz verbannen könnte. Wenn sie ihn ausgruben! Die üppigen Blätter in Mr. Mannerings Umgebung erbebten in heftigem Schauder. Fremdartige, gespenstische Empfindungen in dem Stamm unter ihm und in den daran wachsenden Laubbüscheln, die irgendwie an Rückgrat, Herz und Gliedmaßen erinnerten, drangen in sein Bewußtsein. Er fühlte sich ganz als Dryade.

Trotz alledem war der Sonnenschein sehr angenehm. Das Gewächshaus war von dem kräftigen Aroma der heißen, würzigen Erde erfüllt. Eine Spezialvorrichtung an den Heißwasserrohren versprühte dünne Dampfstrahlen. Mr. Mannering wollte sich gerade dem Gefühl der *laisser-aller* überlasssen, als er aus der Ecke des Glasdaches, wo der Ventilator angebracht war, ein beharrliches, gereiztes Summen hörte, das nach einer Weile einen zufriedeneren Ton annahm: eine Biene hatte nach einigen Schwierigkeiten den Weg durch eine winzige Spalte des Metallrahmens gefunden. Sie kreiste immer tiefer in der stillen grünen Luft, als versänke sie in einer Unterwasserwelt, und ließ sich schließlich auf einem der Blütenblätter nieder, die Mr. Mannerings Augenbrauen waren. Von diesem Stützpunkt aus erforschte sie einen Gesichtszug nach dem anderen, und schließlich ließ sie sich schwer auf die Unterlippe fallen, die sich unter ihrem Gewicht senkte und ihr erlaubte, geradeswegs in Mr. Mannerings Mund zu krabbeln. Das war natürlich ein erheblicher Schock, aber im großen und ganzen war das Gefühl weder so beunruhigend noch so unangenehm, wie man hätte erwarten können. «Eigentlich fühlt es sich ganz angenehm an», dachte der blumige Herr.

Aber bald ließ Mr. Mannering von der schläfrigen Analysierung seiner Gefühle ab, denn er sah, daß die Biene, nachdem sie seinen Mund verlassen und ein paar träge Kreisflüge vollführt hatte, sich auf Base Janes jungfräuliche Lippe setzte. Unheilschwanger wie der Blitz durchfuhr ein einfaches botanisches Prinzip den Geist ihres unglücklichen Anverwandten. Auch Base Jane schien sich dessen bewußt zu sein. Vielleicht hätte sie, ein Erziehungsprodukt einer vergangenen Zeit, noch in seliger Ahnungslosigkeit geschlummert, hätte ihr Vetter – dieser eitle, geschwätzige Proselytenmacher! – sich nicht seit Jahren bemüht, ihr Interesse für die Anfangsgründe der Botanik zu wecken. Der Unselige – welche Vorwürfe machte er sich jetzt! Er sah, wie zwei unter der Blüte sitzende Laubbüschel sich mühselig zitternd und flatternd aufrichteten, was ihnen das Aussehen von zwei entsetzt protestierenden Händen verlieh. Er sah, wie die wohlgeordneten, weichen Blütenblätter im Gesicht seiner Base vor Zorn und Verlegenheit rot und knitterig wurden und dann vor Kummer und Grauen wie eine Gardenie erbleichten. Aber was sollte er tun? Unter der gelähmten Ruhe seines Äußeren brodelte die ihm durch eine sorgfältige

Erziehung eingeimpfte Korrektheit, die einem Orchideensammler geziemende Ritterlichkeit. Er schwitzte geradezu vor Anstrengung, seine Gesichtsmuskeln in Bewegung zu setzen, einen passenden Ausdruck anzunehmen – Schmerz und männliche Zerknirschung, Hilflosigkeit vor dem grausamen Schicksal, die Bereitschaft zu ehrenhafter Genugtuung, und das alles durchtränkt von einem vage, aber tröstlich optimistischen Licht –, aber vergebens. Trotz aller Anspannung, unter der seine Nerven zu reißen drohten, brachte er nur ein nichtssagendes Flattern des linken Augenlides zustande – weniger als nichts.

Dieser Vorfall riß Mr. Mannering gründlich aus seiner pflanzlichen Lethargie. Er rebellierte gegen die Grenzen dieser Form, in die er jetzt gegossen war, ohne daß er seine allzu menschliche Persönlichkeit verloren hätte. War er nicht im Grunde noch immer ein Mensch mit menschlichen Hoffnungen, Idealen und Bestrebungen – und mit der Fähigkeit, zu leiden?

Es wurde dämmerig, und die üppigen, unheimlichen Formen der großen Pflanze in ihrer verschwommenen Vieldeutigkeit wirkten nun noch gewaltiger und eindrucksvoller als im hellen Mittagslicht; die Atmosphäre eines tropischen Urwaldes erfüllte das Orchideenhaus wie der Traum eines Verbannten oder die Schwermut des Saxophons; die Katze ließ die Schnurrhaare hängen, und selbst Base Janes Augen fielen langsam zu. Aber der unglückliche Mann starrte noch immer hellwach in die zunehmende Dunkelheit. Plötzlich wurde es im Arbeitszimmer hell, und zwei Männer traten ein: Mannerings Rechtsanwalt und sein Neffe.

«Das ist sein Arbeitszimmer, aber das wissen Sie natürlich», sagte der verruchte Neffe. «Hier ist nichts. Ich habe nachgesehen, als ich am Mittwoch hier war.»

«In diesem Zimmer habe ich so manchen Abend gesessen», sagte der Rechtsanwalt mit angewiderter Miene. «Ich pflegte an dieser Seite des Kamins zu sitzen, und er an der anderen. ‹Was wird es mit dir für ein Ende nehmen, Mannering?› habe ich oft gedacht. ‹Rauschgift? Sexuelle Verirrungen? Oder gar Mord?› Nun, vielleicht werden wir die Antwort bald wissen. Bis dahin, meine ich, sollten Sie als nächster Verwandter hier die Aufsicht übernehmen.»

Mit diesen Worten wandte der Anwalt sich zum Gehen, und Mr. Mannering sah, wie sich auf dem Gesicht des jungen Mannes ein maliziöses Lächeln verbreitete. Das Mißbehagen, das ihn beim Anblick seines Neffen überkommen hatte, verstärkte sich angesichts dieses Lächelns zu bebender Furcht.

Nachdem der Neffe den Anwalt hinausbegleitet hatte, kehrte er ins Arbeitszimmer zurück, blickte sich mit lebhafter, boshafter Befriedigung um und vollführte auf dem Kaminvorleger einen Freudensprung. Mr. Mannering glaubte noch nie etwas so Teuflisches gesehen zu haben wie diesen einsamen Ausbruch der Schadenfreude einer gehässigen Natur bei der Aussicht auf unumschränkte Herrschaft in einem Haus, aus dem er verstoßen gewesen war. Welch ein gemeiner, kleinlicher Triumph verriet sich da! Welche widerwärtige, kleinliche Bosheit, welche erschreckende Rachsucht und Herzlosigkeit! Es fiel ihm plötzlich ein, daß sein Neffe als Kind – schon damals ein abstoßendes Geschöpf – für seine Grausamkeit gegen Fliegen, denen er die Flügel ausriß, und seine barbarische Roheit gegen Katzen bekannt gewesen war. Ein aufmerksamer Beobachter hätte auf der Stirn des guten Mannes so etwas wie Tau bemerkt. Er hatte das Gefühl, sein Neffe brauchte nur einen Blick in diese Richtung zu werfen, um alles zu entdecken, obwohl er sich hätte daran erinnern können, daß man von dem beleuchteten Zimmer aus in dem dunklen Gewächshaus nichts erkennen konnte.

Auf dem Kaminsims stand eine ungerahmte, große Fotografie von Mr. Mannering. Der Neffe hatte sie bald entdeckt, ging hinüber und blieb mit triumphierender, unverschämt höhnischer Miene davor stehen. «Na, du alter Pharisäer?» sagte er. «Hast sie wohl für einen Ausflug nach Brighton verschleppt, was? Mein Gott! Hoffentlich kommst du nie wieder! Hoffentlich bist du von den Klippen abgestürzt oder von der Flut weggeschwemmt oder so etwas! Wie auch immer – ich werde das Eisen schmieden, solange es heiß ist. Puh! Du alter Geizkragen du!» Und er streckte die Hand aus und versetzte der Fotografie einen verächtlichen Nasenstüber. Dann ging der anmaßende Schuft aus dem Zimmer – natürlich ließ er das Licht brennen –, vermutlich weil er das Speisezimmer mit seiner Hausbar dem nüchternen Gelehrtenzimmer vorzog.

Die ganze Nacht hindurch fiel der grelle Lichtschein aus dem Arbeitszimmer wie billiges künstliches Sonnenlicht auf Mr. Mannering und seine Base Jane. Wer je um Mitternacht unter dem Bogenlicht eines Parks ein paar schlaflose Astern gesehen hat – steif und erschrocken, die zarten Farben von den alles durchtränkenden chemischen Strahlen ausgebleicht, nicht schlafend und nicht wachend, sondern in einem angespannten neurasthenischen Trancezustand erstarrt –, der kann sich eine Vorstellung davon machen, was für eine Nacht das unglückliche Paar verbrachte.

Gegen Morgen geschah etwas an sich völlig Belangloses, aber unter diesen Umständen genügte es, um der verstörten Base und ihrem von peinlichen Gewissensbissen zermürbten Verwandten den Rest zu geben. An der großen Erdkiste, in welche die Orchidee gepflanzt war, lief eine kleine schwarze Maus entlang. Sie hatte böse rote Augen, eine üble nackte Schnauze und merkwürdig große, abstoßende Fledermausohren. Diese Kreatur lief geradewegs über die Blätter unterhalb von Base Jane. Es war wirklich grauenhaft. Der sehnige Hauptstamm krümmte sich wie ein Haar im Kohlenfeuer, die Blätter zogen sich in qualvollem Krampf zusammen wie versengte Mimosen; um ein Haar hätte die entsetzte Dame sich vor lauter Grauen selbst entwurzelt. Ja, sie hätte es wohl tatsächlich getan, wäre die Maus nicht an ihr vorüber weitergehuscht.

Aber sie war keinen halben Meter weit gekommen, als sie aufblickend über sich jene Blume gewahrte, die einmal Tib geheißen hatte und jetzt geradezu vor Leben zu sprühen schien. Eine atemlose Pause folgte. Die Maus war offensichtlich vor Schreck gelähmt, die Katze konnte nichts weiter tun, als sie ansehen und begehren. Plötzlich sahen die menschlicheren Beobachter einen belaubten Zweig sich leise und verstohlen vorwölben und sich von hinten her um das hypnotisierte Geschöpf schließen. Base Jane, die noch eben frohlockend gedacht hatte: «So, jetzt wird sie verschwinden und nie, nie, nie wiederkommen», sah plötzlich sehr häßliche Möglichkeiten voraus. Unter Aufbietung aller Kräfte brachte sie ein krampfhaftes Geflatter zustande, das die Maus aus ihrem Trancezustand aufschreckte; sie drehte sich wie ein aufgezogenes Spielzeug um sich selbst und wollte fliehen. Doch schon hatte der grausame Arm der

Orchidee ihr den Rückzug abgeschnitten, und sie sprang direkt hinein. Blitzschnell wurde die Flüchtige von fünf Ranken gepackt und festgehalten, ihr Körper schrumpfte zusammen und war binnen kurzem verschwunden. Nun erbebte Base Janes Herz in neuen furchtbaren Ängsten; langsam und mühevoll drehte sie das müde Gesicht hin und her in fieberhafter Angst vor der neuen Knospe, die jeden Augenblick irgendwo sprießen mußte. Und wirklich: ein grüner, saftstrotzender Saugrüssel mit stumpfem Kopf, nicht unähnlich einer Spargelspitze, der sich dicht neben ihrem Gesicht um den Hauptstamm wand, begann mit einemmal höchst verdächtig anzuschwellen. Fasziniert und entsetzt starrte sie ihn aus eingekniffenen Augen an. War es vielleicht nur ihre Einbildung? Nein, es war Wirklichkeit.

Am nächsten Abend ging die Tür des Arbeitszimmers wieder auf, und der Neffe trat ein, diesmal allein. Er schien gerade vom Tisch aufgestanden zu sein und brachte eine Whiskykaraffe mit, über die ein Glas gestülpt war. Unter dem Arm hatte er einen Siphon. Sein Gesicht war deutlich gerötet, und um seine Lippen spielte ein Lächeln, wie man es häufig bei Barbesuchern sieht. Er setzte seine Last ab, wandte sich zu Mr. Mannerings Zigarrenschränkchen und probierte die Schlüssel eines Schlüsselbundes aus, das er aus der Tasche gezogen hatte; bei jedem vergeblichen Versuch murmelte er rachsüchtig vor sich hin, bis er das Schränkchen schließlich aufbrachte und sich eine von den besten Zigarren nahm. Für den guten Mr. Mannering war es schon ärgerlich genug, diese freche Usurpierung seines Eigentums mitansehen zu müssen, und es war zweifellos kränkend, mit welcher Nichtachtung seine gute Zigarre geraucht wurde; noch viel beunruhigender jedoch war der Gedanke, daß der abscheuliche Neffe, da er nun im Besitz der Schlüssel war, Zugang zu den privatesten Winkeln seines Hauses hatte.

Im Augenblick schien der Usurpator jedoch nicht geneigt, weitere Untersuchungen anzustellen; er goß sich einen tüchtigen Schuß Whisky ein und saß eine Weile entspannt und äußerst behaglich da. Dann aber wurde er offenbar seiner eigenen Gesellschaft müde. Er war noch nicht dazu gekommen, einige der Zechkumpane ins Haus seines Onkels einzuladen, und jeder neue Griff nach der Whiskyflasche erhöhte nur noch sein

Verlangen nach Abwechslung. Sein Blick fiel auf die Tür zum Orchideenhaus. Früher oder später hatte es so kommen müssen – aber ist das ein großer Trost für den Verurteilten, wenn er das todverkündende Klopfen an seiner Zellentür hört? Nein, und ebensowenig vermochte diese Überlegung die beiden zitternden Herzen im Gewächshaus zu trösten.

Während der Neffe sich an der Glastür zu schaffen machte, hob Base Jane langsam zwei zu ihren beiden Seiten wachsende belaubte Zweige, um ihr kummervolles Haupt dahinter zu verstecken. Mr. Mannering beobachtete, plötzlich von neuer Hoffnung geschwellt, daß dieser Kunstgriff sie tatsächlich recht gut vor unerwünschten Blicken schützte. Hastig schickte er sich an, ihrem Beispiel zu folgen. Unglücklicherweise beherrschte er seine – seine *Gliedmaßen?* – noch nicht genügend, so daß er trotz aller qualvollen Anstrengung nicht über die Horizontale hinauskam. Inzwischen hatte die Tür sich geöffnet, und der Neffe suchte neben dem Türpfosten nach dem Lichtschalter. In solchen Augenblicken panischer Angst ist der Mensch zu Höchstleistungen fähig. Mr. Mannering war dafür gerüstet. Mit unbeschreiblicher Anstrengung gelang es ihm, den Zweig zu seiner Rechten, wenn auch nicht direkt hochzuheben, so doch mühsam ruckweise im Bogen nach außen und hinten zu führen und dann ganz allmählich wieder zu senken, bis er sich in der Lage eines von hinten über den Kopf seines Besitzers gewölbten Armes befand. Als es dann hell wurde, entfalteten sich die Blätter am Ende dieses Zweiges zu einem Fächer – etwa wie ein sehr fleischiges Kastanienblatt –, der sein ängstliches Gesicht verdeckte. Welche Erleichterung! Während der Neffe näher kam, fiel den beiden Versteckten gleichzeitig die verhängnisvolle Anwesenheit der Katze ein. Ebenso gleichzeitig stockte ihnen der Saft in den Adern. Der Neffe schritt an der Pflanze vorüber. Die Katze, ein scharfsinniges Biest, «wußte» mit der unfehlbaren Intuition ihrer Art, daß dieser Mann ein Nichtstuer, ein Schmarotzer, ein Lüstling war, grob und brutal, respektlos gegen das Alter, unverschämt gegen Schwächere und grausam zu Katzen. Sie verhielt sich also ganz still im Vertrauen auf ihren tief und etwas verdeckt liegenden Platz an der Pflanze, auf den Schutz der Mimikri oder dergleichen und auf den angetrunkenen Zustand des Neffen. Aber vergeblich.

«Nanu?» sagte der Neffe. «Was sehe ich, eine Katze!» Er hob die Hand, um das harmlose Geschöpf zu schlagen. Aber irgend etwas von der unbeirrbar würdevollen Haltung seines Opfers mußte bis in sein umnebeltes Gehirn gedrungen sein: der Schlag fiel nicht, und der Grobian – der wie alle Grobiane im Grunde ein Feigling war – wandte den Blick bald hierhin, bald dorthin, um den verächtlich starrenden Augen der mutigen Katze auszuweichen. Aber ach! Dabei bemerkte er hinter dem dunklen Laub einen weißen Schimmer. Er bog die störenden Blätter beiseite und sah Base Jane.

«Oh! Ah!» sagte der junge Mann in höchster Verwirrung. «*Du* bist also wieder da! Aber warum versteckst du dich hier?»

Sein blöde glotzender Blick erstarrte, sein Mund öffnete sich vor Verblüffung, und dann dämmerte ihm die wirkliche Lage der Dinge. Fast jeder hätte nun schleunigst versucht, sich irgendwie mit dem armen Opfer in Verbindung zu setzen oder ihm auf irgendeine Art zu helfen; zumindest hätte er seinem Schöpfer auf den Knien dafür gedankt, daß ihm dank Seiner Gnade ein solches Los erspart geblieben war, oder vielleicht wäre er auch Hals über Kopf aus dem Orchideenhaus geflohen, um nicht von dem gleichen Unglück ereilt zu werden. Aber dieser gefühllose junge Mann war vom Alkohol derart erhitzt, daß er weder Furcht oder Scheu noch Dankbarkeit empfand. Als er die Situation begriff, verbreitete sich ein teuflisches Lächeln über sein Gesicht.

«Hahaha!» lachte er. «Aber wo ist der Alte?»

Er durchsuchte die Pflanze eifrig nach seinem Onkel und machte ihn schnell ausfindig. Als er den mangelhaften Blätterschutz hochhob, entdeckte er darunter das Gesicht unseres von hundert bitteren Gefühlen durchtobten Helden.

«Hallo Narziß!» sagte der Neffe.

Ein langes Schweigen folgte. Der boshafte Schuft war so erfreut, daß es ihm die Sprache verschlug. Er rieb sich die Hände, leckte sich die Lippen und glotzte und glotzte wie ein Kind vor einem neuen Spielzeug.

«Na, jetzt sitzt du aber richtig in der Tinte», sagte er schließlich. «Jaja, das Blättchen hat sich gewendet, nicht wahr? Erinnerst du dich noch an unsere letzte Begegnung?»

Ein Flackern von Gemütsbewegung ging Bewußtsein verratend über das Gesicht der leidenden Blüte.

«Ja, du verstehst schon, was ich sage», fuhr der Peiniger fort. «Fühlen kannst du auch, nehme ich an. Na, wie ist das?»

Er streckte die Hand aus, griff nach einer zarten Rüsche aus feinen silbrigen Staubfäden, die als Barthaare die untere Hälfte der Blüte umgaben, und zog heftig daran. Ohne etwa im Interesse der Wissenschaft die feineren Nuancen der Reaktion seines Onkels festzustellen, befriedigt von dessen allgemeinem angestrengtem Zurückzucken, lachte der Elende in sich hinein. Er zog kräftig an dem stinkenden Stummel der gestohlenen Zigarre und paffte seinem Opfer den ekelhaften Rauch mitten ins Gesicht. Dieser Rohling!

«Na, Johannes der Täufer, wie gefällt dir das?» fragte er höhnisch lachend. «Gut gegen Läuse, weißt du. Genau das, was du brauchst.»

Etwas raschelte auf seinem Jackettärmel. Als er hinsah, bemerkte er einen langen, mit den verhängnisvollen Ranken ausgerüsteten Stengel, der sich auf dem unbefriedigend dürren Gelände vortastete. Im nächsten Augenblick hatte er sein Handgelenk erreicht und umklammerte es, aber der junge Mann schleuderte ihn ab wie einen Blutegel, bevor er sich festsetzen konnte.

«Puh!» sagte er. «So wird das also gemacht? Ich glaube, ich werde lieber draußen bleiben, bis ich ein bißchen mehr herausbekommen habe. Ich habe keine Lust, mich hier festnageln zu lassen. Allerdings glaube ich kaum, daß sie einen kriegen, wenn man angezogen ist.» Ein plötzlicher Gedanke veranlaßte ihn, von seinem Onkel zu Base Jane zu blicken und dann wieder von Base Jane zu seinem Onkel. Er musterte den Fußboden und sah in einer dunklen Ecke einen verkrumpelten Bademantel liegen.

«Donnerwetter!» sagte er. «*Na, also!* – Ha! Ha! Ha!» Und mit einem widerwärtig höhnischen Rückblick verließ er das Orchideenhaus.

Mr. Mannering hatte das Gefühl, daß keine Steigerung seiner Leiden möglich sei. Dennoch fürchtete er sich vor dem nächsten Tag. Die ganze lange, schlaflose Nacht hindurch peinigte ihn seine fiebrige Phantasie mit wachen Alpträumen und den phantastischsten Visionen von Demütigung und Quälerei. Ja,

Quälerei! Natürlich war es absurd, von seiten seines Neffen kaltblütige Greueltaten zu fürchten, aber wie sehr ängstigte er sich davor, daß der humorvolle junge Mann irgendeiner schändlichen Laune, einer mutwilligen Grille nachgeben könnte, in der er zu *allem* fähig war, besonders wenn er getrunken hatte. Was gab es da nicht alles: Schnecken und anderes Ungeziefer, Spaliere und Gartenscheren! Wenn das Scheusal sich nur damit zufriedengeben würde, ihn mit seinen Späßen zu beleidigen, sein Vermögen zu vergeuden, sein zärtlich gehütetes Eigentum vor seinen Augen zu ruinieren, ja, sogar ihn gelegentlich an den Barthaaren zu ziehen! Dann wäre es vielleicht möglich, alles Menschliche in sich allmählich abzulegen, seine Leidenschaften zu bezwingen, weder zu bewundern noch zu begehren, gleichsam naturhaft zu werden, im Nirwana eines Pflanzentraumes zu versinken. Aber das war, wie er am nächsten Morgen feststellte, nicht so leicht.

Der Neffe trat ins Arbeitszimmer, und nachdem er seine Verwandten im Gewächshaus nur mit ein paar flüchtigen spöttischen Bemerkungen bedacht hatte, setzte er sich an den Schreibtisch und schloß die obere Schublade auf. Sein gieriger Eifer verriet, daß er auf der Suche nach Geld war; zweifellos hatte er alles, was er aus den Taschen seines Onkels geklaut hatte, bereits durchgesehen, und einen Plan, um an das Bankkonto seines Onkels heranzukommen, hatte er noch nicht ausgearbeitet. In der Schublade fand sich jedoch so viel, daß der Schurke sich befriedigt die Hände rieb, die Wirtschafterin hereinrief und ihr eine leichtsinnige Bestellung für den Wein- und Schnapslieferanten ins Ohr brüllte.

«Und jetzt raus mit Ihnen!» schrie er, als er sich endlich verständlich gemacht hatte. «Ich werde mir bißchen was Fixeres zu meiner Bedienung besorgen müssen, das kann ich Ihnen sagen. Ja», setzte er für sich hinzu, während die arme alte Frau, durch sein herrisches Benehmen tief verletzt, hinaushumpelte. «Ja, ein niedliches, kleines Stubenmädchen.»

Er suchte im Telefonbuch die Nummer des örtlichen Arbeitsamtes auf, und nachmittags stellte sich im Arbeitszimmer seines Onkels eine Reihe von Dienstmädchen vor. Die häßlichsten oder zu offensichtlich anständigen fertigte er kurz und kalt ab, und sie machten bald anderen Platz. Nur bei reizvollen

Mädchen (reizvoll nach seinem verderbten Geschmack), die außerdem ein leichtfertiges oder freches Auftreten hatten, ließ er sich überhaupt auf eine längere Unterhaltung ein. In solchen Fällen beendete der Neffe die Unterredung auf eine Weise, die bei den jungen Damen keine Zweifel hinsichtlich seiner wirklichen Absichten aufkommen ließ. Er beugte sich beispielsweise vor, faßte das Mädchen unters Kinn und sagte widerlich schmunzelnd: «Ich lebe ganz allein und würde Sie ganz wie jemand von der Familie behandeln, verstehen Sie, mein Kind?» Einer anderen legte er den Arm um die Taille und sagte: «Glauben Sie, daß wir gut miteinander auskommen werden?»

Nachdem zwei oder drei Mädchen sich ob dieses Benehmens verwirrt entfernt hatten, trat eine junge Person übelster Sorte ein; von welcher Art sie war, verrieten nicht nur ihre nuttige Aufgeputztheit, ihr grobgeschminktes Gesicht und ihr gefärbtes Haar, sondern noch deutlicher ihre gezierten Bewegungen und ihr allzu gefälliges Lächeln. Der Neffe verlor keine Zeit, sondern wurde schnell mit ihr handelseinig. Ihre wahre Natur war so offensichtlich, daß der verkommene junge Mann die Besprechung nur als Farce, als eine Art Würze seiner Vorfreuden, betrachtete und den Gegensatz zwischen der konventionellen Unterhaltung und der zügellosen Sprache der Augen sichtlich genoß. Sie sollte am nächsten Tag ihre Stellung antreten. Mr. Mannering fürchtete mehr für seine unglückliche Base als für sich. «Was für Szenen wird sie mitansehen müssen», dachte er. «Ihre gelben Wangen werden vor Scham erröten!» Hätte er nur ein paar Worte sagen können!

Aber als der Neffe sich's an diesem Abend im Arbeitszimmer bequem machte, stand er offensichtlich mehr denn je unter dem Einfluß des Schnapses. Sein Gesicht, von der Einwirkung des Alkohols rot gefleckt, zeigte ein mürrisch-höhnisches Grinsen, seine trüben Augen glühten unheilverkündend, und er murmelte wütend vor sich hin. Es war deutlich, daß man es bei diesem Teufel in Menschengestalt mit einem «streitsüchtigen Betrunkenen» zu tun hatte; irgendeine Lappalie mußte seine gemeine Wut entfacht haben.

Es ist interessant, daß in Mr. Mannerings Reaktionen – selbst in diesem Stadium – ein plötzlicher Wandel zu beobachten war. Sie erschienen jetzt absolut egoistisch und wurden nur durch direkte physische Reize ausgelöst. Der betrunkene Neffe trat in seiner Wut ein Loch in einen Wandschirm, er warf einen brennenden Zigarrenstummel auf den Teppich, er benutzte die polierte Tischplatte als Reibfläche für Streichhölzer. Dies alles sah sein Onkel mit der Gelassenheit eines Menschen an, dessen Gefühl für Besitz und Würde betäubt und gelähmt ist; er empfand weder Zorn noch Kränkung. War er mit einem dieser Sprünge, die für solche Entwicklungen charakteristisch sind, seinem Ziel, der vollkommenen Verpflanzlichung, plötzlich sehr viel nähergerückt? Seine Sorge um Base Janes bedrohte Sittsamkeit, die ihn noch vor wenigen Stunden so heftig bewegt hatte, mußte das letzte Aufflackern eines absterbenden Altruismus gewesen sein; dieses menschlichste aller Merkmale war von ihm gewichen. Dieses Stadium von Mr. Mannerings Verwandlung erwies sich jedoch nicht als ungetrübter Segen. Während die umfassenderen und ausgesprochener menschlichen Bezirke seines Seins sich immer mehr verengten, schob sein Bewußtsein nicht nur Stolz und Altruismus, die ihm so manches Leid verursacht hatten, an die Peripherie, sondern auch Seelenstärke und Objektivität, die ihn, unter Berufung auf griechische Zitate, gegen eine ganze Batterie von Mißhelligkeiten gestützt hatten. Ferner war sein Ich innerhalb dieses verengten Kreises nicht reduziert, sondern konzentriert; seiner heiteren, blumenhaften Gleichgültigkeit gegen den Mißbrauch seines Mobiliars stand das ausschließliche, blumenhaft konzentrierte Entsetzen beim Gedanken an einen ähnlichen Mißbrauch seiner eigenen Person gegenüber.

Der Neffe im Arbeitszimmer rauchte und fluchte noch immer. Auf dem Kaminsims lehnte ein Briefumschlag, von Dr. Mannering an Base Jane adressiert. Es war sein Brief aus der Stadt, in dem er ihr das schändliche Benehmen seines Neffen geschildert hatte. Der junge Mann sah ihn, nahm ihn ohne die geringsten Gewissensbisse, nur von müßiger Neugier getrieben, zur Hand und zog den Brief heraus. Während er las, verfinsterte sein ohnehin finsteres Gesicht sich noch mehr.

«Was?» brummte er, «‹weiter nichts wie ein Rennplatzbummler . . . ein ordinärer Taugenichts . . . ein Schurke von der hinterlistigen Sorte›. . . und was ist das? ‹. . . ihn restlos enterben . . .› Was?» Er stieß einen grauenhaften Fluch aus.

«*Du* willst mich enterben? Dazu gehören zwei, du alter Teufel!» Er riß die große Papierschere an sich und stürzte ins Gewächshaus ...

Es heißt, daß unter den Fischen nur das Starrauge einen Schrei ausstößt, wenn eine Menschenhand es packt; unter den Insekten, sagt man, sei nur die Raupe des Totenkopffalters zu einem leisen, dünnen Schreckensschrei fähig; in der Pflanzenwelt konnte nur die Alraune ihrer Qual Stimme verleihen – bis jetzt.

Dornröschen

Edward Laxton hatte alles, was sein Herz begehrte, nur eine Liebste, eine Braut oder Ehefrau hatte er nicht.

Er besaß ein sehr kultiviertes Barockschlößchen, dessen elfenbeinfarbene Fassade sich in einem einige Morgen großen, dekorativen Gewässer spiegelte. Jenseits seines moosgrünen, kleinen Parks, der von ernsten Bäumen beschattet war, erstreckte sich sein Landbesitz über einige der verwildertsten Hügel, die es in Südengland gibt. Bebaute Felder gab es nur wenige, und sie lagen eingeschlossen in tiefe Wälder. Aus einem Bauernhaus und einer Kate stiegen blaue Rauchwölkchen in den Abendhimmel.

Trotz alledem hatte er ein sehr kleines Einkommen, aber da er mit gutem Geschmack gesegnet war, begnügte er sich gern mit schlichter Hausmannskost. Seine Hauptmahlzeit bestand aus einem einfach gebratenen Rebhuhn, einer Flasche Hermitage, Apfelkuchen und einem Stückchen Stilton-Käse. An Gemälden besaß er nur einen kleinen Constable, den ihm sein Großonkel hinterlassen hatte. Sein Gewehr war die alte Holland and Holland-Büchse seines Vaters, etwas anderes brauchte er nicht. Er hatte zwei Apportierhunde mit gelocktem Fell, einen dunkelbraunen und einen schwarzen. Solche Hunde hält man heute für sehr altmodisch, und als altmodisch galt auch ihr Herr bei allen, die ihn kannten. Er war über dreißig, hatte angefangen, sich alljährlich genau die gleichen Anzüge machen zu lassen, und wenn seine Freunde fortzogen, dachte er nicht daran, sich neue zu suchen.

Mehr und mehr beschränkte er sich auf die friedliche Schönheit seines Hauses und die rauhe, üppige Schönheit der Farmen des Hochlandes. Man sollte sich hüten, sich allzu sehr auf dergleichen einzulassen, denn die Schönheit eines Ortes kann von der Seele ebenso Besitz ergreifen wie andere Schönheiten. So unglaublich es klingt, aber stets, wenn Edward sich von einem Mädchen angezogen fühlte, schob ein bestimmter, mit

Eichenwald bewachsener Hügel seine mächtige Schulter zwischen sie und ihn wie ein eifersüchtiger Hund. Dann merkte er plötzlich, daß die Betreffende zu schwache Fesseln hatte und sich zu stark schminkte. Neben der kahlen, sauberen Front eines bestimmten Bauernhauses, die ihm wie das mißbilligende Gesicht eines alten Dienstboten erschien, kam ihm ein munteres Mädchen doch zu elegant vor, und bei der Erinnerung an ein gewisses schmuckloses, kleines Kinderzimmer konnte jede junge Frau von heute so wirken, als wäre sie einem Film entsprungen.

Edward blieb also nichts anderes übrig, als sich mit der eigenen Gesellschaft zu begnügen und sich entschieden zu sagen, er sei der glücklichste Mann der Welt. In diese Glückseligkeit platzte ein Brief hinein, ein Brief von seinem ältesten Freund, der ihn für einige Monate auf seine Ranch in Neu-Mexiko einlud. Edward überlegte sich, daß er noch nie das Vergnügen gehabt hatte, sein Heim nach einer langen, sehnsuchtsvollen Abwesenheit wiederzusehen. Er telegrafierte, packte und reiste ab.

Er kam nach Neu-Mexiko, und die schöne Grenzenlosigkeit dieses Staates fand seine grenzenlose Bewunderung. Dennoch spürte er bald eine qualvolle Sehnsucht nach einer bestimmten Biegung eines bestimmten Weges in der Heimat, nach einer ganz gewöhnlichen Ecke, die er, als er noch dort war, nie besonders beachtet hatte. Er sagte seinem Gastgeber Lebewohl und machte sich auf den Weg nach New York, und zwar in einem altgekauften Wagen, weil er noch etwas von Amerika sehen wollte, bevor er es verließ.

Sein Weg führte am Nordrand des sogenannten Staubloches entlang, einer so trostlosen Landschaft, daß das Auge sich schon nach einer Fahrt von wenigen Stunden ungläubig davor verschließt. Diese Tendenz kann sehr gefährlich werden, besonders bei jemand, der von einem Weg im fernen Europa träumt. Edward folgte einer sanften Kurve, die sich zufällig viertausend Meilen weit weg befand, und kam in einer Hintergasse abrupt zum Stehen. Er spürte heftige Rippenschmerzen, neben ihm lag eine Wassermelone, und er hatte den Eindruck, durch einen kleinen Dorfladen gefahren zu sein. «Jetzt sitze ich in der Klemme», dachte Edward. Er sollte bald erfahren, daß er außerdem in Heeber's Bluff, Arkansas, saß und wegen der Wiedergutmachung des Schadens und der Reparatur seines Wagens wahrscheinlich mit einem Aufenthalt von mehreren Tagen rechnen mußte.

Heeber's Bluff ist die trübseligste Stadt, die je in der öden Prärie geschmort hat. Kränkliche Bäume, schiefe Pfosten und verrostete Drähte unterbrechen wirkungsvoll die Großartigkeit der endlosen Ebene. Das Erdreich ist in Dürrezeiten in alle Winde geweht worden; die Felder sind scheußlicher Lehm, hier und da liegt ein Pferde- oder Rinderskelett. Ein Rinnsal von einem Flüßchen, voll von Blechbüchsen, sickert um ein paar hundert Bruchbuden herum, deren Bauart ebenso armselig ist wie das dazu verwendete Material. Die Kaufleute sehen aus wie Alligatoren; alle anderen Einwohner haben die Gesichter und Stimmen von Fröschen.

Edward deponierte sein Gepäck in Merglers Hotel, gegenüber dem Bestattungsinstitut. Nach ein paar Minuten trat er aus seinem Zimmer und ging den Schildern nach in den Speisesaal, wo er sich mit einem Pökelhaschee auseinandersetzte, das noch schrecklicher war als die Stadt selbst, denn schließlich brauchte er die Stadt nicht zu essen. Von diesem Gedanken ermutigt, ging er hinaus und bummelte die Hauptstraße entlang.

Als er ein paar Meter weit gebummelt war, fürchtete er ernstlich, den Verstand zu verlieren, und so kehrte er in Merglers Hotel zurück. Binnen kurzem merkte er, daß er sich vor Nervosität in die Fingerspitzen biß und nicht anders konnte, als wieder hinauszustürzen. Als er in der Hoteltür stand, konnte er vor zitternder Furcht nicht weiter. «In dieser Stadt kriegt man sowohl drin als draußen Platzangst», sagte er sich. «Jetzt verstehe ich den Zweck der Veranda und der ewig schaukelnden Schaukelstühle!»

Er beeilte sich, in einem dieser einladenden Möbel Platz zu nehmen, und schwankte alle paar Sekunden zwischen den Gräßlichkeiten des Hotels und den Schrecken der Straße. Am dritten Tag gegen elf Uhr vormittags verlor diese Therapie ihre Wirkung, und in seinem Innern zerbrach etwas. «Ich muß hier raus», sagte er. «Und zwar schnell!»

Sein Geld war angekommen. Seine Geldstrafe war bezahlt, und seine Rippen waren bandagiert. Er mußte noch die Angelegenheit mit dem Ladenbesitzer regeln, aber der Schadenersatz, den er unverhältnismäßig hoch gefunden hatte, war eigentlich spottbillig, wenn man ihn als Lösegeld betrachtete. Er bezahlte, was der Mann verlangte. Nun stand seiner Abreise nichts mehr im Wege. Er ging zur Reparaturwerkstatt, um seinen Wagen abzuholen, und dort erlebte er eine kleine Enttäuschung. Er kehrte ins Hotel zurück, packte seinen Koffer, verlangte die Rechnung und fragte: «Wann fährt der nächste Zug?»

«Acht Uhr», sagte der Hotelier gelassen.

Edward sah nach der Uhr: sie zeigte die Mittagstunde an. Er blickte erst den Hotelier und dann das Bestattungsinstitut auf der anderen Straßenseite an. «Acht Stunden!» sagte er im leisen, gebrochenen Ton der Verzweiflung. «Was soll ich bloß machen?»

Wenn Sie die Zeit totschlagen wollen», sagte der Hotelier, «könnten Sie einen Blick in den Vergnügungspark werfen. Er macht um ein Uhr auf.»

Schlag ein Uhr ging Edward durch das Drehkreuz und wurde von der ersten schmetternden Musik verschlungen.

«Ich muß mich an die Kandare nehmen», dachte er, «damit ich nicht wie verrückt von einer Attraktion zur anderen rase. Um halb zwei werde ich mir das zweiköpfige Kalb ansehen, um zwei die dickste Dame der Welt, um halb drei den Jungen mit dem Schweineschwänzchen und um drei den Zirkus. Um halb fünf werde ich mich dem Zauber des Fächertanzes hingeben, dessen Nachglanz um halb sechs die Riesenratte vergolden wird, um halb sieben gehe ich zum Dornröschen, was für ein Geschöpf das auch sein mag. Dann bleibt mir eine halbe Stunde, um mein Gepäck abzuholen, und eine glückliche Stunde auf dem Bahnsteig – wenn es einen Bahnsteig gäbe. Hoffentlich hat der Zug keine Verspätung.»

Zu den festgesetzten Zeiten besichtigte Edward feierlich die Köpfe des zweiköpfigen Kalbes, die Beine der dicksten Dame und das Hinterteil des Jungen mit dem Schweineschwänzchen. Als es Zeit zum Fächertanz wurde, erfreute er sich an den Fächern. Er betrachtete die Riesenratte, und die Riesenratte betrachtete ihn. «Ich», sagte Edward zu ihr, «reise mit dem Acht-Uhr-Zug ab.» Die Riesenratte senkte den Kopf und kehrte ihm den Rücken.

Das Zelt, in dem Dornröschen hauste, begann sich zu füllen, als Edward sich näherte. «Nur hereinspaziert!» rief der Ausrufer. «Gleich geht der Vorhang auf, und Sie sehen die bezaubernden Gesichtszüge und Körperformen der schlafenden Schönen im Schmuck ihres Nachtgewandes. Seit fünf Jahren liegt sie in tiefem Schlaf, ohne jemals aufzuwachen. Im Bett! Im Bett! Im Bett!»

Edward bezahlte seine fünfundzwanzig Cent und betrat das überfüllte Zelt. Ein übel aussehender Schurke im weißen Chirurgenkittel, um den Hals ein Stethoskop gehängt, gab gerade das Zeichen zum Aufziehen des Vorhangs.

Man sah ein niedriges Podium mit einem Spitalbett, an dessen Kopfende eine als Krankenschwester herausgeputzte, finstere Frauensperson stand.

«Hier sehen Sie das Wunder, über das die Gelehrten der ganzen Welt sich den Kopf zerbrechen», begann der Pseudo-Arzt. Während er in diesem Ton weiterfaselte, betrachtete Edward das Gesicht auf dem Kissen. Es war ohne jede Frage das vollkommenste Gesicht, das er je im Leben gesehen hatte.

«Nun, meine Herrschaften», sagte der Impresario, «sollen Sie sich mit eigenen Augen davon überzeugen, daß Sie es hier nicht mit Scharlatanerie oder Humbug zu tun haben, sondern mit einem wissenschaftlich beglaubigten Phänomen. Sie sollen sich davon überzeugen, daß diese junge Dame a) schläft und b) schön ist. Sie werden sehen, daß trotz ihres fünfjährigen Schlafes in liegender Position ihre Gliedmaßen, Hüften und Brüste nicht im mindesten geschrumpft oder verkümmert sind. Schwester, wollen Sie bitte das Laken zurückschlagen.»

Die Schwester zog, wie eine Bulldogge grinsend, das schmuddelige Baumwolltuch zurück und enthüllte die Gestalt des wundervollen Geschöpfes; nur mit einem durchsichtigen Nachthemd bekleidet, anmutig wie ein junges Reh, lag die Schöne auf dem schäbigen Bett.

«Wenn all meine Wälder und Wiesen», dachte Edward, «die Säfte aller Glockenblumen und Himmelschlüssel, aller wilden Rosen und Geisblattknospen, die ihnen in Jahrhunderten entsprossen sind, für eine einzige Blume aufgespart hätten, dann müßten sie diese Mädchenblüte hervorbringen.» Er wartete auf die üblichen Einwände des *genius loci*, die bei solchen Gelegenheiten stets gemacht werden. Es kamen keine.

«Nun, meine Herrschaften», sagte der widerwärtige Gaukler, «da es den Gelehrten der ganzen Welt nicht gelungen ist, diese schöne junge Dame aus ihrer fünfjährigen Bewußtlosigkeit zu erwecken, möchte ich Sie an eine Geschichte erinnern, die Ihre liebe Mama Ihnen vielleicht erzählt hat, als Sie noch auf ihrem Schoß saßen. Ich meine die Geschichte vom Dornröschen, das durch den Kuß des jungen Königssohnes geweckt wurde und ihn sehr freundlich ansah, als es die Augen aufschlug.»

«Wahrhaftig», dachte Edward, «wenn alle Gutenachtküsse, alle Träume und Wünsche, die im Kerzenschimmer jenes schmucklosen, kleinen Kinderzimmers je ein Kind umgaukelt haben, zu einem Engelsbild verschmölzen, dann sähe es so aus wie sie.»

«Die beste medizinische Betreuung verursacht hohe Unkosten, das werden Sie verstehen», fuhr der Pseudo-Arzt fort. «Die Herren im Publikum, die sich als Märchenprinz versuchen wollen, werden daher gebeten, eine Gebühr von fünfundzwanzig Cent zu entrichten, die Sie bitte in die Schale auf dem Nachttisch legen wollen. Bitte, anstellen, meine Herren, und nicht drängeln.»

Kopfschüttelnd verließ Edward das Zelt und kehrte in Merglers Hotel zurück, wo er, von Zorn und Scham verzehrt, in seinem Zimmer saß. «Warum schäme ich mich? Weil ich nicht versucht habe, sie mir zu erkämpfen? Nein», sagte er, «das wäre lächerlich. Trotzdem, irgend etwas – etwas Abstoßendes ist daran. Es kann doch nicht sein, daß ich selber sie küssen möchte? Nein, das wäre gemein, niedrig, verächtlich. Warum denn, im Namen aller scheuen Lieblichkeit und Unschuld, zieht es mich zurück zu dieser unausprechlich geschmacklosen Schaustellung?

Ich werde nur einen Augenblick dortbleiben. Diesmal werde ich mein Gepäck zum Bahnhof bringen und mich auf meinen Koffer setzen und auf den Zug warten. In einer Stunde bin ich auf der Heimreise.

Heim – aber wozu dieses Heim?» rief er halblaut. «Was hat es für einen Sinn, wenn es nicht dieser einzigen unter allen Frauen

Zuflucht und Geborgenheit bietet? Oder ein Hort ist für ihr Inbild, für den Traum von ihr, für die Erinnerung an sie, die ich auf meinen Lippen mit nach Hause nehmen, mit der ich für immer leben würde, wenn ich sie nur einmal geküßt hätte! Und das, bei Gott, werde ich tun!»

Er stand vor dem Zelt, aus dem die Zuschauer, sich die Lippen leckend, gerade herausströmten. «Sehr gut», sagte Edward. «Der Vorhang wird geschlossen sein, während das Zelt sich von neuem füllt. Ich muß es erreichen, einen Augenblick mit ihr allein zu sein.»

Er fand den Hintereingang, eine schmale Klappe in der Leinwand, und quetschte sich hinein. Der Arzt und die Schwester benutzten die Pause zwischen zwei Vorstellungen zu einem kleinen Imbiß.

«Der Eingang ist vorn, Freundchen», sagte der Arzt. «Oder sind Sie von der Presse?»

«Hören Sie», sagte Edward, «ich möchte ein paar Minuten mit diesem Mädchen allein sein.»

«Ach nee!» sagte der Arzt, Edwards gerötetes Gesicht und atemlose Stimme zur Kenntnis nehmend.

«Ich will dafür bezahlen», sagte Edward.

«Ein Spitzel von der Sitte», bemerkte die Schwester gleichmütig.

«Hören Sie mal, Freundchen», sagte der Arzt. «Wollen Sie sich hier etwa mit unlauteren, unmoralischen Absichten eindrängen?»

«Ich bin Engländer!» rief Edward. «Wie kann ich zu Ihrer Sittenpolizei gehören?»

Die Schwester unterzog Edward einer langen und aufmerksamen fachmännischen Musterung. «O. K.», sagte sie schließlich.

«Wieso O. K.?» sagte der Arzt.

«O. K. für hundert Piepen», sagte die Schwester.

«Hundert Piepen?» sagte der Arzt. «Na schön, mein Sohn, wir sind alle mal jung gewesen. Sie wollen ein privates Interview – vielleicht sind Sie doch von der Presse – mit dieser interessanten jungen Dame. Gut, das läßt sich machen. Hundert Piepen in bar auf den Tisch des Hauses für – was meinen Sie, Schwester?»

Die Schwester sah Edward wieder prüfend an. «Zehn Minuten», sagte sie.

«Für zehn Minuten», fuhr der Arzt fort. «Heute abend nach zwölf, wenn wir zumachen.»

«Nein, jetzt», sagte Edward. «Ich muß meinen Zug erreichen.»

«Ach nee?» sagte der Arzt. «Damit dann irgendeiner seine lange Nase reinsteckt und sich beschwert, daß wir nicht pünktlich anfangen? Nee, Freundchen. Wir haben auch unser Berufsethos – *die Schau geht weiter*. Und jetzt verduften Sie. Zwölf Uhr. Dave, Vorhang auf!»

Einen Teil der Zeit vertrieb Edward sich damit, daß er die immer zahlreicher ins Zelt strömenden Leute beobachtete. Als es dunkel wurde, ging er fort und setzte sich an das stinkende Flüßchen; den Kopf in die Hände gestützt, wartete er auf das Verstreichen der endlosen Stunden. Das spärliche Wässerchen gluckerte im Dunkeln. Schwer von abgestandener, steriler Hitze lastete die Nacht über der leblosen, weiten Lehmfläche. In der Ferne funkelten die Lichter des Rummelplatzes, und das dunkle Wasser rieselte und rieselte.

Endlich erlosch der Glanz bis auf wenige Lichter, und auch diese gingen, eines nach dem anderen, zwinkernd aus wie Funken auf einem schwelenden Stück Papier. Edward stand auf und ging wie ein Schlafwandler zurück zum Rummelplatz.

Der Arzt und die Schwester verschlangen stumm und gierig ihr Essen, als er das Zelt betrat. Das grelle Licht eines einzelnen Scheinwerfers fiel auf ihre schlecht geschminkten Gesichter und ihre imitierte Tracht, so daß sie wie Wachsfiguren oder wandelnde Leichen wirkten, während das Mädchen auf dem Bett mit den gesund geröteten Wangen und dem lieblich verwirrten Haar aussah wie ein Geschöpf des frischen Windes, das durch einen Zauber in diese häßliche Starre gebannt war und auf einen Befreier wartete.

«Hier ist das Geld», sagte Edward. «Wo kann ich mit ihr allein sein?»

«Schieben Sie das Bett auf die andere Seite des Vorhanges», sagte der Arzt. «Wir stellen das Radio an.»

Edward war allein mit der Schönen, für die er, sein ganzes Leben, sein Haus und sein Land geschaffen waren. Er befeuchtete sein Taschentuch und wischte das verschmierte Lippenrot von ihrem Mund.

Er bemühte sich, seine Gedanken zu klären, sein Gehirn so leer zu machen wie einen unbelichteten Film, um sich die unendlich feinen Linien ihrer Wangen und Lippen, den Schwung der träumenden Wimpern und das Zaubergerank ihres Haars einprägen zu können.

Plötzlich merkte er mit Schrecken, daß Tränen seine Augen trübten. Er hatte seinen Geist für das Bildnis einer Göttin freigemacht, und nun überschwemmte das Mitleid mit einem sterblichen Mädchen sein ganzes Wesen. Er beugte sich vor und küßte sie auf die Lippen.

Es ist das Schicksal derjenigen, die ein Dornröschen küssen, selbst erweckt zu werden: Edward riß den Vorhang auf.

«Sehr pünktlich», sagte der Doktor beifällig.

«Wieviel?» fragte Edward. «Wieviel wollen Sie für das Mädchen haben?»

«Hast du das gehört?» sagte der Doktor zur Schwester. «Er will die Nummer kaufen.»

«Verkauf sie», sagte die Schwester.

«Hast sie nie leiden können, was?» sagte der Doktor.

«Zwölftausend», sagte die Schwester.

«Zwölftausend Dollar?» fragte Edward.

«Sie haben richtig verstanden», sagte der Doktor.

In dieser Angelegenheit konnte man nicht feilschen. Edward telegrafierte seinem Anwalt, dieser schickte das Geld am nächsten Tag, und noch am selben Nachmittag reiste Edward mit seiner wunderbaren Fracht nach Chicago. Dort nahm er ein Hotelzimmer, in dem sie sich bis zur Weiterfahrt nach New York ausruhen konnte. Er schrieb einige Briefe und ging hinunter, um sie aufzugeben. Am Empfangstisch sah er einen Mann und eine Frau stehen, die einen äußerst unangenehmen Eindruck machten.

«Das ist der Herr», sagte der Empfangschef.

«Mr. Laxton?» sagte der Mann.

«Meine Tochter!» schrie die Frau in herzzerreißendem Ton. «Wo ist mein kleines Mädchen? Mein süßes Kind!»

«Was soll das heißen?» rief Edward, sie in einen menschenleeren Nebenflur manövrierend.

«Was das heißt? Entführung, Sklavenhandel und Verletzung der Mann-Act», sagte der Mann.

«Verkauft wie eine Leibeigene!» zeterte die Frau. «Wie eine weiße Sklavin!»

«Was ist die Mann-Act?» fragte Edward.

«Wenn Sie eine Dame, irgendeine Dame, die nicht Ihre Frau oder Tochter ist, aus einem Staat in einen anderen schaffen», sagte der Mann. «Das ist die Mann-Act. Zwei Jahre.»

«Erst müssen Sie beweisen, daß sie Ihre Tochter ist», sagte Edward.

«Hören Sie mal, Sie Schlaukopf», sagte der Mann, «wenn Ihnen ein halbes Dutzend Zeugen aus unserer Heimatstadt nicht genügt – dem Staatsanwalt genügt es bestimmt. Sehen Sie den Mann da drüben am Empfangstisch? Das ist der Hoteldetektiv. Ich brauche nur zu pfeifen, mein Junge.»

«Sie wollen Geld», sagte Edward schließlich.

«Ich will meine Rosie», sagte die Frau.

«Wir waren mit zwanzig Prozent an Rosie beteiligt», sagte der Mann. «O ja , sie hat für ihre Familie gesorgt.»

Edward stritt sich eine Weile mit ihnen herum. Sie forderten zwanzigtausend Dollar. Er telegrafierte wieder nach England, konnte ihnen bald darauf das Geld aushändigen und erhielt dafür ein Schriftstück, in dem die Eltern ihre sämtlichen Rechte an ihn abtraten und ihn zum gesetzlichen Vormund des schlafenden Mädchens ernannten.

Edward war niedergeschmettert. Wie im Traum fuhr er weiter nach New York. Unablässig ging ihm jene bestürzende Unterredung in allen Einzelheiten durch den Kopf. In der Hotelhalle merkte er mit einemmal voller Entsetzen, daß jemand genauso oder doch ganz ähnlich auf ihn einredete. Ein heruntergekommener, aber geschäftstüchtig aussehender Geistlicher stand vor ihm.

Er redete von der Reinheit der jungen amerikanischen Frau, von zwei bescheidenen Mitgliedern seiner Gemeinde, von der hochstehenden Moral des Staates Tennessee und von einem Mädchen namens Susie-May. Hinter ihm standen zwei sprachlose Gestalten, die geeignet schienen, auch jedem anderen die Sprache zu rauben. «Dann ist sie also das Kind dieser Hinterwäldler?» fragte Edward.

«Diese Bezeichnung», sagte der Geistliche, «hört man nicht gern in den Bergen von . . .»

«Und sie heißt in Wirklichkeit Susie-May?» unterbrach ihn Edward. «Das Mädchen, das da oben in meinem Zimmer ist? Dann waren die anderen Eltern Schwindler. Und diese hier wollen ihre Tochter wiederhaben. Woher wissen Sie davon?»

«Die gesamte amerikanische Presse hat in den letzten drei Tagen Notizen über Ihre unmoralische Tat gebracht», erklärte der Geistliche.

«Ich sollte mehr Zeitung lesen», sagte Edward. «Diese Leute wollen das Mädchen also in eine dreckige Hütte zurückholen . . .»

«Klein, aber rein», sagte der Geistliche.

«. . . und sie zweifellos an den nächsten schuftigen Schausteller verkaufen, der vorüberkommt.» Er setzte ihnen ausführlich auseinander, daß er nichts als die lautersten Absichten habe und wie ausgezeichnet Susie-May bei ihm aufgehoben sein werde.

«Mr. Laxton», sagte der Geistliche, «haben Sie je darüber nachgedacht, was ein Mutterherz bedeutet?»

«Voriges Mal bedeutete es zwanzigtausend Dollar.»

Man sollte nie witzig sein wollen, auch nicht in der tiefsten Verzweiflung. Das Wort *zwanzigtausend* fand im Mund des männlichen Elternteils polternden Widerhall wie in den Tiefen einer Berghöhle, und seine alterstrüben Augen begannen drohend zu funkeln.

Der Rest der Unterredung war nur noch Persiflage. Edward entschuldigte sich für ein Weilchen, um allein auf und ab zu gehen, wieder zu Atem zu kommen und in Ruhe nachzudenken.

«Das verschlingt den Rest meines Kapitals», dachte er. «Ich werde keinen Cent zum Leben haben. Susie wird die teuersten Ärzte brauchen. Ach was, auch wenn ich Haus und Grundstück verkaufe und nur das Verwaltungshäuschen behalte, können wir miteinander glücklich werden. Dann haben wir vier- bis fünfhundert im Jahr zu verzehren, und außerdem noch immer den Sternenhimmel über uns und um uns die tiefen Wälder. Ja, so werde ich es machen.»

Er machte es nicht ganz genauso, denn es stellte sich heraus, daß bei einem überstürzten Verkauf meist nicht der Preis erzielt wird, der dem Wert und der Schönheit des Objekts entspricht. Dazu kamen die Anwaltsgebühren, ein paar kleine Geschenke, um die Angelegenheit zu beschleunigen, und die hohen Hotel- und Reisekosten.

Nach Abwicklung aller Geschäfte war Edwards Vermögen so weit zusammengeschmolzen, daß er kaum mehr als zweihundert im Jahr zu verzehren hatte, aber schließlich hatte er ja das Häuschen, hoch oben am Himmel den Orion und ringsum die mächtigen Wälder. Abends ging er häufig vor dem Haus auf und ab, und wenn er dann das sirupgelbe Kerzenlicht durch das kleine Fenster schimmern sah und daran dachte, daß dieses Häuschen alle Schönheit der Welt beherbergte, hätte er jubeln können. In solchen Augenblicken war er der Glücklichste unter den Menschen.

Nur einen Wermutstropfen gab es in seinem Glück. Der neue Besitzer des Anwesens entpuppte sich als ziemlich unsympathisch. Er war kaum der richtige Herr für diesen schönen Landsitz. Zweifellos war Edward ein bißchen voreingenommen, aber er hatte das Gefühl, als hätte er noch niemand so laut, diktatorisch und überheblich reden gehört wie diesen Mann, als wären seine Anzüge zu neu, seine Nägel zu auffallend manikürt, sein Siegelring zu dick und glänzend. Außerdem hatte er ausgesprochen grobe Gesichtszüge. Eigentlich sah er wie ein Schwein aus, fand Edward, aber selbst wenn das zutraf, so zeigte er unmißverständlich, daß er ein schwerreiches Schwein war. Bei seinen Plänen für sogenannte *kleine Verbesserungen* auf dem Grundstück sträubten sich Edward die Haare.

Verglichen mit der Sorge um sein geliebtes Grundstück waren Edwards andere Mißhelligkeiten von geringer Bedeutung. Obwohl er der gesetzliche Vormund des lieblichen Mädchens war, nannte eine Lokalzeitung ihn einen Wüstling, während eine andere sich abstoßend frivol über die Angelegenheit ausließ. Seine vermögenden Verwandten wollten nichts mehr mit ihm zu tun haben, und die ärmeren suchten ihn auf und redeten ihm ins Gewissen. Eine Dame mit strengen moralischen Grundsätzen ging so weit, ihn mehrmals auf der High Street in Shepton-Mallet mit dem Regenschirm tätlich anzugreifen.

Mittlerweile hatte er durch fleißige Erkundigungen einen als genialen Arzt anerkannten Endokrinologen ausfindig gemacht. Der große Mann nahm sich mit Enthusiasmus des interessantesten Falles an und war jederzeit bereit, eine wichtige Verabredung in London abzusagen und an Susie-Mays Lager zu eilen. Edward zitterte beim Gedanken an die Rechnung.

Schließlich kam der Tag, an dem der Arzt, ein Spinnweb von seinem Ärmel wischend, die schmale Treppe herunterkam und mit selbstgefälligem Lächeln zu Edward sagte: «Ich habe eine gute Nachricht für Sie. Gestern habe ich einen Brief aus Wien bekommen, von Wertheimer.»

«Eine gute Nachricht, sagen Sie?» rief Edward, und sein Herzschlag beschleunigte sich. «Heißt das, Sie können sie aufwecken?»

«Nicht nur aufwecken», erwiderte der Spezialist, «sondern auch wachhalten. Hier ist das Medikament, das Wertheimers Leute nach den von mir eingeschickten Berichten zusammengestellt haben. Ganz gewöhnliche Kapseln, wie Sie sehen, und doch epochemachend. Lesen Sie, was auf dem Etikett steht: *Pünktlich um 9 Uhr vorm. und 6 Uhr nachm. zu verabreichen.* Nicht etwa *gegen* neun oder *gegen* sechs. Haben Sie das richtig verstanden?»

«Ja, ich verstehe», sagte Edward. «Ich muß sie ihr genau zum angegebenen Zeitpunkt geben.»

«Ja, denn sonst wird sie sehr rasch wieder einschlafen», setzte der Arzt in strengem Ton hinzu.

«Können Sie mir sagen, wann sie aufwachen wird?» fragte Edward.

«Vielleicht nach vierundzwanzig, vielleicht nach achtundvierzig Stunden», antwortete der Arzt. «Es kann aber auch länger dauern.»

Er gab noch eine Menge kleiner Anweisungen, wiederholte ein halbdutzendmal seine Ermahnungen, die Arznei pünktlich einzugeben, wischte noch ein Spinnweb von seinem Ärmel und ging.

Edward verbrachte die nächsten zwei Tage in freudiger Erregung, die allerdings durch gewisse Befürchtungen getrübt wurde. Vor allem fürchtete er, sie würde vielleicht erschrecken, wenn sie an einem fremden Ort, allein mit einem fremden

Mann, erwachte. Er erwog, ob er das Dorfmädchen, das sie tagsüber versorgte, darum bitten solle, über Nacht bei ihr zu bleiben, aber er verwarf den Gedanken wieder: er konnte das Recht, beim Erwachen an ihrer Seite zu sein, nicht aufgeben. Drei Nächte lang wachte er an ihrem Bett, mit geröteten Augen und schwindlig vor Übermüdung, jeden Augenblick auf ein leises Flattern der geschlossenen Augenlider gefaßt. Die dritte Nacht verging; die tropfende Kerze verlosch. Hinter dem Fenster dämmerte schon der Morgen. Bald fielen die ersten schrägen Sonnenstrahlen auf das Bett. Die Schlummernde regte sich und schlug mit einem Seufzer die Augen auf. Es waren fraglos die schönsten Augen der Welt, die sich nun auf Edward richteten.

«Hallo!» sagte Susie-May unsicher.

«Guten Morgen», sagte Edward. «Vielmehr – ich wollte sagen . . . Sie möchten wahrscheinlich wissen, wo Sie sind.»

«Wo ich bin und wie zum Teufel ich hierher komme», sagte die Schöne, sich aufsetzend. Sie rieb sich die Stirn, offenbar in dem Versuch, sich zu erinnern. «Ich muß glatt ohnmächtig geworden sein», sagte sie. Dann zeigte sie anklagend auf ihn: «Und Sie sehen mir aus wie ein Halunke, der mich mißbraucht hat.»

«Ich versichere Ihnen, daß Sie völlig im Irrtum sind», sagte Edward schwach.

«Hoffentlich», antwortete die junge Dame. «Aber wenn das nicht stimmt, mein Junge, dann werden Sie dafür blechen, das kann ich Ihnen sagen.»

«Ich glaube, Sie sollten mich lieber genau erzählen lassen, wie das alles gekommen ist», sagte Edward.

Und er erzählte.

«Sie wollen also sagen», sagte Susie-May, als er fertig war, «Sie wollen also sagen, daß Sie mich aus der Schau rausgeholt und in diese Bruchbude gebracht haben?»

«Aber mein liebes Kind, Sie lagen im Schlaf, Sie waren krank . . .» protestierte Edward.

«Ach was!» sagte sie. «Ich wäre schon wieder aufgewacht. Wetten, daß ich aufgewacht wäre, wenn die mit ihrer Schau nach Hollywood gekommen wären? Und was soll ich jetzt anfangen?»

«Diese Frage kann ich sehr leicht beantworten», sagte Edward. «Sie werden essen, was Ihnen vorgesetzt wird, wenn Sie nicht verhungern wollen. Sie werden in den nächsten paar Tagen wieder laufen lernen, wenn Sie nicht für den Rest Ihres Lebens auf Ihrem Hintern sitzen wollen. Sobald Sie selbst für sich sorgen können, werden wir besprechen, was Sie anfangen sollen. Dann werden Sie auch dieses Haus und mich sehr viel besser kennen als jetzt.»

Er sagte das mit einer Autorität, die beide überraschte. Susie war etwas eingeschüchtert und vielleicht von der Lebhaftigkeit ihrer ersten Eindrücke ermüdet; sie erwiderte nichts, sondern senkte bald ihre bezaubernden Augenlider und fiel in einen leichten Halbschlaf.

Edward betrachtete sie, und alle seine zarten Gefühle, die er so roh verscheucht hatte, kamen wieder heimgeflattert. «Ich habe weiter nichts gesehen als die Narben einer schrecklichen Kindheit», dachte er. «Irgendwo tief, tief unter der erschütternden Oberfläche, muß eine Seele wohnen, die zu diesem lieblichen Gesicht paßt. Was wirklich schläft, ist diese Seele, und es wird teuflisch schwer sein, sie aufzuwecken.»

In den folgenden Tagen machte er sich eifrig an die Arbeit. Er umgab sie mit warmer, heiterer Zärtlichkeit. Wie man einem schmollenden Kind ein Spielzeug nach dem anderen in die Hand gibt, so schenkte er ihr ein Lächeln oder eine Blume, ein liebevolles Wort oder eine amerikanische Zigarette, die er eigens für sie aus London besorgt hatte. Er machte sie auf den Wohlgeschmack der gesprenkelten Forelle aufmerksam, die er für sie gefangen hatte, auf den Duft des herbstlichen Wabenhonigs und auf den Glanz der Regentropfen an der Fensterscheibe, die im durchbrechenden Sonnenschein heller funkelten als Diamanten.

Hätte ein Zyniker ihm gesagt, er vergeude seine Zeit, so hätte Edward mit erschreckender Logik erwidert: «Sieh dir dieses Gesicht an! Paßt es nicht in dieses Haus, in diesen Garten? Es müßte eigentlich, denn hier wurde es geschaffen. Das, mein Lieber, ist ein Gesicht aus dem England des achtzehnten Jahrhunderts, das sich – als hätte es zwei- bis dreihundert Jahre lang im Schlaf gelegen – unverändert in den Cumberland-Bergen von Kentucky erhalten hat. Verlaß dich drauf, ihre schlummernde Seele ist von derselben exquisiten Schönheit und wird sich, sofern sie überhaupt erwacht, in dieser Umgebung, der sie ursprünglich entstammt, zu Hause fühlen. Warte nur, wenn ich sie erst in den Wald führe!»

Die Tage verstrichen: Susie-May kam rasch zu Kräften und konnte in dem kleinen Gärtchen spazierengehen, wo die verwilderten Spätsommerblumen sich ihr Aufmerksamkeit heischend entgegenneigten, aber sie gönnte ihnen keinen Blick. Schließlich konnte Edward sie beim Arm nehmen und in die großen Wälder führen, die einmal ihm gehört hatten.

Sie fuhren an die zwei Kilometer weit über kaninchenbenagten Rasen, glatt wie grüner Samt, ringsum von mächtigen Buchen gesäumt, hinter denen die schlanken Stämme in silbrigem Dämmer standen, ganz still, um die Dryaden nicht zu stören. Weiter unten, in der Gegend seines alten Hauses, machten die Buchen riesigen Eichen Platz – mit Flechten bewachsene bronzene Stämme, das Geäst an Geweihe gemahnend, virgilisch. Er ließ sie in Lichtungen blicken, die von Weidenröschen flammten, und in andere, auf denen das verdorbene Farnkraut sich rostbraun färbte. Kaninchen stoben nach allen Richtungen auseinander, der Hase hoppelte, oftmals zurückblickend, davon, der kupferfarbene Fasan flatterte mit viel Geraschel auf, den langen Schwanz wie einen Drachenschweif nachschleppend. Der große Specht flog, über irgend etwas herzlich lachend, den ganzen Rückweg lang von Baum zu Baum vor ihnen her.

Die ganze Zeit hatte Edward kaum ein Wort gesagt, er hatte nicht einmal gewagt, ihr Gesicht nach irgendwelchen Empfindungen zu durchforschen. Jetzt, auf der Schwelle des Häuschens, nahm er ihre Hände in die seinen und fragte, ihr tief in die Augen blickend: «Nun? Wie hat es dir gefallen?»

Sie antwortete: «Abscheulich.»

Edwards Enttäuschung war so plötzlich und heftig, daß er für einen Augenblick seiner Sinne nicht mehr mächtig war. Als er sich gefaßt hatte, sah er, daß Susie geduckt wie eine fauchende Katze vor ihm stand und daß seine rechte Hand drohend erhoben war. Er ließ sie sinken und sagte, nach Atem ringend: «Keine Angst. Ich bin nicht imstande, eine Frau zu schlagen.»

Susie schien ihm das zu glauben, denn sie zögerte nicht, ihm einige sehr wenig schmeichelhafte Gründe für seine Unfähigkeit zu nennen. Er selbst war seltsamerweise nicht so überzeugt, und sein Gewissen biß und riß ihn derart, daß er kaum hörte, was sie sagte. Er wartete bis sechs Uhr, gab ihr eine Kapsel und ging dann hastig hinaus, um wie gejagt über die dunklen, windigen Hügel zu rennen. Nach mehreren Kilometern hatte der Aufruhr in seinem Innern sich ein wenig gelegt, und er kam zu folgendem Schluß: «Ich war so wütend, weil sie sich weigert, meine Maßstäbe anzuerkennen – die Maßstäbe eines Mannes, der imstande wäre, ein hilfloses Mädchen zu schlagen (denn daß ich das nicht wäre, war eine Lüge). Es gibt nur eine Lösung.»

Es ist eine traurige Lebensweisheit, daß immer, wenn es nur eine Lösung gibt, diese Lösung alles andere als angenehm ist. Am nächsten Tag bat Edward das kleine Zugehmädchen, über Nacht bei Susie zu bleiben, während er selbst in die Stadt fuhr, um seinen Rechtsanwalt aufzusuchen.

«Wieviel würde ich erzielen, wenn ich meinen gesamten Besitz verkaufte?» fragte Edward mit etwas belegter Stimme.

«Einschließlich des Häuschens, in dem Sie wohnen?»

«Ja, restlos alles.»

Der Anwalt zog seine Akten zu Rate, kritzelte Zahlen auf seinen Notizblock, beklagte die schlechte Marktlage und teilte Edward schließlich mit, daß er mit vier- bis fünftausend Pfund rechnen könne.

«Dann verkaufen Sie», sagte Edward, jeden Widerspruch beiseite schiebend. Dann begab er sich in ein Hotel und am nächsten Tag fuhr er wieder nach Hause.

Als er sich seinem Häuschen näherte, gewahrte er seine Susie, die ihm vom Wald her entgegenkam. Ihre Wangen waren gerötet, ihre Augen glänzten, ihr Haar war ein bißchen zerzaust.

«Was sehe ich?» sagte er, als sie zusammentrafen. «Du bist doch nicht etwa im Wald gewesen!»

«Wo sollte ich denn sonst hingehen?» antwortete sie.

«Komm ins Haus», sagte Edward, «ich will dir erzählen, wo du sonst hingehen könntest. Was meinst du dazu, wenn wir nach Kalifornien, nach Hollywood gingen?»

«Soll das ein Spaß sein?» fragte sie erstaunt. «Ich dachte, du wärst pleite.»

«Ich verkaufe auch das, was mir übriggeblieben ist», erklärte

Edward. «Es wird nicht so viel bringen, daß wir dort sehr lange auf großem Fuß leben können, aber da es nun einmal dein Wunsch ist, will ich ihn dir erfüllen.»

Susie schwieg ein Weilchen, dann sagte sie: «Ist ja Quatsch! Ich will nicht, daß du deinen letzten Cent opferst.»

Edward, ganz verblüfft über ihre Großmut, versuchte ihr die Gründe für seine Sinnesänderung auseinanderzusetzen. Doch sie schnitt ihm das Wort ab: «Reden wir nicht mehr davon. Ich kann genausogut hierbleiben. Jedenfalls für ein Weilchen.»

Edward hörte das mit den Gefühlen eines Menschen, der vielleicht nicht gerade zum Galgen, aber doch zur Deportation verurteilt war und nun begnadigt wird. «Was ist geschehen?» rief er. «Wäre es möglich, daß wir uns beide verändert haben, nur in entgegengesetztem Sinne? Oh, ich weiß! Du warst im Wald, und irgend etwas dort muß dich angerührt haben.»

«Halt lieber deine große Schnauze», sagte sie fast ärgerlich. «Du weißt ja nicht, was du redest.»

«Ich weiß, daß solche Gefühle etwas sehr Zartes, Privates sein können», sagte er. «Ein unbestimmtes Tasten, über das man lieber nicht spricht. So glaube ich auch, daß du heute nicht dasselbe empfunden hättest, wenn ich dabei gewesen wäre. Es war falsch, daß ich dich am Montag begleitet habe – so sehr ich mich auf dieses gemeinsame Erlebnis gefreut hatte. In Zukunft lasse ich dich allein spazierengehen.»

Susie ging also von nun an jeden Nachmittag allein in den Wald, während Edward zu Hause blieb, und täglich kam sie lieblicher und strahlender zurück.

«Der Wald arbeitet für mich», dachte Edward, und seine Gedanken folgten ihr wie ein Hund. Er malte sich aus, wie sie unter hohen Bäumen im sonnengefleckten Schatten lustwandelte, wie sie durch einen Bach watete oder sich mit einem Farnwedel Kühlung zufächelte oder wie sie Brombeeren pflückte und in den blau verschmierten Mund stopfte. Schließlich glaubte er einfach nicht länger leben zu können, wenn er diese hübschen Dinge nicht einmal mit eigenen Augen sah, und so schlich er ihr denn eines Nachmittags heimlich nach.

Er hielt sich, zwischen Bäumen versteckt, ein gutes Stück hinter ihr und wollte, wenn sie sich zum Ausruhen hinsetzte, leise hervortreten. Aber sie setzte sich nicht hin, sondern ging immer schneller, und schließlich fing sie sogar an zu rennen, so daß er für eine Weile ihre Spur verlor. Er eilte weiter, einem scheltenden Eichelhäher nach, und als er den Eichelhäher erreicht hatte, blickte er sich nach allen Seiten um, aber sie war nirgends zu sehen. Plötzlich hörte er sie lachen und dachte: «Sie muß mich die ganze Zeit gesehen haben!»

Ihr leises Lachen klang so süß und einladend, daß ihm das Herz schneller schlug. Es kam aus einer nahen Mulde am Waldrand, wo der Boden sich senkte. Edward trat leise näher; halb und halb erwartete er – obwohl er es eigentlich nicht zu erwarten wagte –, daß sie mit weit ausgebreiteten Armen zu ihm aufblicken würde. Er teilte das Geäst und blickte hinunter. Sie war wirklich in der Mulde, und sie hatte wirklich die Arme weit ausgebreitet, aber nicht, um Edward zu umarmen, sondern seinen verhaßten, dicken Nachbarn.

Edward stahl sich leise fort und ging zu seinem Häuschen zurück, wo er Susie erwartete, die sehr spät und lieblicher denn je nach Hause kam.

«Dieses Lächeln kannst du dir sparen», sagte Edward. «Du dreckige hinterhältige, kleine Hure . . .»

Was das Lächeln betraf, so gehorchte sie auf der Stelle, aber dann ging es los. «So ein gemeiner, ordinärer Schnüffler», fing sie an, und es entwickelte sich ein äußerst lebhafter Dialog. Edward vergaß sich so weit, ein paar Drohungen auszustoßen, die sie mit erbitterndem Hohn abtat, als fühlte sie sich bei ihrem Liebhaber in sicherem Schutz.

«Er hat eine große Filmgesellschaft in London», sagte sie, «und er hat mir versprochen, mir eine Filmrolle zu verschaffen.»

«Du vergißt», sagte Edward, «daß ich gegen deinen Vertrag Einspruch erheben könnte.»

«Heißt das, daß du mich zurückhalten willst?»

«Warum nicht?»

«Weil ich auf der Stelle zur Polizei gehen werde», sagte Susie. «Und weißt du, was ich da erzählen werde? Was damals, als ich noch schlief, passiert ist!» Sie schickte sich an, ihn näher zu informieren, mußte aber mit einemmal furchtbar gähnen.

Edward warf einen Blick auf die Uhr und sah, daß die sechste Stunde unbemerkt verstrichen war.

«Nun?» fragte er. «Was denn?»

«Genug um . . . dich ins Kittchen zu bringen . . .» murmelte sie wie ein Grammophon, das man aufzuziehen vergessen hat, und wieder gähnte sie. Ihr Kopf sank immer tiefer, bis ihre Wange auf dem Tisch lag.

«Angenehme Träume!» sagte Edward; er nahm das Schächtelchen mit den Kapseln vom Kaminsims und schleuderte es ins Feuer. Susie beobachtete ihn mit verglasten Augen, in denen gleichzeitig mit dem auflodernden Kaminflämmchen ein Wutflämmchen aufflackerte. Die Flamme erlosch, und Susies Augen fielen zu. Sie sah hinreißend aus.

Edward brachte sie zu Bett, und als er wieder herunterkam, schrieb er an eine Firma für Wohnwagen und Anhänger. Im nächsten Sommer konnte man ihn in Blackpool sehen, wo er in makellos weißem Arztkittel das Publikum zum Besuch seiner Vorstellung aufforderte. Auf dem Schild über ihm stand zu lesen:

DAS SCHLAFENDE DORNRÖSCHEN
Dr. von Stangelberg mit seinem
Wunder der modernen Wissenschaft
Nur für Erwachsene
DAS SCHLAFENDE DORNRÖSCHEN
Eintritt Sixpence

Wie man hört, ist er auf dem besten Weg, wieder ein reicher Mann zu werden.

Mary

Im Bergland von North Hampshire gab es einmal – und gibt es hoffentlich noch – ein Dorf, das hieß Ufferleigh. Jedes Häuschen hatte seinen Garten, und in jedem Garten stand ein riesiger Apfelbaum, und als an diesen Bäumen rotbackige Früchte hingen und zwischen Bohnenreihen und Kohlbeeten frisch ausgegrabene Kartoffeln glänzten, kam ein junger Mann ins Dorf, den man hier noch nie gesehen hatte.

Er blieb auf der Straße unterhalb von Mrs. Hedges' Tor stehen und blickte in den Garten hinauf. Rosie, die beim Bohnenpflücken war, hörte sein zaghaftes Husten; sie wandte sich um, beugte sich über die Hecke und fragte nach seinem Begehr. «Ich wüßte gern, ob hier im Dorf jemand ein Zimmer zu vermieten hätte», sagte der Fremde.

Er sah Rosie an: ihre Wangen waren röter als die Äpfel, und sie hatte das lieblichste Blondhaar, das man sich vorstellen kann. «Ich wüßte gern», setzte er berichtigend hinzu, «ob *Sie* ein Zimmer vermieten.»

Rosie sah ihrerseits den Fremden an. Er trug einen blauen Sweater nach Art der Seeleute, aber wie ein Seemann sah er eigentlich nicht aus. Er hatte ein offenes, freundliches, von der Sonne gebräuntes Gesicht und schwarzes Haar. Obwohl er abgerissen und verschüchtert aussah, hatte er irgend etwas an sich, was ihn von einem gewöhnlichen Landstreicher unterschied. «Ich werde Mutter fragen», sagte Rosie.

Damit lief sie ins Haus, und Mrs. Hedges kam heraus und sah sich den jungen Mann an. «Ich suche für eine Woche ein Zimmer in der Nähe von Andover», sagte er. «Ich habe dort zu tun, aber in der Stadt selbst möchte ich nicht gern wohnen.»

«Ein Bett hätten wir», sagte Mrs. Hedges. «Wenn es Ihnen nichts ausmacht, mit uns zusammen zu essen . . .»

«Aber nein, Ma'am», sagte er. «Nichts lieber als das.»

Sie wurden rasch handelseinig; Rosie pflückte noch eine Handvoll Bohnen, und nach einer Stunde saß er mit ihnen beim

Abendessen. Er nannte seinen Namen – Fred Baker –, aber sonst brachte er vor lauter Höflichkeit kaum ein Wort heraus, und schließlich fragte Mrs. Hedges ihn rundheraus nach seinem Beruf.

«Nun ja, Ma'am», sagte er, ihr freimütig ins Gesicht blikkend, «seitdem ich groß bin, habe ich bald dies, bald das getan, aber nach einem alten Sprichwort kommt man am besten in der Welt voran, wenn man den Leuten was zum Fressen oder zum Lachen vorsetzt. Und das tue ich, Ma'am. Ich reise mit einem Schwein.»

Mrs. Hedges sagte, so etwas habe sie noch nie gehört.

«Das wundert mich», sagte er. «Wie ich gehört habe, verdienen manche Leute in den Londoner Varietés ein Vermögen damit. Buchstabieren, zählen, addieren, Fragen beantworten – alles. Aber warten Sie nur ab», sagte er lächelnd, «wenn Sie erst Mary sehen!»

«Ist Mary Ihr Schwein?» fragte Rosie.

«Ich nenne sie so», erklärte Fred schüchtern, «aber nur unter uns sozusagen. Für das Publikum heißt sie Zola. Ein bißchen was Französisches, hab ich mir gedacht. Klingt ein bißchen pikanter, wenn Sie den Ausdruck entschuldigen wollen. Aber in unserem Wohnwagen nenne ich sie Mary.»

«Sie leben in einem Wohnwagen?» fragte Rosie, ganz entzückt beim Gedanken an so ein Puppenhaus.

«Ja», sagte er. «Sie hat ihre Schlafkoje, und ich habe meine.»

«Ich glaube, das würde mir nicht gefallen», sagte Mrs. Hedges. «Mit einem Schwein? Nein.»

«Sie ist so sauber wie ein neugeborenes Baby», sagte er. «Und als Gesellschaft ist sie auch nicht schlecht, direkt menschlich, könnte man sagen. Trotzdem, es ist schon ein rechtes Wanderleben für sie – bergauf, bergab, wie man so sagt. Unter uns gesagt: ich werde nicht ruhen, bis ich sie in eins von den großen Londoner Theatern gebracht habe. Sie werden's noch erleben, daß wir im West End auftreten!»

«Ich finde den Wohnwagen das beste daran», bemerkte Rosie, die mit einemmal ganz gesprächig wurde.

«Ist auch hübsch», sagte Fred. «Mit Vorhängen, wissen Sie, und einem Blumentopf und einem kleinen Herd. Irgendwie bin ich daran gewöhnt. Mag gar nicht dran denken, daß ich in so einem großen Hotel wohnen müßte. Aber Mary muß an ihre Karriere denken. Ich darf ihrem Talent nicht im Wege stehen. Ja, so ist das.»

«Ist sie groß?» fragte Rosie.

«Ob groß oder klein, darauf kommt es bei ihr nicht an», antwortete er. «Genausowenig wie bei Shirley Temple. Worauf es ankommt, das ist ihr Verstand, ihre Persönlichkeit. Gescheit wie ein ganzer Wagen voll Affen! Sie würde Ihnen gefallen. Und Sie ihr auch, glaube ich. Doch, ja, bestimmt. Manchmal fürchte ich, daß ich für sie ein bißchen zu schwerfällig bin, ich habe nie viel mit Damen zu tun gehabt.»

«Na, das glaube ich nicht», sagte Mrs. Hedges so schelmisch, wie die Konversation es erforderte.

«Doch, Ma'am, bestimmt», sagte er. «Immer auf der Walze, wissen Sie, schon als ganz junger Bursch. Körbe und Besen, Töpfe und Pfannen, eine Weile als Akrobat und dann mit Mary. Keine zwei Tage am selben Ort. Da hat man keine Zeit, Bekanntschaften zu machen.»

«Aber hier werden Sie eine ganze Woche bleiben», sagte Rosie naiv, doch gleich darauf wurden ihre Wangen noch viel röter, weil sie an einem scharfen Blick ihrer Mutter merkte, daß der junge Mann ihre Worte falsch auffassen könnte.

Fred hatte jedoch nichts bemerkt. «Ja», sagte er, «eine ganze Woche, und warum? Weil Mary sich auf dem Marktplatz von Andover einen Nagel eingetreten hat. Sie hat ihre Nummer noch zu Ende gemacht – dann brach sie zusammen. Jetzt ist sie beim Tierarzt, das arme Geschöpf.»

«Ach, die Ärmste!» rief Rosie.

«Ich fürchtete halb und halb», sagte er, «daß es schiefgehen würde, aber sie scheint wieder in Ordnung zu kommen. Ich habe die Gelegenheit benutzt, eine kleine Reparatur am Wagen machen zu lassen, und bald werden wir wieder unterwegs sein. Morgen werde ich in die Stadt gehen und sie besuchen. Vielleicht finde ich ein paar Brombeeren, die könnte ich ihr sozusagen als Leckerei mitbringen.»

«Gorsley Bottom», sagte Rosie. «Da sind sie besonders groß und saftig.»

«Aha! Wenn ich wüßte, wo das ist . . .» sagte Fred vorsichtig.

«Vielleicht zeigt Rosie es Ihnen morgen früh, wenn sie Zeit

hat», sagte Mrs. Hedges, die den jungen Mann allmählich sehr sympathisch fand.

Natürlich hatte Rosie am nächsten Morgen Zeit, und sie zeigte Fred die Brombeerstelle und half ihm beim Pflücken. Als er dann aus Andover zurückkam, berichtete er, Mary habe die Beeren mit Genuß verspeist, und er zweifle nicht daran, daß sie, wenn sie sprechen könnte, ihren besonderen Dank senden würde. Es gibt nichts Rührenderes als die Dankbarkeit eines stummen Tieres, und Rosie konnte einfach nicht anders, als Fred jeden Morgen zu begleiten und ihm beim Beerenpflücken für das invalide Schwein zu helfen.

Bei diesen Ausflügen erzählte Fred ihr noch mehr von Mary, einiges über seinen Wohnwagen und ein bißchen von sich. Sie merkte, daß er in manchen Dingen sehr selbstsicher und beschlagen, in anderen aber unglaublich schüchtern und einfältig war. Das, meinte sie, sei ein Zeichen dafür, daß er ein gutes Herz hatte.

Die Woche verging wie im Fluge, und plötzlich kamen sie zum letztenmal von Gorsley Bottom zurück. Fred sagte, er werde Ufferleigh und die hübsche Zeit, die er hier verlebt hatte, nie vergessen.

«Sie sollten uns mal eine Postkarte schreiben, wenn Sie wieder auf Reisen sind», sagte Rosie.

«Das ist eine gute Idee», sagte er. «Ja, das werde ich tun.»

«Ja, bitte», sagte Rosie.

«Ja, das werde ich tun», sagte er noch einmal. «Wissen Sie, ich war ganz verzagt, wenn ich an die Abreise dachte, aber jetzt möchte ich halb und halb, ich wäre schon wieder unterwegs. Damit ich Ihnen gleich die Karte schreiben könnte.»

«In diesem Fall könnten Sie auch einen Brief schreiben», sagte Rosie, ohne ihn anzusehen.

«O ja!» sagte er. «Und wissen Sie, was ich gern unter den Brief setzen würde? Das heißt, wenn Sie meine junge Dame wären. Aber das sind Sie natürlich nicht. Ich habe nie so was gehabt.»

«Was?» fragte Rosie.

«Eine junge Dame», antwortete er.

«Und was würden Sie daruntersetzen?» fragte sie.

«Oh!» sagte er. «Was ich daruntersetzen würde? Ja, wissen

Sie, was ich daruntersetzen würde? Wenn – wohlgemerkt, *wenn* –, wenn Sie meine junge Dame wären?»

«Nein», sagte sie, «was denn?»

«Ich glaube, ich sage es Ihnen lieber nicht.»

«Nun sagen Sie schon. Sie werden doch keine Angst haben.»

«Also gut», sagte er. «Aber vergessen Sie nicht: nur *wenn.*» Und er malte mit seinem Stock drei Kreuze in den Sand.

«Wenn ich die junge Dame von jemand wäre», sagte Rosie, «dann würde ich daran nichts Schlimmes finden. Schließlich muß man mit der Zeit gehen.» Danach sagte keiner von beiden ein Wort, und sie hatten dafür die besten Gründe der Welt: erstens konnten sie nicht, und zweitens war es nicht notwendig. Mit feuerroten Gesichtern, die Herzen von qualvollem Glück erfüllt, gingen sie weiter.

Fred hatte eine Unterredung mit Mrs. Hedges, die von Anfang an einen Narren an ihm gefressen hatte. Zwar hatte sie ihr Leben lang auf fahrendes Volk herabgesehen, und wahrscheinlich hätte sie jeden erschlagen, der auch nur angedeutet hätte, sie würde ihre Tochter in solche Kreise einheiraten lassen. Aber was recht war, mußte recht bleiben: dieser Fred Baker war anders, das konnte ein Blinder sehen. Er hatte immer für sich gelebt, fast zu sehr, denn aus dem, was er so sagte, merkte man, daß er so unschuldig war wie ein neugeborenes Kind. Außerdem waren einige honorige Leute im Dorf sich darin einig, daß seine ehrgeizigen Pläne für sein Schwein Mary keineswegs unberechtigt waren. Jeder hatte schon einmal von solchen begabten Geschöpfen gehört, die in den besten Großstadthotels auf schneeweißem Linnen schliefen, Champagner wie Milch tranken und ihren glücklichen Besitzern in der Woche zehn, vielleicht sogar zwanzig Pfund einbrachten.

Mrs. Hedges gab also lächelnd ihre Einwilligung, und Rosie wurde wirklich und in aller Form Freds richtige junge Dame. Er würde während des Winters so viel Geld zurücklegen, wie er konnte, während sie nähen und singen würde. Wenn er dann im Frühjahr zurückkam, wollten sie heiraten.

«Zu Ostern», sagte er.

«Nein», sagte Mrs. Hedges, an den Fingern nachrechnend. «Im Mai. Dann können die Leute nicht reden. Wohnwagen hin, Wohnwagen her.»

Fred hatte keine Ahnung, was sie meinte, denn er hatte so lange allein gelebt, daß ihn niemand über gewisse Dinge aufgeklärt hatte, die jeder junge Mann wissen sollte. Er sagte sich jedoch, daß diese kurze Verlobungszeit für Ufferleigh etwas ungewöhnlich sei und ein großes Zugeständnis an das im Vergnügungsgewerbe übliche Tempo bedeute: er erklärte sich also respektvoll mit allem einverstanden und begab sich auf die Reise.

Meine liebste Rosie,

also hier sind wir in Painswick, nachdem wir einen guten Samstagabend in Evesham gehabt haben. Mary gescheiter denn je, das ist ja selbstverständlich, buchstabiert jetzt vier neue Wörter, sechsunddreißig insgesamt, und wenn ich jetzt sage na, Mary, wie gefällt es dir in Painswick oder Evesham oder sonstwo, dann klopft sie schnell hintereinander G-U-T. Sie ist bei bester Gesundheit, und hoffe ich von Dir dasselbe. Scheint jedes Wort zu verstehen, das ich sage, wird von Tag zu Tag menschlicher. So, jetzt muß ich wohl unser bißchen Abendessen fertig machen, sie schreit immer danach, besonders wenn ich an Dich schreibe.

In treuer Liebe
Fred XXX

Im Mai standen alle Apfelbäume in Blüte, so daß es eine richtige Apfelblüten-Hochzeit wurde, die in jener Gegend als Garantie für eine blühende Zukunft gilt. Danach nahmen sie den Bus zur Marktstadt, um den in einem Hof abgestellten Wohnwagen abzuholen. Unterwegs bat Fred seine junge Frau, einen Augenblick zu warten; er verschwand in einem Konditorladen und kam mit einer riesigen Schokoladenpackung wieder heraus. Rosie strahlte vor Freude übers ganze Gesicht. «Für mich?» fragte sie.

«Ja», antwortete er. «Das sollst du ihr geben, sobald sie dich erblickt. Schokolade ist ihre schwache Seite. Ich möchte, daß ihr zwei richtig gute Kameraden werdet.»

«Ist schon recht», sagte Rosie. Sie war das gutmütigste Mädchen der Welt.

Gleich darauf bogen sie in den Hof ein, und da stand der Wohnwagen. «Oh, ist der aber hübsch!» rief Rosie.

«Jetzt wirst du sie sehen», sagte Fred.

Beim Klang seiner Stimme erhob sich im Wagen ein hohes Gequiek.

«Da sind wir, alte Dame», sagte Fred, die Tür öffnend. «Das ist eine Freundin von mir, die mit für dich sorgen wird. Sieh mal, was sie dir Schönes mitgebracht hat!»

Rosie sah ein mittelgroßes, fleischfarbenes, sauberes Schwein mit einem eleganten Halsband. Es hatte kleine Augen mit etwas berechnendem Ausdruck. Rosie bot ihre Schokolade an, die ohne besonders überschwengliche Anerkennung akzeptiert wurde.

Fred spannte das alte Pferd an, und bald zuckelten sie die langgestreckten Hügel hinauf, gen Westen. Rosie saß vorn neben Fred; Mary hielt ihren Mittagsschlaf. Bald begann der Himmel hinter der fernen Hügelkuppe, wo die Straße den Wald teilte, sich zu röten. Fred bog in einen Grasweg ein, und sie schlugen ihr Lager auf.

Er machte Feuer im Herd, und Rosie setzte die Kartoffeln auf. Das Schälen war eine große Arbeit, denn Mary konnte gar nicht genug davon kriegen. Rosie schob einen mächtigen Reispudding in den Herd, und bald war das Essen fertig.

Fred deckte den Tisch. Er legte drei Gedecke auf.

«Nanu!» sagte Rosie.

«Was denn?» fragte Fred.

«Ißt sie mit uns am Tisch?» fragte Rosie. «Ein Schwein?»

Fred wurde sehr blaß. Er winkte ihr, und sie gingen hinaus. «So etwas darfst du nicht sagen», sagte er. «Sie wird sich nie mit dir anfreunden, wenn du so etwas sagst. Hast du nicht ihren Blick gesehen?»

«Doch, ja», sagte Rosie. «Trotzdem . . . Na ja, ist schon gut, Fred. Es macht mir wirklich nichts aus. Ich dachte nur . . .»

«Wart's nur ab», sagte Fred. «Du denkst an gewöhnliche Schweine. Mary ist anders.»

Gewiß, Mary aß verhältnismäßig manierlich. Aber der Blick, mit dem sie Rosie unter ihren seidigen, strohfarbenen Wimpern hervor ein paarmal ansah, war entschieden sonderbar, und den Reispudding schob sie mit der Nasenspitze ein bißchen auf dem Teller herum.

«Was ist denn los, Alte?» sagte Fred. «Hat sie nicht genug

Zucker in den Pudding getan? Schadet nichts – beim erstenmal kann nicht alles vollkommen sein.»

Mary zog sich mit einem etwas ärgerlichen Rülpser in ihre Koje zurück. «Wollen wir nicht hinausgehen und uns den Mond ansehen?» meinte Rosie.

«Könnten wir eigentlich», sagte Fred. «Wir bleiben nicht lange, Mary. Wir gehen höchstens bis zu dem Tor unten am Weg.» Mary grunzte mürrisch und kehrte das Gesicht zur Wand.

Rosie und Fred gingen hinaus und lehnten sich über das Tor. Wenigstens der Mond war so, wie er sein sollte.

«Komisch, verheiratet zu sein und das alles», sagte Rosie.

«Kommt mir ganz richtig vor», sagte Fred.

«Weißt du noch die Kreuze, die du damals auf der Straße in den Staub gezeichnet hast?» fragte Rosie.

«Und ob ich weiß», sagte Fred.

«Und all die Kreuze in deinen Briefen?» fragte Rosie.

«Ja, alle», sagte Fred. «Ich erinnere mich an jedes einzelne.»

«Sie bedeuten Küsse, heißt es», sagte Rosie.

«Ja, so heißt es», sagte Fred.

«Du hast mich noch nicht einmal geküßt, seit wir verheiratet sind», sagte Rosie. «Tust du's nicht gern?»

«O doch», sagte Fred. «Nur weiß ich nicht . . .»

«Was?» fragte Rosie.

«Mir wird so komisch zumute, wenn ich dich küsse», sagte Fred. «Als ob ich dich . . .»

«Was?» fragte Rosie.

«Ich weiß nicht», sagte Fred. «Als ob ich dich auffressen wollte oder – ach, ich weiß nicht.»

«Versuch's doch mal, vielleicht kriegst du's raus», sagte Rosie.

Ein köstlicher Moment folgte. Mitten drin erhob sich im Wohnwagen ein durchdringendes Quieken. Fred fuhr zusammen wie angeschossen.

«Ach du meine Güte!» rief er. «Sie wundert sich, wo wir so lange bleiben. Ich komme schon, Alte! Bin schon da! Es ist Zeit zum Schlafengehen für sie, weißt du. Da bin ich schon, gleich decke ich dich zu.»

Mary ließ sich mit etwas verdrossener Miene von ihm zudekken, während Rosie danebenstand. «Ich glaube, wir machen lieber das Licht aus», sagte Fred. «Sie braucht viel Schlaf, weißt du, wie alle Kopfarbeiter.»

«Und wo schlafen *wir*?» fragte Rosie.

«Ich habe heute früh die Koje schön für dich zurechtgemacht», sagte Fred. «Ich, ich werde unten pennen. Hab mir einen Sack voll Stroh besorgt.»

«Aber . . .» sagte Rosie. «Aber . . .»

«Aber was?» fragte er.

«Ach, nichts», sagte sie. «Gar nichts.»

Sie gingen schlafen. Rosie lag ein bis zwei Stunden wach und dachte – ich weiß nicht, was. Vielleicht dachte sie, wie reizend es sei, daß Fred all die Jahre so einfach gelebt hatte und so schüchtern und einsiedlerisch geblieben war, daß er trotzdem so vieles wußte und dann wieder so unschuldig war, daß er sich nie in schlechte Gesellschaft begeben hatte . . . Es läßt sich unmöglich sagen, was sie dachte.

Zum Schluß döste sie ein, wurde aber bald von einem Ton geweckt, als spielte der Teufel den Dudelsack. Sie fuhr entsetzt hoch. Es war Mary.

«Was gibt's denn? Was gibt's denn?» kam Freds Stimme von unten – wie die des Geistes im *Hamlet*. «Gib ihr ein bißchen Milch», rief er.

Rosie goß Milch in eine Schüssel. Solange Mary trank, hörte sie mit ihrem höllischen Gezeter auf, aber kaum hatte Rosie das Licht ausgeblasen und sich wieder hingelegt, da fing sie wieder an, hundertmal schlimmer als zuvor.

Unter dem Wohnwagen rumpelte es, und Fred erschien, halb angezogen und Strohhalme im Haar, in der Tür.

«Sie *will* eben, daß ich komme», sagte er ehrlich bekümmert.

«Kannst du – kannst du dich nicht hier hinlegen?» sagte Rosie.

«Was? Und du schläfst unten?» fragte Fred verblüfft.

«Ja», sagte Rosie nach einer ziemlich langen Pause. «Und ich schlafe unten.»

Fred war von Dankbarkeit und Gewissensbissen überwältigt, und Rosie konnte nicht anders: er tat ihr leid. Sie brachte sogar ein Lächeln zustande, bevor sie hinausging, um schlecht und recht auf dem Strohsack zu schlafen.

Am nächsten Morgen wachte sie recht niedergeschlagen auf. Ein kolossales Frühstück für Mary mußte zubereitet werden; danach zog Fred sie beiseite.

«Paß auf», sagte er. «So geht es nicht. Ich kann dich nicht auf der Erde schlafen lassen, schlimmer als die Zigeuner. Ich will dir sagen, was ich tun werde. Ich werde wieder als Akrobat arbeiten. Früher habe ich damit sehr schön verdient, und ich mache es gern. Handstand, doppelter Salto, ein paar Zauberkunststücke – so was kommt immer an. Nur bin ich nicht mehr in Übung, weil ich für Mary sorgen mußte. Aber wenn du mir das abnimmst, könnten wir zwei Nummern machen, und dann würden wir bald ein schönes Stück Geld beisammen haben. Und dann . . .»

«Ja?» fragte Rosie.

«Dann», sagte Fred, «könnte ich für dich einen Anhänger kaufen.»

«Gut», sagte Rosie und wandte sich ab. Plötzlich drehte sie sich mit flammendem Gesicht wieder zu ihm. «Du magst ja viel von Schweinen verstehen», sagte sie bitter. «Und von Saltos und Zauberkunststücken und Körben und Besen und ich weiß nicht, was alles. Aber es gibt *eine* Sache, von der du *nichts* verstehst.» Damit ging sie hinaus, setzte sich hinter eine Hecke und weinte.

Nach einer Weile hatte sie sich wieder in der Gewalt und ging in den Wohnwagen zurück. Fred zeigte ihr, wie Mary morgens gebadet und dann enthaart wurde – das letztere verlangte große Handfertigkeit. Dann kam das Einreiben mit Kleopatra-Gesichtscreme – und nicht nur das Gesicht –, dann das Pudern, dann die Maniküre und das Polieren der Hufe.

Rosie war entschlossen, das Beste daraus zu machen, und überwand ihren Widerwillen; bald versah sie ihren Dienst als Viehmagd aufs beste. Zunächst war es ihr eine Erleichterung, daß das verwöhnte Schwein sich ohne Protest von ihr behandeln ließ. Dann aber bemerkte sie den hämischen Ausdruck in seinen Augen.

Doch sie hatte keine Zeit, darüber nachzugrübeln. Kaum war die Toilette beendet, mußte sie die enorme Mittagsmahlzeit vorbereiten. Nach dem Essen machte Mary ihren kleinen Spaziergang – außer samstags, wenn Nachmittagsvorstellung war

–, und danach mußte sie sich ausruhen. Fred erklärte, sie habe es gern, während ihrer Siesta unterhalten und ein bißchen gekrault zu werden. Offensichtlich war Mary entschlossen, sich in Zukunft sehr viel kraulen zu lassen. Dann wurde sie massiert. Dann gab es Tee, darauf folgte noch ein kleiner Spaziergang oder die Abendvorstellung, je nachdem, wo man gerade war. Und dann war es Zeit fürs Abendessen. Nach so einem Tag war Rosie dankbar, wenn sie sich auf ihrem armseligen Strohsack zusammenrollen konnte.

Wenn sie an die Koje im Wohnwagen, an Fred und seine Einfalt dachte, wollte ihr das Herz brechen. Das einzig Tröstliche war, daß sie ihn so zärtlich liebte. Wenn es ihr gelänge, sich bald einmal eine Stunde mit ihm allein zu stehlen, und wenn sie ihn dazu bringen könnte, sie wieder ein bißchen zu küssen – vielleicht würde ihm dann ein Licht aufgehen, das die Finsternis seiner allzu großen Unschuld erhellte.

Täglich lauerte sie auf diese Stunde, aber sie kam nicht. Dafür sorgte Mary. Ein- oder zweimal schlug Rosie einen kleinen Spaziergang vor, aber sofort verlangte das hassenswerte Schwein grunzend dies oder das, und damit war sie dann vollauf beschäftigt, bis es zu spät war. Fred seinerseits hatte genug mit seinem Training zu tun. Er meinte es so gut und arbeitete so schwer – aber wofür? Für einen Anhänger!

Die Tage gingen dahin, und sie wurde mehr und mehr zur Sklavin des anmaßenden Grunztieres. Ihr Rücken schmerzte, ihre Hände wurden rot und rissig, nie hatte sie einen Augenblick Zeit, sich nett herzurichten, nie einen Augenblick des Alleinseins mit ihrem Liebsten. Ihr Kleid war fleckig und verschmutzt, sie lächelte nicht mehr und wurde von Tag zu Tag gleichgültiger. Ihr hübsches Haar hing in wirren Strähnen wie bei einem Waldschrat, und sie hatte weder Zeit noch Lust, sich zu kämmen.

Sie versuchte eine Aussprache mit Fred herbeizuführen, aber es kam nur zu Mißverständnissen und schließlich zu heftigen Worten. Er bemühte sich, ihr durch zahlreiche kleine Dinge zu zeigen, daß er sie liebte, aber das erschien ihr wie der reine Hohn, und sie fertigte ihn kurz ab. Als er dann diese kleinen Aufmerksamkeiten unterließ, glaubte sie, er liebte sie nicht mehr. Schlimmer noch: sie glaubte ihn nicht mehr zu lieben.

So verging der ganze Sommer, und alles wurde immer schlimmer, und man hätte sie wirklich für eine Zigeunerin halten können.

Wieder war es Brombeerzeit; Rosie fand ein Dickicht, voll von reifen Früchten. Als sie eine Beere probierte, wurde ihr Herz von Erinnerungen überflutet. Sie ging zu Fred und sagte: «Fred, die Brombeeren sind wieder reif. Ich habe dir ein paar mitgebracht.» Sie hielt ihm in ihrer schmuddeligen Hand ein paar Beeren hin. Fred nahm sie und kostete, und sie wartete gespannt auf die Wirkung.

«Ja», sagte er, «sie sind reif. Davon wird sie kein Bauchgrimmen bekommen. Nimm sie heut nachmittag mit und pflück ihr welche.»

Rosie wandte sich wortlos ab, und nachmittags führte sie Mary über das Stoppelfeld an den Platz mit den reifen Beeren. Mary verzichtete diesmal ausnahmsweise auf ihre Bedienung und begann nach Herzenslust zu futtern. Da Rosie nichts Dringenderes zu tun hatte, setzte sie sich auf eine Böschung und schluchzte bitterlich.

Mitten in ihrer Trübsal hörte sie eine teilnahmsvolle Stimme. Sie blickte auf: ein dicker Bauer mit fidelem Gesicht und pfiffigen Augen stand vor ihr. «Wo fehlt's denn, mein Kind?» fragte er. «Haben Sie Hunger?»

«Nein», sagte sie, «ich hab's satt.»

«Was denn?» fragte er.

«Das Schwein!» antwortete sie schluchzend.

«Deswegen brauchen Sie doch nicht so zu heulen und zu schluchzen», sagte er. «Es gibt nichts Besseres als ein Stückchen vom Schwein. Daran verderbe ich mir gern jeden Tag den Magen.»

«Ich meine nicht Schweinefleisch», sagte sie. «Es ist ein Schwein. Ein lebendiges Schwein.»

«Haben Sie eins verloren?» fragte er.

«Hätte ich doch!» sagte sie. «Ich bin so unglücklich, daß ich mir keinen Rat mehr weiß.»

«Erzählen Sie mal, was haben Sie denn für Sorgen?» sagte er. «Ein bißchen Mitgefühl kann nicht schaden.»

Rosie erzählte ihm also von Fred und von Mary, was für Hoffnungen sie gehabt hatte und was daraus geworden war und daß sie nun die Sklavin dieses unverschämten, verwöhnten, eifersüchtigen Schweins war; sie erzählte ihm tatsächlich alles bis auf eine Kleinigkeit, die sie nicht über die Lippen brachte, auch nicht vor dem mitfühlendsten dicken Bauer.

Der Bauer schon sich den Hut über die Augen und kratzte sich sehr nachdenklich den Hinterkopf. «Also wirklich», sagte er, «das ist ja kaum zu glauben.»

«Es ist aber wahr», sagte Rosie, «jedes Wort.»

«Ich meine», sagte der Bauer, «ein junger Mann – ein junges Mädel – und das junge Mädel schläft unten auf einem Strohsack – ein so hübsches junges Mädel wie Sie. Richtig verheiratet und alles. Ich will ja nicht indiskret sein, junge Frau, aber sind denn die Kojen nicht breit genug, oder was?»

«Er weiß nichts», schluchzte Rosie. «Er weiß einfach nichts – wie ein Baby. Und sie läßt uns nicht eine Minute allein. Darum hat er nie Gelegenheit, dahinterzukommen.»

Der Bauer kratzte sich noch wütender den Kopf. Wenn er ihr tränenverschmiertes Gesicht ansah, konnte er kaum an ihren Worten zweifeln. Andererseits wollte es ihm nicht in den Kopf, daß ein Schwein so gescheit und ein junger Mann so dumm sein sollte. Aber gerade da kam Mary durchs Gebüsch getrabt, und ihr mit dem Saft der reifen Beeren beschmiertes Gesicht trug diesen selbstsüchtigen Ausdruck.

«Ist das Ihr Schwein?» fragte der Bauer.

«Ja», sagte Rosie, «ich führe sie gerade spazieren.»

Der pfiffige Bauer hatte sofort den Blick bemerkt, den das hochmütige Grunztier Rosie zugeworfen hatte, als es den Ausdruck «Ihr Schwein» hörte.

Dieser Blick und Rosies hastiges, ängstliches Dementi überzeugten den ehrenwerten Mann von der Wahrheit der Geschichte, die er soeben gehört hatte.

«Sie führen sie also spazieren?» sagte er sinnend. «Tcha! Tcha! Tcha! Ich will Ihnen was sagen. Wenn Sie morgen um diese Zeit hier wären, könnten Sie *mich* auf einem Spaziergang treffen, und zwar mit einer Anzahl sehr lieber junger Freunde, die ihr sehr ähnlich sehen. Vielleicht könnte sie sich uns anschließen. Zwei junge Sauen, bildschön, obwohl vielleicht nicht ganz so schön wie diese. Drei stattliche junge Eber, strotzend von Gesundheit. Vielleicht sollte ich das nicht sagen, aber der eine ist ein richtiger Prinz, was ist das doch für ein schöner junger Eber!»

«Tatsächlich?» sagte Rosie.

«Wie gesagt, ein Prinz – sowohl dem Aussehen wie dem Stammbaum nach», sagte der Bauer. «Morgen haben sie nämlich Geburtstag, und da gehe ich mit ihnen rüber ins Dorf zu einer kleinen Feier. Aber diese junge Dame hat morgen vielleicht was anderes vor.»

«Gerade um diese Zeit muß sie ihren Mittagsschlaf halten», sagte Rosie, Marys ärgerliches Grunzen überhörend.

«Wie schade!» sagte der Bauer. «Sie hätte gerade noch bei der Gesellschaft gefehlt. Die werden sich amüsieren! Und was es da alles geben wird! Süße Äpfel, Kuchen, Biskuits, einen ganzen Eimer voll Eiscreme. Alles sehr elegant, natürlich, aber reichlich. Sie verstehen schon: wirklich reichlich. Und dieser junge Eber – na ja, Sie verstehen schon. Wenn sie *zufällig* vorbeikäme . . .»

«Ich fürchte, nein», sagte Rosie.

«Schade!» sagte der Bauer. «Na ja, ich muß jetzt weiter.»

Damit bot er ihnen guten Tag und zog sehr höflich den Hut vor Mary, die ihm lange nachsah und dann mürrisch, ununterbrochen vor sich hinschimpfend, nach Hause trottete.

Am nächsten Nachmittag konnte Mary es anscheinend gar nicht erwarten, sich in ihrer Koje auszustrecken, und statt wie sonst von Rosie eine Anzahl kleiner Dienstleistungen zu fordern, schloß sie sofort die Augen und schlief ein. Rosie benutzte die Gelegenheit, einen Eimer zu ergreifen und fortzugehen, um frische Milch für die Abendmahlzeit zu holen. Als sie zurückkam, sah sie Fred noch am Wegrand trainieren; sie ging um den Wohnwagen herum – und da stand die Tür weit offen, und die Koje war leer.

Sie rief Fred. Sie suchten überall. Sie suchten die Straßen ab, weil sie fürchteten, daß Mary vielleicht von einem Auto überfahren wäre. Sie gingen rufend durch den Wald und hofften, sie schlafend unter einem Baum zu finden. Sie spähten in Teiche und Gräben, hinter Heuhaufen und unter Brücken. Rosie dachte an das spaßige Gerede des Bauern, aber das wollte sie Fred nicht gern erzählen.

Sie riefen und riefen die ganze Nacht hindurch, kaum daß sie sich ein Stündchen zur Ruhe legten. Sie suchten den ganzen nächsten Tag über. Als es zu dunkeln begann, gab Fred die Hoffnung auf. Schweigend trabten sie zum Wohnwagen zurück.

Er setzte sich auf eine Koje und stützte den Kopf in die Hand.

«Ich werde sie nie wiedersehen», sagte er. «Bestimmt hat sie einer geklaut. Wenn ich so denke», sagte er, «all die Hoffnungen, die ich für dieses Schwein hatte ... Wenn ich so denke», sagte er, «was du alles für sie getan hast! Und was sie dir bedeutet hat ... Ich weiß, sie hatte ihre Charakterfehler», sagte er. «Aber das war ihre Künstlernatur. Das Temperament, das war es. Wenn man so eine Begabung hat ... Und nun ist sie fort!» sagte er. Und dann brach er in Tränen aus.

«Ach, Fred!» rief Rosie. «Weine doch nicht!»

Plötzlich spürte sie, daß sie ihn so innig liebte wie eh und je, sogar noch inniger. Sie setzte sich neben ihn und legte die Arme um seinen Hals. «Fred, mein Schatz, weine nicht!» sagte sie noch einmal.

«Ich weiß, es war schwer für dich», sagte Fred. «Das habe ich nicht gewollt.»

«Ist ja schon gut», sagte Rosie und gab ihm einen Kuß. Dann gab sie ihm noch einen. Seit langem waren sie einander nicht so nahe gewesen. Es gab nur sie beide in ihrem Wohnwagen, das kleine Lämpchen und draußen die dunkle Nacht, den großen Kummer und ihre Küsse.

«Laß mich nicht los», sagte Fred. «Es wird besser davon.»

«Ich laß dich nicht los», sagte Rosie.

«Rosie», sagte Fred. «Mir ist so ... Weißt du, wie mir ist?»

«Ich weiß», sagte sie. «Sprich nicht.»

«Rosie», sagte Fred, aber das war einige Zeit später. «Wer hätte das gedacht?»

«Ja, wahrhaftig, wer hätte das gedacht!» sagte Rosie.

«Warum hast du mir nichts gesagt?» fragte Fred.

«Wie konnte ich?» sagte sie.

«Weißt du», sagte er, «wir wären vielleicht nie – nie! – dahintergekommen, wenn sie nicht geklaut worden wäre.»

«Sprich nicht von ihr», sagte Rosie.

«Ich kann's nicht ändern», sagte Fred. «Vielleicht ist es gemein, aber ich kann's nicht ändern – ich bin froh, daß sie fort ist. Das ist es wert. Ich werde mit der Akrobatennummer genug verdienen. Außerdem werde ich wieder Besen machen. Und Töpfe und Pfannen.»

«Ja», sagte Rosie. «Aber sieh mal! Es ist schon Morgen. Du bist sicher müde, Fred – wo du gestern den ganzen Tag herumgerannt bist, bergauf, bergab. Du legst dich jetzt hin, und ich gehe ins Dorf und hole dir was Gutes zum Frühstück.»

«Na gut», sagte Fred. «Und morgen hole ich was für dich.»

Rosie ging also ins Dorf hinunter und kaufte Milch und Brot und so fort. Als sie beim Fleischerladen vorüberkam, sah sie eine Schüssel mit besonders frisch, prall und appetitlich aussehenden Schweinswürsten. Sie nahm ein paar davon mit und machte sie heiß, und sie rochen wirklich sehr gut.

«Das ist auch etwas, was wir nicht essen konnten, als sie noch hier war», sagte Fred, als er seinen Teller leergegessen hatte. «Nie und nie Schweinswürste, aus Rücksicht auf ihre Gefühle. Ich hätte nie gedacht, daß ich mich einmal freuen würde, daß sie geklaut worden ist. Ich hoffe nur, sie ist jetzt bei jemand, der sie zu schätzen weiß.»

«Das ist sie bestimmt», sagte Rosie. «Nimm doch noch etwas.»

«Ja, gern», sagte er. «Ich weiß nicht, ist es der Reiz der Neuheit oder die Art, wie du sie zubereitet hast, oder was sonst. Aber ich habe mein Leben lang noch keine so gute Wurst gegessen. Wenn wir mit ihr nach London gefahren wären – ich glaube, in den besten Hotels hätten wir keine so wohlschmekkende Wurst bekommen wie diese.»

In den Karten

Das Vascal-System ist die zuverlässigste, modernste und wissenschaftlichste Methode des Kartenlegens. Zwar kann der Kartenleger die eigene Zukunft nicht voraussagen, aber dieser Mangel scheint allen Methoden gemeinsam zu sein, und abgesehen davon sind die Erfolge des Vascal-Systems ganz erstaunlich.

Eine Frau, die in ihren Mußestunden das Vascal-System studiert hatte und ihrem Mann am Frühstückstisch die Karten legte, offenbarte ihm, er werde, wenn er zufällig nachmittags zwischen drei und fünf Uhr nach Hause führe, einen verhängnisvollen Zusammenstoß haben und zumindest einen schweren Schock erleiden. Jetzt läßt er sich regelmäßig von seiner Frau die Karten legen und kommt nie vor der von ihr als günstig bezeichneten Zeit nach Hause; infolgedessen ist er in der ganzen Nachbarschaft fast der einzige, der in letzter Zeit keinen schweren Schock erlitten hat.

Ein junges Mädchen, Inhaberin des Vascal-Diploms A, prophezeite ihrer noch jüngeren Schwester, sie werde am Abend etwas verlieren, was sie ihr Leben lang besessen hatte, und zwar durch einen großen, dunklen Mann; dieser Verlust werde sie zwar anfangs ein wenig bekümmern, letztlich jedoch zu dauernder Zufriedenheit und Glückseligkeit führen. Und siehe da, die jüngere Schwester hatte an diesem Abend eine Verabredung mit einem unbekannten Herrn und ging in solcher Eile aus dem Haus, daß sie vergaß, die Tür hinter sich abzuschließen. Ein Einbrecher stahl ihr Babykettchen aus Zuchtperlen, und es gelang ihr, bei der Versicherung mindestens dreimal soviel herauszuschlagen, als das billige, kleine Ding wert war. Von diesem Geld kaufte sie sich jene Straßagraffe, durch die ihr jetziger Verlobter, Mr. Jerry Horrabin, zum erstenmal auf sie aufmerksam wurde.

Mr. Brewster, der den Vascal-Kursus erst zur Hälfte absolviert hatte, legte seiner Frau die Karten; er riet ihr ab, abends ins

Theater zu gehen, weil das Stück miserabel sei. Sie ging doch, und das Stück war wirklich miserabel.

Diese und unzählige andere freiwillige Gutachten brachten Myra Wilkins zu der Überzeugung, daß sie nichts besseres tun könne, als diese Methode zu studieren. Sie verfolgte dabei einen ganz bestimmten Plan. Früher oder später, so sagte sie sich, würde unter den zahlreichen jungen Herren, die sie als Kartenlegerin konsultierten, einer sein, dem sie prophezeien konnte, daß ihm in nächster Zukunft ganz unerwartet ein ansehnliches Vermögen in den Schoß fallen würde. Freilich beabsichtigte sie nicht, den glücklichen jungen Mann durch die Mitteilung dieser Zukunftsaussicht zu verwirren; sie gedachte ihn vielmehr vor Cœur- und Karoköniginnen, die seinen Lebensweg kreuzen könnten, zu warnen und ihn mit sanfter Hand zur Heirat mit einer hochwertigen Pikdame zu führen, denn Myra war eine Brünette.

Sie bestand höchst ehrenvoll ihre Prüfung und ließ sich in einer düsteren, kleinen Bude in den westlichen Vierziger Straßen nieder. Im Stockwerk unter ihr befand sich eine Tanzschule, mit deren Leiterin sie bekannt war. Sie stellte sich vor, daß jungen Männern, die plötzlich Tanzunterricht nahmen, viel daran liegen müsse, etwas über ihre Zukunft zu erfahren, und hoffte, daß die Tanzschüler ihre ersten Kunden sein und andere nach sich ziehen würden.

Das wenige Kapital, über das Myra verfügte, wurde für die Einrichtung ihres Schlupfwinkels aufgebraucht, für Perlenvorhänge, Zauberkugeln, Buddha-Standbilder und ähnlichen Trödel, der eine die Besucher überzeugende Atmosphäre schaffen sollte. Sie verlangte einen sehr niedrigen Preis, um einen möglichst weiten Kundenkreis anzulocken, der ihr größere Chancen bot, den künftigen Millionär zu finden.

So mischte sie denn ihre schmierigen Karten, legte sie für unzählige unbedeutende junge Herren und prophezeite ihnen bis ins einzelne eine Zukunft, die kaum besser war als die Vergangenheit, zu der sie natürlich eines Tages werden würde. Was das zu erwartende Vermögen anging, so glich das Ganze einen Patiencespiel, das nie aufgeht. Im allgemeinen lag der künftige Reichtum ihrer Kunden irgendwo um die Karozwei herum, überschattet von Arbeit und Sorgen wie von einem

Groß-Schlemm.

Die Monate gingen dahin und wurden zu Jahren, und auf der Zauberkugel und dem Buddha-Standbild lag dicker Staub. Myra hatte nichts als ihre Träume von künftigem Reichtum, die allmählich – gleich einem alten Messer – die Schärfe einer Rasierklinge annahmen. Schließlich eines Spätnachmittags, als die Schatten der Trübsal besonders düster waren, knarrte die Treppe unter schweren Schritten, und eine massige Gestalt versuchte an vier Stellen auf einmal durch den Perlenvorhang in ihr kleines Gelaß einzudringen.

Der neue Kunde war sehr häßlich, und eine wohlhabendere Wahrsagerin hätte ihn wahrscheinlich geradewegs in den Zoo geschickt. Myra konnte jedoch auf keinen Dollar verzichten und begann unlustig ihre Karten auszulegen. Die Treffzwei bewegte sich recht aktiv im Vordergrund, und der ganze Zusammenhang verlieh ihr die Bedeutung eines polizeilichen Gummiknüppels. Myra sah, daß dem Mann beim Besuch eines großen Gebäudes mit vielen fremdartig gekleideten Männern eine Gefahr drohte, aber sie sah auch unbestimmte Einflüsse, die auf einen Aufschub dieser Notlage hindeuteten.

Plötzlich wäre ihr fast ein Schrei entschlüpft, den sie jedoch noch rechtzeitig unterdrückte. Es war, als hätte seine Zukunft, dunkel wie ein Kannibalenhäuptling, gelächelt und dabei einen Goldzahn sehen lassen. Nach Vascal stand es unwiderruflich fest, daß dieser junge Mann durch den Tod einer sehr nahestehenden Person ein ansehnliches Vermögen zu erwarten hatte.

«Haben Sie Verwandte?» fragte sie. «Ich meine, nahe Verwandte, die in guten Verhältnissen sind?»

«Nein», antwortete er. «Es sei denn, Onkel Joe hätte nicht alles verjubelt, bevor sie ihn erwischt haben.»

«Das muß es sein», dachte sie, und sie sagte: «Nun, das ist unwichtig. Ich sehe kein Anzeichen dafür, daß irgendein Onkel Ihnen irgend etwas hinterlassen könnte. Diese Karte bedeutet Geldsorgen. Diese hier bedeutet, daß Sie von einer blonden Dame hintergangen werden. Außerdem sieht es nach einer Prügelei aus. Was diese beiden Männer in Uniform machen, weiß ich nicht.»

Sie plapperte weiter und legte ihre Karten aus, während es in ihrem Kopf zuging wie in einem Zirkus mit drei Manegen. In der einen Manege erfand sie das, was sie dem Besucher erzählte, in der zweiten las sie die Zukunft so, wie die Karten sie wirklich verkündeten, und in der dritten überlegte sie, wie sie sich verhalten solle.

Noch einmal musterte sie verstohlen ihren reizlosen Kunden. Das Vermögen belief sich, soweit sie sehen konnte, auf mehr als eine Million. Andererseits konnte man diesen Besucher kaum einen Menschen nennen. Myra hatte keine romantische Liebesgeschichte erwartet, aber es gibt nun einmal Dinge, vor denen ein anständiges Mädchen zurückschreckt, und dazu gehörte dieser Mann.

Während sie grübelte, fuhr sie mechanisch fort, die Karten auszulegen. Plötzlich leuchteten ihre Augen auf. Sie sah noch einmal hin. Ja, es stimmte. All ihre Sorgen hatten ein Ende. Die Karten besagten ohne jeden Zweifel, daß dieser Mann wenige Monate, nachdem er das Geld geerbt hatte, infolge eines plötzlichen heftigen Schocks sterben werde. Damit wurde er zu einem durchaus annehmbaren Heiratskandidaten.

Myra begann unverzüglich zu manövrieren. «Mir scheint, daß Sie an einem Kreuzweg stehen», sagte sie. «Der eine Weg führt zu Elend, Armut, Krankheit, Verzweiflung, Gefängnis . . .»

«Ich nehme den anderen», sagte der junge Mann.

«Das beweist Ihre gute Urteilskraft», sagte Myra. «Aber ich muß Ihnen sagen: so leicht ist die Sache nicht. Den anderen Weg, der zu Reichtum und Glück führt, kann man nur Hand in Hand mit einer braven Frau gehen. Kennen Sie eine brave Frau?»

«Ach, woher denn!» sagte der Kunde bekümmert.

«Wie schade!» sagte Myra. «Wenn Sie nämlich so eine kennten – eine brave Frau mit dunklem Haar, einigermaßen gutem Aussehen und Schuhgröße fünf –, dann brauchten Sie diese bloß zu heiraten, und Sie hätten für Ihr ganzes Leben ausgesorgt. Sie würden sehr reich werden. Sehen Sie – hier liegt es. Geld, Geld, Geld – und zwar von jemand, der Ihnen sehr nahesteht. Aber nur, wenn Sie so ein Mädchen heiraten. Sehen Sie – diese Karte heißt, daß Sie im Waldorf verkehren, und diese – sehen Sie – bedeutet eine Reise nach Palm Beach. Hier sehe ich Sie in Saratoga, und hier – du meine Güte! – haben Sie auf ein mächtig gutes Pferd gesetzt!»

«Sagen Sie, meine Dame», unterbrach er sie, «welche Schuhgröße haben *Sie* denn?»

«Ach», sagte Myra lächelnd, «zur Not kann ich mich in einen Vierer quetschen. Aber für gewöhnlich . . .»

«Paß auf, Kleine», sagte er, ihre Hand ergreifend. «Wir zwei gehören zusammen. So! Verstehst du?» Damit streckte er die andere Hand aus und kreuzte zwei Finger als Sinnbild ehelichen Glückes.

Myra schauderte es, aber sie beherrschte sich und dachte: «Wenn er tot ist, bin ich Millionärin und kann mir, um zu vergessen, einen jungen Filmstar angeln.»

Bald darauf waren sie verheiratet. Sie zogen in ein baufälliges Häuschen in einer wenig anziehenden Gegend von Long Island, denn Lew hatte anscheinend gute Gründe dafür, in unauffälliger Zurückgezogenheit zu leben. Myra fuhr täglich in die Stadt und plagte sich schwerer denn je mit ihren schmierigen Karten, um ihn und sich zu erhalten, bis daß der Tod sie einst scheiden und sie als reiche Witwe zurücklassen würde.

Als die Zeit verging und das prophezeite Vermögen noch immer nicht in Erscheinung trat, mußte sie die bitteren Vorwürfe ihres ungeschlachten Gatten einstecken, denn sein verkümmerter Geist war so ungeduldig wie der eines Kindes, und er begann zu fürchten, sie hätte ihn unter Vorspiegelung falscher Tatsachen in die Ehe gelockt. Außerdem neigte er ein wenig zum Sadismus.

«Vielleicht bist du doch nicht die richtige Dame», sagte er, und dabei kniff er sie braun und blau. «Vielleicht hast du gar nicht Schuhgröße fünf. Vielleicht hast du sechs. Weißt du was? Wir lassen uns scheiden und ich heirate eine andere dunkle Dame. Das Geld kommt doch nicht, und du hast sowieso lauter braune und blaue Flecken. Ich mag keine Dame mit braunen und blauen Flecken. Komm, lassen wir uns scheiden.»

«Ich denke nicht dran», sagte sie. «Ehen werden im Himmel geschlossen – das ist mein fester Glaube.»

Dann fingen sie an zu streiten, denn er behauptete, er könne das Gegenteil beweisen. Wenn sein primitiver Verstand schließlich nicht mehr weiter wußte, schleuderte er sie mit einem Fluch auf die Erde und ging in den Garten; dort grub er ein tiefes, tiefes Loch, in das er lange hineinstarrte, und dann schüttete er es wieder zu.

Das ging ein paar Monate so weiter, und Myra selbst begann sich zu fragen, ob das Vascal-System sie womöglich im Stich gelassen habe. «Wer weiß, vielleicht kriegt er dieses Geld nie. Dann sitze ich da – mit einem Orang-Utan verheiratet, für den ich noch dazu arbeite! Vielleicht wäre es doch besser, sich scheiden zu lassen.»

Diese defätistischen Überlegungen erreichten ihren Höhepunkt an einem düsteren Winterabend, als sie von der Fähre nach Hause trottete und im dunklen Garten in so ein großes Loch stolperte, das ihr Mann gegraben hatte. «Das schlägt dem Faß den Boden aus», dachte sie.

Als sie die ärmliche Küche betrat, empfing Lew sie mit ungewöhnlich freundlichem Lächeln. «Guten Abend, Schatz», sagte er. «Wie geht's denn meinem geliebten Weibchen?»

«Spar dir den Schatz», antwortete sie barsch. «Und das geliebte Weibchen auch. Was ist denn mit dir los, du dicker Gorilla? Mein Entschluß ist gefaßt: ich willige in die Scheidung ein.»

«Sag doch nicht so was, Süße», sagte er. «Ich hab ja bloß Spaß gemacht. Nie würde ich mich von dir scheiden lassen, um keinen Preis der Welt.»

«Nein, aber ich mich von dir», erwiderte sie. «Und zwar schnell.»

«Dafür braucht man einen Scheidungsgrund», bemerkte ihr Mann stirnrunzelnd.

«Den habe ich», sagte sie. «Wenn ich dem Richter meine braunen und blauen Flecken zeige, werde ich sofort geschieden. Ich bin fein raus.»

«Paß auf», sagte er. «Lies mal diesen Brief, der für dich gekommen ist. Vielleicht überlegst du dir's dann.»

«Wie kommst du dazu, meinen Brief aufzumachen?» sagte Myra.

«Ich wollte wissen, was drinsteht», antwortete er mit größter Offenheit. «Nun lies ihn schon.»

«Onkel Ezra», rief Myra, als sie einen Blick in den Brief geworfen hatte. «Er hat anderthalb Millionen Dollar hinterlassen! Alles für mich! Meine Güte, der alte Knochen muß es weit gebracht haben! Aber hör mal, da muß ein Fehler in den Karten sein. Du solltest doch die Erbschaft machen.»

«Ist doch egal», sagte Lew, ihr den Nacken streichelnd. «Mann und Weib sind doch eins, nicht wahr?»

«Nicht mehr lange», rief Myra triumphierend. «Jetzt bin ich reich! Jetzt bin ich frei! Oder ich werde es bald sein.»

«Und was soll *ich* machen?» fragte ihr Mann.

«Geh raus, klettre auf einen Baum, wo du hingehörst», versetzte Myra.

«Dacht ich mir's doch, daß du so was sagen würdest», sagte er, die Hände fest um ihren Hals legend. «Einen Dollar hast du mir aus der Nase gezogen – für dein Vermögen, was? Na schön, wenn du mir unrecht tun willst, dann sollen die Karten wenigstens recht behalten. Tod einer sehr nahestehenden Person – hieß es nicht so? Sie hatten also doch recht!»

Myra hatte keinen Atem mehr, und so konnte sie weder Zeugnis für das Vascal-System ablegen, noch ihren Mann vor dem plötzlichen heftigen Schock warnen, der ihn erwartete.

Traumdeutung

Ein junger Mann betrat das Sprechzimmer eines bekannten Psychiaters, an den er folgende Worte richtete: «Herr Doktor, retten Sie mich!»

«Selbstverständlich», antwortete der Seelenspezialist zuvorkommend. «Dafür bin ich schließlich da.»

«Aber Sie können es nicht», rief der junge Mann heftig erregt. «Sie können nicht! Nichts kann mich retten!»

«Jedenfalls wird es nichts schaden», sagte der Psychiater beschwichtigend, «einmal darüber zu sprechen.»

Er winkte dabei kaum merklich mit den Händen, sah den jungen Mann mit einem etwas öligen, einschmeichelnden Lächeln an, und ehe dieser wußte, wie ihm geschah, saß er, das Gesicht voll beleuchtet, in einem tiefen Armsessel und sprudelte seine Geschichte hervor.

«Mein Name ist Charles Rotifer», erzählte er. «Ich bin bei einem Wirtschaftsprüfer angestellt, dessen Büro sich im obersten Stock dieses Wolkenkratzers befindet. Ich bin achtundzwanzig Jahre alt, noch unverheiratet, aber verlobt. Meine Verlobte ist das liebste und beste Mädchen der Welt, schön wie ein Engel, mit herrlichem, goldblondem Haar. Ich erwähne das, weil es für meine Geschichte von Bedeutung ist.»

«Das ist es in der Tat», sagte der Psychiater. «Gold ist das Symbol für Geld. Wie ist Ihre Einstellung zum Geld? Trennen Sie sich ungern davon? Sie sagen zum Beispiel, daß Sie in einem Büro angestellt sind. Haben Sie von Ihrem Gehalt beträchtliche Ersparnisse gemacht?»

«Ja», antwortete der junge Mann. «Ich habe ein ganz hübsches Sümmchen gespart.»

«Bitte, fahren Sie fort, Mr. Rotifer», sagte der Psychiater wohlwollend. «Sie sprachen von Ihrer Verlobten. Später werde ich Ihnen zu diesem Thema ein paar ziemlich intime Fragen stellen müssen.»

«Und ich werde sie beantworten», gab der junge Mann zurück. «Es gibt in unserer Beziehung nichts, was ich verheimlichen müßte – jedenfalls einem Psychologen gegenüber. Zwischen uns herrscht volle Harmonie, und alles an ihr ist so, wie ich es mir wünsche – vielleicht bis auf ihre kleine Angewohnheit, beim Sprechen etwas zuviel zu gestikulieren.»

«Das werde ich mir notieren», sagte der andere und kritzelte etwas auf seinen Schreibblock.

«Es ist absolut unwichtig», sagte der junge Mann. «Ich weiß gar nicht, warum ich es erwähnt habe, es sei denn, um Ihnen einen Begriff von ihrer Vollkommenheit zu geben. Aber, Herr Doktor, ich habe einen Traum gehabt – vor achtunddreißig Nächten.»

«Achtunddreißig, sieh mal an!» bemerkte der Seelenarzt, sich die Zahl notierend. «Sagen Sie mir ganz offen, haben Sie als kleines Kind vielleicht eine Kinderschwester oder Lehrerin oder eine weibliche Verwandte gehabt, die zufällig achtunddreißig Jahre alt war und der gegenüber Sie Komplexe haben könnten?»

«Nein, Herr Doktor», sagte der junge Mann, «aber dieser Wolkenkratzer hat neununddreißig Stockwerke.»

Der Psychiater musterte ihn mit durchdringendem Blick. «Und fällt Ihnen bei Form und Höhe dieses Gebäudes irgend etwas ein?»

«Nein», sagte der junge Mann störrisch, «ich weiß nur, daß ich geträumt habe, ich wäre außerhalb unseres Bürofensters in der Luft und fiele hinunter.»

«Sie fielen!» sagte der Psychiater, die Augenbrauen hebend. «Und was empfanden Sie in diesem Augenblick?»

«Ich war ganz ruhig», antwortete der junge Mann. «Ich stelle mir vor, daß ich mit normaler Geschwindigkeit fiel, aber mein Geist schien sehr schnell zu arbeiten. Ich konnte in Muße nachdenken und mich umsehen. Die Aussicht war prachtvoll. In einer Sekunde war ich bei den Ziersteinen zwischen unseren Fenstern und denen des nächsttieferen Stockwerks, und dann wachte ich auf.»

«Und dieser einfache, harmlose, völlig normale kleine Traum hat an Ihrer Seele genagt?» fragte der Psychiater in scherzendem Ton. «Nun, mein lieber Herr . . .»

«Einen Augenblick», unterbrach ihn der Besucher. «In der

folgenden Nacht hatte ich denselben Traum oder vielmehr eine Fortsetzung davon. Ich fiel mit ausgebreiteten Armen und Beinen – sehen Sie, *so* – an den Ziersteinen vorüber und blickte in das Fenster des darunterliegenden Stockwerks, das auch zu unserer Firma gehört. Ich sah meinen Freund Don Straker von unserer Steuerabteilung an seinem Schreibtisch sitzen. Er blickte auf. Er sah mich. Sein Gesicht nahm einen höchst erstaunten Ausdruck an. Er machte eine Bewegung, als wollte er aufstehen, zweifellos wollte er zum Fenster stürzen. Aber verglichen mit mir bewegte er sich unbeschreiblich langsam. Ich weiß noch, daß ich dachte: ‹Er wird zu spät kommen.› Dann fiel ich weiter bis zu der Trennlinie zwischen diesem Stockwerk und dem nächsttieferen, und dabei wachte ich auf.»

«Nun ja», sagte der Gehirndoktor. «Was haben wir hier? Ein Traum wird in der folgenden Nacht wiederaufgenommen. Das kommt sehr häufig vor.»

«Möglich», sagte der junge Mann. «Aber in der nächsten Nacht fiel ich an der Trennlinie zwischen diesem Stockwerk und dem nächsttieferen vorbei. Ich befand mich jetzt in halbliegender Stellung, das eine Bein leicht angezogen, wissen Sie, *so.*»

«Jaja», sagte der Psychiater, «ich verstehe schon. Sie brauchen es nicht zu demonstrieren. Um ein Haar hätten Sie meinen Aschenbecher umgeworfen.»

«Entschuldigen Sie», sagte der junge Mann. «Ich fürchte, ich habe mir das von Maisie angewöhnt. Maisie ist meine Verlobte. Wenn sie etwas beschreiben will, was sie gemacht hat, dann spielt sie es einem vor – wie ein Schauspieler. An dem Abend, an dem sie mir erzählte, wie sie auf dem vereisten Pflaster der zweiundsiebzigsten Straße ausgerutscht und hingefallen ist, haben wir uns verlobt. Na ja, wie gesagt, ich fiel noch ein Stockwerk tiefer und sah mich nach allen Seiten um. Die Hügel von New Jersey sahen herrlich aus. Eine hoch fliegende Taube begleitete mich ein Stückchen und betrachtete mich aus völlig ausdruckslosen, runden Augen. Dann legte sie sich in die Kurve und scherte aus. Unten auf der Straße konnte ich die Leute erkennen, oder vielmehr ihre Hüte, dicht an dicht wie schwarze Kiesel an einem Strand. Und noch während ich hinuntersah, wurden ein paar von diesen schwarzen Kieseln plötzlich weiß. Ich merkte, daß ich Aufsehen erregte.»

«Sagen Sie mal», warf der Psychiater ein, «Sie scheinen ziemlich viel Zeit zum Nachdenken gehabt zu haben. Hatten Sie eine Erinnerung daran, wieso Sie überhaupt fielen? Ob Sie sich zum Fenster hinausgestürzt hatten oder abgerutscht waren oder was sonst?»

«Das weiß ich wirklich nicht, Herr Doktor», sagte der junge Mann. «Es sei denn, daß mein letzter Traum, den ich letzte Nacht hatte, etwas Licht in die Sache bringt. Da habe ich mich fast ständig nur umgesehen, und dabei fiel ich natürlich immer schneller, aber dafür dachte ich auch schneller. Ich versuchte an etwas Wichtiges zu denken, denn ich wußte ja, daß es meine letzte Gelegenheit war. Zwischen dem siebzehnten und sechzehnten Stock machte ich mir zum Beispiel Gedanken über die Demokratie und die Weltkrise. Mir schien, daß die meisten Leute insofern einen großen Fehler machen, als . . .»

«Vielleicht bleiben wir im Augenblick lieber bei dem Erlebnis selbst», sagte der Gehirndoktor.

«Gewiß», sagte der junge Mann. «Im fünfzehnten Stock blickte ich ins Fenster, und wirklich, ich hätte nie geglaubt, daß es so etwas gibt! Wenigstens nicht in einem Büro. Und am nächsten Tag, Herr Doktor, habe ich – rein aus Neugierde – eben diesem fünfzehnten Stock einen Besuch gemacht und festgestellt, daß dort eine Theateragentur ist. Ist das nicht eine Bestätigung meines Traums, Herr Doktor?»

«Beruhigen Sie sich», sagte der Psychiater. «Alle Firmen in diesem Gebäude sind auf der Namenstafel im Erdgeschoß verzeichnet. Sie haben zweifellos eine unbewußte Erinnerung daran, und die haben Sie geschickt in Ihren Traum eingebaut.»

«Nun ja», sagte der junge Mann, «von da an richtete ich meinen Blick mehr nach unten. Ich blickte nur rasch im Vorüberfallen in die Fenster, aber meistens sah ich nach unten. Mittlerweile waren zwischen den dunklen, kieselartigen Hüten große weiße Flecken entstanden. Sehr bald konnte ich deutlich Hüte und Gesichter unterscheiden. Ich sah zwei Taxis beim Abbiegen zusammenstoßen. Aus dem wirren Gemurmel da unten stieg der Schrei einer Frau zu mir auf, der, wie ich fand, nur zu berechtigt war. Während ich in liegender Stellung weiterfiel, meinte ich bereits Schmerzen in den Körperteilen zu spüren, die zuerst unten aufschlagen würden. Ich wälzte mich also auf den Bauch – wissen Sie, *so* –, aber das war noch grauenhafter. Ich richtete die Beine abwärts, aber da taten mir die Füße weh. Ich versuchte mit dem Kopf voran zu fallen, damit es rascher zu Ende wäre, aber das war auch keine befriedigende Lösung. So drehte und wand ich mich hin und her – sehen Sie, *so*.»

«So beruhigen Sie sich doch, bitte», sagte der Psychiater. «Sie brauchen das nicht zu demonstrieren.»

«Entschuldigen Sie», sagte der junge Mann. «Ich habe mir das von Maisie angewöhnt.»

«Setzen Sie sich», sagte der Psychiater, «und fahren Sie fort.»

«Die letzte Nacht», sagte der junge Mann verzweifelt, «das war die achtunddreißigste Nacht.»

«Da müssen Sie bis hierher gekommen sein», sagte der Psychiater. «Mein Büro liegt im Zwischenstock.»

«So ist es», rief der junge Mann. «Und ich fiel mit furchtbarer Geschwindigkeit hier an diesem Fenster vorbei. Ich blickte hinein. Herr Doktor, ich habe Sie gesehen. So deutlich, wie ich Sie jetzt sehe!»

«Mr. Rotifer», erwiderte der Psychiater mit bescheidenem Lächeln, «ich komme sehr häufig in den Träumen meiner Patienten vor.»

«Aber da war ich noch nicht Ihr Patient», sagte der junge Mann. «Ich wußte nicht einmal, daß es Sie gibt. Ich wußte nichts von Ihnen bis heute morgen, als ich nachsah, wem dieses Büro gehört. Ach, Herr Doktor, ich war so erleichtert, als ich sah, daß Sie kein Theateragent sind.»

«Und wieso waren Sie erleichtert?» fragte der Spezialist verständnislos.

«Weil Sie nicht allein waren. In meinem Traum, meine ich. Eine junge Dame war bei Ihnen. Eine junge Dame mit schönem, goldblondem Haar. Und sie saß auf Ihrem Schoß, Herr Doktor, und hatte die Arme um Ihren Hals gelegt. Ich habe fest geglaubt, hier wäre auch eine Theateragentur. Und ich dachte: ‹Was für schönes goldblondes Haar! Genau wie Maisies Haar.› In diesem Augenblick wandten Sie beide Gesichter zum Fenster. Sie war es! Maisie! Meine Maisie!»

Der Psychiater lachte sehr herzlich. «Mein lieber Herr», sagte er, «da können Sie völlig beruhigt sein.»

«Trotzdem», sagte der junge Mann, «packte mich heute morgen im Büro eine unerträgliche Neugier, der fast unwiderstehliche Drang, aus dem Fenster zu springen, bloß um in dieses Zimmer hineinzusehen.»

«Sie hätten zu Ihrem Leidwesen gesehen», sagte der Psychiater, «daß keinerlei Grund für Ihre unbesonnene Tat vorlag. Da Ihre Verlobte keine Patientin von mir ist, kann sich bei ihr auch nicht das vollzogen haben, was wir eine Übertragung nennen – eine ganz harmlose Angelegenheit, die aber auf seiten des Patienten zuweilen zu leidenschaftlichen Ausbrüchen führt. Im übrigen haben wir unser Berufsethos, und in der Sprechstunde würde so etwas nie vorkommen. Nein, mein lieber Herr, die Symptome, die Sie mir geschildert haben, sind relativ unkompliziert: ein sich wiederholender Traum, eine kleine Zwangsneurose – nichts, was nicht in der entsprechenden Zeit zu heilen wäre. Wenn Sie mich wöchentlich drei- bis viermal aufsuchen können, werden wir bestimmt in wenigen Jahren eine entscheidende Besserung erzielen.»

«Aber, Herr Doktor», rief der junge Mann verzweifelt, «ich kann jeden Augenblick unten aufschlagen!»

«Doch nur im Traum», sagte der Psychiater beruhigend. «Halten Sie sich das immer klar vor Augen, besonders aber, wenn Sie unten aufprallen. Im übrigen gehen Sie wieder in Ihr Büro, tun Sie Ihre Arbeit wie gewöhnlich, und machen Sie sich möglichst wenig Sorgen.»

«Ich werd's versuchen», sagte der junge Mann. «Aber es ist wirklich erstaunlich: Sie sehen genauso aus wie in meinem Traum, sogar diese kleine Krawattennadel mit der Perle habe ich gesehen.»

«Das Geschenk einer sehr bekannten Dame», erklärte der Psychiater, während er den Besucher lächelnd hinauskomplimentierte, «die auch immer vom Fallen träumte.» Damit schloß er die Tür hinter dem jungen Mann, der, so melancholisch wie er gekommen, kopfschüttelnd davonging. Der Psychiater setzte sich an seinen Schreibtisch und legte die Fingerspitzen aneinander, wie es Psychiater zu tun pflegen, wenn sie darüber nachsinnen, wieviel ein neuer Patient wert sein mag.

Er wurde in seiner Meditation durch seine Sekretärin unterbrochen, die den Kopf zur Tür hereinsteckte. «Miss Mimling möchte Sie sprechen», sagte sie. «Sie ist für zwei Uhr dreißig angemeldet.»

«Sie möchte hereinkommen», sagte der Psychiater und erhob sich, um die eintretende junge Dame zu begrüßen, die wie eine wildgewordene Maus aussah, der man zuviel Wasserstoffsuperoxyd über den Kopf geschüttet hat. Sie war schrecklich aufgeregt. «Oh, Herr Doktor», sagte sie, «ich *mußte* Sie einfach anrufen. Als ich Ihren Namen im Buch sah, wußte ich natürlich sofort, daß Sie das sind. Ich habe nämlich Ihren Namen an der Tür gelesen. Im Traum, Herr Doktor. Im Traum.»

«Wir wollen uns in Ruhe darüber unterhalten», sagte der Seelenarzt, während er sich bemühte, sie in den tiefen Armsessel zu dirigieren. Sie war viel zu zappelig und setzte sich auf die Ecke seines Schreibtisches.

«Ich weiß ja nicht, ob Sie glauben, daß an Träumen was *dran* ist», sagte sie. «Aber dieser Traum war wirklich sehr merkwürdig. Ich träumte, daß ich vor Ihrer Tür stände, und da war das Schild mit Ihrem Namen, genau wie in Wirklichkeit. So kam es, daß ich im Telefonbuch nachschlug, und wirklich, da stand Ihr Name. Da dachte ich, ich muß einfach zu Ihnen gehen.

Ja, ich habe geträumt, ich käme in Ihr Sprechzimmer, und setzte mich hier auf den Schreibtisch, genau wie jetzt, und unterhielt mich mit Ihnen, und mit einemmal – natürlich, ich weiß, es war nur ein Traum –, mit einemmal hatte ich so ein Gefühl . . . also wirklich, ich weiß kaum, wie ich Ihnen das beschreiben soll. Mir war, als wären Sie mein Vater und mein großer Bruder und ein junger Mann, den ich mal gekannt habe – Herman Myers hieß er –, alles in einer Person. Ich weiß gar nicht, wie ich darauf komme – selbst im Traum –, denn ich bin mit einem jungen Mann verlobt, den ich mit meinem ganzen Bewußtsein liebe, und ich glaubte, ich liebe ihn auch mit meinem Unterbewußtsein. Oh, es ist so gemein von mir!»

«Mein liebes Fräulein», schnurrte der Psychiater, «das ist nicht mehr und nicht weniger als das Phänomen der Übertragung. Das kann jedem passieren, und meistens passiert es auch.»

«Ja», sagte sie, «aber es übertrug mich auf Ihren Schoß und legte meine Arme um Ihren Hals – wissen Sie, *so*.»

«Nun, nun!» brummte der Psychiater sanft. «Was Sie mir da

vorspielen, ist ein neurotischer Impuls . . .»

«Ich spiele alles, was ich erzähle», sagte sie. «Darum bin ich auf Gesellschaften so beliebt – es wirkt so belebend. Aber dann, Herr Doktor, dann sah ich zufällig aus dem Fenster – wissen Sie, *so* . . . Huh! Da ist er! Da war er! Es war Charlie! Oh, haben Sie den schrecklichen Blick gesehen, mit dem er uns ansah, als er vorüberfiel?»

Kleines Memento

Ein junger Mann schritt rasch einen Hohlweg hinauf und gelangte auf eine breite Hügelkuppe mit einem Weiler, der sich um einen Anger herum gruppierte. Es gab einen Ententeich und den weiß getünchten Gasthof ‹Zum Fuhrmann›, dessen Wirtshausschild im Wind schaukelte, und auch sonst alles, was zu einem sauberen, adretten, stillen Hochlanddörfchen in Somerset gehört.

Die Straße ging weiter bis zur äußersten Kante des Hochplateaus, und das tat auch der junge Mann; hinter einem weißen Tor sah er einen langgestreckten Garten, wohlbestückt mit Obstbäumen, an dessen Ende im Schutz eines niedrigen Wäldchens ein schmuckes Häuschen stand, das einen weiten Ausblick ins Tal bot. In diesem Garten werkelte ein alter Mann von erstaunlich wohlwollendem Aussehen, der aufblickte, als Eric Gaskell – so hieß der Wanderer – sich seinem Tor näherte.

«Guten Morgen», sagte er. «Ein schöner Septembertag!»

«Guten Morgen», sagte Eric Gaskell.

«Ich habe heute früh mein Fernrohr herausgeholt», sagte der Alte. «Ich komme in letzter Zeit nicht mehr oft ins Tal hinunter. Der Rückweg ist mir ein bißchen zu steil. Aber ich habe meine Aussicht und mein Fernrohr. Ich weiß wohl alles, was in der Gegend vorgeht.»

«Das ist hübsch für Sie», sagte Eric.

«Ja», sagte der Alte. «Sind Sie nicht Mr. Gaskell?»

«Ja», sagte Eric. «Ich weiß. Wir haben uns im Pfarrhaus getroffen.»

«Richtig», sagte der Alte. «Sie gehen oft hier spazieren. Ich sehe Sie immer vorüberkommen. Heute dachte ich: ‹Also das ist ein Tag für ein Schwätzchen mit dem jungen Mr. Gaskell!› Treten Sie ein.»

«Danke», sagte Eric. «Für ein paar Minuten.»

«Und wie gefällt es Ihnen und Ihrer Frau in Somerset?» fragte der Alte, sein Tor öffnend.

«Ausgezeichnet», sagte Eric.

«Meine Wirtschafterin hat mir erzählt, daß Sie von der Ostküste kommen. Ein sehr gesundes Klima. Die Nichte meiner Wirtschafterin ist bei Ihnen als Hausmädchen. Ist es Ihnen hier nicht zu langweilig? Zu rückständig? Zu altmodisch?»

«Gerade das gefällt uns so gut», sagte Eric, während er mit dem Hausherrn unter einem Apfelbaum auf einer weißen Bank Platz nahm.

«Ja», sagte der Alte, «die jungen Leute von heute haben etwas für altmodische Dinge übrig. Das war zu meiner Zeit anders. Hier in der Gegend wohnen meist alte Käuze, wissen Sie. Natürlich mit Ausnahme von Hauptmann Felton, aber sonst – der Pfarrer, der Admiral, Mr. Coperus und all die anderen – alles alte Käuze. Das macht Ihnen nichts aus?»

«Im Gegenteil», sagte Eric.

«Jeder hat seine Liebhaberei», fuhr der Alte fort. «Coperus ist dabei, ein richtiger Altertumsforscher zu werden; der Admiral hat seine Rosen.»

«Und Sie haben Ihr Fernrohr», sagte Eric.

«O ja, mein Fernrohr», sagte der Alte. «Gewiß, ich habe mein Fernrohr. Aber mein Hauptzeitvertreib – auf den ich mir wirklich etwas einbilde – ist mein Museum.»

«Sie haben ein Museum?»

«Ja, ein Museum», sagte der Alte. «Ich möchte, daß Sie mal einen Blick hineinwerfen und mir sagen, was Sie davon halten.»

«Es wird mir ein Vergnügen sein», sagte Eric.

«Dann kommen Sie gleich mit», sagte der Alte und führte ihn zum Haus. «Ich habe selten Gelegenheit, Fremden meine Sammlung zu zeigen. Sie müssen Ihre Frau einmal mitbringen. Glauben Sie denn, daß sie in dieser stillen Gegend genug Unterhaltung hat?»

«Sie ist von der Landschaft begeistert und kann gar nicht genug davon sehen. Sie fährt fast täglich spazieren.»

«Ja, ganz allein mit ihrem kleinen Sportwagen», sagte der Alte. «Gefällt ihr das Haus?»

«Nun, ich weiß nicht», sagte Eric. «Als wir uns letztes Frühjahr entschieden, gefiel es ihr. Sogar sehr gut.»

«Es ist ein sehr hübsches Haus», sagte der Alte.

«In der letzten Zeit scheint es sie ein bißchen zu bedrücken, fürchte ich», erzählte Eric. «Sie sagt immer, sie muß ins Freie, um frische Luft zu schöpfen.»

«Das ist der Klimawechsel», sagte der Alte. «Wenn man vorher an der Ostküste gelebt hat.»

«Ja, wahrscheinlich», sagte Eric.

Inzwischen waren sie an der Haustür angelangt, und der Alte komplimentierte Eric hinein. Sie betraten ein sehr gemütliches und gepflegtes Zimmerchen mit blankpolierten Möbeln, in dem peinliche Ordnung herrschte. «Das ist mein kleines Wohnzimmer», erklärte der Alte. «Neuerdings auch mein Eßzimmer. Den Salon und das kleine Arbeitszimmer dahinter habe ich ganz für mein Museum freigemacht. So, da wären wir.»

Er stieß eine Tür auf. Eric trat ein und sah sich erstaunt um. Er hatte das Übliche erwartet: ein paar Vitrinen mit wohlgeordneten römischen Münzen und Werkzeugen aus der Steinzeit, einer Schlange in Spiritus, vielleicht einem ausgestopften Vogel oder ein paar Vogeleiern. Aber sowohl der Salon als auch das durch die Verbindungstür sichtbare Arbeitszimmer war vollgestopft mit einer Sammlung von so zerbrochenem, verbeultem, schmutzigem Plunder, wie er noch nie gesehen hatte. Das Sonderbarste war, daß kein Gegenstand in diesem Durcheinander von Gerümpel auch nur den geringsten antiken Wert hatte. Es sah so aus, als wären mehrere Wagenladungen gemischter Abfälle vom Müllhaufen des Dorfes aufgelesen und über Tische und Kredenzen, Stühle und Fußboden der beiden Räume ausgeschüttet worden.

Der alte Mann weidete sich in bester Laune an Erics Erstaunen und sagte: «Sie finden, daß diese Sammlung nichts mit dem zu tun hat, was man für gewöhnlich in Museen findet. Sie haben recht, Mr. Gaskell. Aber Sie müssen wissen, daß jeder Gegenstand, seine Geschichte hat. Das alles sind Kieselsteine, abgeschliffen und zerbrochen vom Strom der Zeit, der über die Dörfer unseres stillen, kleinen Bezirks hinweggerollt ist. Zusammengenommen ergeben sie – ein Protokoll. Hier eine Kriegserinnerung: ein Telegramm an die Familie Bristow in Ober-Medlum mit der Nachricht, daß ihr Sohn gefallen ist. Es hat Jahre gedauert, bis ich es der armen Mrs. Bristow entlocken konnte. Ich habe ihr dafür ein Pfund gegeben.»

«Sehr interessant», sagte Eric.

«Der Schubkarren da», sagte der Alte, auf ein zersplittertes Wrack deutend, «hat zwei Todesfälle verursacht. Er ist eine Böschung hinunter in ein vorbeifahrendes Auto hineingerollt. Es stand in allen Zeitungen. ‹Dorftragödie›.»

«Wie merkwürdig!» sagte Eric.

«Das alles gehört zum Leben», sagte der Alte. «Hier ist ein Gürtel von einem irischen Landarbeiter, den er im Kampf mit den Zigeunern verloren hat. Dieser Hut ist von dem Mann, dem die Kirchfarm gehörte – gleich neben Ihrem Haus. Er gewann einen Preis beim Irland-Rennen, und dann hat er sich zu Tode getrunken, der arme Kerl! Das sind ein paar Ziegel von meinem Gärtnerhäuschen. Es ist nämlich abgebrannt, und kein Mensch kennt die Ursache des Brandes. Diese Schlange hier kam voriges Jahr irgendwie in die Kirche. Sie wurde während des Gottesdienstes entdeckt, und Hauptmann Felton hat sie getötet. Ein sehr stattlicher Mann, der Hauptmann, finden Sie nicht?»

«Ja. Wahrscheinlich. Ich kenne ihn kaum.»

«Wie komisch! Und ich dachte, Sie und Ihre Frau wären gut mit ihm befreundet.»

«Wie kommen Sie darauf?»

«Vielleicht habe ich es mir nur eingebildet. Hier ist ein recht trauriges Museumsstück: die Hörner eines Stiers, den Bauer Lawson auf meiner Wiese weiden ließ. Jemand hat das Gatter offengelassen, da ist er ausgebrochen und hat auf der Straße einen Mann aufgespießt.»

«Wir kennen Hauptmann Felton kaum», sagte Eric. «Wir lernten ihn kennen, als wir herkamen, aber . . .»

«Gewiß, gewiß», sagte der Alte. «Hier ist ein anonymer Brief. Dann und wann bekommt man so etwas in unserer Gegend, wie fast überall. Diesen hat mir Mr. Coperus geschenkt.»

«Stellen die Andeutungen in Ihren anonymen Briefen hier sich meist als begründet heraus?» fragte Eric.

«Ich glaube wohl», sagte der Alte. «Irgend jemand scheint über alles, was vorgeht, unterrichtet zu sein. Hier habe ich etwas, was sich leider nicht lange halten wird: ein Riesenbovist vom Friedhof. Sie werden dort größer als anderswo. Fühlen Sie mal, wie leicht er ist.»

Er schob ihn Eric hin. Der war mit Pfeife und Tabaksbeutel beschäftigt gewesen und legte sie jetzt hin, um den Bovist in die Hand zu nehmen. «Sehr leicht», sagte er. «Wunderbar.»

«Kommen Sie hier durch», rief der Alte eifrig. «Ich habe meine Stiefel vergessen.» Eric folgte ihm, den Riesenpilz noch in der Hand. «Diese Stiefel», sagte der Alte, «sind von einem Landstreicher, der ertrunken in einem Teich gefunden wurde. In dem kleinen Teich neben Hauptmann Feltons Haus.»

«Was macht Felton eigentlich?» fragte Eric.

«Er hat ein Einkommen», sagte der Alte. «Er amüsiert sich.»

«Womit amüsiert er sich?» fragte Eric sehr beiläufig.

Der Alte zwinkerte ihm zu. «Ich fürchte, der Hauptmann ist ziemlich hinter den Damen her.»

«Tatsächlich?»

«Es wird alles Mögliche erzählt», sagte der Alte. «Der Hauptmann ist sehr diskret, aber – sie wissen ja, wie das ist. Der große Kristall da oben ist aus dem Steinbruch – einen knappen Kilometer von hier an unserer kleinen Straße. Aber dieser Steinbruch ist seit vielen Jahren außer Betrieb. Man kann von der Straße aus hineinfahren, und es heißt, der Hauptmann benutze ihn für heimliche Rendezvous. Meine Güte, ich sollte keinen Klatsch erzählen. Aber Tatsache ist, daß die Hütebuben von oben ihn gesehen haben, und solche Geschichten kommen natürlich herum. Die Leute haben ihren Spaß daran. Ich fürchte, eines Tages wird einer der werten Herren, bei denen der Hauptmann sozusagen die Grenze der familiären Beziehungen überschritten hat, einen Blick in den Steinbruch werfen und – na ja, da liegen ziemlich große Steine herum. Die Katze hier habe ich selber ausgestopft. Mit dieser Katze hat es eine sehr merkwürdige Bewandtnis.»

«Sagen Sie», unterbrach ihn Eric, «ist Felton zur Zeit hier, oder ist er verreist?»

«Er ist hier», sagte der Alte. «Ich habe seinen Wagen erst vor einer Stunde vorbeifahren sehen. Ein roter Wagen. Rote Wagen sieht man nicht oft, obwohl gleich danach tatsächlich noch ein roter Wagen vorbeikam.»

«Ich – ich glaube, ich muß gehen», sagte Eric.

«Müssen Sie wirklich? Ich wollte Ihnen gerade von dieser unseligen Katze erzählen.»

«Ein andermal», sagte Eric.

«Dann ein andermal», sagte der Alte. «Es wird mir immer ein Vergnügen sein. Ich bringe Sie eben hinaus.»

Eric ging eilig durch das Gartentor.

«Wollen Sie nicht denselben Weg zurückgehen?» fragte der Alte. «Er ist näher.»

«Nein. Nein, ich muß andersrum gehen», sagte Eric.

«Da kommen Sie an Hauptmann Feltons Steinbruch vorbei», sagte der Alte. «Also, Wiedersehen. Kommen Sie bald wieder.»

Er sah Eric mit langen Schritten die Straße hinuntergehen und kletterte sogar auf eine Böschung, um ihm weiter nachsehen zu können. Als er Eric von der Straße abbiegen und quer über das Hügelland zum oberen Rand des Steinbruchs gehen sah, begab er sich gelassen wieder in sein Museum.

Dort fand er Erics Pfeife und Tabaksbeutel; er nahm sie in die Hand und streichelte sie mit unendlicher Zärtlichkeit. Erst nach einer ganzen Weile brachte er es über sich, ihnen sorgfältig einen Platz auf einem Regal einzuräumen und wieder an seine Gartenarbeit zu gehen.

Der indische Seiltrick

Henry Frazer, fest überzeugt davon, daß man so ziemlich alles mit Spiegeln machen könnte, erhielt einen Posten in Indien. Kaum hatte er den Fuß an Land gesetzt, brach er in wieherndes Gelächter aus. Von den Leuten, die ihn abholten, etwas beunruhigt nach der Ursache seiner Heiterkeit befragt, antwortete er, der bloße Gedanke an den indischen Seiltrick bringe ihn zum Lachen.

Er stieß ähnlich erschreckende Laute aus und gab dafür dieselbe Erklärung bei einem offiziellen Gabelfrühstück, das zu seinem Empfang gegeben wurde; desgleichen auf der Promenade, beim *Chota Peg*, in Rikschas und Basaren, im Klub und auf dem Poloplatz. Bald war er von Bombay bis Kalkutta bekannt als der Mann, der über den indischen Seiltrick lachte, und er sonnte sich in seiner wohlverdienten Popularität.

Eines Tages jedoch, als er in seinem Bungalow saß und sich tödlich langweilte, trat sein Boy ein und meldete mit den geziemenden Selams, draußen sei ein Gaukler, der untertänigst um die Ehre bitte, dem Sahib den indischen Seiltrick vorführen zu dürfen. Henry willigte herzlich lachend ein, ging hinaus auf die Veranda und setzte sich in seinen Stuhl.

Unten auf dem staubigen Vorhof stand ein Eingeborener von recht abgezehrtem Aussehen, der einen lebhaften Jungen, einen großen Bastkorb und ein kolossales Schwert bei sich hatte. Er zog ein an die zehn Meter langes Seil aus dem Korb, machte einigen Hokuspokus und warf es hoch in die Luft. Es blieb oben. Henry kicherte.

Dann packte der Junge mit einem Luftsprung das Seil und kletterte hurtig wie ein Affe Hand über Hand hinauf. Als er oben war, löste er sich in Luft auf. Henry lachte laut heraus.

Nach einem Weilchen begann der Mann, mit ängstlicher Miene nach oben spähend, nach dem Jungen zu rufen und zu schreien. Er rief, er befahl, er bettelte – der Junge kam nicht herunter. Dann ging er zu grauenhaften Flüchen und Verwünschungen über – der Junge nahm keine Notiz davon.

Nun griff der Schwarze, nachdem er sein erschreckliches Krummschwert zwischen die Zähne geklemmt hatte, selbst nach dem Seil und kletterte wie ein Matrose hinauf. Auch er verschwand, als er oben war. Henry wurde immer fröhlicher.

Bald darauf waren aus luftiger Höhe wimmernde und zeternde Laute zu vernehmen, dann ein Schrei, der das Blut stocken ließ. Ein Bein flog herunter und landete mit dumpfem Aufschlag; ihm folgten ein Arm, ein Schenkel, ein Kopf und weitere Gliedmaßen, und schließlich (Damen waren zum Glück nicht anwesend) knallte ein nacktes Hinterteil gleich einer Bombe auf die Erde. Henry wand sich in Lachkrämpfen.

Dann kam der Schwarze, eine Hand am Seil, heruntergerutscht. Vor Aufregung schnatternd, präsentierte er Henry mit einem Selam die bluttriefende Klinge. Henry wiegte sich entzückt in seinem Stuhl.

Der Schwarze sammelte, scheinbar von Reue überwältigt, die einzelnen Stücke seines kleinen Gehilfen ein, wobei er jeden der grausigen Körperteile mit hundert Klagen und Zärtlichkeiten überschüttete, und verstaute sie alle in dem riesigen Korb.

Jetzt, fand Henry, war es höchste Zeit, den ganzen Hokuspokus zu entlarven; er war bereit, tausend zu eins darum zu wetten, daß sein ganzer Vorhof mit Spiegeln vollgestellt worden war, bevor der Boy ihn herausgerufen hatte. Er zog also seinen Revolver und schoß alle sechs Kammern leer, nach allen Richtungen, um wenigstens einen dieser trügerischen Spiegel zu zertrümmern.

Nichts dergleichen geschah; der Schwarze drehte sich vor Schreck einmal um sich selbst, blickte in den Staub zu seinen Füßen und hob eine garstige, kleine Schlange auf, nicht dicker als ein Bleistift, die eine von Henrys verirrten Kugeln getötet hatte. Er seufzte erleichtert auf, legte sehr höflich die Hand an den Turban, wandte sich wieder seinem Korb zu und machte einigen Hokuspokus. Sofort sprang der Junge heraus, heil und ganz, springlebendig, übers ganze Gesicht lächelnd und von Übermut und Gesundheit strotzend.

Der Schwarze holte hastig das Seil ein und kam unter vielen Verbeugungen zu Henry herauf, überströmend von Dankbarkeit für seine Rettung vor der garstigen kleinen Schlange, die nichts mehr und nichts weniger war als eine Paraguda – ein Biß, und man dreht sich elf Sekunden wie ein Riesenrad im Kreis, und dann ist man mausetot.

«Beim Himmelsgeborenen», sagte der Schwarze, «ich wäre ein Mann des Todes gewesen, und mein mutwilliger kleiner Junge hier, der mein Stolz und meine Freude ist, hätte zerstükkelt im Korb liegen müssen, bis die Diener des Sahibs geruht hätten, ihn den Krokodilen vorzuwerfen. Der Sahib möge über uns verfügen – über unser unwürdiges Leben, unseren spärlichen Besitz, über alles.»

«Schon gut», sagte Henry. «Ich verlange weiter nichts, als daß du mir diesen Seiltrick zeigst, denn sonst werde ich von nun an ausgelacht.»

«Dürfte ich dem Sahib nicht lieber das Geheimnis eines unübertrefflichen Haarwuchsmittels verraten?» fragte der Mann schüchtern.

«Nein, nein», erwiderte Henry. «Nur den Trick.»

«Ich besitze das Geheimnis eines ganz besonderen Stärkungsmittels», sagte der Schwarze, «das der Sahib (natürlich nicht jetzt, sondern in späteren Jahren) vielleicht . . .»

«Den Trick», sagte Henry, «und zwar auf der Stelle.»

«Also gut», sagte der Schwarze. «Es ist die einfachste Sache der Welt. Ihr braucht nur ein kleines Kunststück zu machen, seht Ihr – so . . .»

«Einen Moment», sagte Henry. «So?»

«Genau», sagte der Schwarze. «Dann werft Ihr das Seil hoch – so. Seht Ihr? Es bleibt stehen.»

«In der Tat», sagte Henry.

«Jeder Junge kann daran hochklettern», sagte der Schwarze. «Los, Junge! Zeig es dem Sahib.»

Der Junge kletterte lächelnd hinauf und verschwand.

«Jetzt», sagte der Schwarze, «muß ich den Sahib bitten, mich einen Augenblick zu entschuldigen. Ich bin gleich wieder da.» Und er kletterte selbst hinauf, warf den Jungen stückweise herunter und kam in Windeseile wieder zur Erde gerutscht.

«Jeder Mensch kann das», erklärte er, während er Arme und Beine einsammelte. «Aber das, was ich an diesem Punkt mache, verlangt einen kleinen Kniff. Wenn der Sahib geruhen würde, genau zuzusehen – so!»

«So?» fragte Henry.

«Geradezu meisterhaft», sagte der Schwarze.

«Sehr interessant», sagte Henry. «Sag mal, was ist denn da oben, wo das Seil zu Ende ist?»

«Ah, Sahib», sagte der Schwarze lächelnd, «da ist etwas wahrhaft Entzückendes.»

Damit machte er seinen Selam und entfernte sich unter Mitnahme des Seils, des riesengroßen Korbes, des erschrecklichen Krummschwertes und des mutwilligen kleinen Jungen. Henry blieb etwas verdrießlich zurück: vom Dekkan-Hochland bis zum Khyber-Paß kannte man ihn als den Mann, der über den indischen Seiltrick lachte, und nun hatte er nichts mehr zu lachen.

Er beschloß, darüber Stillschweigen zu bewahren, aber leider genügte das nicht. Beim Gabelfrühstück und *Chota Peg*, im Klub und auf der Promenade, im Basar und beim Polo erwartete man sein wieherndes Lachen, und in Indien muß man tun, was von einem erwartet wird. Henry wurde äußerst unpopulär, intrigante Cliquen bildeten sich, und bald wurde er aus dem Staatsdienst entlassen.

Das war um so betrüblicher, als er inzwischen geheiratet hatte, eine hochgewachsene, kräftig gebaute, gepflegte Frau mit festem Blick und etwas herrischem Auftreten; sie war eifersüchtig wie eine Hexe, aber in jeder Hinsicht eine vollkommene Memsahib, die sehr wohl wußte, was ihr zustand. Sie schlug Henry vor, nach Amerika zu gehen und dort ein Vermögen zu machen. Er war einverstanden, sie schnürten ihr Bündel und machten sich auf die Reise nach Amerika.

«Hoffentlich», sagte Henry, als die Skyline von New York in Sicht kam, «hoffentlich gelingt es mir, dieses Vermögen zu machen.»

«Natürlich», sagte sie. «Du mußt nur darauf bestehen.»

«Gewiß, meine Liebe», sagte er.

Nach der Landung mußte er jedoch entdecken, daß alle Vermögen schon von anderen gemacht waren – eine allgemeine Erfahrung unter denjenigen, die mit diesem Vorhaben nach Amerika kommen –, und nachdem er ein paar Wochen von Ort zu Ort gewandert war, hatte er seine Forderungen so weit herabgeschraubt, daß er mit irgendeiner Stellung zufrieden gewesen wäre, dann mit einer schlechtbezahlten Stellung und schließlich mit einer Mahlzeit und einem Bett für die Nacht.

Dieser Tiefpunkt war erreicht, als sie in einer kleinen Stadt im Mittelwesten ankamen. «Es hilft alles nichts, meine Liebe», sagte Henry. «Wir werden es mit dem indischen Seiltrick versuchen müssen.»

Seine Frau weinte laut und bitterlich bei dem Gedanken, daß eine Memsahib dieses Eingeborenenkunststück in einer Stadt des Mittelwestens vor einem Publikum von Mittelwestlern vorführen solle. Sie warf ihm vor, daß er seinen guten Posten verloren habe und überhaupt kein richtiger Mann sei, daß nur durch seine Schuld ihr Hündchen auf dem Korso überfahren worden sei und daß er in Bombay einem Parsenmädchen einen Blick zugeworfen habe. Aber Vernunft und Hunger obsiegten schließlich; sie verpfändeten ihre letzten Juwelen und investierten den Erlös in einem Seil, einer geräumigen Reisetasche und einem kolossalen, verrosteten alten Krummschwert, das sie in einem Trödelladen entdeckten.

Als Henrys Gemahlin das letztere sah, weigerte sie sich rundheraus weiter mitzumachen, es sei denn, daß Henry ihr die Hauptrolle überließe und selbst den Gehilfen spielte. «Aber», sagte Henry, während er mit ängstlichem Daumen über die stumpfe, schartige Schneide des grimmigen, rostigen Schwertes fuhr. «Aber», sagte er, «du kannst ja den Hokuspokus nicht.»

«Den wirst du mir beibringen», sagte er, «und wenn irgend etwas schiefgeht, hast du es dir selbst zuzuschreiben.»

Henry zeigte ihr also den Hokuspokus, und ich brauche wohl nicht zu versichern, daß er sie sehr gründlich instruierte. Schließlich beherrschte sie alles perfekt, und nun brauchten sie sich nur noch mit Kaffee braun zu färben. Henry improvisierte für sich einen Turban und ein Lendentuch, während sie einen Sari trug, dazu zwei Aschenbecher, die sie vom Hotel ausgeborgt hatten. Sie suchten sich ein unbebautes Grundstück, eine Menge sammelte sich, und die Vorstellung begann.

Das Seil wurde in die Luft geworfen und blieb selbstverständlich stehen. In der Menge erhob sich Gekicher, und man flüsterte einander zu, das alles werde mit Spiegeln gemacht. Henry kletterte unter erheblichem Gepuste Hand über Hand hinauf. Als er oben ankam, vergaß er die Menge, die Vorführung, seine Frau und sogar sich selbst, so überrascht und entzückt war er von dem Anblick, der sich ihm bot.

Er kroch aus einem brunnenähnlichen Schacht auf anscheinend festen Grund und Boden und befand sich in einer Umgebung, die mit der Landschaft unter ihm keinerlei Ähnlichkeit hatte, nämlich in einem indischen Paradies mit lauschigen Mulden, schattigen Lauben, scharlachfarbenen Ibissen und weiß der Himmel, was noch. Aber seine Überraschung und sein Entzücken galten weniger dieser Szenerie als einem jungen weiblichen Wesen in der nächststehenden Laube, die über und über von Passionsblumen umrankt, überdacht, umflochten und überwachsen war. Dieses sehr leicht bekleidete, bezaubernde Geschöpf, zweifellos eine echte Huri, schien Henry zu erwarten und hieß ihn voller Freude willkommen.

Henry – immerhin eine zärtliche Natur – schlang die Arme um ihren Hals und blickte ihr tief in die Augen, die er überraschend beredt fand. Sie schienen zu sagen: «Warum nicht die Feste feiern, wie sie fallen?»

Dieser Vorschlag eröffnete überaus angenehme Aussichten, und so drückte er denn einen langen Kuß auf ihre Lippen, wobei das Geschrei seiner Frau, die von unten nach ihm rief, nur als nicht weiter beachtenswerte Störung undeutlich in sein Bewußtsein drang. «Wie kann man, wenn man nur einen Funken Takt und Delikatesse besitzt, in einem solchen Augenblick so ein Geschrei machen!» dachte er, und dann vergaß er sie.

Man kann sich seine Enttäuschung vorstellen, als das herrliche Frauenbild ihn plötzlich von sich stieß. Er blickte über die Schulter und sah seine Frau, die mit gerötetem Gesicht und dämonischer Wut in den Augen über den Rand kletterte, das mächtige Krummschwert fest zwischen den Zähnen.

Henry wollte sich erheben, aber sie kam ihm zuvor. Er hatte kaum den linken Fuß auf dem Boden, da versetzte sie ihm mit dem riesigen, schartigen Schwert einen Hieb über die Lenden, der ihn soweit lähmte, daß er ihr bäuchlings zu Füßen fiel. «Um Himmels willen», schrie er, «das ist doch alles nur ein Trick. Das gehört zur Nummer. Es bedeutet nichts. Denk an unser Publikum. Die Vorstellung muß weitergehen.»

«Das wird sie», sagte sie und schlug nach seinen Armen und Beinen.

«Oh, dieses stumpfe Schwert!» schrie er. «Bitte, meine Liebe, tu mir den Gefallen und schärfe es ein bißchen an einem Stein.»

«Für dich, du Giftnatter, ist es gut genug», sagte sie, unentwegt weiterhackend. Binnen kurzem war Henry ein arm- und beinloser Rumpf.

«Bei der Liebe Gottes», sagte er, «ich hoffe nur, daß du den Hokuspokus noch weißt. Ich kann dir dann alles erklären.»

«Zum Teufel mit dem Hokuspokus!» erwiderte sie mit einem letzten kräftigen Hieb: sein Kopf rollte wie ein Fußball am Boden.

Sie machte sich hurtig daran, die verstreuten Teile des armen Henry einzusammeln und zur Erde hinunterzuwerfen, alles unter dem Beifall und Gelächter der Menge, die mehr denn je der Überzeugung war, daß alles mit Spiegeln gemacht werde.

Dann nahm sie das Krummschwert zwischen die Zähne und wollte hinunterrutschen, nicht in der weichherzigen Absicht, ihren unseligen Gatten wieder zusammenzusetzen, sondern vielmehr um die umfangreicheren Stücke noch weiter zu zerhacken. Da aber merkte sie, daß jemand hinter ihr stand, und als sie sich umsah, gewahrte sie einen göttlichen jungen Mann, vornehm wie ein Maharadscha von der höchsten Kaste und schön wie Valentino, dessen Blick ihr zu sagen schien: «Besser auf dem Lager der Lust verbrennen als auf dem elektrischen Stuhl.»

Dieser Gedanke war von unwiderstehlicher Überzeugungskraft. Sie nahm sich nur Zeit, den Kopf durch die Öffnung zu stecken und zu rufen: «Siehst du, so geht es einem Dreckskerl, der seine Frau mit einer Eingeborenen betrügt!» Dann holte sie das Seil ein und begann mit ihrem Buhlen zu plaudern.

Nach einer Weile erschien die Polizei auf dem Schauplatz. Von oben war nichts zu hören außer einem leisen Gurren wie von unsichtbaren Tauben im Liebesflug. Unten im Staub lagen Henrys verschiedene Körperteile, auf denen sich schon die Schmeißfliegen niederließen.

Alle Leute erklärten, das Ganze sei weiter nichts als ein Trick, der mit Spiegeln gemacht werde.

«Nach dem, was ich hier sehe», sagte der Wachtmeister, «muß der größte Spiegel direkt auf ihm zertrümmert worden sein.»

Der Paradiesgarten

«Wenn man eine geistig Zehnjährige heiratet, ist man zum Schluß der Hausknecht dieser verdammten Arche Noah.» Diese bittere Erkenntnis teilte Mr. Jensen brummend dem Tukan mit, dessen Käfig er mißmutig reinigte. Er stieß den großschnabeligen Vogel sogar unsanft mit dem Kratzeisen beiseite, um den Schmutz von der Stange kratzen zu können.

Hier, in dem *patio*, der eigentlich keiner war, standen noch mehr Käfige von jeder Form und Größe. Sie alle – der warme Wind verriet es ihm – bedurften der Reinigung. Sonst – kein Bier!

Als Mr. Jensen um die Hand der Dame anhielt, die sich des von ihm geschilderten jugendlichen Geistes erfreute, hatte er vertrauensvoll in seine finanzielle Zukunft geblickt. Die Einstellung kleiner Mädchen zu ihren Pennies war seiner Aufmerksamkeit gänzlich entgangen. Man könnte daraus schließen, daß ihre Ehe im geistigen Sinne keine schlechte Verbindung zwischen Mai und Dezember war. Im Hinblick auf den Intelligenzquotienten sollte man allerdings lieber von einer März-April-Ehe sprechen, obwohl sie zeitlich gesehen eine reife September-Verbindung war.

Der Grundstücksmakler hatte das, was Mr. Jensen als Arche Noah bezeichnete, einen spanischen Bungalow genannt. Eine zwar nicht sehr differenzierte, aber auch nicht ganz unzutreffende Bezeichnung. Das Haus war einer von vielen Nachzüglern dieser Bauart, die gleich einer Pegelstandlinie zwischen Sumpf und Meer über einen preiswerten Küstenstreifen im mittleren Florida verstreut waren. Sie hätten architektonisch mit wenigen Landschaften harmoniert, aber hierher paßten sie recht gut. Sowohl die Landschaft als die Bungalows täuschten Reize vor, die sich alsbald spurlos verflüchtigten, so daß man nicht sagen konnte, was einen daran bestochen hatte. Als diese Siedlung vor Jahren ausgedacht, zusammengehauen und im Nu ausverkauft worden war, hatte das Ehepaar Jensen, das bleich und blinzelnd aus dem Norden kam und sich geblendet im Glitzerglanz von Sonne und See umsah, sie höchst malerisch gefunden. Aber bald nachdem Myra ihren Namen auf die punktierte Zeile des Vertrages gesetzt hatte, war in Mr. Jensen das dunkle Gefühl erwacht, daß er – obwohl keineswegs Künstler – es besser gemacht hätte. Wahrscheinlich hätte er, einige Geschicklichkeit vorausgesetzt, es ganz genauso gemacht. Alles war in diesen Pastellfarben ausgeführt, die gleichzeitig augenfällig und unglaubhaft wirken: langgestreckte, verschwommene Horizontalstreifen von Blau, Gelb und Rosa, hier und da angenagt von leicht hingesetzten Fächerpalmen und belebt von allzu simplen Pelikanen, eine hübsche Nuance, die aber bald ihren Reiz verliert.

Als diese leichtgebauten, undichten Spielzeugschachteln aufgestellt waren, hatte man jedes der knapp bemessenen Grundstücke mit drei Kokospalmen und einer Bougainvillea bepflanzt. Das sollte dem Ganzen einen gewissen Glanz verleihen – ein Ziel, das leider nicht erreicht worden war. Nach zehn Jahren sah die Strandkolonie billiger aus denn je, und noch betrüblicher war, daß sie durchaus nicht mehr billig war. Auf der lauen Welle von Myras kleinem festem Einkommen waren die Jensens hier angespült worden, und jetzt, nachdem dieses weiche Polster unter ihnen zusammengesunken war, befanden sie sich in der Lage gestrandeter Quallen: das Hierbleiben war unangenehm und das Weggehen unmöglich.

Mr. Jensen sehnte sich verzweifelt danach, wegzugehen. Er sehnte sich nach Brooklyn. Heimweh hat die merkwürdige Eigenschaft, daß es um so heftiger und quälender auftritt, je weniger ansprechend sein Gegenstand ist. Mr. Jensen äußerte häufig den Wunsch nach einer richtigen Kneipe und einem anständigen Delikateßladen, aber das Geheul in seinem Innern und der physische Schmerz in seiner Brust wurden eher durch Gedanken an die rußigen Winde vom Hudson und den gefrorenen Auswurf auf den Gehsteigen heraufbeschworen.

Manchmal hatte er eine ganz bestimmte Geruchshalluzination; er glaubte wieder den behaglichen Dunst des schwedischen Einzimmer-Apartmenthauses zu riechen, in dem er Portier, Fahrstuhlführer und Hauswart und außerdem der einzige Schwede gewesen war. Dort war Myra – die junge Witwe eines Bauunternehmers, der mehr oder weniger in der Jugendblüte dahingerafft worden war, ehe er das Nachkriegsschäfchen der Bauunternehmer ins trockene bringen konnte – mit ihrem kleinen festen Einkommen eingezogen, und dort und eben deswegen hatte Mr. Jensen sie umworben, gewonnen und geheiratet. Jetzt hatte diese warmherzige Frau – möglicherweise in Ermangelung anderer Leidenschaften – eine Leidenschaft für Haustiere gefaßt.

«Erst ein Haufen stinkiger Tiere! Dann ein Haufen krächzender Vögel. Und jetzt küßt sie, weiß Gott, Schildkröten ab!»

Tatsächlich: Mrs. Jensen lag, nachdem sie ihre äußerst leichten Haushaltspflichten auf später verschoben hatte, auf der Terrasse in einem Liegestuhl, nur mit einem humoristisch-spannungsreichen Luftanzug bekleidet, und liebkoste die Bollwerke und Bastionen des neuerworbenen Reptils, das den Kopf scheu in seinen Panzer eingezogen hatte. Es war das Pech dieser treuherzigen Dame, daß all ihre Haustiere, angefangen mit Mr. Jensen selbst, ihren Liebesbeweisen nicht recht gewachsen schienen: alle wandten sich ab oder zogen den Kopf ein und landeten schließlich in der Sammlung brüchiger Käfige im *patio*.

«Wie eine Besessene!» sagte Mr. Jensen. «Wie eine Rauschgiftsüchtige! Immer weiter abwärts. Man kann nur sagen: sie will es ja nicht anders haben.»

Der Tukan konnte das nicht sagen. Gemäß den begrenzten Möglichkeiten seiner Art konnte er überhaupt nichts sagen. Zweifellos hatte er so seine Gedanken, aber niemand weiß, woran ein Tukan denkt, außer vielleicht im April und Mai. Allerdings liegt die Vermutung nahe, daß dieser Tukan nicht viel von Mr. Jensen hielt. Hätte er die Beredsamkeit eines Papageis, die Weisheit einer Eule und den Blick eines Adlers besessen und wäre er den Zornesflammen über den Stoß mit dem Kratzeisen ebenso herrlich entstiegen wie der Phönix der Asche, so könnte man sich durchaus vorstellen, daß er folgendermaßen gesprochen hätte:

«Schluß mit der moralischen Entrüstung, Jensen! Du willst dich nur in etwas hinsteigern. Du willst dir ja nur Mut machen für eine Tat, die weit über deine Fähigkeiten geht. Ich rate dir: *tu's nicht*! Wirf dieses Stück Zeitungspapier mit der kleinen

Anzeige weg! Gib deinen gefährlichen Traum auf! Rede mir nicht von Freiheit! Freiheit, mein Freund, gibt es nur für die Vögel. Sieh sie dir an! Siehst du ihre Flügel? Und wo sind deine Flügel? Na also – ich hab mir's gedacht. Mehr brauche ich dazu wohl nicht zu sagen.

Aber etwas will ich dir doch sagen: du bist in keiner Weise ausgerüstet für das abscheuliche Unternehmen, das du im Sinne hast. Dein Gehirn ist träge, deine Nerven sind verbraucht, deine Urteilskraft ist armselig, du bist jämmerlich verfettet, und dein Cholesterin-Spiegel ist bedrohlich hoch. Bedenke – und das wiegt noch schwerer! – die nachtschwarze Finsternis, die unermeßliche Tiefe deiner Unwissenheit! Sieh dich um, und du wirst ein grenzenloses Panorama von Dingen gewahren, die du nicht kennst. Das eine oder andere davon kann für deinen Erfolg oder Mißerfolg ausschlaggebend sein. Dir ist fast alles unbekannt, was ich mir denken kann, sogar im April und Mai. Du bestreitest das letztere? Nun, fragen wir Mrs. Jensen.

Wenden wir uns konkreten Beispielen zu. Du kennst deine Reptilien nicht. Gerade hast du eine gewöhnliche Landschildkröte mit einer Seeschildkröte verwechselt. Du hast völlig verkehrte Wertmaßstäbe: du scheinst anzunehmen, daß dieses Reptil *qua* Reptil ein niederes Tier wäre. Zwar hat es wie du keine Federn, aber du vergißt, daß es wie ich Eier legen kann. Natürlich kannst du in letzterer Beziehung etwas tun, wenn du auf deinem tollkühnen Vorhaben bestehst, aber nur im bildlichen Sinne, und es wird weder dein Ansehen noch dein Wohlbefinden erhöhen. Und apropos Wohlbefinden: die Bedienung hier läßt in manchen Dingen . . .»

Aber wir brauchen diesen rein hypothetischen Diskurs des Tukans nicht weiter zu verfolgen, denn da ihm die notwendigen Vorbedingungen fehlten, sagte er kein Wort. Das ist sehr bedauerlich, denn höchstwahrscheinlich wäre ein offenes Wort etwa in dem angedeuteten Sinne von erheblicher Bedeutung für Mr. Jensen gewesen.

Statt dessen sprang leider der Wind um ein bis zwei Grad nach Südwesten um, und Mr. Jensen wurde vom heißen Atem des Großen Zypressensumpfes getroffen, eines Bezirkes, der sowohl im wörtlichen als auch im moralischen Sinne in üblem Geruch steht, in einem Geruch nach Morast und Schlangen, nach Finsternis und Fäulnis! Mr. Jensen war nicht der erste Mensch und die Strandkolonie nicht das erste Paradies, die diesem tückischen Einfluß ausgesetzt waren.

Auf der Stelle überfiel ihn – stechend wie Zahnschmerzen – eine Vision von Schlackerschnee und Wolkenkratzern. Das unwirkliche Bild einer wirklichen Kneipe stieg vor ihm auf. Er hob den Blick zu den Höhen dunkel-kühler Miethäuser, in denen der Hauswart befugt war, auf dem Verbot von Haustieren zu bestehen.

Nicht einmal tropische Fische?

Nicht einmal tropische Fische!

Im nächsten Augenblick war die Fata Morgana verblaßt, und sie hinterließ – nach Art verblassender Fata Morganas – ihr Opfer noch trostloser, noch verzweifelter und durstiger als zuvor. Der Große Zypressensumpf wirkte indirekt, und das war genau programmgemäß. Der Große Zypressensumpf blies Mr. Jensen durch seinen pestilenzialischen Boten keine weitschweifigen Anpreisungen in die Ohren; er sagte nichts davon, wie würdig, wie bequem, wie unabhängig ein alleinstehender Schwede, wohlversehen mit dem besten Bier und den leckersten Delikatessen, leben könnte, der außer einem ihm allein gehörenden kleinen festen Einkommen das Gehalt eines Portiers, Fahrstuhlführers und Hauswarts zu verzehren hätte. Dergleichen überläßt der Große Zypressensumpf dem Individuum, und das läßt ihn nie im Stich. Der Große Zypressensumpf hat eine und nur eine Botschaft für die Menschheit. Er sagt so leise wie ein Souffleur: «Verdammter Mist!»

«Verdammter Mist!» sagte Mr. Jensen; er richtete sich auf, ließ das Kratzeisen zwischen dem Abgekratzten liegen und trottete zu seiner im Liegestuhl liegenden Frau hinüber. Sie spähte sehnsüchtig unter den Schild der Schildkröte, die sich reserviert verhielt und nicht geneigt schien, herauszukommen und zu spielen.

«In der Tierhandlung sagten sie doch, Schildkröten seien zutraulich», klagte sie. «Diese kommt mir etwas egozentrisch vor.»

«Ich habe dir abgeraten, diese blöde Schildkröte zu kaufen», erwiderte der Gatte. «Du fällst auf alles rein, was diese Burschen dir aufschwatzen. Ich will dir was sagen, Myra. Ich habe nachgedacht. Weißt du was, mein Schatz? Du solltest dir eine Schlange anschaffen.»

«Noch einen Kaltblüter!» widersprach Mrs. Jensen. «Nein, ich glaube, diese Kaltblüter gewinnen einen nie richtig lieb. Sieh dir dieses Tier an! Es hat sich einfach verkrochen.»

«Man kann nicht alles nach einer Schildkröte beurteilen», sagte Mr. Jensen. «Wie kann eine Schlange sich verkriechen? Wohin sollte sie? Und auch wenn sie könnte, würde sie nicht wollen. Schlangen sind zutrauliche Tiere. An einer richtigen Schlange hast du einen richtigen Freund.»

«Die meisten Leute finden schon den Anblick einer Schlange abscheulich», sagte Mrs. Jensen, aber in ihrem Ton schwang ein wenig Mitgefühl für die getretene Kreatur.

«Das ist ein Vorurteil», sagte Mr. Jensen. «Im übrigen denken nicht alle so. Wer Schlangen persönlich kennt, denkt ganz anders. Weißt du nicht mehr die Nummer im ‹Tampa›, die du nicht sehen wolltest? Der *Schlangentanz-Striptease*? Wo die Schlangen sich um die Dame ringelten? Es war auf dem Plakat abgebildet.»

«Was fressen sie eigentlich, Hermie?» fragte seine Frau; sie setzte die Schildkröte auf die Erde, und die blieb da sitzen, als wartete sie darauf, daß ihr ein Henkel wüchse und man sie forttrüge.

«Zum Beispiel Eier», sagte Mr. Jensen. «Wenn es Essenszeit ist, braucht man nur zu pfeifen, dann richten sie sich auf und machen ‹Bitte-bitte›. Manche Arten fressen Kaninchen, aber das sind die großen. Was du brauchst, ist eine niedliche *kleine* Schlange.»

«Die könnte ich bei mir tragen», sagte Mrs. Jensen unschlüssig.

«Natürlich», bestätigte ihr Mann. «Vorn unter der Bluse – da trägt man sie nämlich –, und sie könnte herausgucken. Wär doch schick!»

«Ach, ich glaube, ich möchte doch keine Schlange», sagte Mrs. Jensen, nachdem sie sich hin und her gedreht hatte, als probierte sie in Gedanken eine Schlange an.

«Na, schön!» sagte Mr. Jensen. «Ganz wie du willst. Dann kriegst du eben keine! Schluß mit der Schlange! Kommt nicht in Frage. Erledigt. Ich will dir keine Schlange einreden, mein

Schatz – versteh mich nicht falsch! Du weißt ja, ich sage immer, daß wir hier schon einen viel zu großen Zoo haben. Nur weil du über diese nutzlose, langweilige Schildkröte so enttäuscht warst . . . Also reden wir nicht mehr davon. Zum Teufel mit der Schlange! Mag sie geschlachtet und abgehäutet werden, vielleicht kann man ein Paar Schuhe für einen Zwerg daraus machen.»

«Du meinst eine bestimmte?» fragte Mrs. Jensen.

«Selbstverständlich», versicherte er. «Ein Tierhändler aus Miami hat mir davon erzählt. Er ist mit dieser Schlange sitzengeblieben und weiß jetzt nicht, was er machen soll!»

«Und er will sie loswerden?»

«Na ja, du weißt doch, wie der Eierpreis gestiegen ist», sagte Mr. Jensen.

«Vielleicht würde er sie verschenken, an zuverlässige Leute?»

«Eine Schlangenhaut ist ihr Geld wert», sagte Mr. Jensen. «Der Mann will ja auch leben. Trotzdem, er sagte, er bringt es kaum übers Herz, sie zu töten. Sie ist so verdammt anhänglich, sagt er, sie hat richtige Hundeaugen.»

«Na ja, ich weiß nicht», sagte Mrs. Jensen.

«Bei Schlangen dauert der Todeskampf einen ganzen Tag», fuhr ihr Mann fort.

«Sind Schlangen sehr teuer?» fragte Mrs. Jensen nach einer Pause.

«Er hat zwanzig gesagt», antwortete ihr Mann, «aber ich könnte mir denken, daß er sie mir billiger läßt. Was meinst du, Schatz? Soll ich sie dir kaufen, als Überraschung?»

«Na, *so* überraschend ist es nun nicht mehr», sagte sie.

«Nein, aber ich würde sie dir in einer Schachtel überreichen, in Geschenkpackung. Na? Zu unserem Hochzeitstag. Gib mir einen Zwanziger, und ich gehe gleich nach dem Essen hin. Vielleicht kriege ich sie für zehn; vielleicht sogar für fünf.»

«Ich komme mit», sagte Mrs. Jensen, aber er schüttelte den Kopf.

«Das eben hast du bei der Schildkröte falsch gemacht», erklärte er. «Für sie bist du mit der Tierhandlung verknüpft, wo sie so unglücklich war. Sieh sie dir an – ganz in sich gekehrt! Wie die Dame in diesem Film, die nur ein bißchen Liebe und

Zärtlichkeit brauchte. Weißt du, wenn ich eine Schlange wäre, würde mir's schon gefallen, in eine Schachtel gepackt zu werden und nicht zu wissen, wohin ich komme, und mich dann von jemand wie dir, Myra, auspacken zu lassen, in einem hübschen stillen Zimmer bei geschlossener Tür. Dann würde ich wissen, daß nun ein anderes Leben anfängt.»

«Ich werde ein Ei für sie bereithalten», sagte Mrs. Jensen. «Sie wird es doch wohl roh fressen?

«Ich bringe eine Gebrauchsanweisung mit», sagte ihr Mann. «Sieh zu, daß das Essen auf den Tisch kommt, und sobald wir gegessen haben, werde ich gehen.»

Ein guter Ehemann ist stets eifrig bemüht, die kleinen Launen seiner Frau zu befriedigen, und so machte Mr. Jensen sich mit dem letzten Bissen im Mund auf den Weg; er kaute noch, als er auf die Küstenstraße hinausfuhr. Allerdings folgte er diesem breiten, bequemen Weg nicht bis Miami, sondern bog bald in eine landeinwärts führende, schmälere Straße ein, die wie ein Bach in der Richtung zur Quelle zunehmend schmäler wurde, je tiefer er in die breit, leer und trügerisch lächelnde Landschaft nördlich der Everglades vordrang. Er suchte nach einem Dorf namens Melodie. Dieses kleine Nest liegt so versteckt, daß es kaum zu finden ist, und Mr. Jensen fuhr zwei- bis dreimal daran vorbei, bis er merkte, daß es wirklich existierte. Schließlich sah er eine Anzahl Briefkästen am Anfang eines Sandstreifens, den man unter Umständen als Weg bezeichnen konnte. Die Briefkästen waren verschieden hoch angebracht und sahen ein bißchen wie Musiknoten aus, und wenn ein musikalischer Wanderer die paar Takte, die sie darstellten, andeutungsweise gepfiffen hätte, so wäre fraglos die lockende Lieblichkeit des Ortes, für den sie standen, wie der Zauber eines hübschen Mädchens in den Tönen zum Ausdruck gekommen. Mr. Jensen war nicht musikalisch, aber die Briefkästen besaßen dennoch für ihn eine starke Ausdruckskraft.

Zum Beispiel zeigten sie an, daß das gesuchte Dorf irgendwo an diesem Sandweg liegen mußte, denn wo sollte es sonst liegen? Außerdem waren sie von einer rustikalen Schlichtheit, die ihn in der Hoffnung bestärkte, daß er seine Schlange vielleicht für fünf Dollar kriegen würde. Er parkte den Wagen am Rande der Autostraße, ging aufs Geratewohl den Pfad entlang und wurde bald durch den Anblick einiger bescheidener Dächer belohnt. Sie befanden sich in geringer Entfernung jenseits eines Baches, über den etwas führte, was ganz offensichtlich eine Brücke war, die an der einen Seite sogar so etwas wie ein Geländer hatte. Dieses Geländer mußte zum Teil stabiler sein, als es aussah, denn daran lehnte ein Junge von etwa dreizehn Jahren, allerdings ziemlich klein für sein Alter, aber darauf kam es ja nicht an.

Über der Brücke schwärmten zahlreiche Moskitos von der schwarzen Sorte, die bei Tage auf Jagd geht – ein interessantes Charakteristikum jener Gegend. Mr. Jensen bemerkte sie zunächst nicht, aber sie bemerkten ihn und zögerten nicht, sich mit ihm bekannt zu machen.

«Heißt dieser Ort Melodie?» fragte Mr. Jensen. «Wo wohnt denn dieser Schlangenmensch, der in der Zeitung annonciert hat?»

Der kleine Junge musterte Mr. Jensen durch Brillengläser, die runder und ablehnender wirkten als eine gewöhnliche Brille. «Herpetologe», sagte er.

«Hör zu, Kleiner», sagte Mr. Jensen, «sollte ich mal wieder Gürtelrose kriegen, werde ich mich nicht zur Behandlung in diesen Schlauch von Wald begeben, das kannst du mir glauben! Ich suche den Mann, der diese Anzeige aufgegeben hat.» Damit zog er ein Stück Zeitungspapier heraus, und die Moskitos nützten den Augenblick, wo er die Hand in der Tasche hatte, nach Kräften aus. «Herrgott noch mal!» rief Mr. Jensen, sich schnell hintereinander auf Hals und Stirn schlagend.

«Eidelpfeffer, Herpetologe», sagte der Junge. «Das bin ich.»

«Du?» sagte Mr. Jensen mit einem überraschten Ausdruck, der zuweilen wenig schmeichelhaft wirkt und in diesem Fall auch so gemeint war.

«Belieferung von Naturforschern, Tierhandlungen, Museen und Kliniken», zitiert der Kleine, ohne den ihm bekannten Text eines Blickes zu würdigen. *«Lebende Reptilien für wissenschaftliche Zwecke. Seltene Exemplare für Sammler*. Wollen Sie was kaufen?»

«Vielleicht», sagte Mr. Jensen. «Siehst du, mein Sohn, ich bin so was wie ein Professor da oben im Norden. Meine Experimente sind von großer Bedeutung für die Rettung der Menschheit. Ich habe den weiten Weg nicht gescheut, weil ich eine erstklassige, hochwirksame Giftschlange brauche. Eine, die richtig zubeißt.»

«Soso, Professor sind Sie», sagte der Kleine, der, wie Mr. Jensen jetzt merkte, zwar äußerlich jünger, seinem Wesen nach aber älter als seine Jahre wirkte. Mr. Jensen fand das irgendwie abstoßend, genau wie die Mädchenhaftigkeit seiner Frau; vielleicht war er in bezug auf das geistige Alter schwer zufriedenzustellen.

«Na ja, was haben wir denn da?» fuhr der Dorf-Herpetologe fort. «Crotalus? Crotalus adamanteus? Horridus? Oder vielleicht Ancistrodon?»

«Nicht so was Ausgefallenes», sagte Mr. Jensen. «Ich brauche einfach eine anständige amerikanische Schlange, wie man sie im eigenen Garten finden würde.»

«Das wären Klapper- und Mokassinschlangen, Herr Professor», sagte der Junge, Mr. Jensen mit einem sehr aggressiven, gleichsam wissenschaftlich überlegenen Ausdruck musternd. «Ich nannte eben die lateinischen Namen, Herr Professor.»

Zum Glück veranlaßte ein Moskito gerade in diesem Augenblick Mr. Jensen zu einem Schlag an die Stirn, mit dem er nicht nur seinem Ärger Luft machen, sondern sich auch als zerstreuter Gelehrter tarnen konnte, dem vorübergehend sein Latein entfallen ist. «Aber natürlich! Klar! Ganz klar!» rief er. «Wo habe ich nur meine Gedanken! Ist ja kein Wunder bei diesen verflixten Moskitos! Nein, mein Junge, eine Klapperschlange ist für mich ganz uninteressant. Ich will ein bißchen was Besonderes; klein und niedlich und doch schneidig.»

Der Junge dachte ein Weilchen nach. «Na ja, Herr Professor», sagte er endlich, «was meinen Sie denn zu Tyrannosaurus Rex?»

«Ich bin hier, um eine Schlange zu kaufen», rief Mr. Jensen, «nicht um mir gelehrtes Geschwafel anzuhören. Wenn du etwas hast, wie ich es haben will, dann wollen wir zur Sache kommen, wenn nicht, dann sag's, und laß mich nicht hier rumstehen, wo ich aufgefressen werde.»

«Ich weiß schon, was Sie wollen», sagte der Junge. «Eine Korallenschlange.»

«Wie groß ist die?»

«Ungefähr fünfzig Zentimeter.»

«Und ist sie sehr giftig?»

«Kann man wohl sagen.»

«Sieht sie hübsch aus?»

«Rot-schwarz-gelb geringelt. Ähnlich wie die Milchschlange, und die sieht so hübsch aus wie keine andere. Hier, sehen Sie mal.» Er fischte aus der Hüfttasche seiner Jeans ein dünnes Handbuch und zeigte Mr. Jensen ein schönes buntes Bild von dem geringelten Reptil. «Lesen Sie, was da steht», sagte er. «Tödlichstes Gift in ganz Nord- und Südamerika. Verwandt mit dem der Kobra.»

«Das ist das richtige», sagte Mr. Jensen hocherfreut.

«Wofür brauchen Sie sie denn?» fragte der Junge.

Es gibt kaum eine ärgerlichere Kombination als Moskitos und unbequeme Fragen. «Es ist unerhört», sagte Mr. Jensen, «daß Anzeigen von Kindern überhaupt angenommen werden. Unser Land braucht seine Wissenschaftler, und ich vergeude meine Zeit mit dieser weiten Reise, und hier muß ich mich mit einem bebrillten, neugierigen Lümmel unterhalten, der eine Schlange nicht von einem Bandwurm unterscheiden kann. Behalt deine Schlange, du Fratz, und ich behalte meine streng geheimen Informationen und meinen Zaster.» Damit wandte er sich zum Gehen.

Er kam jedoch nicht sehr weit. Als er, das Bild der Schlange mit ihren hübschen Farben und ihrer sonstigen Ausrüstung noch deutlich vor Augen, sich darüber klar wurde, daß er keine Ahnung hatte, wo sonst er etwas Derartiges herbekommen könnte, schluckte er seinen Groll herunter und kehrte um.

«Hör zu, Freundchen», sagte er, «reden wir mal geschäftlich. Was willst du dafür haben? So ein Schlängelchen kann ja nicht so teuer sein. Drei Dollar? Vier? Bei uns schwimmen die Wissenschaftler nämlich nicht so im Geld wie bei den Roten, wir können nicht so damit rumschmeißen, mein Junge. Mein Gott, wenn ich in deinem Alter vier Dollar für mich gehabt hätte, ich wäre mir wie sonst was vorgekommen!» Mr. Jensen schenkte dem Jungen völlig kosten- und, wie sich erwies, auch bedingungslos – ein breites, warmes, herzliches Lächeln, sozusagen von Mann zu Mann. «Also – vier Dollar?»

Aber ach, der undankbare Knabe war zäher als die Schlangen, mit denen er handelte. Er richtete seine abweisenden, runden Brillengläser auf Mr. Jensen, und trotz ihrer kühlen Objektivität schienen diese Linsen bis in die tiefsten Herzenswinkel oder zumindest in die Brieftasche des ehrenwerten Herrn zu spähen. Und als der Dreikäsehoch endlich geruhte, auf das Angebot einzugehen, sprach er nur ein einziges, aber sehr präzises Wort: «Zwanzig.»

Es wäre zu mühsam, die einzelnen schmerzlichen Schritte zu verfolgen, mittels deren Mr. Jensen aus den Niederungen seines ursprünglichen Angebots die nahezu senkrechte Felswand der steinernen Gleichgültigkeit dieses gräßlichen Jungen emporkletterte. Aber dieser Fels mußte erstiegen werden, einfach weil er da war – wie ein anderer Bergsteiger von einem anderen Mount Everest gesagt hat. Dennoch wäre Mr. Jensen vielleicht nie hinaufgekommen, hätten die Moskitos ihn nicht angestachelt. Schließlich wurden sie bei achtzehn fünfzig handelseinig, einschließlich einer zuverlässigen Schachtel zur Beförderung des Reptils. Der Junge zog sich in einen Schuppen auf dem Hof einer Hütte jenseits der Brücke zurück und kam bald darauf mit einem ordentlichen grünen Karton und dem Wechselgeld von einem Dollar fünfzig zurück.

Mr. Jensen trennte sich ohne sehr überschwengliche Dankes- oder Abschiedsworte von dem jungen Herrn Eidelpfeffer und den Moskitos. Beider Sticheleien hatten ihn sehr erschöpft. Als er an der Wegbiegung einen Blick zurückwarf, sah der Junge ihm mit einem eigentümlichen Ausdruck nach.

Für jemand, der ein höchst delikates Unternehmen vorhat, gibt es kaum etwas Störenderes, als wenn ihm jemand mit einem eigentümlichen Ausdruck nachsieht.

Mr. Jensens Atem ging schwer, als er nach Hause fuhr. An der Kreuzung der Landstraße mit der Autobahn Nr. 1 befand sich ein kleines Restaurant. Von außen bot es den erquickenden Anblick einer halben Grapefruit, und im Innern war es so kalt und fast so dunkel wie in einem Tiefkühlschrank. Die Atmosphäre war höchst kultiviert, distinguiert und exklusiv, und das kam daher, daß die Musikbox ganz, ganz leise eingestellt war. An diesem abgeschiedenen Ort brachte Mr. Jensen eine halbe Stunde, vier Flaschen eiskalten Bieres und seine anderthalb Dollar um die Ecke.

Er wollte nämlich Punkt sechs Uhr zu Hause sein, denn um diese Zeit pflegte Mrs. Jensen den Luftanzug ab- und das Gewand anzulegen, das sie zum Abendessen zu tragen gedachte.

Als Mr. Jensen durch den *patio* ging, sah er den Tukan an, und der Tukan sah Mr. Jensen an. Gesprochen wurde nichts.

Mr. Jensen ging ins Haus und in das eheliche Schlafgemach, wo, wie erwartet, seine Frau, rosig dem Bad entstiegen, im Begriff war, die Glanzlichter auf ihrer Haut mit köstlich nach Veilchen duftendem Talkumpuder zu betupfen. «Wenn diese Schlange Veilchen liebt», dachte Mr. Jensen, «dann ist die Sache geritzt.»

«Da bin ich, Schatz!» sagte er. «Und hier ist deine Überraschung.»

«Oh, Hermie, ich danke dir!» sagte Mrs. Jensen beglückt. Dann jedoch umwölkte ihr Gesicht sich ein wenig, und sie sagte: «Aber es sollte doch eine Geschenkpackung sein.»

«Dem Händler war das Geschenkpapier ausgegangen», antwortete Mr. Jensen mit betrübter Miene.

«Macht nichts», sagte Myra. «Wir bringen sie nächste Woche zurück und lassen sie hübsch verpacken, wie sich's für unseren Hochzeitstag gehört.»

«Glänzende Idee!» sagte Mr. Jensen, und dann konnte er ein Weilchen nichts mehr sagen. An diesem kritischen Punkt des Unternehmens machte sich in seiner Brust ein gewisser Druck bemerkbar, als wäre das kalte Bier auf halbem Wege zu einem Eisblock gefroren.

«Wir wollen sie gleich auspacken», sagte Myra.

«Einen Moment!» erwiderte Mr. Jensen, ihre Hand festhaltend. «Diese Schlange ist abgerichtet, Myra. Sie ist ganz zahm und zutraulich und kann allerlei Kunststücke. Du kannst sie dir als Strumpfband ums Bein binden oder als Schmuck um den Hals oder sonstwo tragen. Du brauchst ihr nur den Schwanz ins Maul zu stecken wie die beiden Enden einer Halskette. Der Mann hat gesagt, du mußt ihr von Anfang an deine Liebe zeigen, sie als Haustier behandeln und sie ihre Kunststücke machen lassen. Dann wird sie dich vor Liebe auffressen.»

«Schön», sagte Myra. «Packen wir sie aus.»

«Nein, ich werde hinausgehen», sagte Mr. Jensen. «Ich

möchte nicht, daß sie mich zuerst sieht. Sonst verliebt sie sich vielleicht in mich statt in dich, meine Süße. Ich gehe ein bißchen spazieren, und inzwischen kannst du dich richtig mit ihr anfreunden.»

Er schloß sehr entschieden die Tür hinter sich und schlenderte zum Strand hinunter. Durch das große Aussichtsfenster des Batesschen Hauses sah er die Familie beim abendlichen Tom Collins sitzen. Wäre Mr. Jensen ein Liebhaber der schönen Künste gewesen, so hätte er vielleicht interessante Überlegungen über die grundverschiedenen malerischen Aspekte eines Aussichtsfensters angestellt, je nachdem, ob man von außen hinein- oder von innen hinaussieht. So aber erwog er nur, diesen Nachbarn einen kurzen Besuch abzustatten; er hätte beiläufig erwähnen können, daß er seiner Frau eine Milchschlange gekauft habe, dann konnte er hinterher behaupten, der junge Herr Eidelpfeffer habe ihm versehentlich eine Korallenschlange eingepackt. Aber er nahm davon Abstand, als er den Schwager bemerkte. Mußte dieser Schwager ausgerechnet heute zu Besuch kommen? Er war Wildhüter in Ocala, und die Gefahr lag nahe, daß er zu neugierig war oder zuviel wußte. Mr. Jensen war zur Zeit allgemein und grundsätzlich gegen intellektuelle Neugier, Beschlagenheit usw. und kam daher auf seinen ursprünglichen und ohnehin besseren Plan zurück, seine todbringende Erwerbung als eine Art Wanderschlange darzustellen, die sozusagen nur auf einen Biß hereingeschaut hatte.

Als er zum Haus zurückging, blieb Mr. Jensen bei dem Abfall-Verbrennungsofen stehen; er legte etwas Papier und ein paar dürre Palmzweige hinein, denn ihm war – spät, aber doch – eingefallen, daß er lieber alle Spuren des grünen Kartons, auf den der reklamesüchtige Knirps deutlich lesbar seinen Namen geschrieben hatte, vernichten wollte. Er fragte sich, ob er vielleicht noch eine wichtige Kleinigkeit übersehen habe, und dieser Gedanke ließ seine Nerven wie Violinsaiten schwirren und den Schweiß auf seine Stirn treten. In diesem Augenblick empfand Mr. Jensen tiefe und aufrichtige Reue über seine verruchte Tat, und er betete darum, ein Schutzengel möge Myras Hand zurückgehalten oder die Schlange mit Zahnschmerzen geschlagen oder sonst etwas getan haben, was seinen Plan zunichte machte. Er lauschte, aber im Haus war es totenstill. Er nahm einen dicken Knüppel auf, öffnete die Tür und ging hinein.

«Bist du das, Hermie?» rief seine Frau. «Ach, Hermie, komm mal her! Hermie, ich glaube, sie mag mich nicht!»

Mr. Jensen trat ins Schlafzimmer; seine Ängste verflogen, und es blieb nur das Gefühl, von der Schlange oder von seiner Frau oder von beiden irgendwie betrogen worden zu sein. Manche Leute sind eben nie zufrieden. «Hast du Angst, sie anzufassen?» fragte er grämlich.

«Ich habe sie ja in die Hand genommen», sagte Myra unter Tränen, «ich wollte ihr einen Kuß geben. Aber sie hat immer wieder den Kopf weggedreht. Das kommt bloß davon, daß sie ein Kaltblüter ist! Kaltblüter gewinnen einen nie richtig lieb.»

«Ach, Unsinn! Du verstehst nicht, mit Schlangen umzugehen», sagte Mr. Jensen. «Übrigens – wo ist sie denn?»

«Ich hab sie zu Bett gebracht», sagte Myra. «Nachher werde ich ihr ein Ei geben, vielleicht wird sie dann zutraulicher.»

«Vielleicht», sagte Mr. Jensen mit einem Blick auf die grüne Schachtel. Er merkte plötzlich, daß dieser Tag für ihn zuviel gewesen war, und warf sich mit einem Grunzen auf das eheliche Lager. «Du mit deiner verdammten Menagerie!» sagte er leicht verärgert.

«Ich werde sie wieder in ihre Schachtel tun», sagte Myra.

«Ich denke, du hast sie reingetan!» schrie Mr. Jensen, hastig die Beine anziehend.

«Nein, Liebling, ins Bett, nicht in die Schachtel», sagte Myra. «Ich sagte doch, ich habe sie zu Bett gebracht. Damit sich ihr Blut erwärmt. Paß auf, sonst zerquetschst du das arme kleine Ding!»

Aber es war schon geschehen: Mr. Jensen hatte, um sich rasch vom Bett zu schwingen, die Hand aufgestützt. «Oh, mein Gott!» sagte er. «Jetzt hat's mich erwischt! Sie hat mich gebissen!»

«Laß mich lieber Mercurochrom drauftun, Liebling», rief seine fürsorgliche Frau. «Man kann nie wissen, wo sie ihre Zähne drin gehabt hat.»

«In meiner Hand», sagte er. «Da waren sie drin.» Er sagte es ganz leise und traurig, mit einer müden Sachlichkeit, die nur die Stille vor dem Sturm bedeuten konnte. «Ich bin erledigt», setzte er hinzu.

Myra nahm seine Hand und betrachtete die beiden winzigen Pünktchen. «Es scheint nicht sehr tief gegangen zu sein», sagte sie. «Besser, als wenn es so eine Giftschlange wäre wie die, von der dieser arme Hund von nebenan gebissen worden ist . . .»

In diesem Augenblick kam Mr. Jensen die Sprache wieder, und zugleich wurde ihm bewußt, in welch dringender Notlage er sich befand.

«Nein! Es ist sogar schlimmer! Es ist ein tödliches Gift!» schrie er. «Ich sterbe! Du mußt Hilfe holen, schnell!»

«Aber Hermie!» rief Myra, der als liebender Frau die gefühlsmäßige Seite der Angelegenheit wichtiger war als die praktische. «Heißt das, daß du mir so eine Giftschlange ins Haus gebracht hast? Nein, Hermie, sag das nicht, das kannst du doch nicht getan haben! Zu unserem Hochzeitstag und überhaupt! O nein, Hermie, sag, daß du bloß Spaß gemacht hast!»

«Spaß!» schrie Mr. Jensen. «Ich sage dir doch, ich sterbe! Lauf schnell!»

Myra lief, aber sie lief wie ein Huhn nach allen Richtungen zugleich. Mehrere Minuten vergingen, bis sie mit Mr. Bates und seinem Schwager, dem Wildhüter, zurückkam. Als sie sich dem Haus näherten, hörten sie Mr. Jensen ganz abscheuliche Laute ausstoßen, die jedoch verstummten, als sie ins Zimmer traten.

«Ich fürchte, er ist tot, Mrs. Jensen», sagte Mr. Bates, der diskret an der Tür stehengeblieben war. Er brauchte das Schlafzimmer nicht zu betreten, weil er sich erst im vergangenen Jahr von seinem kleinen, aber unternehmenden Bestattungsinstitut zurückgezogen hatte und Mr. Jensens beklagenswerten Zustand aus einem Kilometer Entfernung erkannt hätte.

«Wo ist die Schlange?» fragte der Schwager, der sich, einen Knüppel in der Hand, ins Zimmer vorpirschte.

«Ach, Hermie!» jammerte Myra. «Wie konntest du mir das antun? Wie konntest du so schlecht sein?»

«Achtung!» brüllte der Wildhüter plötzlich. «Da ist sie! Ich hab sie!»

Eine kleine Schlange kampfunfähig zu machen, ist nicht sehr schwer, und gleich darauf beugten die beiden Männer sich über das Reptil, und der Wildhüter sagte zu Myra: «Wenn das die Schlange ist, dann kann Ihr Mann nicht an einem Schlangenbiß gestorben sein. Einen Augenblick dachte ich, es wäre eine

Korallenschlange, aber das ist eine Milchschlange, Mrs. Jensen, und die sind völlig harmlos.»

«Natürlich muß das von einem erfahrenen Arzt bestätigt werden», sagte Mr. Bates, «aber nach meiner fast vierzigjährigen Erfahrung können Sie mir glauben, Mrs. Jensen: Ihr armer Gatte ist an einem Herzanfall verschieden.»

«Ach, Hermie», rief Myra, und ihre Tränen begannen sanfter zu fließen, «ich wußte ja, du hast bloß Spaß gemacht!»

Das zarte Alter

Wie hübsch muß es sein, so in der Welt herumzureisen wie Sie, Mr. Renvil! Hier ein Jahr, dort sechs Monate – immer in Bewegung! Wir Geistlichen sind an unsere Gemeinde gekettet wie der Hofhund an seine Hütte, und einmal die Woche dürfen wir bellen, so gut wir können, um den Erzfeind zu verscheuchen. – Nun, Mr. Dodd, mir würde es nichts ausmachen, in so einem hübschen Ort angekettet zu sein. Es wäre mir sogar recht; man wird des Wanderns müde. Ich hoffe, für dauernd hierbleiben zu können; hoffentlich kommt nichts dazwischen. –

Patricia, setz dich auf deinen Platz. Mr. Renvil ist nicht hergekommen, um sich von kleinen Mädchen belästigen zu lassen. Er will jetzt in Ruhe mit Vater und mir Tee trinken. – Ach, Mammi, kann ich nicht bei Mr. Renvil bleiben? Bitte! –

Pattikins, du hast gehört, was Mutter sagt. Setz dich auf deinen Platz und zeig uns, was für ein wohlerzogenes Kind du sein kannst. – Aber nein, Mr. Dodd, bitte, meinetwegen kann Ihr Töchterchen ruhig hierbleiben. –

Meine Frau will, daß sie gehorchen lernt; ich bin vielleicht in dieser Hinsicht ein bißchen lax. Tja – wovon sprachen wir gerade? Ach ja: Sie gedenken also wirklich, für immer hierzubleiben? Das wäre ganz reizend für uns, wirklich. Es ist hier oft recht einsam. Es gibt hier sehr wenig Leute von unserer Sorte; sehr wenig Gutsbesitzer, sogar sehr wenig Bauern. – Für mich wäre es bestimmt reizend, wenn ich hierbleiben könnte, Mr. Dodd. Ich habe schon lange den Wunsch, mich irgendwo häuslich niederzulassen, aber bisher ist immer was dazwischengekommen; irgend etwas überkommt mich plötzlich, ein unwiderstehlicher Trieb, könnte man sagen, dann werfe ich von einem Augenblick zum andern meine Pläne um und bin auf und davon. –

Jaja, immer in Bewegung! Nun, Sie müssen viel von der Welt gesehen haben, das ist nicht zu bezweifeln. So viele fremde

Länder und Menschen! Als Sie in den Tropen waren, haben Sie wohl auch die Wilden kennengelernt; die haben mich immer interessiert. Vielleicht sogar Kannibalen? – O ja, die Wilden, sehr richtig. Nun, Wilde gibt's überall, nicht nur in den Tropen. Was die Kannibalen und den Kannibalismus betrifft, so möchte ich nicht den Eindruck erwecken, daß ich in diesen Dingen eine Autorität wäre. Aber ich habe genug von den Tropen, überhaupt von fremden Ländern. Die englische Landschaft ist doch etwas Einmaliges. Diese Hügel, diese Wälder – unvergleichlich! So wie diesen Garten hier stelle ich mir den Himmel vor. Hier möchte ich bleiben. –

Patty, hast du nicht gehört? Du sollst Mr. Renvil nicht auf den Schoß klettern. Mr. Renvil ist nicht hergekommen, damit ein kleines Mädchen auf ihm herumklettert. Woher weißt du überhaupt, ob Mr. Renvil kleine Mädchen leiden mag? Nicht jeder mag kleine Mädchen leiden, besonders wenn sie sich schlecht benehmen. – Aber nein, Mrs. Dodd, im Gegenteil. Ich habe kleine Mädchen sogar besonders gern, wirklich. Ich finde, sie sind etwas ganz Entzückendes, etwas ganz Köstliches. –

Mary, nun laß sie schon. Unser Gast sagt ja, daß er nichts dagegen hat. Erweisen wir ihm die Höflichkeit, ihm aufs Wort zu glauben. Patty ist ja ganz vernarrt in Sie, Mr. Renvil. Sonst drängt sie sich gar nicht so danach, anderen Leuten auf dem Schoß zu sitzen. – Mir scheint, George, du treibst Mr. Renvil direkt in die Enge, wie man so sagt. Glaubst du, er wird dir ins Gesicht sagen, daß ihm das Kind lästig fällt? Dazu ist er bestimmt zu höflich. –

Das wäre ich vielleicht, Mrs. Dodd, wenn es notwendig wäre, aber in diesem Fall ist es das nicht. Ich finde, kleine Mädchen sind so erfreuliche Geschöpfe, besonders in diesem Alter, so mit sechs, sieben Jahren. – Nun, Mr. Renvil, wir sind offenherzige Leute – brutale Ehrlichkeit, wie manche Leute es vielleicht nennen. Aber es ist mir bei Ihrem vorigen Besuch nicht entgangen – oder war es beim erstenmal, als Sie meinen Mann auf der Straße getroffen hatten? Doch, es muß beim erstenmal gewesen sein; letzten Dienstag war Patty gar nicht zu Hause, glaube ich. Na ja, wann es auch war, jedenfalls fing sie schon an, Ihnen auf den Schoß zu klettern, und da hatte ich das Gefühl, daß Ihnen das gar nicht recht war. Wissen Sie, als sie an

Ihnen hochkletterte und mit Ihnen schmusen wollte. Da habe ich bestimmt gesehen, daß Sie vor ihr zurückschreckten. Sie kamen mir ganz nervös und aufgeregt vor. –

Also, Schatz, ich glaube wirklich, das bildest du dir ein. Vielleicht bringst du unseren Gast in Verlegenheit. Wenn Mr. Renvil etwas dergleichen empfindet, wird er es bestimmt offen sagen, und dann kann Patty hinausgehen und spielen. – Gewiß, mein Lieber, aber manche Leute sagen nicht gern, daß sie Kinder nicht mögen; man hört so häufig, das wäre ein Zeichen von Herzlosigkeit. –

Nun, über solche vulgären Vorurteile ist Mr. Renvil sicher erhaben, er wird uns hoffentlich glauben, daß wir es ebenfalls sind. Romanschriftsteller und die Leute, die fürs Kino schreiben, machen sich's leicht: der Schurke im Stück hat immer eine Abneigung gegen Kinder und Tiere. Immer tritt er nach einem Hund, oder er schlägt ein Kind, und das bestärkt natürlich die Leute wieder in ihrer falschen Auffassung. Wissen Sie, wir haben einmal hier im Dorf so etwas wie einen Schriftsteller gehabt, der hat uns das alles erklärt. Es war hochinteressant. Kinder, Hunde und Katzen, glaube ich. – Nein, Lieber, Katzen eigentlich nicht, denn vor denen haben viele Leute geradezu eine Abscheu. Lord Nelson, zum Beispiel, und alle möglichen berühmten Leute. Dr. Johnson allerdings hat seine Katze geliebt. –

Dr. Johnson war ein großer Freund der Kirche, und jetzt erzählst du mir, er wäre ein Katzenliebhaber gewesen. Vielleicht sollte ich ihm auf Grund des ersteren dankbar sein, aber ich habe für den ehrenwerten Doktor nie viel übrig gehabt, und seine Liebe zu Katzen wird daran nichts ändern. Hoffentlich gehören Sie nicht zu seinen Verehrern, Mr. Renvil. Hoffentlich werfen Sie mir keine Majestätsbeleidigung vor. – O nein, Mr. Dodd, nicht im geringsten, glauben Sie mir. Ich selbst konnte mich für Dr. Johnson nie recht erwärmen. Ein grandioser Geist, zweifellos, aber er gehört nicht zu den sympathischen großen Gestalten der Vergangenheit, die ich gern kennengelernt hätte, wenn wir Zeitgenossen gewesen wären. Es hat mich sehr abgestoßen, als ich zum erstenmal von seinen Eßgewohnheiten las. Bei der Vorstellung, daß er sein Essen wie ein gefräßiger Kannibale, wie ein gefräßiges Tier heruntergeschlungen hat, mit geschwollenen Stirnadern, die Nase fast im Essen – da überläuft mich direkt ein Schauder, als träte jemand auf mein Grab. Entschuldigen Sie meine unangenehm drastische Schilderung, Mrs. Dodd. Ich zitiere beinah wörtlich, was ich gelesen habe. –

Oh, mich schaudert's nicht so leicht, Mr. Renvil. Ich bin nicht so sensibel, ich habe ein dickes Fell. Ich bin das praktische Element der Familie, mit beiden Füßen auf der Erde. Aber nun sagen Sie mir ehrlich und ein für allemal: ist es Ihnen nicht unangenehm, mit klebrigen Fingerchen angefaßt und abgedrückt und geküßt zu werden? Ich glaubte Sie nämlich wirklich schaudern zu sehen – genauso wie Sie's beschreiben –, als Patty Ihnen zum erstenmal auf den Schoß kletterte. – Ach, wissen Sie, ich bin das Familienleben nicht so gewohnt. Ich bin, wie Sie wissen, unverheiratet. Das macht mich vielleicht ein bißchen unbeholfen. Aber kleine Mädchen habe ich wirklich ganz besonders gern. Sechs- bis siebenjährige kleine Mädchen – ich finde, das ist ein schlechthin bezauberndes Alter. Da beginnen sie schon sich zu formen und sind doch ganz frisch und zart, und sie haben eine so reizend natürliche Art. Später kommen sie dann in das schlaksige, knochige Stadium. Aber in diesem Alter muß man sie einfach liebhaben. –

Und kleine Jungen? Mögen Sie die auch gern? Patty ist natürlich unser ein und alles, aber wir wünschen uns oft ein Brüderchen für sie. – O doch, Mrs. Dodd, kleine Jungen mag ich auch gern, aber sie sind heutzutage so rüde durch all diese Witzblätter und Cowboy-Filme. Wenn ich so ein kleines Mädchen auf dem Schoß habe – ich glaube, dann bin ich wunschlos glücklich. –

Na, Patty, du scheinst Mr. Renvil ja nicht allzusehr zu stören. Also bleib ruhig bei ihm, bis er dich runtersetzt. – Mammi, ich weiß, daß Mr. Renvil mich gern hat. Das weiß ich schon lange. Wie er das allererste Mal zum Tee bei uns war, da hat er mir was ins Ohr geflüstert. Er hat gesagt, er würde mich am liebsten aufessen. –

Ich glaube, Mrs. Dodd, ich weiß jetzt, was Sie irregeführt hat. Ich habe so einen kleinen nervösen Tick, dadurch zucke oder schaudere ich manchmal zusammen. – Ja, richtig, ich habe es gerade bemerkt. Ich glaube, keiner würde es bemerken, wenn er nicht so aufpaßt wie ich – ich meine, ich habe aufgepaßt, ob Patty Ihnen auch nicht lästig fällt. Solche kleinen Eigenheiten findet man häufig – gerade bei sensiblen, begabten Menschen, glaube ich. Wie die Abneigung gegen Katzen bei Lord Nelson. Oder ein Vetter meines Mannes, ein hochmusikalischer Mensch; alle sagen, er hätte Konzertpianist werden können, wenn er die richtige Ausbildung gehabt hätte. Ja, und der fährt manchmal so zusammen, daß er fast vom Stuhl fällt. –

Hast du Miezekatzen gern, Mr. Renvil? Was hast du lieber: Miezekatzen oder kleine Mädchen? – Natürlich kleine Mädchen, Patricia. Katzen habe ich gar nicht gern. –

Hast du kleine Mädchen lieber als Karnickel-Häschen? – Aber ja, natürlich. Kaninchen sind ja ganz nett, aber ein kleines Mädchen ist mir viel lieber. –

Früher gab es hier viele Karnickel-Häschen, aber dann haben sie alle eine böse Krankheit gehabt und sind gestorben. Ich glaube, da oben auf dem Berg, in dem großen Wald, da wohnt noch eins, aber Pappi geht ja nie mit mir hin. – Ach Patty, immer dieses Gejammer und Gebettel, daß du in den Wald willst. Pappi hat so viel für seine Gemeinde zu tun, und Pappi muß seine Predigt schreiben, und außerdem hat er dir doch gesagt, daß da keine Kaninchen mehr sind. –

Werden Sie das Haus behalten, in dem Sie zur Zeit wohnen, wenn Sie sich zum Hierbleiben entschließen, Mr. Renvil? – Ich glaube kaum, wahrscheinlich werde ich mich nach etwas Größerem umsehen. Man kann natürlich nie wissen; meine Pläne können sich von einem Augenblick zum andern ändern. Aber ich hoffe aufrichtig, daß diesmal nichts dazwischenkommt. –

Keine plötzlichen Triebe mehr, was? Na ja, wenn sich's vermeiden läßt, uns soll es freuen. Wanderlust nennt man das wohl, nicht wahr? Der Hunger danach, immer in Bewegung zu bleiben, immer in Bewegung. – Mag sein, Mr. Dodd. Es ist Schicksalssache, glaube ich. Ja, man könnte es eine Art Hunger nennen. –

Mr. Renvil, wenn du ein kleines Mädchen hättest, würdest du sie mit in den Wald nehmen? – Ja, mein Kind, sehr wahrscheinlich. Sieh mal, ich bin nicht so klug wie dein Vater und kann keine Predigten schreiben, darum habe ich auch mehr Zeit als er. Ich fände es sehr nett, mit einem kleinen Mädchen in den Wald zu gehen. –

Ah, die Kirchenuhr schlägt sechs! Salut zum Sonnenuntergang – heißt es nicht so in Indien oder sonstwo? Unser Tee ist längst ausgetrunken. Darf ich Ihnen ein Glas Sherry anbieten, Mr. Renvil? Einen Aperitif, wie man in Frankreich sagt? – Nein, vielen Dank, Mrs. Dodd, den habe ich nicht nötig. Es ist höchste Zeit, daß ich mich auf den Weg mache. Ich will heute zu Fuß gehen, und wenn ich bis sieben nicht zu Hause bin, gibt's ein Gebrumm in der Küche – recht laut und sehr mißmutig. Vielen herzlichen Dank für die freundliche Aufnahme, Mr. Dodd. Ich danke Ihnen beiden vielmals. Und ich werde versuchen, keine plötzlichen Triebe aufkommen zu lassen, wirklich. Patricia, darf ich dir einen Abschiedskuß geben? –

Mammi, kann ich mit Mr. Renvil gehen? Kann ich mit ihm bis zum Wald gehen? Ich möchte bloß mal reingucken und ein großes, dickes Karnickel-Häschen sehen. – Aber Patty, Patty, Pattikins! Mr. Renvil war den ganzen Nachmittag so freundlich zu dir, jetzt ist es genug. Hör jetzt auf zu betteln und ihn zu belästigen. –

Es wäre mir ein Vergnügen, Mrs. Dodd. Sie ahnen nicht, was für ein Vergnügen. Aber bis zum Waldrand ist es fast ein Kilometer, schätze ich, und dann wieder ebenso weit zurück. Diese dicken Beinchen können dich höchstens halb so weit tragen, mein Kind, und ganz allein zurückgehen kannst du auch nicht. – O doch, Mr. Renvil, das kann ich. Ich gehe ganz allein ins Dorf, und das ist weiter als bis zum Wald. Ich gehe ganz allein hin und zurück. Nicht wahr, Pappi? Nicht wahr, Mammi? Bitte, Mr. Renvil, sag doch Mammi, sie soll mich mit dir bis zum Wald gehen lassen. –

Also, Patty, dieses Gejammer und Gebettel und Geschmeichel ist wirklich zuviel. Mr. Renvil kann mit so aufdringlichen kleinen Mädchen gar nichts anfangen. Du erwürgst ihn ja; Mr. Renvil bekommt keine Luft – sieh mal, er atmet schon ganz schwer. – Mary, mein Schatz, ich glaube, wir haben heute schon zuviel Gewese um Patty gemacht. Das Kind kann allein zurückkommen, und Mr. Renvil sagt, daß er sie gern mitnimmt. Es ist ja noch hell, und bei uns gibt es keine Räuber oder Wölfe. Sie kann ungefähr in einer halben Stunde wieder hier sein, also rechtzeitig zum Abendessen. Dann ist sie dir nicht im Wege, gerade jetzt, wo du zu tun hast und sie dich nur stören würde. –

Na, gut, wenn es Ihnen wirklich nichts ausmacht, Mr. Renvil. Ich hoffe nur, daß Patty Ihnen nicht zuviel wird. Sie wird Sie ja wohl nicht in Ihren plötzlichen Trieben bestärken, denn wir hoffen wirklich, daß Sie sich hier niederlassen werden. – Warten wir ab, wie es sich fügt, Mrs. Dodd. Seinem Schicksal kann niemand entgehen.

Komm, mein Schätzchen, jetzt gehen wir zusammen zum Wald, und wenn wir genug Zeit haben, gucken wir ganz schnell einmal hinein. – Wirklich, Mr. Renvil? Au fein, da werden wir ein großes, dickes Kaninchen sehen. Wiedersehn, Mammi! Wiedersehn, Pappi! –

Wiedersehn, Patty! Wiedersehn, Pattikins! Wiedersehn, Mr. Renvil!

Feuerzauber

Ich lag halb schlafend am Strand von Malibu und träumte von Geld. Da vernahm ich aus hoher Luft einen trostlosen Schrei. Es war nur eine Seemöwe, nur eine leuchtende, schwebende Flocke von Weiß am glühenden, farblosen Himmel, aber die Flügel, das strahlende Weiß und ein gewisser tief pessimistischer Unterton in ihrem Gekrächz brachten mich auf den Gedanken, daß es mein Schutzengel sein könnte.

Gleich darauf ertönte aus dem dumpfigen Strandhaus die betörende Stimme des schwarzen Telefons, der ich nicht widerstehen konnte. Natürlich, es war mein Agent.

«Charles, ich habe für dich eine Verabredung getroffen. Heute abend zum Essen. Hast du mal von einem Mann namens Mahound gehört?»

«Ist das ein Türke?»

«*Könnte* einer sein.»

«Nein, noch nie.»

«Ich will dir nichts vormachen, Charles, hab ich auch gar nicht nötig. Aber glaub mir, das ist was Solides. Geld, neue Ideen, wunderbares Organisationstalent – alles.»

«Und was will er von mir?»

«Alles.»

«Das ist fast des Guten zuviel.»

«Paß auf, Charles, dieser Mann will Filme machen. Filme müssen geschrieben werden, Charles, und sie müssen gedreht werden. Dieser Mann will also . . .»

«Kennt er meine Honorarforderungen?»

«Das will ich dir ja gerade sagen, Charles: da ist mehr drin als Honorar. Sehr viel mehr.»

«Wo und um wieviel Uhr?»

Beim ersten Schlag der achten Stunde betrat ich die Halle des Beverly-Ritz. Genau beim letzten Schlag riß ein Liftboy mit triumphierender Miene das leise klirrende Fahrstuhlgitter auf und enthüllte wie einen Kohinoor in einer Schatulle eine Persönlichkeit von so distinguiertem Äußeren, daß ich einen Augenblick glaubte, es wäre eine Schaufensterpuppe, von der Hotelleitung aus Gründen der Eleganz dort aufgestellt. Das war ein Irrtum. Der distinguierte Herr sog an einer überaus dicken Zigarre; er ließ den düster blitzenden Blick über die niedere Gesellschaft in der Halle schweifen, und dieser Blick kam auf meinem kunstlos frisierten Haupthaar zur Ruhe. Er erkannte mich. Ich erkannte ihn. «Mr. Rhythm, das ist wirklich sehr freundlich von Ihnen. Daß Sie den ganzen weiten Weg von Malibu hierher gemacht haben!»

«Nun ja. Ich liebe keine halben Sachen.»

«Ein ausgezeichneter Grundsatz, Mr. Rhythm. Dasselbe habe ich meinem Küchenchef eingeschärft, der mich auf Reisen begleitet. Bitte, kommen Sie mit hinauf in mein kleines Appartement, dann können Sie mir sagen, ob es etwas gefruchtet hat.»

Als wir sein Appartement betraten, verstummte er in Erwartung meiner Überraschungs- und Bewunderungsrufe. Ich unterdrückte sie, allerdings mit einiger Mühe, und hörte ihn zu meinem Entzücken mit einem kaum wahrnehmbaren Unterton von Enttäuschung sagen: «Hoffenlich finden Sie diesen Einrichtungsstil nicht geschmacklos?»

«O nein, durchaus nicht. Ich habe Barock sehr gern, und ich bewundere Tizian.»

«Ich gestehe, daß ich ungern auf meinen Komfort verzichte. Ich reise gern mit meinen eigenen Sachen. Außerdem habe ich einige kleine bauliche Veränderungen vornehmen lassen.»

«Es zeugt von ausgezeichnetem Geschmack, wenn ich das sagen darf, und von ausgezeichnetem Stilgefühl!»

Er wußte, daß ich beeindruckt war, aber ich wußte, daß er mich beeindrucken wollte. Damit waren wir quitt, natürlich abgesehen davon, daß er das Geld hatte.

«Ich werde dieses Kompliment auf die Probe stellen», sagte er. «Trauen Sie meinem Geschmack so weit, daß ich Ihnen einen ganz neuen Cocktail anbieten darf?»

«Es wird mir eine Freude und eine interessante Erfahrung sein. Wie reizend, so zu plaudern! Wer von uns hat damit angefangen? Ich habe das Gefühl, daß wir gleich zu gegenseitigen Verbeugungen übergehen werden.»

Der neue Cocktail war eine beträchtliche Angelegenheit, etwas wolkig-opalisierend wie Absinth, mit einem unbestimmbaren, aber feurigen Aroma – Erinnerungen, Reue, Verachtung der Reue. Ich schluckte den ersten; der zweite schluckte mich; etwas großspuriger und habgieriger als im gewöhnlichen Leben, tauchte ich inmitten eines Gelages und eines Gesprächs wieder auf. «Noch ein Gläschen Wein, Mr. Rhythm? Wie gesagt: ich möchte der bahnbrechende Begründer einer neuen, besseren Filmindustrie werden.»

«Dazu braucht man weiter nichts als Geld – und natürlich Talent.»

«Sie machen also mit?»

«Mit Erlaubnis meines Agenten. Ein filziger Charakter, ich muß Sie warnen!»

«Er wird später am Abend zu uns stoßen. Ich glaube, ich kann mit ihm in einer Sprache reden, die er verstehen wird. Nehmen Sie einen Cognac, Mr. Rhythm. Trinken wir auf eine lange glückliche Zusammenarbeit.»

Am nächsten Tag ging ich zu früher Stunde in Joes Büro. Unsere Augenbrauen signalisierten wie die Fühler von zwei Ameisen, die sich begegnen. «Na, Joe? Habe ich gestern abend was unterschrieben?»

«Denk dir eine Zahl», sagte er.

«Das habe ich die ganze Nacht getan.»

«Multipliziere sie mit fünf», sagte er lächelnd.

«Unmöglich! Ich bin doch kein Einstein!»

«Hier ist der Vertrag. Sieh selbst.»

«So viele Seiten! Heh! Da ist ja eine ganze Reihe von Optionen!»

«Ja, wie du gestern abend sagtest – ‹Für diese Summe – in alle Ewigkeit!›»

«Joe, ich möchte diesen Vertrag Wort für Wort mit dir durchgehen.»

«Tut mir leid», sagte Joe, «aber draußen wartet eine Klientin. Hast du sie bemerkt?»

«Ich muß zugeben, ich habe in deinem Vorzimmer so etwas wie einen Flecken Sonnenschein gesehen.»

«Das war Miss Belinda Windhover aus England. Sieh sie dir

noch mal an, wenn du rausgehst.»

«Aber vorher erzähle mir etwas mehr über diesen Mahound, Joe.»

«Na ja», sagte mein Agent ausweichend, «was hast du denn selbst für einen Eindruck?»

«Scheint mächtig weit herumgekommen zu sein.»

«Kann man wohl sagen.»

«Kennt Gott und die Welt.»

«O ja, das will ich meinen.»

«Erstaunliche Augen, Joe.»

«Ja, Charles, ganz außergewöhnliche Augen.»

«Jedenfalls», sagte ich, «scheint er Geld wie Heu zu haben.»

«Ja, der ist reich wie der . . . wie Krösus», rief Joe, und bei diesem Gedanken brach seine sonnige Natur wieder durch.

«Er muß älter sein, als er aussieht, Joe. Er hat mir von einem Vorfall im Burenkrieg erzählt.»

«Was du nicht sagst! Haha! Ich dachte, du würdest sagen, aus den Kreuzzügen.»

«Wieso? Er *kann* doch nicht aus den Kreuzzügen erzählt haben!»

«Doch, mir schon. Aber natürlich, einem Agenten erzählen die Leute viel.»

«Joe, erinnert dich dieser Mahound an jemand? Klingt sein Name dir irgendwie bekannt?»

«Ich kann Namen und Gesichter nie zusammenbringen, Charles. Aber ich kann beschwören, daß ich ihn noch nie gesehen habe.»

«Nein, aber offen gestanden, Joe», sagte ich unbehaglich, «wer ist er denn? Was glaubst du?»

«Alter Junge, es ist nicht meine Sache, mir darüber Gedanken zu machen, wer jemand ist. Wo käme ich denn da hin! Ich bin dafür da, meine Klienten gut zu verkaufen.»

«Mich hast du verkauft, Joe. Jawohl, das hast du, verdammt noch mal! Zum Teufel!»

«Hör mal zu, alter Junge. Du wirst mir doch keine Szene machen. Schließlich handelt sich's um Filme. Bedenke, wie viele Leute ich dir schon verkauft habe.»

«Richtig, Joe. Aber diese verflixten Optionen. Hast du ihm wirklich die Option auf mich für alle Ewigkeit gegeben?»

«Ach, das ist nur so eine Redensart.»

«Eine Redensart! Na, hör mal!»

«Schließlich ist er ein wunderbarer Organisator, und ich möchte wetten, daß er auch Erstaunliches zustande bringen wird. Du kannst gut mit ihm, Rhythm, und hast eine blendende Zukunft vor dir.»

«Joe, dieser Vertrag muß annulliert werden. Ich mache nicht mit.»

«Tut mir leid, alter Junge, da ist nichts mehr zu machen. Im übrigen: denk an das Geld. Denk an mich. Ein Agent ist auf seine Prozente angewiesen, Charles. Außerdem braucht er gar nicht das zu sein, was du glaubst. Du bist ein verträumter Schriftsteller; vergiß nicht, daß wir im zwanzigsten Jahrhundert leben. Vielleicht ist er ein ganz harmloser alter Knabe und hat zur Zeit der Kreuzzüge oder sonstwann diese Affendrüsen entdeckt.»

«Aber diese Ohren?»

«Vielleicht war er damals Geldverleiher, und sie haben ihm die Ohren ein bißchen gestutzt.»

«Und diese Nägel?»

«Also, Rhythm, nun werd nicht satirisch. Ich kenne diese Produzenten. Ich bin ein Mann von gutem Geschmack, genau wie du. Trotzdem, bei der Industrie ist das eben so. Ich mache massenhaft Geschäfte mit diesen Burschen und kann mir's nicht leisten, sie bloß zum Spaß herunterzumachen.»

«Joe, ich glaube, ich werde einen kleinen Spaziergang machen.»

«Das ist vernünftig. Ich wußte doch, du wirst damit fertig werden. Herrgott, Charles, ich würde ja wer weiß was drum geben, um es rückgängig zu machen. Ich habe einfach einen dummen Fehler gemacht.»

Ich ging hinaus und kam dabei an Miss Belinda Windhover vorüber. Sie sah wie ein Engel aus. Aber was nützte mir das? Abends ging ich wieder ins Beverly-Ritz, und diesmal wurde ich gleich in Mr. Mahounds Appartement hinaufgeführt. Sein Smoking war überwältigend.

«Mr. Mahound, haben Sie zufällig an den Kreuzzügen teilgenommen?»

«Ja, Mr. Rhythm, das war ein hochinteressanter Posten.»

«Demnach müssen Sie ziemlich alt sein, nicht wahr?»

«Oh, man ist so alt, wie man sich fühlt. Heute fühle ich mich verteufelt jung, mein lieber Rhythm. Im Beverly-Ritz zu wohnen, talentierte Leute zu verpflichten, auf dem Wege zur Erneuerung der amerikanischen Filmindustrie!»

«Hebe dich hinweg!»

«Mein lieber Mann! Wir leben im zwanzigsten Jahrhundert!»

«Also schön: hau ab!»

«Zigarre gefällig?»

«Hören Sie, ich bin ein zäher Bursche.»

«Ich auch. Dabei fällt mir ein: ich habe gedacht, wir könnten eine neue Fassung von Jekyll und Hyde drehen. Ich könnte die Hauptrolle spielen. Sehen Sie mal!»

«Puh!»

«Waschlappen! Ja, niemand sieht mich gern so. Bei einer Heiligen habe ich einmal so hereingeschaut. Die sagte, sie würde lieber ihr Leben lang auf rotglühenden Nadeln liegen, als noch eine Sekunde diesen Anblick ertragen. Eigentlich schmeichelhaft. Aber machen Sie sich keine Sorgen, Rhythm, Sie und ich, wir werden uns höllisch gut vertragen.»

«Ja! Ja, Sicher! Aber bleiben Sie nur so, wie Sie jetzt sind. Ich sitze nun einmal in der Patsche. Ich werde alles tun, was Sie wollen.»

«Sehen Sie, das gefällt mir so an den Schriftstellern. Nun also, wir wollen Filme machen. Was sollen wir tun?»

«Nehmen Sie einen freundschaftlichen Rat an: machen Sie keine Filme. Davon haben Sie nichts wie Scherereien. Außerdem müssen Sie sich da auf all diese Schauspieler einlassen.»

«Komödianten waren mir immer sehr sympathisch.»

«Vielleicht weil Sie in letzter Zeit nichts mit ihnen zu tun gehabt haben. Sie kennen unsere Stars nicht.»

«Mein lieber Rhythm, verzeihen Sie, aber man sagt, daß ich recht gut mit den Leuten fertig werde. Und was die Scherereien angeht – pah! Ich habe eine der größten Organisationen geleitet, die es gibt. Nichts wie Quengeleien und Beschwerden! Jetzt habe ich mich zur Ruhe gesetzt und will mein Leben genießen.»

«Nun gut, warum setzen Sie sich dann nicht wirklich zur

Ruhe?» sagte ich. «Sie könnten es so bequem haben!»

«Sie sollten einmal meinen Thron sehen! Nein, mein Freund, ich bin wild darauf, mit den Filmen anzufangen. Sie werden sich auf die Erfindung des Stoffes konzentrieren. Ich bleibe hier und fertige die Presseinterviewer ab. Ach, übrigens, gleich wird eine Dame kommen, um sich vorzustellen. Ihr ausgezeichneter Agent hat sie mir verschafft. Ein unbescholtenes englisches Mädchen. Ganz frisch und unverdorben!»

«Die Sorte kenne ich.»

«Das bezweifle ich, Rhythm. Sie ist das reine Kind! Ich werde einen Star aus ihr machen. Vielleicht ist sie überhaupt schon da.» Er drückte auf die Klingel. «Ist eine Miss Windhover gekommen?»

«Ja, Sir. Sie wartet.»

«Sie möchte hereinkommen.»

Gleich darauf trat Miss Windhover ein. Wieder schien das Zimmer von Sonnenschein erfüllt, neben dem die kostspielige elektrische Beleuchtung verblaßte.

«Oh, Mr. Mahound. Ich . . . ich . . . ich . . .»

Er tätschelte beruhigend ihre Hand. «Nun, nun, mein Kind! Sie werden doch keine Angst haben? Denken Sie immer an Ihr Talent, das ist etwas, was man nicht mit Geld kaufen kann. Vergessen Sie das nicht. Es wird Ihnen Sicherheit geben. Die Sicherheit, die Miss Marlene Dietrich hat. Die müssen Sie auch bekommen.»

«Ach, Mr. Mahound, wenn Sie wüßten, was ich durchgemacht habe. Der Kampf um kleine Rollen. Die billigen Pensionszimmer. Und Vati war so böse. Und Mammi hat geweint. Warum sind Verwandte immer solche Snobs? Sie sind schrecklich lieb, natürlich, aber so altmodisch. Warum sind Verwandte immer so altmodisch?»

«Gewiß, mein Kind, gewiß. Das ist jetzt alles vorbei. Denken Sie ans Scheinwerferlicht! An Ruhm und Reichtum! Gesellschaften in Beverly Hills!»

«Und an meine Kunst!»

«Ja, natürlich. Ihre Kunst.»

«Die kommt vor allem anderen. Und dann natürlich die Hündchen.»

«Ja, richtig. Mein lieber Rhythm, Miss Windhover ist eine

leidenschaftliche Hundeliebhaberin. Könnten Sie vielleicht . . .?»

Ich ging wenig entzückt zum Telefon und rief die Zimmerbedienung an.

«Wir brauchen ein paar Hunde. Für Miss Belinda Windhover.»

«Bedaure, Sir. Die Tierhandlungen sind jetzt alle geschlossen.»

«Nennen Sie das Bedienung? Haben Sie keine im Hotel?»

«Nur die von Myra de Falla.»

«Das ist passé. Lassen Sie die Hunde heraufbringen.»

Binnen kurzem erschien der Page mit zwei Barsois, vier Scotchterriern und einem Mops. Belinda Windhover war entzückt. «Oh, die lieben Hündchen!»

«Sehen Sie nur, mein lieber Rhythm, wie sie die Tiere abküßt. Glauben Sie, daß sie das Zeug zum Star hat?»

«Hören Sie, Mahound, ich sehe schon, Sie werden das Mädchen verderben.»

«Unsinn. Ich bilde mir ein, mit Menschen umgehen zu können. Ich möchte, daß Sie mit ihr ausgehen, ihr Seelenleben studieren und eine große Rolle für sie schreiben.»

«Sie hat ihre Rolle zu lernen. Zum Teufel mit ihrem Seelenleben!»

«Nun tun Sie schon, was ich sage, mein lieber Rhythm.»

«Ich denke nicht dran», sagte ich. «Ist doch völlig uninteressant.»

«Gut, gut! Dann sehen Sie sich doch mal den Parkettboden hier an. Da hat sich ein Klotz gelockert.»

Während ich hinsah, hob er einen Klotz mit der Fußspitze hoch – mit verblüffender Wirkung. Mir war, als blickte ich in eine bodenlose Tiefe hinab, in der zwischen lodernden Flammen unendlich viele Gestalten zur Arbeit angetrieben würden. Mr. Mahound schob den Klotz wieder an seinen Platz, und die Vision verschwand.

«Puh!»

«Was sagten Sie, mein lieber Rhythm?»

«Ich sagte ‹ja›.»

«Sie werden den Abend mit Miss Windhover verbringen?»

«Ja.»

«Und Ihr Seelenleben erforschen?»

«Ja.»

«Aha, da sind ja die Reporter! Kommen Sie herein, meine Herren! Nur herein. Ich möchte Sie alle mit Miss Belinda Windhover bekannt machen. Sie hat um ihrer Kunst willen ihr kultiviertes Heim aufgegeben. Notieren Sie das.»

«O.K. Wissen wir schon. Altmodische Eltern.»

«Schön, machen Sie eine Aufnahme. Sie ist der zukünftige Star der Mahound Film AG. Und das sind ihre geliebten Hunde.»

«O.K. Kennen wir. Hallo, Mirza! Hallo, Bobbles! Die haben wir schon bei Nancy North erlebt, wißt ihr noch, Jungens?»

«Die ist passé.»

«Und bei Lucille Lacey. Sie ließ sich immer mit dem Mops fotografieren.»

«Die ist auch passé.»

«O.K. Fertig zur Aufnahme. Was ist mit dem Herrn da?»

«Ich bin Schriftsteller.»

«Fein! Sie können das Bein von meinem Stativ festhalten. O.K. Aufnahme! Miss Belinda Windhover. Und Sie sind Mr. Mahound?»

«Ich werde Ihnen etwas über meine Pläne für die Erneuerung der amerikanischen Filmindustrie erzählen.»

«Klar. Noch eine Aufnahme von Belinda mit den großen weißen Hunden. Die sind Klasse. Wo ist Ihr Zobelpelz, Miss Windhover?»

«Einen Zobel für Miss Windhover, mein lieber Rhythm.»

«Ja.» Verärgert ging ich wieder zum Telefon.

«Einen Zobelpelz.»

«Bedaure, Sir. Um diese Zeit kann man keinen Zobel kaufen.»

«Was ist das hier für eine Bruchbude? Gibt es keine im Hotel?»

«Massenhaft, Sir. Miss Pauline Powell hat einen.»

«Die ist passé. Bringen Sie ihn herauf.»

Bald waren alle Aufnahmen gemacht, und die Presseleute zogen sich zurück.

«Nun, ihr jungen Leute, werde ich euch wegschicken, damit ihr euch anfreunden könnt.»

«Ach, Mr. Mahound, kommen Sie nicht mit?» rief Belinda mit Schmollmündchen und wackelnden Hüften.

«Sagen Sie Nikolas zu mir, mein Kind. Nein, leider kann ich Sie heute abend nicht begleiten. Ich habe noch sehr viel zu erledigen.»

«Aber», sagte sie, «halten Sie es für richtig, daß ich mich mit einem Schriftsteller zeige?»

«Mr. Rhythm ist ein ganz hervorragender Schriftsteller, mein Kind, und außerdem meine rechte Hand.»

«Ja, und ich werde Ihr Seelenleben erforschen.»

Das heiterte den künftigen Star ein wenig auf. «Ich möchte alles über mein Seelenleben wissen», sagte sie, als wir im Aufzug hinunterfuhren. «Ich will keine gewöhnliche Schauspielerin sein, Mr. Rhythm, sondern eine Künstlerin mit Geist. Zugleich aber koche ich leidenschaftlich gern, ganz schlichte Hausmannskost, und dabei trage ich einen schlichten Luftanzug. Wenn ich erst richtig bekannt bin, werde ich Clark Gable und Katherine Hepburn und Gary Cooper zu selbstgebackenen Plätzchen einladen.»

«Großartig, das gefällt mir. Daran sollten Sie festhalten.»

«Und Sie werden mir mein Seelenleben erklären?»

«Klar», sagte ich. «Wir werden es gemeinsam ergründen. Kommen Sie.»

Am nächsten Tag verbrachte ich viele Stunden bei Mr. Mahound. Sein Appartement strotzte von Orchideen und Kabeldepeschen.

«Die Leute sind schon ganz aufgeregt», sagte er, sich die Hände reibend.

«Ja.»

«Wir werden große Dinge schaffen.»

«Ja.»

«Nun, was ist mit unserer Belinda? Können Sie eine zu ihrem Seelenleben passende Rolle schreiben?»

«Ja, bestimmt.»

«Hat sie . . . hat sie gestern abend von mir gesprochen?»

«Allerdings. Sie findet Sie einfach prima.»

«Einfach prima, so? Rhythm, wir werden große Dinge schaffen. Große Dinge! Jetzt laufen Sie.»

Ich lief zu dem Restaurant, wo ich mit Belinda verabredet

war. Sie schien über Nacht einige Sicherheit erworben zu haben.

«Mr. Rhythm! Wie geht's?»

«Hören Sie, beim Film geht es so demokratisch zu wie sonst nirgends auf der Welt. Sie dürfen Charlie zu mir sagen.»

«Gern. Sehen Sie, ich bin nur ein einfaches Mädchen. Ich koche gern. Wie geht es Mr. Mahound?»

«Belinda, er ist von Ihnen hingerissen.»

«Sagen Sie, ist er wirklich einer von den großen Produzenten?»

«Der allergrößte. Er hat Geld wie Heu.»

«Ja, Charlie. Aber etwas kann man nicht für Geld kaufen, jedenfalls nicht in England. Oder ist das nur so ein Einfall von mir?»

«Sie meinen Talent. Ich kann Ihre Gedanken erraten, Belinda.»

«Tun Sie das nicht. Sehen Sie, meine Familie ist so altmodisch. Ich glaube, ich möchte die Julia spielen.»

«Die hat schon jemand gespielt.»

«Nicht so, wie ich sie spielen werde. Schreiben Sie ein neues Drehbuch, speziell für mich.»

«O.K. Wir werden das Stück modernisieren. Die Capulets wohnen in einem New Yorker Wolkenkratzer. Romeo ist ein junger Sicherheitspolizist aus Harvard, aber als Yale-Student verkleidet, um die Gangster zu überlisten. Capulet ist Harvard-Student, verstehen Sie? Daraus ergibt sich eine Versöhnung, ein Happy-End. Romeo ist leidenschaftlicher Bergsteiger, und daraus ergibt sich die Balkonszene. An einem Wolkenkratzer, verstehen Sie? Nur heißt er nicht Romeo. Er heißt Don.»

«Verändert ihn das nicht?»

«Sie wissen doch, was Shakespeare sagt: ‹Warum denn Romeo?›»

«Das sagt Julia.»

«Na ja, jedenfalls zeigt es, daß die Sache zweifelhaft war.»

«Sie haben recht. Es fiel mir nur gerade ein. Charlie, schreiben Sie ein Buch über Shakespeare mit meinen Gedanken, unter meinem Namen. Ich will keine gewöhnliche Schauspielerin sein.»

«Das werden Sie auch nicht. Aber jetzt wollen wir zu Mahound gehen. Er ist von Ihnen hingerissen.»

«Und er ist wirklich einer von den ganz großen Produzenten?»

«Bestimmt. Aber ich will Ihnen was ins Ohr sagen. (Mein Gott, was für ein reizendes Öhrchen! Wie eine Muschel, eine rosige Muschel!) Was ich sagen wollte: vergessen Sie nicht, daß Sie das Talent haben. Gestern abend waren Sie nur eine Entdekkung. Heute sind Sie – was Sie heute sind. Sie entwickeln sich mit Riesenschritten. Denken Sie großzügig. Lassen Sie Ihren Stil nicht einengen. Nicht einmal von Mahound.»

«Nein. Um meiner Kunst willen. Denn die ist mir heilig.»

«Großartig!»

Mr. Mahound nahm, als wir in sein Appartement traten, ihre beiden Hände in seine. «Wie sehr, sehr reizend von einer sehr, sehr reizenden Dame, daß sie einen armen alten Filmmann in seinem kleinen Schlupfwinkel im Beverly-Ritz besucht!»

«Nicky, Charlie hat sich für mich eine Rolle ausgedacht: Julia, nur besser.»

«Prächtig. Haben Sie schon über die Besetzung des Romeo nachgedacht, mein lieber Rhythm?»

«Ach, da finden wir schon jemand.»

«Er muß an einem Wolkenkratzer hinaufklettern, Nicky. Damit ich die Balkonszene spielen kann, mit einer Rose in der Hand.»

«Werden Ihre Prominenten in Hollyood das können, Rhythm? Sie sind nicht mehr die Jüngsten.»

«Warum denn nicht? Die klettern überallhin. Und wissen Sie, um die Rolle richtig groß zu machen, werden wir etwas von der Jungfrau von Orleans hineinarbeiten. Sie muß New York befreien.»

«Wovon?»

«Von den Gangstern. Und der große Gag . . .»

«Was denn?»

«Richtige Kugeln.»

«Nun mal langsam, Rhythm! Schließlich gibt es Spielregeln, wissen Sie. Selbst ich . . .»

«Lassen Sie mich ausreden», rief ich. «Die Rolle schreit danach, nicht wahr, Belinda? Wie kann sie die Rolle unter

Einsatz ihrer ganzen Begabung entwickeln, wenn Sie ihr die Kugeln verweigern?»

«Ja, Nicky, ich glaube, es geht nicht ohne richtige Kugeln.»

«Natürlich», bestätigte ich. «Glauben Sie, Theda Bara hätte Kleopatra ohne richtige Perle gespielt?»

«Aber ohne richtige Schlange», sagte Mahound, sich an diesen letzten Strohhalm klammernd, den ich verächtlich wegpustete.

«O doch», sagte ich, «natürlich mit einer richtigen Schlange, nur mit einer alten, zahnlosen. Sie können ja alte Kugeln nehmen. Sie können sogar alte Gangster nehmen und so tun, als wären sie an Herzschwäche gestorben.»

«Sie reden auf einmal sehr forsch, mein lieber Rhythm.»

«Forsch? Warten Sie nur, wenn ich erst im Atelier bin!»

«Vielleicht hat das Atelier Parkettboden.»

«Ja, vielleicht», sagte ich verzagt. «Wir könnten ja auch Salutkartuschen nehmen. Vielleicht sollte ich statt dessen ein paar echte Perlen kaufen. Ich will nämlich auch etwas von der Kleopatra hineinarbeiten, die Szene, wo sie in einen Teppich gerollt hereingebracht wird.»

«Tun Sie das, mein Lieber. Ein begabter Schriftsteller, nicht wahr, Belinda?»

«Charlie ist in Ordnung, nur gibt er so leicht nach. Bitte, Nicky, ich möchte richtige Kugeln haben.»

«Hört zu, Leutchen», sagte ich. «Besprecht das unter euch, ich gehe inzwischen die Perlen kaufen.»

Auf dem Rückweg überkamen mich böse Vorahnungen. War ich zu weit gegangen? Vielleicht waren die Perlen ein bißchen vulgär. Ich beschloß, auf mein Zimmer zu gehen und zu probieren, wie das Kollier sich ausnahm, wenn man zwei bis drei der größten Perlen aus der Mitte entfernte. Als ich durch den Korridor ging, kam der Aufzug vorbeigesummt. Mr. Mahound war darin. Als er mich sah, formten seine Lippen die Worte «Sie ist wunderbar!» Dann war er fort.

Später ging ich in sein Appartement hinauf. Ich traf Belinda allein an, die sich damit beschäftigte, Orchideen zu zerrupfen.

«Sehen Sie nicht wie Konfetti aus?» sagte sie. «Ich finde ihn ein bißchen . . . ich finde ihn bezaubernd, Ihren Mr. Mahound.»

«Sie haben also Ihre Kugeln durchgesetzt?»

«Charlie, wir werden es so machen, daß ich die Stadt von der Roten Flotte befreie. Mit richtigen Granaten.»

«Sehr schön, meine süße Belinda. Nick ist ein großartiger Bursche. Wirklich, ein feiner Kerl, Belinda, ein Mann mit Vergangenheit. Wenn ich ein Mädchen wäre, ich würde auf Nick fliegen. Aber vergessen Sie nicht: *Sie* haben das Talent. Lassen Sie Ihren Stil nicht einengen. Sie haben eine große Zukunft, Belinda. Vielleicht glauben Sie schon jetzt das Geld zu scheffeln, Kind, aber das sind kleine Fische gegen das, was Sie verdienen werden, solange Sie Ihren Stil nicht einengen lassen.»

«Sie haben recht, Charlie. Es ist meine Kunst. Und die ist mir sehr heilig.»

Abends traf ich Mahound allein. «Sie ist wunderbar, Charles! Allerdings . . . ich muß sagen . . .»

«Ja-ah?»

«Hat sie zu Ihnen was von Granaten gesagt?»

«Sie hat erzählt, *Sie* hätten was von Granaten gesagt.»

«Vielleicht habe ich was gesagt. Im Augenblick der Erregung. Schwierige Sache, Charles. Richtige Granaten! Das gibt Ärger! Ich will nicht vor Gericht gezerrt werden.»

«Was liegt Ihnen daran?»

«Mir liegt daran, meine Filmpläne zu verwirklichen. Übrigens, Charles, Ihr Drehbuch gefällt mir nicht. Entschuldigen Sie, alter Junge. Es ist ein großartiges Drehbuch, aber es gefällt mir nicht. Es ist nämlich zu kostspielig.»

Er konnte mir nicht in die Augen sehen. Ich merkte, daß er sich schämte, weil selbst seine Millionen gewisse Grenzen hatten. Ich überlegte mir, daß in einem Vertragsverhältnis, wo der eine Partner um sein Prestige besorgt ist, der andere immer noch hoffen darf. Ich stachelte seine Eitelkeit an. «Und ich habe gedacht, Sie hätten Geld wie Heu. Ich habe Sie für zahlungskräftig gehalten – ‹reich wie der Teufel›, wie man so sagt.» Er brachte es nicht über sich, offen zu bekennen, daß er nur *ein* Teufel unter vielen sei. Er brummte etwas von dem Budget, das man schließlich einhalten müsse.

«Ich kann Ihnen auch einen Wildwestfilm schreiben», sagte ich spöttisch. «Würde es für ein echtes Pferd reichen?»

«Die echte Falle, in der ich sitze, reicht mir schon, mein lieber Rhythm.»

«Mag sein. Nun gut, ich werde etwas zu Papier bringen.»

Am nächsten Morgen rief ich Belinda an. «Also, mein Schatz, unser Drehbuch ist im Eimer. Ich bin dabei, ein kleines historisches Stück für Sie zu schreiben. Es spielt in einer Kleinstadt, und Sie tragen so eine große Haube, die das Gesicht verdeckt.»

«Charlie, das ist unmöglich! Ich will mit drei großen Perlen in einen Teppich gerollt werden.»

«Die Perlen sind gestrichen, Herzchen. Er hat den Sparsamkeitsfimmel. Sogar Ihre Granaten sind abgesetzt. Nur Sie und ein Pferd.»

«Schreiben Sie kein Wort, Charlie. Warten Sie, bis ich Nick gesprochen habe.»

Nach dem Mittagessen wurde ich telefonisch zu Mr. Mahound gerufen. Belinda war bei ihm, rosig und strahlend.

«Echte Granaten, Charlie!»

«Und Glockenläuten, Charles. Belinda und ich werden heiraten. Stimmt's, mein Süßes?»

«Ja, und ich bekomme echte Granaten.»

«Und auch echte Kriegsschiffe», sagte ich. «Wär das nicht eine Idee? Die bringe ich noch ins Drehbuch. Kriegsschiffe, die unter Kanonendonner den Hudson heraufkommen! Mein Hochzeitsgeschenk für die Braut!»

«Hast du gehört, Nick? O Charlie, Sie *sind* ein Schriftsteller! Richtige Kriegsschiffe!»

«Ich fürchte, Charles scherzt nur, mein Liebes. Er liebt solche etwas anzüglichen Scherze. Aber jetzt wollen wir über unsere Hochzeit sprechen.»

«Schön, Nicky. Wir werden nach New York fliegen. Wir werden zum Hochamt gehen . . .»

«Du meinst wohl, zum *Standes*amt.»

«Nein, Schatz, zum *Hoch*amt.»

«Das ist nichts für uns, mein Schatz. Wir werden eine stille Hochzeit haben, nur standesamtlich.»

«Was? Wofür hältst du mich? Bin ich deine Leibeigene? Deine Sklavin? Bin ich ein Filmstar oder nicht?»

«Aber auch ein braves Frauchen, mein Schatz. Vergiß nicht, daß du ein einfaches Mädchen bist. Hündchen, selbstgebackene

Plätzchen ... Deine Verehrer sehen in dir die ideale kleine Hausfrau, nicht wahr, Charles?»

«Ja, Nicky. Aber vorläufig bin ich für die Hausfrauenrolle noch nicht engagiert. Ich spiele keine Rolle, bevor ich nicht den Vertrag in Händen habe. Meine Mutter hat gesagt, man soll nie die Ehefrau spielen, solange man noch keine ist. Sie ist eben so altmodisch. Warum sind Verwandte nur so altmodisch!»

«Ich bin auch altmodisch, meine Liebe», sagte Nick. «Ich kann nicht zum Hochamt gehen. Ich würde in den Boden sinken. Paß auf, Liebling, wir gehen einfach zum Standesamt, und vielleicht kann ich mein Budget ein bißchen strecken und dir ein bis zwei Kriegsschiffe schenken.»

«Gut, aber vergiß nicht: du hast es versprochen.»

«Welche Erleichterung! Welches Glück!» rief er. «Wirkliches Glück! Komm, wir wollen sofort nach New York fliegen!»

«Linda», flüsterte ich, während er nach einem Flugzeug telefonierte. «Vergessen Sie nicht, was Sie sich schuldig sind. Machen Sie eine schöne lange Hochzeitsreise. Mindestens zwei Monate, Schätzchen, sonst zweifelt die Welt an Ihrem großen Stil.»

«Sie haben recht, Charlie. Ich werde dafür sorgen.»

Sie reisten also nach Yuma. Nach einigen Wochen bekam ich ein Telegramm. *«Kommen Freitag zurück. Herzlichen Gruß Nick und Linda.»* Bald danach kam ein zweites: *«Vertraulich. Entwerft möglichst Alternativdrehbuch. Wildwest, Südsee oder anderer einfacher Naturhintergrund. Wiederhole: Vertraulich. Nick.»*

Nach einigem Nachdenken entwarf ich eine heitere Farmgeschichte, wie Mabel Normand sie in der guten alten Zeit gespielt hat. Belinda würde davon kaum angetan sein, dachte ich, aber ich stand unter Vertrag. Befehl war Befehl.

Ich holte sie am Flughafen ab. Linda stieg als erste aus und wurde sofort von der Presse mit Beschlag belegt. Die Worte «mein Mann», «Hündchen» und «selbstgebackene Plätzchen» schlugen an mein Ohr.

«Im Vertrauen, Charles», sagte Mahound leise zu mir, «haben Sie den Entwurf fertig? Dieses Rohmanuskript?»

«Ja, ist fertig. Was ist denn los? Wollen Sie sich um die echten Kriegsschiffe drücken?»

«Charles, sie will das echte New York.»

«Soso – na, macht nichts. Die neue Sache spielt auf einer Farm, da kann sie echte Ringelstrümpfe tragen.»

«Sie will hoch hinaus, Charles. Vielleicht findet sie das ziemlich enttäuschend nach dem echten New York.»

«Machen Sie sich keine Sorge. Fahren Sie jetzt ins Hotel. Alles ist für Sie vorbereitet. Ich schaue nach dem Abendessen herein.»

Am späten Abend ging ich zu ihnen hinüber. Irgend etwas sagte mir, daß in dieser romantischen Ehe keine volle Harmonie herrschte. Mahound saß mit gerunzelter Stirn vor einem Haufen Rechnungen.

«Sie haben eine Menge recht eindrucksvoller Orchideen gekauft, Charles», sagte er in besorgtem Ton.

«Für Sie und Linda ist mir nichts zu gut», antwortete ich lächelnd. «Sie sind meine besten Freunde in der Filmwelt.»

«Ja, aber das alles geht auf Unkostenkonto.»

«Meine Güte, fängst du schon wieder an!» rief Linda. «Er ist solch ein Geizhals geworden, Charlie. Er behauptete, er könnte sich's nicht leisten, mir New York zu kaufen. Für die Bombardierungsszene. Wo ich die Stadt befreie. *Ich* kann nicht vor Pappkulissen spielen, Charlie. Sagen Sie ihm das.»

«Da ist was dran, Nick», sagte ich. «Aber hören Sie, Linda, ich habe ein neues Drehbuch für Sie. Eine recht sympathische Rolle. Eine Farm. Die Vögel singen – echte Vögel. Auch Hühner gibt es, für die Sie Futter streuen. Mit Ringelstrümpfen wie in der Komödie. Echte Strümpfe und echte Komödie.»

«Nick, soll das ein schlechter Scherz zum Empfang sein?»

«Nun hör mal zu, mein Schatz», sagte Nick. «Du mußt dem Autor eine Chance geben. Er hat das mit seinem Herzblut geschrieben. Fahren Sie fort, Charlie.»

«Das stimmt, Linda. Das ist ein Stoff zum Weinen und Lächeln.»

«Wieso Lächeln?»

«Zum Beispiel wenn Ihnen der Pudding in die Visage geschmissen wird. Ein echter . . .»

«Sagen Sie mal, was werden Sie mir als nächstes vorschlagen?

Eine Posse? Ohne mich. Jetzt reicht es mir.»

«Die Jungfrau von Orleans hat auch auf einer Farm angefangen, Schätzchen.»

«Die Jungfrau von Orleans hat nie einen Pudding ins Gesicht gekriegt.»

«Viel schlimmer, mein Süßes, sie mußte Kühe melken», sagte Nick. «Ich war dabei. Ich habe es so eingerichtet.»

«Was soll das heißen: du warst dabei?» rief Belinda. «Fängst du schon mit Lügereien an? Ich fliege nach Reno. Oder nein, doch nicht. Vergiß nicht, was du in Yuma in meinen Kontrakt gesetzt hast. Jedes Drehbuch muß von mir genehmigt werden.»

«Na schön, Süße, Charles wird eins schreiben, das dir wirklich gefällt. Vielleicht eins, wo du ein junges Mädchen spielst, das wahnsinnig gern zur Bühne möchte. Dann könntest du deinen Julia-Monolog halten, bei einer Gesellschaft, zu der ein großer Produzent eingeladen ist.»

«Nein, Charles wird nichts dergleichen schreiben.»

«Doch.»

«Nein, das ist geschmacklos.»

«Doch, er wird das schreiben», sagte Mahound. «Ein wunderhübsches Drehbuch. Eine Rolle, mit der du die ganze Welt verrückt machen wirst. Die echte Welt. Werden Sie das schreiben, Charles?»

«Nun», sagte ich, «um die Wahrheit zu sagen: nein.»

«Was?»

«Sehen Sie auf die Uhr. Haben Sie es nicht zwölf schlagen hören?»

«Ja, und?»

«Die zwei Monate sind um, Nick», sagte ich. «Heute – oder vielmehr gestern – hätte meine Option erneuert werden müssen. Ich fürchte, Sie haben die Frist versäumt. Ich bin frei!»

«Zum Teufel! Ich könnte in den Boden sinken!»

«Nicky, du mußt einen Schriftsteller engagieren, der für mich einen New-York-Film schreibt. Mit Rollen für meine Hündchen.»

«Ihre Hündchen sind tot», sagte ich zu ihr. «Sie haben Ihre Plätzchen gefressen.»

«Och! Charlie! Meine Hündchen!»

«Ich könnte in den Boden sinken!» brummte Nick. «Eine Option ablaufen zu lassen.»

«Ja-ah», sagte ich. «Die ist abgelaufen. Also sinken Sie schon!»

«Das werde ich auch», schrie er, mit dem Fuß aufstampfend.

Und damit packte er Belinda, und huuusch! hatte der Boden sie verschlungen.

Ich steckte mir eine der kleineren Orchideen ins Knopfloch und ging in einen Nachtklub. Am nächsten Tag kehrte ich nach Malibu zurück.

Blüten der Nacht

Folgende Aufzeichnungen fanden sich in einem Schreibblock «Luxuspost», zum Preise von 25 Cent von Miss Sadie Brodribb im Warenhaus Bracey gekauft.

21. März. Heute faßte ich den Entschluß, der Welt der Bourgeoisie, in der kein Platz für Dichter ist, ein für allemal den Rücken zu kehren. Ich beschloß, mich davonzumachen, auszubrechen, alle Brücken hinter mir zu verbrennen ...

Und ich habe es getan. Ich bin frei! Frei wie das Stäubchen, das im Sonnenlicht tanzt! Frei wie die Stubenfliege, die auf dem größten Luxusdampfer den Ozean überquert! Frei wie meine Verse! Frei wie die Speisen, die ich essen, das Papier, auf dem ich schreiben, die lammfellgefütterten Pantoffeln, in denen ich leise durch die Räume gleiten werde.

Heute morgen noch war ich arm wie eine Kirchenmaus. Jetzt bin ich auf Samt und Seide gebettet. Sicher brennen Sie darauf, Näheres über meinen Zufluchtshafen zu erfahren; Sie würden gern Gesellschaftsreisen organisieren, Ihre angeheirateten Verwandten herschicken, vielleicht sogar selbst kommen, und alles wäre verdorben. Aber schließlich wird dieses Tagebuch Ihnen erst nach meinem Tode in die Hände fallen, und so will ich es Ihnen erzählen.

Ich sitze im Kaufhaus Bracey, bin glücklich wie die Made im Speck, und die Welt wird nichts mehr von mir hören.

Nun kann ich herrlich und in Freuden leben, wohlgeborgen hinter einem turmhohen Teppichstapel in einem Schlupfwinkel, den ich noch mit Daunendecken, Wollsachen und schwelgerischen Polstern ausstaffieren will. Ich werde es wirklich gemütlich haben.

Ich bin heute gegen Abend in meine Zufluchtsstätte geschlüpft, und bald hörte ich die verhallenden Schritte der Ladenschlußzeit.

Von jetzt an werde ich mich nur bemühen müssen, dem

Nachtwächter auszuweichen. Dichter sind groß im Ausweichen.

Meinen ersten Erkundungsgang habe ich schon gemacht, leise wie ein Mäuschen. Ich schlich auf Zehenspitzen zur Schreibwarenabteilung, holte mir diese Schreibutensilien – das Notwendigste für einen Dichter – und flitzte ängstlich wieder zurück. Nun werde ich den Schreibstift beiseite legen und mich nach anderen notwendigen Dingen umsehen, als da sind: Lebensmittel, Wein, Kissen und Decken für meine Couch und eine schmucke Hausjacke. Dieses Plätzchen regt meinen Geist an. Hier werde ich schreiben.

Im Morgengrauen des nächsten Tages. Ich glaube, noch keinem Menschen der Welt sind so erstaunliche, ja, überwältigende Dinge begegnet wie mir in der vergangenen Nacht. Es ist unglaublich. Und doch muß ich es glauben. Wie interessant ist das Leben, wenn einem so etwas begegnet!

Ich schlich mich hinaus, wie ich mir vorgenommen hatte, und fand das große Kaufhaus in gespenstischem Helldunkel. Der Mittelhof war halb erleuchtet, und auf den ihn umgebenden Galerien überstürzten sich Licht- und Schatteneffekte wie auf einem Piranesistich. Die spinnenartigen Treppen und Schwebebrücken waren phantastische Gebilde, jedes Zweckes entkleidet. Samt- und Seidenstoffe schimmerten in geisterhaftem Licht, und hundert spärlich bekleidete Modepuppen verschwendeten ihr affektiertes Lächeln und ihre Umarmungen an die leere Luft. Ringe, Clips und Armbänder glitzerten frierend in trostloser Verlassenheit.

Während ich durch die dunkleren Quergänge schlich, kam ich mir vor wie ein wandernder Gedanke im träumenden Hirn einer vom Pech verfolgten Choristin. Nur daß natürlich das Hirn einer Choristin nicht so groß ist wie Braceys gigantisches Kaufhaus und daß kein Mann da war.

Doch, einer war da, nämlich der Nachtwächter. Ihn hatte ich ganz vergessen. Als ich, mich an einer Auslage von aufreizenden Schals entlangdrückend, ein Stück offenes Gelände überquerte, vernahm ich ein regelmäßiges, dumpfes Klopfen, das ich zunächst für meinen eigenen Herzschlag hielt, bis mir plötzlich aufging, daß es von außen kam. Es waren die Schritte eines Menschen, der nur wenige Meter von mir entfernt sein konnte. Blitzschnell ergriff ich eine farbenprächtige Mantilla, die ich mir hastig umwarf; dann blieb ich mit ausgestrecktem Arm wie eine in der Geste der Verachtung versteinerte Carmen unbeweglich stehen.

Ich hatte Glück. Mit seinem angeketteten Maschinchen klimpernd, ein Liedchen vor sich hin summend, die Augen noch vom grellen Tageslicht geblendet, ging er an mir vorbei. «Geh, Weltkind», flüsterte ich und erlaubte mir ein lautloses Lachen.

Es gefror mir auf den Lippen. Mein Herz stockte. Eine neue Furcht hatte mich gepackt.

Ich wagte nicht, mich zu rühren. Ich wagte nicht, mich umzusehen. Ich spürte einen beobachtenden Blick, der mir durch und durch ging. Dieses Gefühl war ganz anders als die gewöhnliche Angst, in die der ganz gewöhnliche Nachtwächter mich versetzt hatte. Mein Bewußtsein befahl mir das Nächstliegende, nämlich hinter mich zu blicken. Aber meine Augen wußten es besser. Ich blieb wie versteinert stehen und starrte geradeaus.

Meine Augen wollten mir etwas sagen, was mein Verstand nicht glauben wollte. Und sie überzeugten mich. Ich blickte direkt in zwei andere Augen, sehr große, leuchtende Menschenaugen ohne Tiefe. Ich habe solche Augen im Zoo bei Nachttieren gesehen, wenn sie bei dem künstlichen blauen Mondschein hervorkriechen.

Der Mann, zu dem diese Augen gehörten, stand keine vier Meter von mir entfernt. Der Wächter war zwischen uns, näher an ihm als an mir, durchgegangen. Und doch hatte er ihn nicht gesehen. Auch ich hatte ihn nicht gesehen, obwohl ich ihn sicher schon mehrere Minuten hintereinander anstarrte.

Er saß halb zurückgelehnt an einem niedrigen Podest, auf dem zwischen rotgelben Herbstblättern, umwogt von leuchtendbunten Tweedstoffen, die wächsernen Damen mit den rosigen Gesichtern elegante Sportkostüme in Fischgräten-, Karo- und Schottenmustern zur Schau trugen. Er schmiegte sich an den Rock einer solchen Amazone, dessen Falten Ohr und Schulter seiner rechten Seite verbargen. Er selbst trug einen Anzug vom neuesten Schnitt aus dunklem, aber groß gemustertem Shetland-Tweed, Wildlederschuhe und ein olivgrün, rosa und grau gemustertes Hemd von ziemlich grober Struktur. Er war so blaß wie die Lebewesen, die man unter Steinen findet. Seine langen, dünnen Arme endeten in Händen, die gleichsam schwebend herabhingen, eher wie nachschleppende, durchsichtige Flossen oder Chiffonfetzen als wie richtige Hände.

Er sprach. Seine Stimme war keine Stimme, sondern nur ein Pfeifgeräusch unter der Zunge. «Nicht schlecht für einen Anfänger!»

Ich begriff, daß dies ein etwas ironisches Kompliment für meinen amateurhafteren Tarnungsversuch sein sollte. Ich sagte stotternd: «Entschuldigen Sie. Ich wußte nicht, daß hier noch jemand lebt.» Schon während ich sprach, merkte ich, daß ich seine pfeifende, zischende Sprechweise nachahmte.

«O ja», sagte er. «*Wir* leben hier. Es ist wunderschön.»

«Wir?»

«Ja, wir alle. Sehen Sie, dort!»

Wir befanden uns nahe der Brüstung der ersten Galerie. Mit einem Schwung seiner schlanken Hand wies er auf den Mittelhof des Kaufhauses. Ich blickte hinunter. Ich sah nichts. Ich hörte auch nichts, nur den dumpfen Schritt des Wächters, der unendlich weit weg in einem Gang des Souterrains verhallte.

«Sehen Sie nichts?»

Haben Sie schon einmal in das Halbdunkel eines Aquariums gespäht? Man sieht Baumrinden, Kieselsteine, ein paar Blätter, weiter nichts. Und dann plötzlich sieht man einen Stein atmen – er ist eine Kröte; ein anderer ist ein Chamäleon, und zwischen den Blättern entdeckt man eine zusammengerollte Natter oder eine Gottesanbeterin. Mit einemmal knistert das ganze Gehäuse – vielleicht die ganze Welt – von verborgenem Leben, und man mustert argwöhnisch seinen Jackettärmel, seine Schuhe.

So war es auch mit dem Kaufhaus. Auf den ersten Blick war es leer. Ich sah wieder hin, und da kletterte hinter der monströsen Uhr eine alte Dame hervor. Am Eingang zur Parfümerie standen drei unglaublich abgemagerte ältliche Naive, die geziert lächelten, mit seidenfeinem, flaumigem Haar, bleich wie Mariengarn. Ebenso zerbrechlich und farblos war ein Mann, der wie ein Oberst aus den Südstaaten wirkte; er betrachtete mich und zwirbelte seinen Schnurrbart, der einer Garnele alle Ehre gemacht hätte. Eine Dame in bedrucktem Kattun, möglicherweise mit literarischen Neigungen, wurde zwischen Vorhängen und Draperien sichtbar.

Sie umdrängten mich flatternd und pfeifend wie wehende Gazeschleier im Wind. Alle hatten übergroße, glänzende Augen mit farbloser Iris und ohne Tiefe.

«Wie unkultiviert er aussieht!»

«Ein Detektiv! Ruft die Dunklen Männer!»

«Ich bin kein Detektiv. Ich bin ein Dichter. Ich habe der Welt entsagt.»

«Er ist ein Dichter. Er ist zu uns übergelaufen. Mr. Roscoe hat ihn gefunden.»

«Er weiß uns zu schätzen.»

«Er muß Mrs. Vanderpant kennenlernen.»

Ich wurde zu Mrs. Vanderpant geschleppt. Es stellte sich heraus, daß sie die Große Alte Dame des Kaufhauses und fast durchsichtig war.

«Sie sind also ein Dichter, Mr. Snell? Die Umgebung hier wird Sie bestimmt inspirieren. Ich wohne am längsten in diesem Hause. Selbst drei Fusionierungen und ein Totalumbau haben mich nicht vertreiben können!»

«Liebe Mrs. Vanderpant, erzählen Sie, wie Sie einmal bei Tageslicht herumgegangen sind und beinah als Whistlers *Mutter* verkauft wurden.»

«Ja, das war vor dem Krieg. Da war ich noch rüstiger. Aber an der Kasse fiel ihnen plötzlich ein, daß das Bild keinen Rahmen hatte. Und als sie zurückkamen, um mich noch einmal anzusehen ...»

«... da war sie weg.»

Ihr Gelächter klang wie das Zirpen von Grashüpfergeistern.

«Wo ist Ella? Wo bleibt meine Fleischbrühe?»

«Sie bringt sie schon, Mrs. Vanderpant. Gleich wird sie hier sein.»

«So ein langweiliges kleines Ding! Sie ist unser Findling, Mr. Snell. Sie gehört nicht ganz zu uns.»

«Was Sie nicht sagen, Mrs. Vanderpant! Wie interessant!»

«Ja, Mr. Snell, ich habe viele Jahre hier allein gelebt. In den schrecklichen Zeiten der achtziger Jahre habe ich hier eine Zuflucht gefunden. Ich war noch ein junges Mädchen, eine Schönheit – wenigstens behauptete man das liebenswürdigerweise –, aber mein armer Papa verlor sein Vermögen. Für ein junges Mädchen im New York von damals war Bracey der Himmel auf Erden, Mr. Snell, und der Gedanke, hier nicht mehr Einkäufe machen zu können wie bisher, war mir unerträglich. So bin ich denn für immer zu Bracey gezogen. Es beunruhigte mich sehr, als nach dem Bankkrach von 1907 auch andere sich hier niederließen. Aber es waren so sympathische Menschen – unser lieber Richter, der Oberst, Mrs. Bilbee ...»

Sie stellte mich den Genannten vor, und ich verbeugte mich.

«Mrs. Bilbee schreibt nicht nur Theaterstücke, sondern stammt auch aus einer sehr alten Familie aus Philadelphia. Sie werden sehen. Mr. Snell, Sie befinden sich hier in der besten Gesellschaft.»

«Ich fühle mich sehr geehrt, Mrs. Vanderpant.»

«Und dann natürlich all unsere lieben *jungen* Leute. Die kamen 1929, nachdem ihre armen Papas von den Wolkenkratzern gesprungen waren.»

Ich verbeugte mich nach allen Seiten und pfiff Begrüßungen. Es dauerte ziemlich lange, bis ich allen vorgestellt war. Wer hätte gedacht, daß in Braceys Kaufhaus so viele Leute wohnen!

«Da ist ja Ella mit meiner Fleischbrühe – na, endlich!»

Da sah ich, daß die sogenannten jungen Leute trotz ihres naiven Lächelns und Getues und ihrer jugendlichen Kleidung doch nicht so jung waren, denn Ella war wirklich ein junges Mädchen. Sie mochte vielleicht sechzehn Jahre alt sein, und obgleich sie nur ein billiges Fähnchen von dem Tisch mit den angestaubten Sachen trug, wirkte sie in dieser Gesellschaft wie eine frische Blüte unter den Kunstblumen eines französischen Friedhofs oder wie eine Seejungfrau zwischen Polypen.

«Komm her, du dummes Ding!»

«Mrs. Vanderpant wartet.»

Ihr Gesicht war von einer anderen Blässe als die übrigen Kaufhausbewohner. Es war nicht die bleiche Farbe von glitzernden Lebewesen, die davonhuschen, wenn man einen Stein umdreht. Es war die durchsichtig schimmernde Blässe einer Perle.

O Ella! Du Perle in dieser verstecktesten, phantastischsten aller Höhlen! Kleine Seejungfrau, befingert und umstrickt von den Fangarmen dieser leichenblassen Geschöpfe! Ich kann nicht weiterschreiben.

28. März. Nun, ich gewöhne mich rasch an meine neue, zwielichtige Welt, an meine seltsamen Gefährten. Ich lerne die kniffligen Regeln für die scheinbar unbekümmerten Spaziergänge und Zusammenkünfte dieser Mitternachtssippschaft, wann man zu schweigen und wie man sich zu tarnen hat. Wie sie den Nachtwächter hassen, dessen Existenz sie bei ihren witzlosen Festivitäten zur Vorsicht zwingt!

«Dieser ekelhafte Mann! Er stinkt nach gemeinem Sonnenlicht!»

In Wirklichkeit ist er ein recht ansehnlicher junger Mann, eigentlich zu jung für einen Nachtwächter, so daß ich glaube, er muß eine Kriegsverletzung haben. Aber sie würden ihn am liebsten in Stücke reißen.

Mich behandeln sie jedoch sehr liebenswürdig. Es scheint ihnen zu schmeicheln, daß sie einen Dichter unter sich haben. Und doch kann ich sie nicht richtig gern haben. Es schaudert mich immer ein bißchen, wenn ich sehe, mit welch unheimlicher Leichtigkeit selbst die alten Damen sich gleich Spinnen von Balkon zu Balkon schwingen. Oder liegt es daran, daß sie so unfreundlich zu Ella sind?

Gestern haben wir Bridge gespielt. Heute abend wird Mrs. Bilbees kleines Stück, *Liebe im Schattenland*, aufgeführt. Es ist kaum zu glauben: bei Wanamaker gibt es eine ebensolche Kolonie, die geschlossen zur Vorstellung herüberkommen wird. Anscheinend sind alle großen Kaufhäuser in dieser Weise bewohnt. Der Besuch der Wanamaker-Kolonie gilt als große Ehre, denn unter diesen Nachtgeschöpfen herrscht ein großer Standesdünkel. Sie sprechen mit Entsetzen von jemand, der ein hochfeines Etablissement an der Madison Avenue mit einem Delikatessenladen vertauscht hat und dort ein schwelgerisches Vagabundenleben führt; er ist für sie der letzte Abschaum der Gesellschaft. Und sie berichten gerührt von dem tragischen Geschick eines Mannes bei Altman, der von so leidenschaftlicher Begierde nach einem karierten Frisiermantel – einem Modellstück – gepackt wurde, daß er am hellichten Tage hervorkam und ihn den Händen eines Käufers entriß. Soviel ich verstanden habe, mußte die gesamte Altman-Kolonie, die eine Untersuchung befürchtete, in einen Fünfgroschenladen übersiedeln – ein gewaltiger gesellschaftlicher Abstieg. Jetzt muß ich mich für die Theatervorstellung fertig machen.

14. April. Ich habe Gelegenheit gefunden, Ella anzusprechen. Bisher habe ich es nicht gewagt; man hat hier immer das Gefühl, von bleichen Augen heimlich beobachtet zu werden. Aber gestern abend bei der Aufführung bekam ich einen Anfall von Schluckauf. Ich wurde in strengem Ton angewiesen, mich im Souterrain zwischen den Mülltonnen zu verbergen, wo der Wächter nie hinkommt.

Dort in der Finsternis, in der sich die Ratten tummeln, hörte ich unterdrücktes Schluchzen. «Wer ist da? Ach, du bist es, Ella. Was fehlt dir denn, Kind? Warum weinst du?»

«Nicht mal zu der Aufführung darf ich gehen!»

«Ist das dein ganzer Kummer? Da kann ich dich trösten.»

«Ach, ich bin so unglücklich.»

Sie erzählte mir ihre tragische kleine Geschichte. Es kam heraus, daß sie als ganz kleines Kind von sechs Jahren ihrer Mutter, die Hüte aufprobierte, weggelaufen und hinter einem Ladentisch eingeschlafen war. Als sie aufwachte, lag das Kaufhaus im Dunkel.

«Und ich schrie, und da kamen sie alle angelaufen und hielten mich fest, weil sie meinten, ich würde sie verraten, wenn sie mich gehen ließen. Manche sagten: ‹Ruft die Dunklen Männer.› Aber Mrs. Vanderpant sagte: ‹Nein, sie kann hierbleiben, dann habe ich ein nettes kleines Dienstmädchen.›»

«Wer sind diese Dunklen Männer, Ella? Sie haben von ihnen gesprochen, als ich gerade hergekommen war.»

«Wissen Sie das nicht? Oh, es ist furchtbar, furchtbar!»

«Erzähl es mir, Ella. Laß mich an dem Geheimnis teilhaben.»

Sie zitterte. «Kennen Sie das Bestattungsinstitut ‹Endstation›, das seine Leute schickt, wenn jemand gestorben ist?»

«Ja, Ella.»

«Nun ja, in diesem Geschäft wohnen auch solche Leute wie hier und bei Gimbel und bei Bloomingdale.»

«Wie gräßlich! Aber, Ella, wovon leben sie denn in einem Bestattungsinstitut?»

«Fragen Sie mich nicht! Die Toten werden da zum Einbalsamieren hingeschickt. Oh, es sind Ungeheuer! Sogar die Leute hier fürchten sich vor ihnen. Aber wenn einer stirbt, oder wenn ein armer Einbrecher diese Leute sieht und sie verraten könnte . . .»

«Ja? Sprich weiter.»

«Dann schicken sie nach den anderen, den Dunklen Männern.»

«Großer Gott!»

«Ja, und dann schaffen sie die Leiche – oder den gefesselten Einbrecher – in die Abteilung für chirurgische Bedarfsartikel, und dann lassen sie diese anderen holen, und dann verstecken sich alle, und dann kommen die anderen – oh, sie sehen wie die Verderbtheit selber aus. Ich habe sie einmal gesehen. Es war so schrecklich.»

«Und dann?»

«Sie gehen da rein, wo der Tote oder der arme Einbrecher liegt. Und da haben sie Wachs – und alles mögliche andere. Und wenn sie wieder weg sind, liegt da bloß noch so eine Wachspuppe auf dem Tisch. Und dann ziehen unsere Leute ihr ein Kleid oder einen Badeanzug an, und sie stellen sie zwischen all die anderen, und niemand merkt es.»

«Aber sind sie nicht schwerer als die anderen, diese Wachspuppen? Man sollte denken, daß sie schwerer sind.»

«Sie sind nicht schwerer. Ich glaube, viele von ihnen sind – Tote.»

«Lieber Gott! Und das wollten sie mit dir machen, als du ein kleines Kind warst?»

«Ja, aber Mrs. Vanderpant wollte, daß ich ihr Dienstmädchen werde.»

«Ich mag diese Leute nicht, Ella.»

«Ich auch nicht. Wenn ich doch mal einen Vogel sehen könnte!»

«Warum gehst du nicht in die Haustier-Abteilung?»

«Das wäre nicht das richtige. Ich möchte einen Vogel auf einem Zweig mit Blättern sehen.»

«Ella, wir wollen öfter zusammen sein. Wir werden uns fortschleichen und uns hier unten treffen, und ich werde dir von Vögeln und Zweigen und Blättern erzählen.»

1. Mai. In den letzten paar Nächten war das Kaufhaus wie im Fieber; alle wisperten aufgeregt von einer großen Gesellschaft bei Bloomingdale, die heute abend stattfindet.

«Noch nicht umgezogen? Wir brechen Punkt zwei Uhr auf.» Roscoe betätigt sich als mein Führer oder Aufseher – aus eigener Machtvollkommenheit oder auf Betreiben der anderen? Ich weiß es nicht.

«Wissen Sie, ich bin noch ein Neuling und fürchte mich vor den Straßen.»

«Unsinn! Da ist nichts zu fürchten. Wir schlüpfen zu zweien oder dreien hinaus, stellen uns auf den Gehsteig und halten ein Taxi an. Sind Sie früher mal spät nachts unterwegs gewesen? Da müssen Sie uns so manches Mal gesehen haben.»

«Lieber Himmel, ja, das kann schon sein! Und oft habe ich mich gefragt, wo diese Leute herkommen. Also von hier! Aber wirklich, Roscoe, ich habe eine ganz heiße Stirn und kann kaum atmen. Ich fürchte, ich habe mich erkältet.»

«Dann müssen Sie natürlich hierbleiben. Wenn Sie unglücklicherweise niesen müßten – das wäre eine Schande für unsere ganze Gesellschaft.»

Ich hatte mich auf ihre strenge Etikette verlassen, die hauptsächlich der Angst vor Entdeckung entspringt, und ich hatte recht behalten. Bald waren sie fort, hinausgeweht wie Blätter vor dem Wind. Sofort zog ich mich um: Flanellhosen, Leinenschuhe und ein geschmackvolles Sporthemd, alles heute neu hereingekommen. Ich fand ein stilles Plätzchen in sicherer Entfernung von dem üblichen Weg des Nachtwächters. Dort steckte ich einer Puppe einen breiten Farnwedel, den ich in der Blumenabteilung stibitzt hatte, in die erhobene Hand, und das sah wirklich aus wie ein Bäumchen im Frühlingsgrün. Der Teppich war sandfarben wie der Sandstrand an einem See. Eine schneeweiße Serviette, zwei Kuchen, jeder mit einer Kirsche dekoriert; nun brauchte ich mir nur noch den See vorzustellen und Ella zu holen.

«Nanu, Charles, was ist das?»

«Ich bin ein Dichter, Ella, und wenn einem Dichter ein Mädchen wie du begegnet, denkt er an einen Ausflug aufs Land. Siehst du den Baum da? Wir wollen ihn *unseren* Baum nennen. Da ist der See – der hübscheste See, den man sich denken kann. Hier ist Gras, und dort sind Blumen. Und Vögel sind auch da, Ella. Du hast doch gesagt, daß du Vögel so gern hast.»

«Oh, Charles, wie lieb von dir! Ja, ich glaube, ich höre sie singen.»

«Und hier unser Imbiß. Aber ehe wir essen, geh einmal dort hinter den Felsen, vielleicht findest du etwas.»

Ich hörte ihren Freudenschrei, als sie das Sommerkleid fand, das ich für sie versteckt hatte. Sie sah darin so reizend aus, daß der Frühlingstag heiterer lächelte und der See heller glänzte als zuvor. «So, Ella, jetzt wollen wir essen und lustig sein. Nachher könnten wir schwimmen. Einer von diesen neuen Badeanzügen müßte dir sehr gut stehen.»

«Laß uns lieber hier sitzen und plaudern, Charles.»

Wir setzten uns also hin und plauderten, und die Zeit verging wie ein Traum. Wir wären vielleicht dort geblieben und hätten alles vergessen, wäre nicht die Spinne gewesen.

«Charles, was machst du da?»

«Nichts, mein Liebes. Nur eine unartige kleine Spinne, die über dein Knie krabbelt. Natürlich eine Phantasiespinne, aber die sind manchmal die schlimmsten. Ich mußte sie einfach fangen.»

«Nein, Charles, laß das! Es ist spät. Es ist schrecklich spät. Sie können jeden Augenblick zurückkommen. Ich werde lieber nach Hause gehen.»

Ich brachte sie nach Hause – in die Haushaltsabteilung im Souterrain – und gab ihr einen Gutenmorgenkuß. Sie bot mir nur ihre Wange. Das bekümmert mich.

10. Mai. «Ella, ich liebe dich.»

Genauso habe ich es zu ihr gesagt. Wir waren inzwischen häufig zusammen. Am Tage habe ich von ihr geträumt und nicht einmal mein Tagebuch weitergeführt, vom Dichten ganz zu schweigen.

«Ella, ich liebe dich. Wir sollten zusammen in die Aussteuer-Abteilung ziehen. Sieh nicht so verstört aus, Liebling. Wenn du willst, können wir einfach hier weggehen und in das kleine Restaurant im Central Park ziehen. Da gibt es tausenderlei Vögel.»

«Bitte – bitte, sprich nicht so.»

«Aber ich liebe dich doch von ganzem Herzen.»

«Das darfst du nicht.»

«Ich muß. Ich kann nicht anders. Ella, liebst du etwa einen anderen?»

Ein paar Tränchen rollten über ihre Wangen. «Ach ja, Charles – ja.»

«Du liebst einen anderen, Ella? Einen von denen da? Ich dachte, du fürchtest dich vor ihnen. Dann muß es Roscoe sein. Er ist der einzige, der irgendwie menschlich ist. Mit ihm kann ich mich über Kunst und das Leben und dergleichen unterhalten. Und der hat dein Herz gestohlen!»

«Nein, Charles, nein. Er ist genau wie die anderen, glaub mir. Ich hasse sie alle. Mir graut vor ihnen.»

«Aber wer ist es dann?»

«Er.»

«Wer?»

«Der Nachtwächter.»

«Unmöglich!»

«Doch. Er riecht nach Sonne.»

«Oh, Ella, du brichst mir das Herz.»

«Kannst du nicht trotzdem mein Freund bleiben?»

«Doch, das will ich. Dein brüderlicher Freund. Wann hast du dich in ihn verliebt?»

«Ach, Charles, es war so wunderbar. Ich dachte an die Vögel, und da wurde ich leichtsinnig. Verrat mich nicht, sonst werden sie mich bestrafen.»

«Nein, nein. Sprich weiter.»

«Ich war leichtsinnig, und mit einemmal kam er um die Ecke. Ich wußte nicht, wohin, denn ich hatte dieses blaue Kleid an, und ringsum standen lauter Wachspuppen in Unterwäsche.»

«Ja – und?»

«Es blieb mir nichts anders übrig. Ich schlüpfte aus meinem Kleid und stand unbeweglich da.»

«Aha.»

«Und er blieb direkt vor mir stehen, Charles. Und er sah mich an. Und er strich mir über die Backe.»

«Hat er nichts gemerkt?»

«Nein. Ich fühlte mich kalt an. Aber, Charles, er sagte – er sagte: ‹Ja, Schätzchen, wenn es solche wie dich in der Eighth Avenue gäbe . . .› War das nicht reizend von ihm, Charles?»

«Ich persönlich hätte Park Avenue gesagt.»

«Ach, Charles, du redest schon so wie die anderen Leute hier. Manchmal fürchte ich, daß du so wie sie wirst. Es kommt doch nicht auf die Straße an, Charles; es war so reizend, wie er das sagte.»

«Ja, aber mir bricht es das Herz. Und für dich ist es hoffnungslos, Ella. Er gehört zu einer anderen Welt.»

«Ja, Charles, zur Welt der Eighth Avenue. Da möchte ich hin. Charles, bist du ehrlich mein Freund?»

«Ich bin dein Bruder, aber du brichst mir das Herz.»

«Ich will dir sagen, was ich tun werde. Ich werde mich wieder da hinstellen. Damit er mich sieht.»

«Und dann?»

«Vielleicht sagt er wieder etwas.»

«Meine liebste Ella, das ist doch Selbstquälerei. Damit machst du alles nur noch schlimmer.»

«Nein, Charles. Denn ich werde ihm antworten, und er wird mich hier herausholen.»

«Ella, das ertrage ich nicht!»

«Scht! Da kommt jemand. Und dann werde ich die Vögel sehen – richtige Vögel, Charles – und echte blühende Blumen. Sie kommen. Du mußt gehen.»

13. Mai. Die letzten drei Tage waren eine Qual. Heute abend brach ich zusammen. Roscoe hatte sich zu mir gesetzt. Er sah mich lange prüfend an, dann legte er mir die Hand auf die Schulter und sagte: «Sie sehen miserabel aus, alter Junge. Wollen Sie nicht zu Wanamaker rübergehen und ein bißchen Ski laufen?»

Seine freundliche Fürsorge erforderte eine offene Antwort. «Nein, Roscoe, es sitzt tiefer. Mich hat's erwischt. Ich kann nicht essen, ich kann nicht schlafen. Und schreiben kann ich auch nicht.»

«Was ist es denn? Das Fasten am Tage?»

«Nein, Roscoe – Liebe.»

«Doch nicht eine vom Personal, Charles, oder eine Kundin? Das ist nämlich streng verboten.»

«Nein, das nicht, Roscoe. Aber genauso hoffnungslos.»

«Mein lieber Junge, ich kann das nicht mehr mit ansehen. Vielleicht kann ich Ihnen helfen. Lassen Sie mich an Ihrem Kummer teilhaben.»

Da kam es heraus. Ich beichtete ihm alles. Ich vertraute ihm. Ja, ich glaube, ich habe ihm vertraut. Ich glaube wirklich, daß ich nicht die Absicht hatte, Ella zu verraten, ihre Flucht zu vereiteln, sie so lange hier festzuhalten, bis ihr Herz sich mir zuwandte. Wenn ich diese Absicht hatte, dann im Unterbewußtsein, das schwöre ich.

Aber ich erzählte ihm alles. Er zeigte Mitgefühl, aber ich glaubte doch einen heimlichen Vorbehalt zu spüren. «Sie werden mein Vertrauen nicht mißbrauchen, Roscoe? Das alles muß ein Geheimnis zwischen uns bleiben.»

«Ich werde schweigen wie das Grab, alter Knabe.»

Und dann muß er schnurstracks zu Mrs. Vanderpant gegangen sein. Die Atmosphäre heute abend ist ganz verändert. Die Leute huschen hin und her, und ihr nervöses Lächeln, in dem so etwas wie ängstliche, sadistische Exaltiertheit liegt, macht mich schaudern. Wenn ich sie anspreche, geben sie mir ausweichende Antworten, sie werden verlegen und verschwinden bald wieder. Ein zwangloser Tanzabend, der für heute geplant war, ist abgeblasen worden. Ich kann Ella nicht finden. Ich werde mich hinausstehlen. Ich will noch einmal nach ihr suchen.

Später. Himmel! Es ist geschehen. Ich ging in meiner Verzweiflung ins Hauptbüro, durch dessen Glaswand man das ganze Kaufhaus übersehen kann. Bis Mitternacht hielt ich dort Wache. Dann sah ich eine kleine Gruppe von ihnen. Wie die Ameisen ihre Beute, so trugen sie ihr Opfer – Ella. Sie schafften sie in die chirurgische Abteilung – sie und die anderen Sachen, die sie bei sich hatten.

Und als ich zu meinem Schlupfwinkel zurückging, begegnete ich einer flatterigen, wispernden Horde, die, in panisch-ekstatischer Aufregung immer wieder zurückblickend, zu ihren Schlupfwinkeln eilte. Auch ich versteckte mich. Wie soll ich die düsteren, unmenschlichen Geschöpfe schildern, die stumm wie Schatten an mir vorüberglitten? Sie verschwanden in dem Raum – in dem Ella ist.

Was kann ich tun? Mir bleibt nichts anderes übrig, als den Wächter zu suchen und ihm alles zu sagen. Er und ich, wir werden sie retten. Und sollten wir überwältigt werden . . . Ich werde dies auf einem Ladentisch liegenlassen, und ich kann es mir morgen holen, falls wir dann noch leben.

Wenn nicht, dann seht in die Schaufenster und sucht nach den drei neuen Figuren: zwei Männer – der eine mit auffallend sensiblem Gesicht – und ein Mädchen. Ihre Augen sind blau wie Immergrünblüten, und ihre Oberlippe ist ein bißchen zu kurz.

Sucht nach uns.

Räuchert das Rattennest aus! Vernichtet sie! Rächt uns!

Verregneter Samstag

Es war Juli. Das Rauschen und Gurgeln und die hunderterlei sonstigen Geräusche des Regens hielten sie in dem großen, trübseligen Haus gefangen. Sie saßen hinter den vier hohen, betränten Fenstern des Wohnzimmers in einem See von feuchtkaltem, verblichenem Chintz.

Dieses wenig einnehmende, ungepflegte Haus war eine Notwendigkeit für Mr. Princey, der seine Frau, seine Tochter und seinen ungeschlachten Sohn verabscheute. Sinn und Freude des Daseins waren für ihn, durchs Dorf zu gehen und die Leute zu grüßen, ohne die Miene zu verziehen, oder sich einzelne Erinnerungsbilder aus den unendlich fernen Sommern seiner Kindheit zurückzurufen – die Orangerie, wo er sein verlorengeglaubtes Holzpferdchen wiedergefunden hatte, oder den Tunnel in der Buchsbaumhecke mit dem kleinen hellen Viereck am Ende. Aber nun war das alles bedroht – sein herber Stolz auf sein Ansehen im Dorf, seine leidenschaftliche Anhänglichkeit an das Haus – und das alles, weil dieses Trampel, seine Tochter Millicent, eine empörende, unglaubliche Dummheit gemacht hatte. Mr. Princey wandte sich angeekelt von ihr ab und sagte zu seiner Frau:

«Sie würden sie ins Irrenhaus stecken, in eine Anstalt für kriminelle Irre. Wir müßten wegziehen. Es geht einfach nicht.»

Seine Tochter begann wieder zu zittern. «Ich bringe mich um», sagte sie.

«Sei still», sagte Mr. Princey. «Wir haben sehr wenig Zeit. Wir können uns nicht mit solchem Unsinn aufhalten. Diese Sache muß schnell erledigt werden.» Er rief seinen Sohn, der am Fenster stand und hinaussah. «George, komm her. Wie weit bist du mit deiner Medizin gekommen, bis sie dich als hoffnungslosen Fall rausgeworfen haben?»

«Das weißt du so gut wie ich», sagte George.

«Hast du so viel gelernt – haben sie dir wenigstens so viel eingetrichtert, daß du schätzen kannst, was ein erfahrener Arzt von so einer Wunde sagen würde?»

«Na ja, daß sie von – von einem Schlag oder Hieb herrührt.»

«Wenn zum Beispiel ein Ziegel vom Dach fällt? Oder ein Stück von der Mauerkrönung?»

«Na ja, alter Herr, siehst du, die Sache ist die ...»

«Wäre das möglich?»

«Nein.»

«Warum nicht?»

«Oh, weil sie mehrmals zugeschlagen hat.»

«Ich ertrage das nicht», sagte Mrs. Princey.

«Du mußt es ertragen, meine Liebe», sagte ihr Mann. «Und sprich nicht in diesem hysterischen Ton. Jemand könnte dich hören. Wir unterhalten uns über das Wetter. Wenn er nun in den Brunnen gefallen wäre, George, und sich den Kopf mehrmals angeschlagen hätte?»

«Ich weiß wirklich nicht, alter Herr.»

«Er müßte auf einem Weg von zehn bis zwölf Metern mehrmals aufgeschlagen sein, und zwar im richtigen Winkel. Nein, das geht leider nicht. Wir müssen alles noch einmal durchsprechen, Millicent.»

«Nein! Nein!»

«Millicent, wir müssen. Vielleicht hast du etwas vergessen. Eine nebensächliche Kleinigkeit kann entscheidend dafür sein, ob wir gerettet oder ruiniert sind. Besonders du, Millicent. Oder *willst* du vielleicht in eine Anstalt gesteckt oder gehängt werden? Du könntest nämlich gehängt werden, Millicent. Hör auf zu zittern. Sprich mit ruhiger Stimme. Wir reden vom Wetter. Also.»

«Ich kann nicht. Ich ... ich ...»

«Ruhig, Kind. Ruhig.» Er näherte sein langes, kaltes Gesicht dem seiner Tochter. Sie wirkte entsetzlich abstoßend auf ihn. Das verquollene Gesicht, die schweren Kinnbacken, die ganze widerlich stämmige Gestalt. «Antworte mir», sagte er. «Du warst also im Stall?»

«Ja.»

«Einen Moment. Wer hat gewußt, daß du in diesen elenden Kuraten verliebt warst?»

«Niemand. Ich habe nie ein ...»

«Keine Sorge», sagte George. «Das ganze gottverdammte

Dorf weiß es. Seit drei Jahren machen sie im ‹Pflug› ihre Witze darüber.»

«Sehr wahrscheinlich», sagte Mr. Princey. «Sehr wahrscheinlich. Was für ein Dreck!» Er wischte sich den imaginären Dreck von den Handrücken. «Nun also, fahren wir fort. Du warst im Stall?»

«Ja.»

«Du legtest das Krocketspiel in seine Kiste?»

«Ja.»

«Du hörtest jemanden über den Hof kommen?»

«Ja.»

«Es war Withers?»

«Ja.»

«Daraufhin hast du ihn gerufen?»

«Ja.»

«Laut? Hast du laut gerufen? Kann es jemand gehört haben?»

«Nein, Vater. Bestimmt nicht. Ich habe ihn gar nicht gerufen. Ich bin nur an die Tür gegangen, und da sah er mich. Er hat mir zugewinkt und ist herübergekommen.»

«Wie *kann* ich nur aus dir herauskriegen, ob jemand in der Nähe war? Ob jemand ihn gesehen haben *könnte*?»

«Bestimmt nicht, Vater. Ganz bestimmt nicht.»

«Ihr seid also beide in den Stall gegangen?»

«Ja. Weil es so regnete.»

«Was hat er gesagt?»

«Er sagte ‹Hallo, Milly›. Und dann hat er sich entschuldigt, weil er durchs Hintertor hereingekommen ist, aber er wäre auf dem Weg nach Bass Hill.»

«Ja.»

«Und er sagte, wie er am Park vorbeigekommen ist, da hat er das Haus gesehen und plötzlich an mich gedacht, und da hat er sich gedacht, er will bloß mal hereinschauen, bloß um mir was zu erzählen. Er sagte, er wäre so glücklich, und ich solle an seinem Glück teilhaben. Er hat nämlich Nachricht vom Bischof bekommen, daß er das Vikariat übernehmen soll. Und das wäre noch nicht alles, sagte er, sondern es bedeutet, daß er heiraten kann. Und da stotterte er so herum, und ich dachte, er meint mich.»

«Ich will nicht hören, was du gedacht hast. Erzähl mir genau, was er gesagt hat. Weiter nichts.»

«Nun ja . . . oh, mein Gott!»

«Heul nicht. Diesen Luxus kannst du dir nicht leisten. Erzähl weiter.»

«Er sagte nein. Er sagte, ich wäre es nicht. Es ist Ella Brangwyn-Davies. Und es täte ihm leid. Und das alles. Dann wollte er gehen.»

«Und dann?»

«Da wurde ich wütend. Er drehte mir den Rücken. Ich hatte den Zielpfahl vom Krocket in der Hand . . .»

«Hast du geschrien oder gebrüllt? Ich meine, als du zuschlugst?»

«Nein. Bestimmt nicht.»

«Hat er geschrien? Los. Sag schon.»

«Nein, Vater.»

«Und dann?»

«Dann hab ich den Pfahl weggeworfen und bin direkt ins Haus gegangen. Das ist alles. Ich wollte, ich wäre tot.»

«Und du hast keinen von den Dienstboten getroffen. Niemand wird in den Stall gehen. Siehst du, George, wahrscheinlich hat er den Leuten gesagt, daß er nach Bass Hill gehen will. Niemand kann wissen, daß er hier war. Er könnte im Wald überfallen worden sein. Wir müssen jede Einzelheit berücksichtigen . . . Ein Kurat wird mit eingeschlagenem Schädel . . .»

«Hör auf, Vater!» schrie Millicent.

«Willst du gehängt werden? Ein Kurat wird mit eingeschlagenem Schädel im Wald gefunden. Wer könnte Withers umbringen wollen?»

Es klopfte an die Tür, und gleich darauf öffnete sie sich. Es war der kleine Hauptmann Smollet, der nie auf Etikette hielt. «Wer Withers umbringen könnte?» sagte er. «Ich, mit Vergnügen. Guten Tag, Mrs. Princey. Ich bin einfach so hereingekommen.»

«Er hat dich gehört, Vater», stöhnte Millicent.

«Mein Kind, man wird doch wohl mal einen kleinen Scherz machen dürfen», sagte ihr Vater. «Tu doch nicht so entsetzt. Ein kleiner theoretischer Kuratenmord, Smollet. Wir haben es in den letzten Tagen mit den Kriminalgeschichten.»

«Kuratizid», sagte Hauptmann Smollet. «Berechtigter Kuratizid. Haben Sie das mit Ella Brangwyn-Davies schon gehört? Die Leute werden über mich lachen.»

«Wieso?» fragte Mr. Princey. «Wieso werden die Leute über Sie lachen?»

«Weil ich selbst Absichten in dieser Richtung hatte», sagte Smollet mit gekünsteltem Gleichmut. «Sie hatte auch schon halb ja gesagt. Wußten Sie das nicht? Sie hat es überall herumerzählt. Jetzt sieht es so aus, als hätte sie mich wegen diesem Schnüffler im Beffchen sitzenlassen.»

«Wie schade!» sagte Mr. Princey.

«Kriegerlos», sagte der kleine Hauptmann.

«Setzen Sie sich», sagte Mr. Princey. «Mutter, Millicent, tröstet Hauptmann Smollet und zeigt ihm, wie reizend ihr plaudern könnt. George und ich haben noch etwas zu erledigen. Wir sind in ein paar Minuten wieder da, Smollet. Komm, George.»

Nach fünf Minuten kamen Mr. Princey und sein Sohn wieder herein.

«Entschuldige, meine Liebe», sagte Mr. Princey zu seiner Frau. «Smollet, ich würde Ihnen gern etwas recht Interessantes zeigen. Würden Sie einen Augenblick zu den Ställen hinauskommen?»

Sie gingen in den Wirtschaftshof, dessen Ställe nur noch als Schuppen benutzt und nie von Fremden betreten wurden. Hauptmann Smollet trat in den Stall, George folgte ihm, und Mr. Princey kam als letzter. Während er die Tür schloß, nahm er das dahinter stehende Gewehr zur Hand. «Smollet», sagte er, «wir wollen hier eine Ratte schießen, die George unter dem Zuber da hat quieken hören. Nun hören Sie mir sehr gut zu, sonst könnten Sie zufällig erschossen werden. Das ist mein Ernst.»

Smollet sah ihn an. «Gut», sagte er. «Weiter.»

«Heute nachmittag ist etwas sehr Tragisches passiert, und es könnte noch tragischer werden, wenn es nicht vertuscht wird.»

«Oh?» sagte Smollet.

«Sie haben mich fragen gehört», sagte Mr. Princey, «wer Withers umbringen würde. Sie haben auch die Bemerkung gehört, die Millicent entschlüpft ist.»

«Ja?» sagte Smollet. «Was ist da schon dabei?»

«Weiter nichts», sagte Mr. Princey. «Es sei denn, Sie erführen, daß Withers gerade heute nachmittag ein gewaltsames Ende gefunden hat. Und das, mein lieber Smollet, werden Sie erfahren.»

«Haben Sie ihn umgebracht?» rief Smollet.

«Nein, Millicent», sagte Mr. Princey.

«Au, verflucht!» sagte Smollet.

«Kann man wohl sagen», sagte Mr. Princey. «Sie würden sich an das, was Sie gehört haben, erinnern – und alles erraten.»

«Vielleicht», sagte Smollet. «Ja. Vermutlich.»

«Deshalb», sagte Mr. Princey, «sind Sie für uns ein Problem.»

«Warum hat sie ihn umgebracht?» fragte Smollet.

«Ach, das ist so eine von diesen widerlichen Sachen», sagte Mr. Princey. «Aber sie ist auch zu bedauern. Sie hat sich eingebildet, er wäre in sie verliebt.»

«Ach so», sagte Smollet.

«Und er hat ihr von der kleinen Brangwyn-Davies erzählt.»

«Ich verstehe», sagte Smollet.

«Ich wünsche nicht», sagte Mr. Princey, «daß meine Tochter für verrückt erklärt oder als Mörderin verurteilt wird. Sowohl im einen wie im anderen Falle müßte ich hier wegziehen.»

«Wahrscheinlich», sagte Smollet.

«Andererseits», sagte Mr. Princey, «wissen *Sie* davon.»

«Ja», sagte Smollet. «Ich überlege gerade, ob ich den Mund halten könnte. Wenn ich Ihnen verspreche . . .»

«Ich überlege mir, ob ich Ihnen glauben könnte», sagte Mr. Princey.

«Wenn ich's verspreche», sagte Smollet.

«Wenn alles glatt geht, ja», sagte Mr. Princey. «Aber nicht, wenn ein Verdacht aufkommt, wenn es zu Vernehmungen kommt. Dann würden Sie Angst haben, sich mitschuldig zu machen.»

«Ich weiß nicht», sagte Smollet.

«Aber ich», sagte Mr. Princey. «Was sollen wir also tun?»

«Mir fällt auch nichts ein», sagte Smollet. «Sie werden nicht so dumm sein, mich umzulegen. Zwei Leichen können Sie nicht beiseite schaffen.»

«Meiner Ansicht nach», sagte Mr. Princey, «wäre das die weniger riskante Lösung. Es könnte ein Unfall sein. Oder Sie könnten beide verschwinden, Sie und Withers. Es gibt verschiedene Möglichkeiten.»

«Hören Sie», sagte Smollet. «Sie können doch nicht . . .»

«Hören Sie», sagte Mr. Princey. «Vielleicht gibt es einen Ausweg. Es *gibt* einen Ausweg, Smollet. Sie haben mich selber darauf gebracht.»

«Wirklich?» sagte Smollet. «Was denn?»

«Sie haben gesagt, Sie würden Withers umbringen. Sie haben ein Motiv.»

«Das war doch nur Spaß», sagte Smollet.

«Sie machen immer Spaß», sagte Mr. Princey, «und die Leute glauben, da müßte was dahinter stecken. Hören Sie, Smollet, ich kann Ihnen nicht trauen, darum müssen Sie mir trauen. Oder ich töte Sie auf der Stelle, noch in dieser Minute. Das ist mein Ernst. Sie haben die Wahl zwischen Tod und Leben.»

«Weiter», sagte Smollet.

«Wir haben hier eine Kloake», fuhr Mr. Princey schnell und eindringlich fort. «Da werde ich Withers hineinwerfen. Niemand außer uns weiß, daß er heute nachmittag hiergewesen ist. Niemand wird dort nach ihm suchen, wenn Sie nichts sagen. Ich brauche einen Beweis dafür, daß Sie Withers ermordet haben.»

«Wieso?» fragte Smollet.

«Damit ich die Gewißheit habe, daß Sie nie ein Sterbenswort über diese Sache sagen.»

«Was für einen Beweis?» fragte Smollet.

«George», sagte Mr. Princey, «schlag ihn ins Gesicht, aber fest.»

«Großer Gott!» sagte Smollet.

«Noch mal», sagte Mr. Princey. «Verletz dir die Knöchel nicht.»

«Oh!» sagte Smollet.

«Tut mir leid», sagte Mr. Princey. «Wir brauchen Spuren von einem Kampf zwischen Ihnen und Withers. Dann ist es für Sie nicht ganz ungefährlich, zur Polizei zu gehen.»

«Warum glauben Sie mir nicht auf mein Wort?» fragte Smollet.

«Das werde ich tun, wenn wir fertig sind», sagte Mr. Princey. «George, bring diesen Krocketpfahl her. Faß ihn mit dem Taschentuch an. Wie ich dir gesagt habe. Smollet, jetzt nehmen Sie einfach diesen Krocketpfahl in die Hand. Wenn Sie's nicht tun, erschieße ich Sie.»

«Ach, verflucht», sagte Smollet. «Also, gut.»

«Reiß ihm zwei Haare aus, George», sagte Mr. Princey, «und tu damit, was ich dir gesagt habe. Nun, Smollet, nehmen Sie diese Stange, und heben Sie die große Steinplatte mit dem Ring auf. Withers liegt in der nächsten Box. Sie werden ihn herschleifen und hineinwerfen.»

«Ich werde ihn nicht anrühren», sagte Smollet.

«Tritt zurück, George», sagte Mr. Princey, sein Gewehr anlegend.

«Halt! Warten Sie!» rief Smollet. «Einen Augenblick.» Er tat, wie ihm befohlen war.

Mr. Princey wischte sich die Stirn. «Sehen Sie», sagte er. «Jetzt kann absolut nichts passieren. Bedenken Sie, niemand weiß, daß Withers hiergewesen ist. Alle glauben, er wäre nach Bass Hill hinübergegangen. Das sind acht Kilometer, die sie absuchen müssen. Sie werden nie in unserer Kloake nachsehen. Verstehen Sie jetzt, daß nichts passieren kann?»

«Ich denke schon», sagte Smollet.

«Nun kommen Sie mit ins Haus», sagte Mr. Princey. «Diese Ratte kriegen wir doch nicht.»

Sie gingen ins Haus, wo das Mädchen gerade den Tee ins Wohnzimmer brachte. «Denk dir, meine Liebe», sagte Mr. Princey zu seiner Frau, «wir sind in den Stall gegangen, um eine Ratte zu schießen, und haben Hauptmann Smollet gefunden. Das soll keine Beleidigung sein, lieber Freund.»

«Sie müssen durchs Hintertor hereingekommen sein», sagte Mrs. Princey.

«Ja. Ja. Sehr richtig», sagte Smollet etwas verwirrt.

«Sie haben sich die Lippe zerschnitten», sagte George, ihm eine Tasse Tee reichend.

«Ich – ich muß mich gestoßen haben.»

«Soll Bridget nicht etwas Jodtinktur bringen?» fragte Mrs. Princey. Das Mädchen blickte auf und wartete.

«Machen Sie sich bitte keine Mühe», sagte Smollet. «Ist nicht der Rede wert.»

«Nun gut», sagte Mrs. Princey. «Das ist alles, Bridget.»

«Smollet ist sehr gütig», sagte Mr. Princey. «Er kennt all unsere Sorgen. Wir können uns auf ihn verlassen. Er hat uns sein Wort gegeben.»

«Oh, wirklich, Hauptmann Smollet?» rief Mrs. Princey. «Sie sind wirklich ein guter Mensch!»

«Machen Sie sich keine Sorgen, alter Junge», sagte Mr. Princey. «Sie werden nie etwas finden.»

Smollet verabschiedete sich ziemlich bald. Mrs. Princey drückte ihm mit Tränen in den Augen sehr fest die Hand. Alle drei sahen ihm nach, während er den Auffahrtsweg hinunterging. Dann sprach Mr. Princey ein paar Minuten sehr ernst mit seiner Frau, und dann gingen beide hinauf und hatten ein noch ernsteres Gespräch mit Millicent. Bald danach hörte es zu regnen auf, und Mr. Princey machte einen Bummel über den Wirtschaftshof.

Als er zurückkam, ging er zum Telefon. «Verbinden Sie mich mit der Polizeiwache Bass Hill», sagte er. «Schnell . . . Hallo, ist da die Polizeiwache? Hier ist Princey, Abbott's Laxton. Ich fürchte, hier oben ist etwas ganz Schreckliches passiert. Können Sie sofort jemand herschicken?»

Große Möglichkeiten

Es gibt Menschen, die erst zu voller Blüte gelangen, wenn sie die Fünfzig hinter sich haben. Zu ihnen gehören alle männlichen Wesen namens Murchison. Ein Mr. Murchison ist undenkbar ohne rosige Wangen, einen weißen Schnurrbart und erstklassigen Portwein. Weibliche Wesen dieses Namens gibt es nicht, es sei denn durch Zufall. Ja, man muß sich tatsächlich fragen, wie diese Sippe sich fortpflanzt, denn das vierte wesentliche Attribut eines echten Murchison ist der Junggesellenstand. Glücklicherweise haben sie einen Hang zum Anwaltsberuf von der guten alten Schule, und diese Familienanwälte kennen alle möglichen Geheimnisse.

Mr. Benjamin Murchison hatte täglich vierundzwanzig Stunden und weit über fünfzig Jahre lang daran gearbeitet, ein vollkommenes Exemplar seiner Rasse zu werden, und es war ihm gelungen. Man hätte ihn ausstopfen und in ein Museum stellen können, obwohl man dort natürlich auf sein wohlwollendes Strahlen und Zwinkern hätte verzichten müssen.

Er war in sehr guten Verhältnissen und hätte wirklich reich sein können, wenn er sich auf gewissen besonders einträglichen Gebieten der Rechtspflege betätigt hätte, aber diese waren nicht ganz nach seinem Geschmack. Er war sogar so wählerisch geworden, daß er sich am liebsten völlig zur Ruhe gesetzt hätte; aber viele seiner alten Freunde waren gestorben, ihr Nachlaß war unter ihren Kindern aufgeteilt worden, und für diese ganze zahlreiche Nachkommenschaft fungierte Mr. Murchison als Vormund und Vermögensverwalter, als Ratgeber, Freund und Onkel.

Es war seine größte Freude, seinen jungen Freunden Besuche abzustatten, und ihre größte Freude war es, ihn bei sich zu Gast zu haben.

Obgleich Mr. Murchison annähernd vollkommen war, hatte er eine kleine Absonderlichkeit, die er streng geheimhielt. Sie war eigentlich nicht der Rede wert – nur ein Gedanke, eine

Laune –, und es erscheint mir fast unfair, sie zu erwähnen. Mr. Murchison hatte nämlich die Idee, es könne nichts Hübscheres auf der Welt geben, als ein Haus anzuzünden und brennen zu sehen.

Was ist Schlimmes daran? Wer hätte nicht schon dann und wann ähnlich leuchtende Visionen gehabt? Kein Zweifel: es *wäre* hübsch, sogar sehr hübsch, einfach herrlich! Aber die meisten Menschen sind zu gut dressiert, erklären die Idee für undurchführbar und geben sie auf. Mr. Murchison jedoch merkte, daß sie in seinem Innern Wurzel schlug und hitzige Blüten trieb.

Wenn ihm solche köstlichen Gedanken durch den Kopf gingen, was immer häufiger geschah, verbreitete sich ein Lächeln über sein Gesicht, und er rieb sich die Hände mit einem Behagen, das sehr erfreulich anzusehen war. Nachdem er sich die Hände gerieben hatte, spreizte er die Finger, als hielte er sie an ein fröhlich flackerndes Weihnachtsfeuer. Er wirkte wie die personifizierte Güte, wenn er sich in dieser kleinen Verschrobenheit erging. Die jungen Frauen, die in den Kreis seiner Mündel und Schützlinge hineingeheiratet hatten, merkten ihn bei solchen Gelegenheiten sofort als Patenonkel vor.

Mr. Murchison mußte stets als erster eine neue Wohnung besichtigen und loben. «Aha!» sagte er, als er sich das neue Heim von Millicent und Rodney ansah. «Kolonialstil! Es freut mich, daß ihr euch dazu entschlossen habt. Es freut mich auch, daß ihr ein Holzhaus gebaut habt – eine schöne Tradition. Kühl im Sommer und warm im Winter, sehr warm. Ihr habt doch einen guten Keller? Ausgezeichnet! Ausgezeichnet! Und das ist die Vordertür, und die Hintertür ist wohl direkt gegenüber an der Rückseite? Gut geplant, muß ich sagen. Da kann man schön Durchzug machen – sehr wichtig. Diese langen Vorhänge gefallen mir, Millicent. Manche Leute haben eine Vorliebe für diese fipsigen, kurzen Vorhänge; ich mag die langen viel lieber. Ja, ihr habt wirklich ein entzückendes Heim, meine Lieben. Hoffentlich habt ihr es voll versichert.»

«O ja. Das Haus ist gedeckt», sagte Rodney. «Aber Millies kostbare Antiquitäten – du weißt ja, wie sie von einer Auktion zur anderen gelaufen ist, um das Passende zu finden, sie hat sich halbtot geschuftet. Na ja, für Blut und Schweiß gibt es eben keine Versicherung. Es würde ihr das Herz brechen, wenn damit etwas passierte. Aber, toi, toi, toi, hoffen wir, daß nichts passiert. Wie sind wir eigentlich darauf gekommen?»

Dieses Gespräch setzte Mr. Murchisons Lebhaftigkeit einen kleinen Dämpfer auf; der Gedanke, seinen jungen Freunden Kummer zu bereiten, war eine kalte Dusche für seine angenehmen Vorstellungen. In der folgenden Woche fuhr er zu Buck und Ida, die auf einem Hügel in Berkshire ein schönes altes Haus hatten, sieben bis acht Kilometer von der nächsten kleinen Feuerwehrstation entfernt. Eine prachtvolle Lage. An einem klaren, windigen Abend hätte man das brennende Haus wahrscheinlich achtzig Kilometer weit sehen können. Aber Buck war Architekt und pflegte seine Wettbewerbsentwürfe in seiner Freizeit zu Hause zu machen. Sein Arbeitszimmer war voll von Bauplänen.

Dicks und Lucys Haus hatte drei hohe Giebel, die eine höchst dramatische Wirkung versprachen. Mr. Murchison rieb sich die Hände wie ein Indianer, der zwei Holzstöcke aneinander reibt. Lucy sah es und lächelte vergnügt. «Du reibst dir so munter die Hände, Onkel Ben», sagte sie, «daß man meinen könnte, deine Finger würden gleich Funken sprühen. Wegen der Elektrizität, weißt du.» Dann erzählte sie von Dicks Buch über Insektenkulturen. Es sei fast fertig, seine Notizen und Entwürfe lägen im ganzen Haus herum – fünf Jahre Arbeit –, und bald würde er berühmt sein.

Mr. Murchison fuhr also weiter. Cecily hatte die Bibliothek ihres Vaters, John die Familienporträts, und Tom und Lisbeth hatten Klein Tom und Klein Lisbeth.

Wenn Mr. Murchison bei seinen Wochenendbesuchen vormittags spazierenging, war er manchmal drauf und dran, einen vorübergehenden Bauernknecht anzusprechen und zu fragen, wem die alte Scheune da gehöre und ob der Besitzer vielleicht geneigt wäre, sie so zu verkaufen. Aber derlei Regungen verwarf er sofort wieder – sie waren seiner unwürdig.

Er war wirklich zu bedauern, dieser freundliche alte Herr. Welche Tortur für ihn, ein hochentzündliches Haus nach dem anderen zu besuchen und in jedem ein kleines Hindernis zu finden, durch das weniger Gutherzige sich nicht hätten abschrecken lassen.

Schließlich kam ein Brief von Mark und Vicky, die er ziemlich lange nicht gesehen hatte. Sie baten ihn inständig und mit vielen Ausrufungszeichen, sie zu besuchen und ihr prachtvolles neues Heim zu besichtigen. «Komm bald zu uns! Du wirst erst die richtige Wärme im Haus verbreiten!» schrieben sie. Er fuhr gleich am nächsten Wochenende hin, und Mark und Vicky holten ihn mit dem Wagen am Bahnhof ab.

«Nun sagt mal, was soll das heißen?» sagte er. «Ein neues Haus, und ich habe gar nichts davon gewußt! Ihr könnt euch vorstellen, wie gespannt ich bin. Sagt mir, habt ihr es gebaut oder . . .»

«Frag doch Mark», sagte Vicky in verärgertem Ton. «Mit mir hat das nichts zu tun. Ich muß bloß darin wohnen.»

«Es gehörte dem Onkel meiner Mutter», sagte Mark und wechselte krachend den Gang. «Und jetzt gehört es mir.»

«Die Sünden der Onkels werden heimgesucht an den Kindern», sagte Vicky, offensichtlich um gute Laune bemüht.

«Aber was ist aus eurem Häuschen in Willowdale geworden?» fragte Mr. Murchison. «Ich dachte, es wäre euch so ans Herz gewachsen.»

«War es auch», sagte Mark.

«Bring mich nicht zum Weinen», sagte Vicky. «Wenn ich an den Garten denke . . .»

«Ja, bring sie bloß nicht zum Weinen», sagte Mark. «Wir mußten Willowdale vermieten. Siehst du, wir müssen die Steuern für dieses Haus zahlen. Achtundzwanzig Zimmer! Man kann es weder vermieten noch verkaufen. Also mußten wir hineinziehen. Hier ist das Tor. Gleich wirst du es sehen. Sieh dir das an.»

«Meine Güte!» sagte Mr. Murchison. «Meine Güte!»

«Das sagen alle», bemerkte Vicky. «Eine Burg am Rhein, aus Schindeln gebaut!»

«Die andere Seite hat etwas vom Tadsch Mahal», sagte Mark.

«Tja, tja, tja», sagte Mr. Murchison. «Und doch – und doch . . . Vielleicht findet ihr mich altmodisch, aber ich meine, es hat seine Möglichkeiten. Diese Spitztürme! Diese komischen Dinger – vielleicht eine Andeutung von Strebebogen! Und das Ganze gekrönt von diesem minarettartigen Aufbau! Unter den richtigen Voraussetzungen gesehen . . .» Er hatte seit Monaten nicht so vergnügt gestrahlt.

«Na, weißt du, Onkel Ben!» sagte Vicky.

«Hör nicht auf mich», sagte er, sich die Hände reibend. «Hör nicht auf einen alten Kauz. Vielleicht bin ich ein bißchen wunderlich. Man braucht einen Funken Phantasie dazu, das gebe ich zu. Aber dann – ja, dann hat es seine Möglichkeiten. Wahrscheinlich ist es sehr hoch versichert?»

«Die Halunken haben ein Vermögen an Prämien eingesteckt», sagte Mark. «Das werde ich abstellen. Komm, ich nehme deinen Koffer.»

«Sei vorsichtig mit der großen Kiste», sagte Murchison. «Da habe ich ein Dutzend Flaschen von einem Weinchen drin, das euch vielleicht schmecken wird. Stell sie in den Keller, ich packe sie dann vor dem Essen selber aus.»

Mr. Murchison brachte seinen jungen Freunden häufig ein paar Flaschen Wein mit. Das war eine der angenehmen Pflichten eines Nennonkels, fand er. Außerdem konnten die Strohhüllen ihm vielleicht einmal irgendwie nützlich werden.

Sie gingen ins Haus, und Vicky führte ihn mit Galgenhumor durch eine lange Reihe von Zimmern, durch die der Wind pfiff, als wollte er die eigene Angst vertreiben.

«Wir bewohnen nur eine Ecke von dem verdammten Kasten», erklärte Vicky, «und eines Tages wird man uns da finden, ganz blaß und abgemagert und vertrocknet, mit langen, langen Fingernägeln, von Spinnweben bedeckt.»

«Oh, sprich nicht so», sagte Mr. Murchison. «Ich bin überzeugt, daß es gar nicht so schlimm wird. Wir müssen einmal ein paar Nachbarn einladen. Ein bißchen Licht, ein bißchen Wärme, ein bißchen Betrieb, dann sieht der alte Kasten schon ganz anders aus. Glaub mir, meine Liebe, das kann sich über Nacht ändern.»

Und wirklich: als Mr. Murchison in den Keller ging, um den Wein auszupacken, schien eine Änderung sehr wahrscheinlich. Er verteilte bewundernswert systematisch die Strohhüllen, in denen die Flaschen verpackt waren, kam in bester Laune wieder herauf und rieb sich die Hände so genüßlich, daß es geradezu herzerwärmend war. Ein Glück, daß er so vergnügt war, denn sonst wäre das Abendessen recht trübselig verlaufen. Mark und Vicky waren schon mitten in einer Zankerei.

«Ich kann's nicht ändern», sagte Mark, offenbar als Antwort auf vorher geäußerte Beschwerden. «Ich habe dir hundertmal gesagt, daß wir ausziehen, sobald wir's uns leisten können.»

«Ist das nicht die Höhe, Onkel Ben?» rief Vicky. «Sobald wir's uns *leisten* können, in dem winzigen Sechszimmerhäuschen in Willowdale zu wohnen!»

«Also, *bitte*, hör damit auf», sagte Mark ziemlich laut. «Wenigstens für ein Weilchen.»

«Schrei mich nicht an», sagte Vicky. «Kein Wunder, daß Onkel Ben über dich die Nase rümpft.»

«Was?» sagte Mr. Murchison. «Ich die Nase rümpfen? Über Mark? Nie im Leben.»

«Lieber Himmel! Ist es etwa der Fisch?» rief Vicky. «Bitte sag es, Onkel Ben, wenn er dir nicht schmeckt.»

«Nein, nein», sagte er. «Er ist ausgezeichnet.»

«Aber du ißt ja nichts», sagte sie. «Du schnupperst nur.»

«Auf mein Wort, Vicky», sagte Mr. Murchison, seinen Teller verteidigend, «es schmeckt mir großartig.»

«Mach mir nichts vor», sagte Vicky. «Wenn der Fisch in Ordnung ist, mußt du einen Schnupfen haben. Wie schrecklich!»

«Nein, ich habe keinen Schnupfen», sagte er. «Aber dabei fällt mir etwas ein. Die Nächte sind schon frisch. Du hast doch hoffentlich etwas Warmes zum Überziehen da, meine Liebe?»

«Oh, mir ist warm genug», sagte Vicky. «Aber frierst du vielleicht? Die Heizung hier ist so wie alles andere.»

«Nein, danke», sagte er. «Mir ist sehr behaglich. Ich dachte nur – falls wir hinausgehen sollten. Auf den Rasen, meine ich.»

«Auf den Rasen?» sagte Mark. «Warum sollten wir auf den Rasen hinausgehen?»

«Ja, natürlich. Du hast ganz recht. Warum sollten wir?» sagte Mr. Murchison etwas verwirrt. «Eine sehr vernünftige Frage. Wie bin ich nur darauf gekommen? Eine lächerliche Idee. Reden wir nicht mehr davon. Sag mal, Mark, wer hat denn dieses erstaunliche Haus gebaut?»

«Mein Großonkel Coxon», sagte Mark.

«Coxon? Meinst du den Bankier?» fragte Mr. Murchison.

«Ja. Die konnten es gar nicht fassen, daß Banken bankrott machen können.»

«Er war der Vater der berühmten Annabel Coxon», erklärte Vicky. «Die große Schönheit. Du mußt sie gekannt haben, Onkel Ben. Warst du auch einer von ihren Anbetern?»

«Nun ja . . .» sagte Mr. Murchison, und sein Lächeln erlosch.

«In diesem Haus», sagte Mark, «hat die vielverehrte Annabel ihre Mädchenzeit verbracht. Ihr kleines weißes Schlafzimmer war vermutlich in einem von diesen blödsinnigen Türmen.»

«Sie ist hier geboren. Ja, natürlich. Hier hat sie als Kind gelebt», sagte Mr. Murchison leise. Er lächelte nicht mehr.

«Es war ihr Zuhause», sagte Mark, «der Schauplatz ihrer Mädchenträume. Wahrscheinlich huscht ihr lieblicher Geist gerade jetzt da oben herum. In spitzenbesetzten Höschen oder was man damals getragen hat. Wenn ich ihr doch einmal begegnete!»

«Onkel Ben findet das gar nicht lustig», sagte Vicky. «Wetten, daß du in sie verliebt warst, Onkel Ben! Erzähl doch.»

«Ich? Was für eine Idee! Du lieber Gott!» sagte Mr. Murchison; er sah ganz erschüttert aus. «Jedenfalls war sie ein bezauberndes Geschöpf. Ja. ‹Ihr lieblicher Geist›, hast du gesagt. Ein sehr glücklich gewählter Ausdruck. Tja, tja, tja.»

«Aber im Ernst», sagte Mark, «ist es nicht merkwürdig? Dieses Haus, das uns vor Melancholie verrückt macht, hat sie sehr wahrscheinlich geliebt.»

«Das hat sie bestimmt», sagte Mr. Murchison. «Ich erinnere mich, wie sie es mir einmal beschrieben hat. Ja, sie hat es wirklich geliebt.»

«War sie hübsch?» fragte Vicky. «War sie sehr lebendig?»

«O ja», sagte Mr. Murchison. «Bildschön und sehr lebendig. Lebendig auf eine Weise – nun, vielleicht werde ich alt. Heutzutage kommen mir die Leute nicht so lebendig vor. Lebendig wie ein Singvogel. Du, meine Liebe, bist natürlich eine Ausnahme», setzte er höflich hinzu.

«Und war sie nett?» fragte Vicky.

«Ja», sagte Mr. Murchison. «Sehr nett. Später fanden manche Leute, sie hätte sich ein bißchen – verändert. Aber sie war so jung, als ich sie kennenlernte. Sie muß gerade aus diesem Haus gekommen sein. Ja, sehr nett war sie. ‹Ihr lieblicher Geist›! Du meine Güte! Nun, mein Junge, ich freue mich, daß du dich um das alte Haus kümmerst. Es wäre ein Jammer, wenn – wenn es nicht erhalten bliebe. Oh, mein Gott!»

«Was? Was ist denn, Onkel Ben?»

«Was ist das für ein Geruch?» rief er. «Riecht das nicht brenzlig? Ja!»

«Brenzlig?» sagte Mark.

«Doch, ich weiß, was es ist!» rief Mr. Murchison. «Kein Grund, den Kopf zu verlieren! Ich bitte euch, bleibt ruhig sitzen! Ich bin gleich wieder da.» Damit hastete er hinaus.

«Da hol mich doch dieser und jener!» sagte Mark zu Vicky, nachdem sie einander eine Weile angestarrt hatten. «Ist der alte Knabe verrückt geworden oder was ist los?»

«Ich glaube wirklich, es riecht nach Rauch», sagte sie. «Kann er eine Zigarette im Keller liegengelassen haben, was meinst du?»

«Kann sein», sagte Mark. «Na, er wird wohl rufen, wenn es irgendwie ernst ist.»

Bald darauf kam Mr. Murchison zurück. «Es ist nichts», sagte er lächelnd. «Nur meine Einbildung. Ich wußte es.»

«Aber du hast einen großen schwarzen Fleck im Gesicht», sagte Vicky. «Und sieh mal deine Hände an! Onkel Ben, du hast eine Zigarette im Keller liegenlassen!»

«Na ja», sagte er, «vielleicht. Ich gestehe es: ich habe eine liegengelassen. Sei mir nicht böse, Vicky.»

«Böse!» sagte Mark lachend. «Doch, wir sind böse – weil du es gelöscht hast. Warum hast du den vermaledeiten Kasten nicht abbrennen lassen?»

«Mein lieber Junge», sagte Mr. Murchison, «ich weiß, du machst nur Spaß. Das wäre ein sehr schweres Verbrechen, nämlich Brandstiftung. Im übrigen: ein Haus, weißt du, ist ja kein – kein Heuhaufen. So ein altes Haus hat etwas Lebendiges, Mark. Es hat seine Erinnerungen.»

«Wenn *wir* ausziehen», sagte Mark, «wird dieses Haus einen Katzenjammer haben.»

«Ich kann mir nicht helfen, ich habe das Gefühl, daß dir nicht viel an dem Haus liegt», sagte Mr. Murchison. «Du sagst, es ist schwer zu vermieten oder zu verkaufen?»

«Nicht schwer», sagte Mark. «Unmöglich.»

«Nein, nicht unmöglich», sagte Mr. Murchison. «Ihr könntet es mir verkaufen.»

«*Dir*, Onkel Ben?» rief Vicky. «Willst du in diesem trostlosen Kasten wohnen? Allein?»

«Ich finde es nicht trostlos», sagte Mr. Murchison. «Ich glaube nicht, daß ich mich hier einsam fühlen würde.»

Sie machten eiligst einen Kaufvertrag. Wenige Wochen später wohnten Mark und Vicky wieder in Willowdale. Andere Freunde von Mr. Murchison kamen zu Besuch und fragten: «Wie geht es ihm denn? Gefällt es ihm?»

«Er findet es wunderschön», antwortete Mark. «Wißt ihr, der alte Knabe ist wirklich köstlich. Immer der alte Kauz. Jetzt spielt er den absonderlichen Gutsbesitzer. Kennt ihr die Geschichte von ihm und der Feuerwehr?»

«Nein, laß hören», riefen sie.

«Nun», sagte Mark, «zunächst einmal hat er furchtbaren Krach geschlagen, weil die Feuerwehr überhaupt nicht funktioniert, wie er sagt. Er schrieb Briefe, berief eine Versammlung ein, machte bei allen Bauern die Runde – Gott weiß, was noch.»

«Und dann?»

«Dann muß er ihnen mit einem Scheck oder so was gewinkt haben. Sie wählten ihn zum Vorsitzenden, zum Hauptmann, und jetzt klappt der Laden. Wir waren vorige Woche drüben; alle erzählten, daß er sie nach Strich und Faden drillt. Und wir sahen das neue Löschauto durchs Dorf brausen, und oben neben dem Fahrer Onkel Ben mit einem großmächtigen Beil in der Hand, und er strahlte übers ganze Gesicht.»

«Er hatte schon immer diese übertriebene Angst, daß ein Feuer ausbechen könnte», sagten die anderen.

Jugend aus Wien

Alle jungen Männer, die ein offenes Gesicht, rote Backen und braunes Haar haben, verhalten sich gleich, und zwar äußerst vernünftig. Mit größter Bereitwilligkeit und Begeisterung verfallen sie einem Beruf oder einer Frau, und wenn mit Erdöl oder Lucille etwas schiefgeht, trösten sie sich sehr bald mit Stahl oder Estelle.

Andere junge Männer sind anscheinend von Natur aus nur zu einer Leidenschaft fähig, oder, sagen wir, zu zweien: zur Leidenschaft für einen Beruf und zur Leidenschaft für eine Frau. Wenn beide zugleich auftreten, laufen sie nebeneinander her wie Eisenbahnschienen; sie sind zäh wie Stahl und auch ebenso unromantisch. Sie gehen in alle Ewigkeit weiter, und Mißerfolge in der einen oder anderen können ernste Folgen haben. Solche jungen Männer sind zuweilen sehr groß und hager, um nicht zu sagen ausgemergelt, und haben ein knochiges Gesicht mit tiefliegenden, brennenden Augen und einem entweder ungeheuer sensiblen oder ungeheuer grausamen Mund – welches von beiden, ist schwer zu entscheiden. Wenn sie arm sind, sehen sie schlechthin unbeschreiblich aus; wenn sie reich sind, gleichen sie Lincoln in seiner Zimmermannszeit.

Junge Leute dieser Art weihen sich häufig der Naturwissenschaft, mitunter auch der Medizin, weil ihnen die Forschungstätigkeit zusagt. Die Begabten und Wohlhabenden studieren bei den größten Kapazitäten der Welt. Wenn ihr Interesse bestimmten Drüsenfunktionen gilt, wird es sie heute zu Lilley oder zur Ford-Stiftung führen, aber früher, in unserer Jugendzeit, ging so jemand nach Wien.

Humphrey Baxter ging vor seiner Abreise nach Wien mit einem ihm bekannten Ehepaar zum Essen aus. Diese Leute, die zum Thema Drüsen kein Wort zu sagen hatten, führten ihn ins Theater, wo es eine leichte Liebeskomödie gab, die nur eine sehr indirekte Beziehung zu Drüsen hatte. Humphrey ließ die Vorstellung nachsichtig über sich ergehen, bis im ersten Akt, genau im richtigen Moment, Caroline Coates die Bühne betrat. Er beugte sich vor, was unbemerkt blieb, weil alle anderen Zuschauer sich ebenfalls vorbeugten.

Man könnte nun fragen: warum dieser erhebliche Aufwand von menschlicher Energie wegen eines Mädchens, das nur deswegen nicht die schlechteste Schauspielerin der Welt war, weil es ganz offensichtlich überhaupt keine Schauspielerin war? Die schlichte Antwort lautet: Caroline Coates war eine Göttin. Alexander Woollcott – ich glaube, er war es – schrieb über sie: «Nach ihren komödiantischen Fähigkeiten zu fragen, wäre so, als wollte man sich bei einer wirklichen Schauspielerin danach erkundigen, wie sie als Trapezkünstlerin ist. Talent wäre bei dieser jungen Frau lediglich eine Verwässerung wie Sodawasser in einem Highball – je weniger, desto besser. Wenn die göttliche Aphrodite die Bühne betritt, wollen wir gar nicht, daß sie so spielt wie die göttliche Sarah.»

Caroline hatte aufgrund eines absurden Irrtums kurz nach ihrem Abgang vom Bennington College eine Rolle in einem Stück bekommen. Es hatte sich sofort gezeigt, daß sie zu jenen vom Glück begünstigten Mädchen gehörte – es gibt in jeder Generation nur eine dieser Art –, die etwas Höheres verkörpern als Talent und Schönheit und infolgedessen von aller Welt angebetet werden. Das Entscheidende bei Caroline war ihre Jugend, die bei jedem, der sie sah, das seltenste, köstlichste und beglückendste aller Gefühle weckte: eine ganz ursprüngliche, reine Freude. Übrigens war diese Caroline, wie ich zufällig aus privaten Quellen weiß, ein gutmütiges, wohlerzogenes, wahrheitsliebendes, schlichtes, freundliches, heiteres und natürliches Mädchen und duftete wie ein Blumenladen, was Göttinnen nicht immer tun.

Humphrey beobachtete dieses Phänomen mit einer Konzentration, die er bisher nur für die Schnitte unerforschter Drüsen unter dem Mikroskop aufgebracht hatte. Als sie das Theater verließen, fragte er seine Gastgeber: «Kennen Sie dieses Mädchen zufällig?» Er merkte, daß die Frage sie überraschte, und fuhr daher fort, ohne die Antwort abzuwarten: «Oder kennen Sie jemand, der sie kennt?»

«Nein, Humphrey. Sie lebt in der großen Welt, in Gesellschaftskreisen, zu denen wir nicht gehören. Sie verkehrt mit

Leuten, nach denen Gebäude oder Kochrezepte heißen. Und wenn sie nicht spielt, ist sie auf Yachten und beim Polo und dergleichen, und auch das wissen wir nur aus den Sonntagszeitungen.»

Humphrey ließ sich durch diese Antwort keineswegs entmutigen. Er wußte sehr wohl, daß man nur zwei bis drei Empfehlungen braucht, um die Kluft zwischen sich und irgendeinem Menschen in der Welt zu überbrücken. Darum fragte er, ohne aus seinen Absichten ein Hehl zu machen, bei allen Bekannten herum, und schon nach wenigen Wochen saß er auf einer gewissen Terrasse mit Aussicht auf den Long-Island-Sund, wo er von Leuten, nach denen Gebäude und Kochrezepte hießen, neugierig gemustert wurde und sich mit Caroline Coates unterhielt. Ihre Unwissenheit in bezug auf die neuesten, ungeheuer wichtigen Forschungsergebnisse auf dem Gebiet der endokrinen Drüsen erstaunte ihn, und er erzählte ihr mit großem Vergnügen von der immensen Bedeutung der neuen Erkenntnisse für die Gesundheit, Glückseligkeit und Langlebigkeit des Menschen. Man kann sich wohl vorstellen, wie dieser hagere, unbeholfene, hohlwangige und ausgesprochen falsch angezogene junge Mann wirkte, der da zwischen lauter eleganten Leuten saß und dem dreiundzwanzigjährigen Idol des Publikums einen Vortrag hielt über die Heilkraft gewisser unappetitlicher Säfte auf gräßliche, schwachsinnige kleine Mädchen, die sich in ihrem eigenen Kot zu wälzen pflegten. Natürlich verliebte Caroline sich hoffnungslos bis über die Ohren in Humphrey, und noch vor Ende des Monats wurde ihre Verlobung bekanntgegeben.

Einige Gebäude gerieten ein wenig ins Wanken, und einige Kochrezepte schienen schärfer gewürzt als gewöhnlich. Aber im großen und ganzen war man sich darin einig, daß diese Verlobung nur ein Beweis für Carolines prachtvollen Charakter und im übrigen durchaus ungefährlich sei, weil so etwas unmöglich von Dauer sein könne. Was würde beispielsweise daraus werden, wenn Humphrey nach Wien ging, um bei dem berühmten Vingleberg zu arbeiten?

«Ich muß drei Jahre in Wien bleiben und werde in dieser Zeit keine achtundvierzig Stunden hintereinander aus diesem Labor herauskommen, es sei denn, daß es abgebrannt wäre. Ich kann also nicht herkommen und dich besuchen.»

«Ich könnte in den Theaterferien zu dir kommen.»

«Ich wollte, du kämest gleich mit.»

«Liebling, ich würde ja auch am liebsten gleich heiraten, genau wie du. Aber ich *kann* doch in einer neuen Inszenierung nicht einfach weggehen und alles im Stich lassen. Im übrigen . . .»

«Aber nur noch dieses eine Stück.»

«Ja. Wenn das abgesetzt wird, könnte ich kommen.»

«Aber das verdammte Ding wird jahrelang laufen, heißt es.»

«Wer weiß, vielleicht setzen sie es nach einem halben Jahr ab. Ich weiß, Humphrey, du glaubst, daß ich einfach gierig bin auf all das Getue, das sie um mich machen . . .»

«Ich habe dergleichen nie angedeutet.»

«Aber du glaubst es. Und es wäre auch verrückt, wenn du es nicht glaubtest, denn ich bin es wirklich, wenn auch nur ein bißchen. Aber sollte ich je merken, daß es mich *richtig* packt . . .»

«Und wie fühlt sich's an, wenn du richtig gepackt wirst? Vielleicht so?»

Das machte dem Gespräch gerade an einem wichtigen Punkt ein Ende, und das war sehr schade. Humphreys Schiff lief aus, und Carolines neues Stück lief an; das Publikum vergötterte sie mehr denn je, und jedermann erwartete, daß sie sich in einen anderen verlieben würde. Aber ein Jahr verging, ein zweites verstrich, und auch das dritte Jahr ging dahin, und noch immer hielt Caroline ihrem Humphrey die Treue. Das hatte zwei sehr plausible Gründe: erstens hatte sie Humphrey schrecklich lieb, und zweitens sich selber.

Als die drei Jahre um waren, bestieg Humphrey Baxter sein Schiff, und eines Tages legte das Schiff an. Seit einigen Wochen hatte er sich ausgemalt, wie Caroline bei der Begrüßung aussehen würde, und dieses Bild war so unablässig bei ihm, daß es, wenn er die rechte Seite eines Buches las, gleich einer Illustration auf der linken schwebte. Da diese Geschichte in den zwanziger Jahren spielt, hatte er Caroline mit einem Silberfuchs und einem Veilchenbukett ausgestattet. Als er nun den Blick über den Landungssteg schweifen ließ, sah er zwar viel Pelzwerk und Blumen, aber von Caroline keine Spur.

Er ging über die Gangway und durch die Sperre. Ein Herr und eine Dame kamen auf ihn zu, und jeder ergriff eine seiner Hände. Es waren Dick und Stella Archer, denen er die Bekanntschaft mit Caroline verdankte, gewissermaßen die autorisierten Urheber seiner Beziehung zu ihr. Während sie ihn bei den Händen hielten und ihn ansahen und ihn aufs liebenswürdigste und freundschaftlichste begrüßen, sah Humphrey sich nach allen Seiten um. «Wo ist Caroline?» fragte er.

Die Wiedersehensfreude zerplatzte wie eine Seifenblase. Über die drei Menschen, die in der vom Ostwind durchwehten Freudlosigkeit des riesigen Landungsschuppens standen, schien sich ein grauer Schatten zu senken.

«Carrie konnte nicht kommen», sagte Stella.

Es war gar keine Frage: Humphreys Mund war sensibel, ungemein sensibel. «Ist sie krank»? fragte er.

«Na ja . . .», sagte Dick.

«Nein, sie ist nicht krank», sagte Stella. «Aber sie konnte nicht kommen. Humphrey, kümmere dich um dein Gepäck, und dann fahren wir zum Essen ins Revestel, und da werden wir dir alles erzählen.»

«Ja, natürlich», sagte Humphrey.

Sie fuhren ins Revestel, wo sie früher so oft zusammen gesessen hatten, und nachem sie bestellt hatten, sagte Humphrey: «So, jetzt wäre es wohl an der Zeit, daß ihr mir sagt, was los ist.»

«Humphrey», sagte Stella, «du mußt das verstehen.»

Vielleicht war es doch nicht so leicht zu entscheiden, ob Humphreys Mund sehr sensibel oder ein bißchen grausam war. «Weiter», sagte er.

«Wir sind alte Freunde», sagte Dick. «Wir kennen dich und Caroline Gott weiß wie lange.» Humphrey sah Stella an.

«Carrie hat sich verliebt», sagte Stella.

Humphrey schloß die Augen. Man hätte meinen können, er schliefe oder wäre tot. Diese Männer mit den knochigen Gesichtern können zuzeiten erstaunlich tot aussehen.

Nach ein paar langen Sekunden schlug er jedoch die Augen wieder auf. Dick sagte etwas.

«Wann?» fragte Humphrey, zu Stella gewandt.

«Vorigen Monat, Humphrey. Und da war es schon zu spät

zum Schreiben.»

«In wen?»

«In einen sehr anständigen Kerl», antwortete Dick. «Kurz gesagt: in Brodie.»

«Alan Brodie, den Tennismeister», sagte Stella.

«Achtmal den Nationalpreis im Einzel», sagte Dick. «Die letzten sechs Jahre hintereinander.»

«Das sagt er nur, weil ihm so elend zumute ist», erklärte Stella.

«In meinem ersten Jahr drüben war Alan Brodie auf Europa-Tournee», sagte Humphrey. «Er kam auch nach Wien. In seinem Hotel kam es zu irgendwelchen Zwischenfällen – ein Haufen Weiber prügelte sich um ihn. So was ist drüben selten.»

«Er ist das Idol des Publikums», sagte Stella.

«Meinst du, so wie Carrie?»

«Ja, Humphrey. Er ist ein schöner Mensch und elektrisiert die Leute genauso wie Carrie. Und die beiden zusammen . . .!»

«Sie muß sich sehr verändert haben.»

«Eigentlich nicht, Humphrey. Ich glaube, sie hat das verwirklicht, wofür sie bestimmt ist.»

«Sie ist ganz und gar nicht dafür bestimmt», sagte Humphrey weder laut noch besonders nachdrücklich, aber durchaus endgültig.

«Humphrey, du mußt einfach abwarten, bis du sie zusammen siehst.»

«Ich kann warten», sagte Humphrey.

In New York braucht man selten lange zu warten. Humphrey wollte ein Buch veröffentlichen und trat daher mit einem Verleger in Verbindung; der Verleger lud ihn zum Essen ein, und zwar in ein Restaurant, das hauptsächlich von einer bestimmten, untereinander bekannten Clique und außerdem von den Journalisten der Klatschspalten aufgesucht wird. Am Nebentisch saß eine Frau, für deren Drüsen Humphrey ein kleines Vermögen bezahlt hätte. Diese Frau stieß plötzlich einen gedämpften Schrei aus, und mit einem Gefühl, das ihn zum lebenslangen Gegner des elektrischen Stuhls machte, hörte Humphrey sie rufen: «Oh, sieh mal! Das Liebespaar!»

Humphrey brauchte nicht den Kopf zu wenden. Er sah

genug andere Leute zur Tür hinblicken und konnte in Muße beobachten, wie die Gesichter, die den häßlichen Makel des Erfolges trugen, durch einen Ausdruck schlichter Freude verschönt wurden. Humphrey beobachtete nicht nur, er dachte auch darüber nach. «Es muß etwas Gutes sein», sagte er sich, «wenn es solche Gesichter derart verwandeln kann.»

Die erwähnten Gesichter drehten sich wie auf ein unsichtbares Objekt gerichtete Scheinwerfer, während die Augen Caroline und Alan Brodie folgten. Plötzlich fühlte Humphrey sich sozusagen im Brennpunkt; sie mußten also dicht hinter ihm sein. Er wandte sich um, und sie begrüßten einander.

Alles ging sehr liebenswürdig, gutgelaunt und heiter vor sich. Caroline und Brodie setzten sich zu Humphrey und seinem Verleger; andere Leute kamen, um sie zu begrüßen, und wurden auch an den Tisch gebeten. Alle redeten viel außer Humphrey, aber von ihm wurde es auch nicht erwartet.

Humphrey stand nämlich vor einer Entscheidung. Er war bereit, sich einer neuen Erkenntnis zu beugen, der Erkenntnis, daß Carolines Verbindung mit Brodie etwas Gutes sei. Er wollte es glauben, wenigstens soweit das von einem vor Eifersucht fast wahnsinnigen Mann zu erwarten ist. Man könnte sogar sagen: er glaubte wirklich – soweit das mit dieser sehr menschlichen Schwäche und dem untergründigen Gefühl, das alles sei weiter nichts als eine blödsinnige, narzißtische Selbsttäuschung, vereinbar ist –, daß sie etwas Gutes sei und daß er seinem barbarischen, atavistischen Impuls, sie zu zerstören und Caroline herauszureißen, um keinen Preis nachgeben dürfe.

Caroline unterstützte ihn in diesem edlen Streben. Jedes Wort, jeder Blick war genau der Gelegenheit angepaßt. Ohne viel Umstände bat sie den Verleger, den Platz zu wechseln, so daß sie neben Humphrey sitzen konnte. Ihr Ton war so liebevoll und besorgt, wie nur irgend denkbar. Ihr Blick flehte um Verständnis. Ihr Lächeln und ihre innere Glut verkündeten, daß es – selbst wenn er nicht verstehen sollte – im Leben so kostbare, hohe Dinge gebe, daß alles andere zurückzustehen habe. Und wenn sie ihren Geliebten ansah, konnte kein Zweifel daran aufkommen, welches diese kostbaren, hohen Dinge waren. «So sei es denn!» dachte Humphrey. «Es ist etwas Gutes.» Und er freute sich wie die übrigen am Anblick des glücklichen

Paares, und der Glanz auf den Gesichtern der ganzen Tischrunde spiegelte sich – wenn auch zweifellos etwas gebrochen – in seinen Zügen.

Dann folgte ein Zwischenspiel, wie es in einem von Prominenten besuchten Restaurant nicht selten vorkommt. Bläßliche junge Männer nahten sich mit Kamera und Blitzlicht und ersuchten Caroline und Alan, sich nebeneinander zu setzen und bald diese, bald jene Pose einzunehmen. Das Verfahren war komplizierter, als es sonst bei Presseaufnahmen in Restaurants üblich ist, teils weil es sich um eine wichtige Zeitschrift handelte, teils weil der Geschäftsführer und andere Gäste sich mit stummem Spiel beteiligten. Im ganzen war es eine grauenhafte Angelegenheit – es sei denn, man mag so etwas, denn dann kann es natürlich sehr befriedigend sein.

Caroline nahm mit lächelndem, rosigem Gesicht und offensichtlich ungeheuer befriedigt wieder neben Humphrey Platz. In diesem Zustand glücklicher Erregung kann es geschehen, daß einem Worte entschlüpfen, die man eigentlich gar nicht sagen wollte, Worte, die jeder außer einem kaltblütigen Wissenschaftler taktvoll überhören würde. «Nun?» fragte Caroline. «Wie findest du uns?» Sie stockte und sah Humphrey rot vor Verlegenheit an, denn solche Worte sollte man keinen Psychoanalytiker hören lassen, viel weniger noch einen verlassenen Liebhaber.

«Ich finde euch beide bezaubernd», sagte Humphrey, «und ich hoffe, wir werden gute Freunde werden. Willst du nicht einmal mit deinem jungen Mann zu mir kommen?»

«Weißt du, wir gehen Freitag auf Reisen», sagte Caroline, noch etwas verwirrt. «Und vorher ist es schlechthin unmöglich.»

«Aber wenn ihr zurück seid?»

«Natürlich. Wir kommen schrecklich gern. Aber das wird frühestens in zwei Monaten sein.»

«Ich kann warten», sagte Humphrey.

Etwa eine Woche vor Alans und Carolines Rückkehr von der Hochzeitsreise telefonierte Humphrey, der während der Wartezeit viel nachgedacht hatte, mit einem Mann namens Morgan – Albert Morgan, der sich damit beschäftigte, das unbestimmte, zweideutige Gebrummel gelehrter Herren in klare, unzweideutige und äußerst spannende Artikel für Wochenzeitschriften zu verwandeln. «Hören Sie, Morgan», sagte Humphrey, «Sie haben mich ja seit drei Monaten nicht mehr wegen dieser privaten Informationen über Vinglebergs Experimente gelöchert.»

Morgan erklärte, er habe es aufgegeben, Humphrey zum Reden zu bringen.

«Wenn Sie sich Ihre Informationen bei stummen Fischen holen wollen, dann wundert mich's nicht, daß Ihre Artikel so außerordentlich ungenau sind. Nun, wie auch immer, ich bin kein stummer Fisch, und zum Beweis dafür wollte ich Ihnen sagen, daß ich gerade von Vingleberg einen Brief über die Versuche, die wir kurz vor meiner Abreise angefangen hatten, bekommen habe. Nun passen Sie auf: ich werde Ihnen nichts erzählen, was auch nur im mindesten vertraulich ist, weil ich verdammt gut weiß, daß es morgen früh in sämtlichen Schlagzeilen stünde. Aber wenn Sie etwa zwanzig sehr sorgfältig gewählte Wörter hören wollen . . .»

«Gemacht!» sagte Morgan. «Ich bin sofort bei Ihnen.»

Es war wirklich bemerkenswert, was Morgan aus zwanzig sorgfältig gewählten Wörtern machen konnte. Vielleicht hatte der arglose Wissenschaftler Humphrey sich auch fünfundzwanzig oder sogar dreißig Wörter entlocken lassen. Jedenfalls wurde der Öffentlichkeit mitgeteilt – wenn auch nicht in den Schlagzeilen, so doch in sehr eindrucksvollen Artikeln an wichtiger Stelle –, daß es dem kleinen, fast kahlköpfigen Wiener Endokrinologen Vingleberg und Humphrey Baxter vom Johns-Hopkins-Institut gelungen sei, reines V.B. 282 herzustellen. Und dieses V.B. 282 war anscheinend nicht mehr und nicht weniger als das Drüsensekret, das dem Altern der Gewebe Einhalt gebietet. Und da alle Menschen Gewebe haben und altern, wurde die in diesen Artikeln enthaltene Verheißung von allen, die sie lasen, gierig aufgegriffen.

Inzwischen kehrten Caroline und Alan zurück, und bald – sehr bald – kamen sie auf einen Drink zu Humphrey. Er empfing sie mit größter Herzlichkeit und stellte ihnen tausend Fragen, die sie offen und rückhaltlos beantworteten wie Leute, die nichts zu verbergen haben. Beide waren so eifrig bemüht, ihm alles zu erzählen, was ihn interessieren könnte, daß sie nicht sehr genau auf seine Reaktionen achteten. Hätten sie es getan, so wäre ihnen vielleicht aufgefallen, daß er bei gewissen Antworten – besonders bei denjenigen von Caroline – den grausamen und sensiblen Mund in jener schmerzlichen Befriedigung zusammenkniff, mit der ein Pathologe etwa das Röntgenbild betrachtet, das seine schwierige Diagnose in allen Einzelheiten bestätigt und ihm sagt, daß sein bester Frund unverzüglich operiert werden muß.

Ich möchte nicht den Eindruck erwecken, daß die Unterhaltung mit den Jungvermählten sich ausschließlich um diese selbst drehte. Noch vor Ablauf einer Stunde schnitt Caroline ein neues Thema an. «Humphrey, mein Lieber», sagte sie, «wie man hört, bist du berühmt geworden. Stimmt das?»

«Wenn du es gehört hast, wird es wohl stimmen», antwortete er. «So ist das mit dem Ruhm.»

«Aber stimmt das mit der ewigen Jugend und so?»

«Mein liebes Kind», sagte er, «was die ewige Jugend betrifft, so hast du, glaube ich, alle Gelehrten geschlagen. Als ich dich kennenlernte, sahst du wie achtzehn aus und warst dreiundzwanzig. Jetzt bist du sechsundzwanzig ...»

«Seit einer Woche siebenundzwanzig, Humphrey.»

«... und siehst noch wie achtzehn aus.»

«Aber nicht für immer.»

«Ich kann eigentlich nicht sagen, daß ich irgendwie nachgelassen hätte», bemerkte Brodie. «Allerdings, manche dieser jungen Burschen von der Westküste ...» Er schüttelte melancholisch den Kopf wie alle Tennisspieler bei der Erwähnung der Westküste.

Humphrey ignorierte diesen Einwurf. Sein Blick hing an Caroline. «Natürlich wirst du nicht ewig jung bleiben», sagte er. «Das wirst du auch kaum wollen, denke ich mir. Wenn man sich die Leute so ansieht, die anscheinend nie richtig reif werden, die sind doch von einem ganz bestimmten Typ: frigid, gehemmt, narzißtisch – in sich selbst verliebt; sie können keinen anderen Menschen lieben; daher leben sie nicht richtig, und daher werden sie auch nicht älter.»

«Ja, ja. Aber was du da entdeckt hast ...?»

«Oh!» sagte Humphrey. Und er schüttelte lächelnd den Kopf.

«Dann stimmt es also nicht?» rief Caroline. Ihre Enttäuschung hätte ein Herz aus Stein gerührt.

«Ich habe dir ja gesagt, das ist alles fauler Zauber», sagte Brodie.

«Diese Journalisten vergessen immer, die Schwierigkeiten zu erwähnen», sagte Humphrey.

«Und nach dem, was sie geschrieben haben, klang es so, als hättest du es wirklich entdeckt», jammerte Caroline.

«Das stimmt überhaupt nicht», sagte Humphrey. «Die Entdeckung stammt fast ausschließlich von Vingleberg.»

«Du meinst also, er *hat* es gefunden?» fragte Caroline, und ihr Gesicht erhellte sich wieder.

«Das habe ich den Presseleuten nicht gesagt», erwiderte Humphrey. «Sie haben es nur so aufgefaßt.» Sein Ton wurde plötzlich sehr kalt und hart. «Nun muß ich euch beiden ein für allemal sagen: von dieser Sache darf kein Mensch in der Welt etwas erfahren. Verstanden?»

«O ja! Ja!»

«Haben Sie das verstanden, Brodie?»

«Sie können sich auf mich verlassen.»

«Sehr gut», sagte Humphrey. Ein Weilchen saß er ganz still da, als müsse er ein letztes Widerstreben überwinden. Dann stand er abrupt auf und ging hinaus.

Caroline und Alan sahen einander nicht einmal an. Sie blickten auf die Tür, durch die Humphrey verschwunden war und vermutlich gleich wieder hereinkommen würde, zumindest mit einem Schmelztiegel oder Destillierkolben in der Hand. Er kam wirklich sehr bald zurück, hielt aber nichts in der Hand als einen gewöhnlichen Bindfaden.

Er lächelte seinen Gästen zu. Dann ruckte er ein paarmal an der Schnur, und herein kam ein junges Kätzchen, das unter possierlichen Sprüngen nach der Schnur haschte. Humphrey lockte es zu Caroline hinüber und ließ es ein paarmal nach der Schnur hüpfen. Dann hob er das Tierchen auf und setzte es ihr auf den Schoß.

«Wie süß», sagte Caroline. «Aber . . .»

«Es hat vorige Woche Geburtstag gehabt», sagte Humphrey. «Es ist fünf Jahre alt.»

Caroline ließ das Kätzchen fallen, als fürchtete sie, sich zu verbrennen, und Humphrey sagte: «Ich hoffe, die Leute werden solche Vorurteile überwinden.» Er nahm das Kätzchen auf und gab es ihr zurück. «Nicht lange mehr, und die Welt wird sich an dergleichen gewöhnen müssen.»

«Aber, Humphrey», sagte Caroline ganz aufgeregt, «das muß eine Zwerg- oder Liliputrasse oder so etwas sein.»

«Nein», sagte Humphrey, «ich versichere dir, es ist eine ganz normale Katze, genau wie alle anderen Katzen, die du kennst.»

«Aber was wird aus ihr? Geht das immer so weiter?» Und als Humphrey den Kopf schüttelte: «Wird sie eines Tages zerplatzen oder zu Staub zerfallen oder so etwas?»

«Sie wird höchstwahrscheinlich am Herzschlag sterben», erklärte Humphrey, «aber erst nach vierzig Jahren blühender Jugend. Auf den Menschen übertragen wären das zweihundert Jahre. Aber bitte, vergeßt nicht, ihr beiden . . .» Er machte eine eindrucksvolle Pause.

«Ja? Ja?»

«Ich bin genau vor drei Jahren und vier Monaten nach Wien gefahren», sagte Humphrey sehr langsam und deutlich. «Diese Katze ist fünf Jahre alt. Ihr seht also, es ist Vinglebergs Entdekkung.»

«O ja. Ja, natürlich. Aber in den Zeitungen war doch von Menschen die Rede», sagte Caroline.

«Ich habe Vingleberg bei seinen Versuchen geholfen, es auf Menschen anzuwenden.»

«Und es ist euch gelungen?»

«Vergeßt nicht, daß ihr versprochen habt, zu keiner Menschenseele darüber zu reden. Ja, es ist uns gelungen – in gewissen Grenzen.»

Alan sagte in zugleich ungeduldigem und geschäftsmäßigem Ton: «Mr. Baxter, Sie sagten, in kurzer Zeit würde die Welt . . .»

«Humphrey», bemerkte Humphrey, ihn freundschaftlich anlächelnd.

«Ja – Humphrey. Aber . . . aber *wann*?»

«Das hängt davon ab, wann man eine neue Quelle für den Extrakt findet», erklärte Humphrey. «Oder auch, wann man ihn synthetisch herstellen kann, obgleich ich nicht glaube, daß wir das machen werden. Ich würde sagen, in dreißig Jahren.

Wenn wir Glück haben – in zwanzig.»

«Ach so!» sagte Caroline. «Ich dachte, du meinst jetzt.»

«Um diesen Stoff zu gewinnen», rief Humphrey, «muß eine äußerst heikle Operation ausgeführt werden, die das betreffende Tier leider das Leben kostet. Da liegt die große Schwierigkeit.»

«Was für ein Tier?» fragte Alan.

«Ein ziemlich weit verbreitetes», antwortete Humphrey. «Der Mensch.»

«Oh!»

«Ich glaube, wir haben noch eine andere Quelle entdeckt, aber die Versuche werden Jahre dauern, und bis man den Extrakt in ausreichenden Mengen herstellen kann, das dauert noch viel länger. Darum eben müßt ihr mir schwören, die Sache geheimzuhalten. Meine Güte, unser ganzer Planet würde außer Rand und Band geraten, wenn es bekannt würde, daß überhaupt schon *etwas* davon existiert und für wenige Bevorzugte reserviert wird.»

«Es *gibt* also etwas?» fragte Caroline.

«Der Extrakt ist unter sehr merkwürdigen Umständen hergestellt worden», sagte Humphrey, «über die ich euch kein Wort erzählen werde. Es ist uns dreimal gelungen.»

«Drei!» rief Alan, als wäre das ein merkwürdiges Zusammentreffen, weil auch hier im Zimmer drei Personen saßen.

«Ich habe eine Dosis genommen», sagte Humphrey lächelnd.

«Und die beiden anderen?» rief Caroline.

«Zum Glück genügt eine Dosis», fuhr Humphrey fort. «Ich will euch nicht mit technischen Einzelheiten langweilen, aber das Hochinteressante daran ist, daß dieses Sekret tatsächlich die Funktionen zweier bestimmter Drüsen verändert, aber nicht derjenigen, aus der es ursprünglich extrahiert worden ist. Nun ...»

«Aber, Humphrey, mein Lieber, was ist mit den beiden anderen Dosen geschehen?»

«Die eine hat Vingleberg genommen. Er ist achtundsechzig und häßlich wie ein Affe. Er wird für die nächsten zweihundert Jahre achtundsechzig und genauso häßlich bleiben.»

«Ach, du lieber Gott!» sagte Alan bitter.

«Und die dritte?» fragte Caroline.

«Meine liebe Caroline», sagte Humphrey, «die habe ich mitgebracht. Für wen, brauche ich dir wohl nicht zu sagen.» Damit schloß er eine kleine Schublade seines Schreibtisches auf. «Hier ist sie», sagte er, ein gewöhnliches Fläschchen mit einer farblosen Flüssigkeit herausnehmend. «Leben, Jugend und Liebe für annähernd zweihundert Jahre! Wahrscheinlich länger, denn inzwischen werden wir alles mögliche andere entdeckt haben. Um ein Haar hätte ich sie weggeschüttet, am Tag meiner Ankunft.»

«Oh, Humphrey, ich . . . was soll ich sagen?»

«Ich habe mir's anders überlegt», fuhr Humphrey fort. «Offen gestanden schon in dem Augenblick, als ich euch beide zusammen sah. Ich möchte es euch also schenken, wenn ihr es haben wollt. Sozusagen als nachträgliches Hochzeitsgeschenk. Hier! Für euch beide.»

Er hielt ihnen das Fläschchen hin, zwei Hände streckten sich ihm entgegen, und er legte sie zusammen. «Aber ihr müßt mir feierlich schwören, nie ein Wort darüber zu sagen.»

«Ich schwöre», sagte Caroline.

«Ich schwöre», sagte Alan.

«Das klingt ganz wie die Trauformel», sagte Humphrey lächelnd, während er das Fläschchen in ihre vereinigten Hände legte. «Aber es ist natürlich etwas ganz anderes. So, nun werdet damit glücklich, ihr zwei.»

«Wir werden jeder die Hälfte nehmen», sagte Caroline.

«Für jeden hundert Jahre!» sagte Alan.

«Halt! Einen Moment!» rief Humphrey. «Ich fürchte, ich habe mich mißverständlich ausgedrückt. Wenn man jahrelang an einer Sache arbeitet und so eng damit verbunden ist, vergißt man wahrscheinlich, daß andere das Elementarste nicht wissen können. Wir hatten dafür ein interessantes Beispiel . . .»

«Warum dürfen wir nicht jeder die Hälfte nehmen?» fragte Caroline ziemlich laut.

«Weil Drüsen nichts von Arithmetik verstehen, mein liebes Kind. Eine halb veränderte Drüse verleiht nicht Jugend und Schönheit für die Hälfte von zweihundert Jahren. O nein! Caroline, weißt du noch, wie ich dir bei unserer ersten Begegnung die Menschen beschrieben habe, bei denen bestimmte

Drüsen in Unordnung sind?»

«Du meinst diese schrecklichen Idioten?»

«Genau. Dies ist eine Dosis, und nur eine. Sie kann in einem Schluck eingenommen werden; der Extrakt hat einen leichten, aber nicht unangenehmen Geschmack. Eine ganz einfache Sache, aber gefährlich, wenn man falsch damit umgeht – wie Dynamit. Behaltet es als Kuriosität. Es ist weder hübsch noch nützlich – eben ein Hochzeitsgeschenk, aber wenigstens ein einzigartiges.»

«Nun, danke schön, Humphrey. Vielen, vielen Dank.»

Dann gingen Caroline und Alan nach Hause. Sie stellten das interessante Fläschchen auf den Kaminsims und sahen es lange an, und dann sahen sie einander lange an. Wäre es möglich gewesen, so hätten sie vielleicht ebenso lange in jenen großen Spiegel, das Auge der Öffentlichkeit, geblickt, vor – um nicht zu sagen: in – dem sie ihr Leben als vollkommenes Liebespaar führten.

«Du solltest es gleich nehmen», sagte Alan. «Ich hole dir ein Glas Wasser zum Nachtrinken.»

«Ich denke nicht dran, Alan. Ich möchte, daß du es trinkst.»

«Liebling, komm zum Spiegel und sieh dich an. Verstehst du? Es ist der reine Egoismus: ich möchte, daß du ewig so bleibst.»

Sie tauschten einige Komplimente – aufrichtige, überschwengliche Komplimente, und dabei wurden sie immer aufrichtiger und überschwenglicher, so daß sie das Fläschchen schließlich ganz vergaßen. Aber am nächsten Morgen stand es noch immer da.

Jeder von beiden war noch ebenso entschlossen, zugunsten des anderen auf den kostbaren Trank zu verzichten. Es läßt sich unmöglich genau sagen, wieso ihre Proteste die Vermutung nahelegten, daß sie – jeder für sich – über Nacht ein bißchen darüber nachgedacht haben könnten.

«Wir können doch nicht unser Leben lang ‹Nach Ihnen, mein Herr› spielen», sagte Caroline. «Ich schwöre dir – Hand aufs Herz und großes Ehrenwort –, ich will, daß du es nimmst. Also, bitte.»

«Und ich sage dir ein für allemal», sagte Alan, «daß ich es nicht nehmen werde, sondern du. Ich werde so sein wie dieser

Mensch – wie hieß er doch gleich? –, der sich – du weißt schon – in diese Göttin verliebte.»

«Aber, Liebling, denk an deinen Schmetterling!»

«Was ist damit? Willst du etwa sagen, er wäre nicht mehr so gut?»

«Aber nein, natürlich ist er genauso gut, ganz prachtvoll. Alle sagen das. Aber du weißt doch, im August wirst du gegen diesen schrecklichen Kerl aus Kalifornien antreten.»

«Mit diesem Würstchen werde ich auch ohne Affendrüse fertig», sagte Alan. «Ich muß sagen, es wundert mich, daß du daran zweifelst.»

«Das tue ich doch nicht», sagte Caroline. «Aber . . .»

«Aha, also doch ein ‹aber›!»

«Aber schließlich *bist* du sechs Jahre älter als ich.»

«Na hör mal! Der Mann soll mindestens zehn Jahre älter sein als die Frau.»

«Das stimmt nicht bei jeder Frau. Allerdings laufen manche Frauen mit Männern herum, die ihr Vater sein könnten.» Sie musterte ihn. «Ich glaube, du wirst mit grauem Haar schrecklich distinguiert aussehen.»

Alan blickte unglücklich in den Spiegel. Dann sah er Caroline an.

«Ich kann mir *dich* nicht mit grauem Haar vorstellen. Du siehst also, wenn ich es trinken *würde*, nur dir zu Gefallen . . .»

«Wenn du es doch tätest!» rief Caroline, deren Herzensgüte und Freundlichkeit wirklich beispiellos waren. «Alan, ich *will* nicht zusehen, wie du alt und häßlich und krank wirst . . . und eines Tages stirbst. Dann lieber ich. Wirklich und wahrhaftig. Ich kann es nicht ertragen, daß du stirbst und mich allein zurückläßt.»

«Das geht mir genauso», sagte Alan ebenso nachdrücklich, aber irgend etwas in seinem Ton veranlaßte sie, ihn forschend anzusehen.

«Aber du würdest mich trotzdem lieben?» fragte sie. «Auch wenn ich wirklich alt würde? Nicht wahr?» Dann, ohne ihm Zeit für eine Antwort zu lassen: «Oder etwa nicht?»

«Carrie, das weißt du doch.»

«Nein, du würdest mich nicht mehr lieben. Aber ich dich.»

«Wenn du das glaubst», sagte Alan, «solltest du es lieber

selbst nehmen. Ist doch klar. Also, los – nimm es. Und laß *mich* alt werden.»

«Wenn Humphrey uns das verflixte Zeug doch nie geschenkt hätte!» rief Caroline. «Weißt du was? Wir schütten es in den Ausguß. Gleich jetzt! Komm!»

«Bist du verrückt?» rief Alan, ihr das Fläschchen entreißend. «Die einzige Flasche auf der ganzen Welt! Und nach dem, was Baxter sagte, ist für das, was darin ist, jemand gestorben.»

«Und es würde ihn schrecklich kränken, wenn wir sie wegwürfen», sagte Caroline leise.

«Das wäre mir piepe», sagte Alan. «Aber schließlich ist es ein Hochzeitsgeschenk.»

Sie ließen das Fläschchen also auf dem Kaminsims stehen, denn ein Kaminsims ist ein guter Platz für ein Hochzeitsgeschenk, und ihr wunderschönes Leben ging weiter.

Das Peinliche war nur, daß beide so unablässig an ihr Alter dachten, daß es allmählich zur fixen Idee wurde. Caroline wurde eine Plage für ihren Schönheitssalon. Es war rührend zu sehen, wie Alan heimlich vor dem Spiegel stand und zu entscheiden versuchte, ob ein bestimmtes Schläfenhärchen von der Sonne gebleicht oder ergraut sei. Caroline beobachtete ihn, und im Spiegel sah er, daß sie ihn beobachtete. Jeder sah sich und den anderen an, und wenn man so hinsieht, kann man immer etwas finden. Ich verzichte darauf, den Nachmittag zu beschreiben, an dem Alans Geburtstagstorte mit der falschen Anzahl von Kerzen hereingebracht wurde.

Beide bemühten sich jedoch verzweifelt, der Zukunft tapfer ins Auge zu sehen, und Caroline wäre es vielleicht gelungen.

«Es wird nicht so schlimm sein», sagte sie. «Schließlich können wir zusammen alt werden.»

«Ein nettes altes Paar!» sagte Alan. «Mit Silberhaar und Zahnprothesen . . .!»

«Was ist dabei, wenn wir einander noch lieben?» meinte Caroline.

«Sicher! Ich sehe uns schon auf einer rosenumrankten Veranda sitzen!»

In dieser Nacht, mitten in der Nacht, wachte Alan plötzlich auf. Caroline hatte das Licht angedreht, beugte sich über ihn und sah ihn an.

«Was ist denn? Was ist los? Warum siehst du mich so an?»

«Oh, ich habe dich nur angesehen.»

Die meisten Männer würden, wenn sie mitten in der Nacht aufwachten und Caroline über sich gebeugt sähen, glauben, sie wären gestorben und in den Himmel gekommen, aber Alan nahm es sehr übel auf. Er schien anzunehmen, sie untersuchte sein Gesicht nach vergrößerten Poren und neuen Falten, nach Anzeichen von Gewebeerschlaffung und Aufgeschwemmtheit und anderen Symptomen des beginnenden Verfalls, und sie konnte ihn nur schwer vom Gegenteil überzeugen, weil sie genau das getan hatte.

«Ich habe nicht übel Lust, dieses Zeug zu holen und auf der Stelle zu schlucken», tobte Alan.

«Ja, zu so etwas wärest du imstande», gab Caroline zurück.

Wie man sehen wird, hatte sich eine Situation entwickelt, in der fast alles, was der eine tat, den anderen beleidigen mußte.

So ging es weiter bis zum letzten Tag des Turniers in Forest Hills, an dem Alan gegen das Wunderkind aus Kalifornien antreten sollte. Er sah wie schon früher, daß es dem Spiel des Jünglings merklich an Finesse fehlte. Er spielte mit enormer Kraft und Schnelligkeit, aber völlig ohne Finesse. Er reagierte unheimlich schnell und ließ sich durch keinen Tempowechsel beirren. Aber schnelles Reagieren und Finesse sind zweierlei. «Warum, zum Teufel, denke ich dauernd an Finesse?» fragte Alan sich noch vor dem Ende des ersten Satzes. Nach dem letzten Satz sah er die Antwort so deutlich wie die Ziffern auf der Punktetafel. Der zähe Bursche aus Kalifornien legte Alan die Hand auf die Schulter, als sie miteinander vom Platz gingen. Für einen Mann, der gerade aufgegeben hat, ist die Hand des Siegers eine schwere Last.

Nichtsdestoweniger nahm Alan seine Niederlage in sehr guter Haltung. Während des ganzen Abends lehnte er energisch die Alibis ab, die seine Freunde für ihn erfanden. «Der verflixte Kerl hat mich einfach vom Platz geschmettert», sagte er mit wehmütigem Grinsen. Selbst als Caroline allen auseinandersetzte, wie angespannt und nervös er in letzter Zeit gewesen sei, gab er durch nichts zu erkennen, welche Wut und Trostlosigkeit in seinem Innern tobten.

In dieser Nacht lag er trotz seiner schmerzhaften Müdigkeit

noch lange wach, während Caroline friedlich schlief. Schließlich stand er auf und schlich mit unendlicher Behutsamkeit ins Wohnzimmer. Er nahm das Fläschchen vom Kaminsims, schraubte es auf und goß den Inhalt mit einem Zug herunter. Er ging zu dem kleinen Wasserhahn hinter der Bar und füllte das Fläschchen mit Wasser. Als er es wieder zuschrauben wollte, kam ihm ein Gedanke; er sah sich unter den Flaschen um und entschloß sich zu einem Magenbitter, von dem er dem Wasser im Fläschchen mehrere Tropfen zusetzte, bevor er es wieder auf den Kaminsims stellte. Über dem Kamin hing ein Spiegel; in den Spiegel warf Alan einen langen Blick, und er lächelte.

Nun geschah es, daß Caroline zu dieser Zeit die Rolle eines Mädchens spielte, das mit einer liebenswürdig-törichten jüngeren Schwester behaftet war. Das Mädchen, das diese Schwester spielte, warf in einem Wutanfall die Rolle hin, und man suchte nach einer neuen Darstellerin. Einer der Produzenten empfahl – nicht einmal aus irgendwelchen schändlichen Motiven, sondern aus schierer blöder Gutmütigkeit – die Nichte eines Freundes. Sie stellte sich vor, und jeder erkannte auf den ersten Blick, daß sie die verrückte kleine Schwester in Person war, nämlich sozusagen eine Slang-Version von Caroline, mit langen Gliedmaßen, großem Mund und verwirrtem Blick; sie grinste, anstatt zu lächeln, Carolines wunderbarer Gang wurde bei ihr zum Gestolper, und statt jener Frühlingsmorgenfreude, die von Carolines Gesicht ausstrahlte, hatte sie einen Ausdruck übermütiger Ratlosigkeit, als spielte die Welt ihr ununterbrochen höchst unterhaltsame Streiche.

Alle fanden sie entzückend, und alle, einschließlich Caroline, billigten ihre Wahl. Als sie zum erstenmal auftrat, sah Caroline von den Seitenkulissen aus zu, wie sie sich anstellte. Sie brauchte nur den Rücken des Mädchens anzusehen, um zu merken, daß die Kleine geradezu aufleuchtete, sobald sie vor dem Publikum stand. Es wäre zuviel gesagt, daß ihr nichts Gutes schwante, aber sie trat doch vor und beobachtete aufmerksam, wie das Mädchen sich durch die liebenswürdige kleine Routinerolle hindurchtapste. Die Szene hatte immer freundlichen Beifall gefunden, aber diesmal dachte Caroline, als das Mädchen von der Bühne kam: «Mein Gott! Das ist *mein* Applaus.»

Sie hatte völlig recht. Was sich da im Zuschauerraum erhob,

war nicht einfach der Beifall für eine gute schauspielerische Leistung; dazu hatte es entschieden ein zu fiebriges Timbre, einen zu deutlichen Unterton von summenden Menschenstimmen. So applaudierte ein Publikum, das sich verliebt hatte. Caroline kannte dieses Geräusch, sie hatte es viele Jahre lang Abend für Abend gehört, und es empfing sie auch heute, als sie ein paar Minuten später auftrat. Und doch wollte es ihr – sei es mit Recht oder Unrecht – so scheinen, als sei der Beifall um ein gewisses Maß geringer – um genau das Maß, das dem schlaksigen Backfisch zuteil geworden war.

Im Korridor vor ihrer Garderobe stand eine kleine Gruppe, die dem Produzenten, der das Mädchen gefunden hatte, mit neuem Respekt zuhörte. «Wie findest du sie, Carrie?» fragte er liebenswürdig, als Caroline vorüberkam.

«Ich finde sie goldig», antwortete Caroline.

«Carrie», sagte er, «sie ist die größte Entdeckung seit deinem ersten Auftreten damals in Newport.»

Caroline lächelte und ging in ihre Garderobe. Durch die halboffene Tür hörte sie jemand fragen: «Aber glauben Sie, daß sie eine Schauspielerin wird?»

«Ich will Ihnen was sagen, mein Junge», antwortete der glückliche Entdecker. «Ich war während des ganzen zweiten Aktes im Zuschauerraum. Nun, wenn Sie mit der Kleinen reden so wie ich jetzt mit Ihnen, was ist sie? Einfach ein kleines Mädchen. Aber, mein Junge, wenn sie auf die Bühne kommt – dann ist sie die *Jugend.* Die verrückte, herrliche, übergeschnappte, unglückselige, tolpatschige Jugend unserer Zeit, mein Junge! Die dreht einem glatt das Herz um. Ich gebe also keinen Pfifferling darum, ob sie je richtig spielen lernt. Ich hoffe sogar zu Gott, daß sie's nicht lernt. Ich habe in den letzten fünfzehn Jahren so viele gute Aufführungen herausgebracht wie jeder andere, und ich weiß noch, was Woollcott Gibbs vor geraumer Zeit über eine gewisse Dame gesagt hat, nämlich: ‹Wenn Jugend und Schönheit auf der Bühne stehen, zum Teufel mit Sarah Bernhardt.›»

Caroline schloß die Tür.

An diesem Abend konnte sie nicht schnell genug nach Hause kommen. Sie hatte das Gefühl, daß sie Alan brauchte. Ihr war zumute wie einem weidwunden Tier, das instinktiv nach einem bitteren Kraut suchte, dem einzigen, das Heilung verspricht. Sie glaubte zu schmecken, was sie bei ihm suchte – ein rauhes, strenges Heilmittel für ihr angeschlagenes Selbstbewußtsein, die klare Ausstrahlung – ja welcher seiner Eigenschaften? «Wie auch immer, es ist da», dachte sie, während sie im Lift hinauffuhr. «Es ist in seinem häßlichen Lächeln; in der Art, wie er ...» Hier unterbrach sie sich. «Alans Lächeln? Häßlich? Ich bin bestimmt total durcheinander. Na, wennschon. Wenigstens bin ich zu Hause.»

Sie ging hinein, und die Wohnung war leer. Die eigene Wohnung um Mitternacht leer zu finden, wenn man sich trostbedürftig dorthin geflüchtet hat, ist eine Schändlichkeit und eine Beleidigung, und so faßte Caroline es auch auf, obwohl es die natürlichste Sache der Welt war, daß Alan ausging, während sie im Theater war, und erst nach ihr heimkehrte. Neuerdings hatte er das fast jeden Abend getan, und sie hatte nichts dabei gefunden. Heute aber war sie beleidigt und böse.

Sie ging von einem Zimmer ins andere, betrachtete die größte Fotografie von Alan und fand sein Lächeln unbefriedigend. «Es ist unreif», sagte sie. Sie blickte in den Spiegel und probierte mit erheblichen Schwierigkeiten ihr eigenes Lächeln aus. Sie fand es noch unbefriedigender, aber aus dem entgegengesetzten Grund. «Ich muß der Tatsache ins Gesicht sehen», sagte die siebenundzwanzigjährige Melancholikerin, «ich bin alt.» Die Mundwinkel herabziehend, beobachtete sie ihr Spiegelbild, und in der lautlosen Stille der Wohnung konnte sie den unbarmherzig nagenden Zahn der Zeit fühlen, vielleicht sogar hören. In jeder Sekunde nutzten sich Hautpartikelchen ab; Haarwurzeln spalteten sich, brachen ab, verrotteten wie die Wurzeln toter Bäume. All die kleinen Röhrchen, die meilenlangen, fadendünnen Kanäle der inneren Organe verschlammten wie versiegende Flüsse. Und die Drüsen, diese unendlich wichtigen Drüsen, erstickten, verstopften sich, wurden mürbe und zerfielen. Und ihr war, als wäre auch ihre Ehe im Zerfall begriffen, als würden Alan und das Leben von ihr gehen.

Ihr Blick war schon auf das Fläschchen gerichtet. Sie nahm es, sie schraubte es auf, und sie trank es aus. Ganz ruhig und beherrscht ging sie ins Badezimmer; sie füllte das Fläschchen mit Wasser und setzte – wegen des bitteren Geschmacks – ein wenig Chinin hinzu. Sie stellte das Fläschchen wieder an seinen Platz, betrachtete dabei noch einmal ihr Spiegelbild und warf sich einen gemeinen Schimpfnamen an den Kopf; es ist kaum zu glauben, daß ein so bezauberndes Mädchen wie Caroline solch ein Wort überhaupt in den Mund nahm.

Als Alan später nach Hause kam, fragte sie nicht, wo er gewesen sei, sondern überfiel ihn mit Zärtlichkeiten, denn natürlich hatte sie das Gefühl, daß sie ihn unaussprechlich betrogen hätte, daß sie ihn nun verließ und einem nimmerendenden Frühling entgegenging, in den er ihr nicht folgen konnte.

Diese Stimmung hielt während der folgenden Wochen an, und man sollte meinen, Alan hätte sie mit der gleichen reuigen Zärtlichkeit überschütten müssen, aber es ist nicht immer alles so, wie es sein sollte. Die einzige Unannehmlichkeit, die ihm sein kleines Geheimnis bezüglich des Fläschchens bereitete, war der Gedanke, mit einer alternden Frau verheiratet zu sein und sich wie ein Gigolo vorkommen zu müssen.

So verging die Zeit, die Ursache all dieser Sorgen, und Alan und Caroline – beide im sicheren Gefühl unvergänglicher Jugend – sahen, wie durch ein Vergrößerungsglas, beim anderen immer mehr Zeichen des rapiden Verfalls. Alan kam sich allmählich geradezu mißhandelt vor. Wenigstens hätte Caroline sich eine jüngere Schwester zulegen können. Eines Abends ging er ins Theater und entdeckte, daß sie das sozusagen getan hatte.

Bald danach begann Alan wieder seine Turniere zu gewinnen, und zwar genauso überlegen und mühelos wie früher. Alle Experten stellten fest, daß er sein altes Feuer und seine Angriffslust restlos wiedererlangt hatte, und erwarteten zuversichtlich, daß er sich im kommenden Jahr die Meisterschaft zurückholen würde.

Während dieser ganzen Zeit wartete Humphrey geduldig – er hatte ja gelernt, geduldig auf das Resultat seiner Experimente zu warten. Man wird vielleicht fragen, woher er wußte, daß sowohl Caroline als auch Alan den Trank nehmen würden. Die Antwort ist, daß es ihm völlig gleichgültig war, ob das Fläschchen von beiden oder einem oder keinem von beiden geleert würde. Seiner Meinung nach mußte eine gute Ehe das Fläschchen überleben, während eine schlechte daran zerbrechen würde, auf welche Weise auch immer.

Eines Abends sehr spät klingelte es drei- bis viermal schnell hintereinander an seiner Wohnungstür. Er hob die Augenbrauen und beeilte sich, zu öffnen. Vor der Tür stand Caroline. Obwohl ihr Hut, Haar, Kleid und alles übrige genauso aussahen wie sonst, machte sie den Eindruck, als wäre sie den ganzen Weg gerannt. Humphrey sah sie mit seinem häßlichen Lächeln an und führte sie, ohne ein Wort zu sagen, ins Wohnzimmer. Sie setzte sich hin, stand wieder auf, lief ein Weilchen herum, wandte sich schließlich zu ihm und sagte: «Ich habe Alan verlassen.»

«So was kommt vor», sagte Humphrey.

«Und daran bist du schuld», sagte sie. «Oder eigentlich nicht du, sondern dieses gräßliche Zeug, das du uns geschenkt hast. Humphrey, ich bin ein ganz gemeines, verächtliches Miststück; du kannst dir nicht vorstellen, was für ein Heuchler und Verräter ich bin.»

«Das bezweifle ich sehr», sagte Humphrey. «Vermutlich willst du damit sagen, daß du das Zeug getrunken hast.»

«Ja, hinter seinem Rücken.»

«Und was sagte er, als du es ihm gebeichtet hast?»

«Ich hab's ihm nicht gebeichtet, Humphrey. Das würde ich nicht wagen. Nein. Ich habe das Ding mit Wasser gefüllt und etwas Chinin hineingetan, und . . .»

«Warum denn Chinin?»

«Damit es bitter schmeckt.»

«Aha. Und weiter?»

«Ach, danach war mir so grauenhaft zumute, ich kann dir gar nicht sagen, wie schrecklich. Ich hab mir Mühe – ach, solche Mühe – gegeben, ihn mehr denn je zu lieben, um es wiedergutzumachen. Aber so etwas kann man nicht wiedergutmachen. Außerdem . . .»

«Ja?»

«Ach, es hat einfach alles ruiniert, in jeder Hinsicht. Wahrscheinlich habe ich ihn beobachtet – man kann nicht anders, wenn man jemand vor seinen Augen altern sieht, man muß ihn einfach beobachten. Und dabei findet man alle möglichen Fehler an ihm. Und ich weiß, er hat es gespürt, denn er . . . na ja, er war in letzter Zeit nicht sehr nett zu mir. Aber das ist meine Schuld, weil ich ihn nicht mehr liebe. Vielleicht habe ich ihn nie geliebt.» Damit fing sie an zu weinen, womit sie ihre durchaus richtigen Empfindungen bewies. Humphrey sagte: «Du kannst mir nicht erzählen, daß du nicht ewig jung sein möchtest.»

«Nicht, wenn ich nie wieder jemand lieben kann.»

«Du hast ja immer noch dich selbst, weißt du.»

«Es ist grausam von dir, das zu sagen. Es ist grausam, auch wenn es wahr ist.»

«Es ist ein einsames Dasein», sagte Humphrey. «Aber das ist der Preis, den wir für unser bißchen Unsterblichkeit zahlen. Du und ich, und natürlich der alte Vingleberg. Wir sind Tiere von einer neuen Rasse. Hier sind wir –» er beschrieb mit der Hand einen kleinen Kreis um sie beide – «und da ist die übrige Welt.» Lange saßen sie schweigend da, zwei Menschen allein in diesem imaginären Kreis. Es war durchaus kein unangenehmes Gefühl. «Früher», sagte Humphrey, «habe ich natürlich geglaubt, wir würden aus einem anderen Grund so beieinander sitzen.»

«Wenn das möglich wäre . . . Ach, aber ich bin es nicht wert! Ich habe dich im Stich gelassen. Und jetzt habe ich ihn im Stich gelassen.»

«Das erste war ein Irrtum. Der läßt sich richtigstellen.»

«Aber das zweite nicht. Damit kann man nicht leben.»

«Ich glaube doch. Du sagst, das Zeug hat bitter geschmeckt? Oder war das auch ein Irrtum?»

«Nein, o nein, es war sehr bitter.»

«Siehst du, das läßt weitreichende Schlüsse zu. *Ich* habe nämlich nur gewöhnliches Salz in das Wasser getan.»

Team-Arbeit

Es war einmal ein gewisser Ambrose, der war auf sein ausgezeichnetes Profil ebenso stolz wie auf seinen ausgezeichneten Geschmack. Seine Frau war vermutlich ein Beweis für beides. Sie hatte honigblondes Haar, volle Lippen und betörende Augen und war überhaupt so appetitlich wie eine Schüssel Erdbeeren mit Schlagsahne, aber so schlichten Gemütes, daß sie sich nur zur anbetenden Gattin eignete, und genau diese Rolle hatte er ihr zugewiesen. Er erzog sie jedoch dazu, über Cocktails die Nase zu rümpfen und um Sherry zu bitten, und manchmal hatte er den Verdacht, daß sie heimlich nach einem Manhattan seufzte.

Sie hatten ein Häuschen auf Long Island und ein zweites in Südfrankreich. Eines Tages sagte er, als er seine Post aufmachte: «Alles in Ordnung. Nächste Woche werden wir in die Provence übersiedeln. Wir werden unser liebes Haus, unsere Terrasse, unseren Garten wiedersehen, alles in bestem Geschmack, alles von mir entworfen. Ich werde dich mit unserer kleinen Kamera filmen, und du», sagte er, sein welliges Haar zurückwerfend, «wirst mich filmen.»

«Ja, mein Schatz», sagte sie.

«Hätten wir nur», fuhr er fort, «zwei ideale Kinder, Ebenbilder ihres Vaters. Man könnte sie filmen, wenn sie mir entgegenlaufen. Wir könnten sie hier in Long Island filmen und unseren Freunden in der Provence zeigen, und wir könnten sie in der Provence filmen und unseren Freunden auf Long Island zeigen. Es ist mir unbegreiflich, wieso du mir nicht zwei ideale Kinder schenkst. Ich wünsche sie mir, das weißt du doch.»

«Du wünschst, daß ich keinen Cocktail trinke», sagte sie. «Also habe ich es aufgegeben und trinke Sherry.»

Er legte seine schöne Hand an die Stirn. «Ich rede von idealen Kindern», stöhnte er, «und du antwortest mit so idiotischen Nichtigkeiten wie Cocktails. Laß mich allein. Du fällst mir auf die Nerven. Ich will meine Briefe allein lesen.»

Sie zog sich gehorsam zurück, aber bald darauf veranlaßte sie ein schmerzlicher Schrei, wieder zu ihm zu trippeln. «Um alles in der Welt, was gibt es, mein Schatz?» rief sie. «Was ist denn los?»

«Lies das», sagte er, ihr einen Brief reichend. «Rede mir nicht von Cocktails. Lies das.»

«Was?» rief sie. «Du hast dein Geld verloren?»

«Ja», sagte er, «bei dem Versuch, es zu verdoppeln. Ich hatte es mir so nett gedacht. Das kommt davon, wenn man ein Künstler, ein Träumer ist. Verschone mich mit deinen Vorwürfen.»

«Wir haben einander», sagte sie, und eine große, dumme Träne rollte über ihre Wange – eine häufige Erscheinung bei Frauen, die sich mit dieser Überlegung zu trösten suchen.

«Ja», sagte er. «Und wir können uns gegenseitig filmen, wenn wir unsere Wohlfahrtsunterstützung abholen, und den Film unseren Freunden vorführen. Du kannst dich so filmen lassen, wenn du willst. Ich habe meinen Stolz.»

«Aber ich habe meinen Schmuck», sagte sie. «Davon können wir leben, während du das Buch schreibst, von dem du die ganze Zeit redest.»

«Wovon rede ich die ganze Zeit? Ich weiß nicht, was du meinst», sagte er. «Trotzdem, sehr viele Dummköpfe schreiben Bücher und verkaufen hunderttausend Exemplare. Wie hoch wäre die Tantieme für fünfhunderttausend? Leg einen Stoß erstklassiges Papier in mein Arbeitszimmer. Sage allen, daß ich nicht gestört werden darf. Hätten wir nur zwei ideale Kinder, dann könntest du sie zur Ruhe ermahnen, während ich arbeite. Du könntest ihnen erzählen, daß ihr Pappi ein Buch schreibt.»

Bald darauf vergrub er sich in seinem Arbeitszimmer, was allen Besuchern sehr imponierte. Von Zeit zu Zeit mischte er sich mit vage vergeistigter Miene unter seine Gäste. Das Schlimme war nur, daß er genauso vage war, wenn er wieder an seinem Schreibtisch saß; noch keine Zeile stand auf dem ersten Blatt seines erstklassigen Papiers, das sich mit gekritzelten Profilen bedeckte. «Ich bin wohl zu sehr Künstler», sagte er sich. «Der grobe Rohstoff, der die Handlung ausmacht, schmeckt mir einfach nicht. Ich bin ganz und gar Stil. Ich werde nie ein Buch schreiben, wir werden bettelarm sein, und Daphne wird mich nicht mehr anbeten. Ich muß hinaus ins Leben und mich umsehen. Vielleicht finde ich da einen Stoff.»

Er ging also hinaus und durchstreifte die Bohème-Cafés in Greenwich Village. Dort fand er zwar massenhaft Schriftsteller, aber längst nicht genug Leben und nicht einen Stoff für sein Buch.

Schließlich gelangte er in eine ganz billige, schäbige Kneipe, eine richtige Spelunke für Leute, die mit ihrem Buch nicht vorankommen, kein Geld haben, von ihrer Frau nicht mehr angebetet werden und infolgedessen weniger denn je auf zwei ideale Kinder hoffen dürfen.

Möglicherweise sind viele Schriftsteller in dieser peinlichen Situation, denn das Lokal war überfüllt. Ambrose mußte sich zu einem jungen Mann an den Tisch setzen, der aussah wie ein Kater, dem in hundert harten Kämpfen die Ohren abgebissen worden sind. Er hatte einen Kugelkopf, eine breite Nase, prachtvolle Zähne und einen ausgehungerten Gesichtsausdruck. Unter seinem zerlumpten Hemd war die mit garantiert echtem Haar bedeckte Brust zu sehen.

Seine Hände machten einen ziemlich mitgenommenen Eindruck. «Den Daumen hier», sagte er zu Ambrose, «hat mir ein Frauenzimmer abgeschossen. In so 'ner Schmiere von Zirkus. Ich hatte 'ne Kerze in der Hand. Sonst hat sie nie fehlgeschossen. Eifersucht. An diesem Finger hat mich 'n Krokodil erwischt. An dem hier der dritte Maat mit 'nem Splißeisen. Meuterei. Und diesen Daumen hab ich mir abgefroren. Im Schneesturm, beim Anhalten von Schlitten. Bin nämlich per Anhalter durch Labrador gereist. Die Narben – das sind alle Bisse, teils von Pferden, teils von Wölfen, teils von Weibern.»

«Sie haben bestimmt viel vom Leben gesehen», sagte Ambrose.

«Das nackte Leben, Geburt, Tod und Leidenschaft», gab der andere zurück. «Aber lieber würde ich mal 'ne Boulette sehen.»

«Da drüben auf dem Herd werden gerade welche gebraten, sehen Sie?» sagte Ambrose. «Sind Sie zufällig Schriftsteller?»

«Bin ich. Ein zweiter Jack London. Aber die ganze Bande von Verlegern ist gegen mich. Ich kann ihnen Blut, Schweiß, Wollust, Mord liefern – alles. Und sie reden von Stil», schloß er mit verächtlicher Miene.

«Der Stil ist neunzig Prozent vom ganzen Geschäft», sagte Ambrose vorwurfsvoll. «Ich selbst bin ein Meister des Stils. Kellner, eine Boulette! Sie wollten doch eine sehen, nicht wahr?»

«Danke», sagte der junge Mann.

«Bitte», sagte Ambrose. «Sie können sie jetzt genau ansehen. Als guter Stilist habe ich die Möglichkeit – oder die Fähigkeit, wenn Sie wollen –, meinen Freunden gefällig zu sein. Ich schätze, daß von meinem demnächst erscheinenden Buch eine halbe Million Exemplare verkauft werden. Essen Sie die Boulette. Ist für mich eine Kleinigkeit.»

«O.K.», sagte der junge Mann und fiel darüber her.

«Sie scheinen Bouletten gern zu essen», sagte Ambrose. «Ich brauche eine Art Sekretär mit viel Lebenserfahrung, kurz gesagt, einen Gehilfen, wie sie die alten Meister hatten, der mir das Rohmaterial für die Handlung liefert. Sie scheinen einen unbegrenzten Vorrat an Stoffen zu haben. Ich habe einen unbegrenzten Vorrat an Bouletten.»

«Ich soll mich verkaufen?» rief der junge Mann. «Für eine Boulette? Kommt nicht in Frage!»

«Es gibt auch große Steaks . . .» sagte Ambrose.

«Aber . . .»

«. . . reichlich mit Pilzen garniert. Und Brathühnchen. Und Torten. Neue Kleidung. Ein behagliches Zimmer. Vielleicht einen Dollar Taschengeld pro Woche.»

«Sagen wir zwei», sagte der junge Mann. «Für einen Dollar kann man nicht mit 'nem Mädel ausgehen.»

«Sicher nicht», sagte Ambrose. «Mädels kommen nicht in Frage. Sie müssen sich ganz auf Ihre Stoffe konzentrieren.»

«Das ist hart», sagte der junge Mann.

«Wie Sie wollen», sagte Ambrose.

Nachdem der junge Mann ein Weilchen mit sich gekämpft hatte, gab er sich geschlagen. Er wurde durch einen langfristigen Vertrag festgenagelt und hielt seinen Einzug in dem Häuschen auf Long Island. Ambrose stellte ihn seiner Frau als Sekretär vor, um ihr die wahren Abmachungen, die ihrer Anbetung hätten Abbruch tun können, zu verheimlichen.

Der junge Mann nahm sich in seiner neuen Garderobe sehr gut aus und aß und trank herzhaft. Alles, was ihm vorgesetzt wurde, schmeckte ihm prächtig – nur der Sherry nicht. Er lehnte ihn strikt ab und bat um einen Cocktail. «Mach ihm einen Old-Fashioned zurecht», sagte Ambrose zu seiner Frau; vielleicht würde ein Cocktail die Produktion einer von nacktem Leben strotzenden Handlung fördern.

Seine hübsche Frau machte große Augen über ihren Mann, dann über den Sekretär und schließlich über den Old-Fashioned; sie konnte der Versuchung, heimlich ein Schlückchen zu probieren, nicht widerstehen. «Wie außerordentlich köstlich!» dachte sie. «Das Leben ist doch herrlich! Da schneit dieser junge Mann ins Haus, und schon bekomme ich das, wonach ich immer geseufzt habe. Ob er wohl auch heimlich nach irgend etwas seufzt? Aber dazu scheint er mir zu vital. Er würde einfach darum bitten. Oder sich's nehmen. Ach, du meine Güte!»

Damit reichte sie dem jungen Mann den Cocktail, und der nahm ihn schüchtern und dankbar entgegen, und doch so, als stände er ihm zu. Er trank ihn ohne viel Umstände wie ein Mann und doch mit primitivem, unverhohlenem Genuß; die Art, wie er das Glas hielt, wie er den Kopf zurückwarf – es läßt sich einfach nicht beschreiben, wie reizend dieser junge Mann seinen Cocktail herunterkippte.

Alles ließ sich gut an. Ambrose machte sich keine Sorgen mehr. Seine Frau seufzte nicht mehr. Bald stand die Fabel des Buches fest, eine Fabel, wie sie sein sollte. «Sie müssen bei uns bleiben», sagte Ambrose zu seinem Sekretär. «Wir fahren in die Provence, und dort, in unserem Häuschen, werde ich aus diesem rohen Ton sozusagen eine griechische Vase formen. Inzwischen können Sie sich was Neues ausdenken.»

Sie gingen also auf die Reise, und Ambrose rieb sich die Hände. Als sie an Bord des Dampfers gingen, zeigte seine Frau wieder eine perverse Neigung zum Seufzen, aber er nahm gar keine Notiz davon. Bald hatte er jedoch selber Grund zum Seufzen, denn als er sich in seiner Luxuskabine an die Arbeit machte, merkte er, daß sein Stil nicht ganz so vollkommen war, wie er sich eingebildet hatte. Am Ende der Überfahrt war sein erstklassiges Papier noch genauso leer wie zuvor.

Ambrose versank aufs neue in tiefe Verzweiflung. Als sie nach Paris kamen, stahl er sich aus dem Hotel, und er geriet in das schmuddeligste aller Cafés, wo die ärmsten Schriftsteller sich ein Stelldichein gaben – alle ohne Stoffe, ohne Geld, ohne eine anbetende Frau und ohne ideale Kinder.

Solche Cafés gibt es zuhauf in jeder abgelegenen Pariser Straße, und sie erfreuen sich vieler Besucher aus aller Herren Ländern. Ambrose setzte sich zu einem jungen Engländer mit ungemein sensiblen und infolge starker Abmagerung fast durchsichtigen Gesichtszügen. Er bemerkte, daß der junge Mann Tränen in den Augen hatte. «Warum haben Sie Tränen in den Augen?» fragte er.

«Ich bin Schriftsteller», sagte der junge Mann, «und da diesen barbarischen Verlegern überhaupt nichts am Stil und alles an abscheulichen Stoffen liegt, werden Sie vielleicht verstehen, daß ich sehr einfach leben muß. Ich nahm gerade meine frugale Mahlzeit ein, nämlich den Duft des herrlichen Lungenhaschees, das der Dicke da verzehrt, als ein gräßlicher Zeitungsmann hereinkam, sich an den Nebentisch setzte und eine solche Flut von Journalistengewäsch von sich gab, daß ich weggehen mußte. Und ich bin so hungrig!»

«Wie schrecklich!» sage Ambrose. «Ich will Ihnen was sagen. Ich werde mir eine Portion bestellen, und dann können Sie nach Herzenslust schnuppern.»

«Ich bin Ihnen ewig dankbar», sagte der andere. «Ich weiß gar nicht, wie ich als Fremder zu dieser Wohltat komme.»

«Oh, bitte», sagte Ambrose. «Haben Sie mal ein Stück Brot, in Bratensauce gestippt, gekostet?»

«O ja, vergangene Weihnachten!» rief der andere. «Es hat meinem Stil während der ersten Hälfte dieses Jahres eine besondere Fülle verliehen.»

«Wie bewundernswert würden Sie schreiben», sagte Ambrose, «wenn Sie Schmorbraten zu essen bekämen!»

«Da könnte ich eine Ilias schreiben!» rief der junge Mann.

«Und nach einer Bouillabaisse?»

«Eine Odyssee.»

«Ich suche jemand», sagte Ambrose, «der meinen zwar modernen, aber ebenso großartigen Geistesschöpfungen den letzten Schliff gibt. Ich habe ein Häuschen in der Provence mit ausgezeichneter Küche . . .»

Mit einem Wort: bald hatte er den Unseligen mittels Optionen und Darlehen so sicher an sich gefesselt wie einen weißen

Sklaven in Buenos Aires.

Der junge Mann lebte zunächst in einem Rausch des Schnupperns, dann gewöhnte er sich an in Bratensauce gestipptes Brot, und schließlich aß er alles, was es gab, zum höchsten Nutzen für seinen Körperzustand und seinen Stil. Nur den Sherry, den Ambrose ihm anbot, lehnte er ab. «Erlauben Sie mir einen Cocktail», sagte er. «Er wird den modernen, realistischen Schmiß in meine Prosa bringen, der besonders für die in Amerika spielenden Szenen wünschenswert ist.»

«Nicht nur das», dachte Ambrose, «sondern es wird auch eine Art Bindeglied zwischen ihm und dem anderen sein.» Er rief also seine Frau herein – der junge Mann holte bei ihrem Erscheinen tief Luft – und sagte: «Mach ihm einen Old-Fashioned zurecht.»

Seine Frau riß auch diesmal die betörenden Augen weit auf; sie sah erst ihren Mann an, dann den neuen Sekretär und schließlich den Cocktail, von dem sie, wie beim erstenmal, ein heimliches Schlückchen trank mit derselben köstlichen Wirkung.

«Vielleicht hätte ich nicht wieder mit Seufzen anfangen sollen», dachte sie. «Vielleicht hat man sehr selten wirklich Grund zum Seufzen. Dieser junge Mann sieht so aus, als seufzte er viel, und das ist schade bei einem so anmutigen, zarten Menschen. Ob er wohl das Mittel dagegen kennt?»

Das Leben ist jedoch nicht nur ein Spiel. Ambroses Buch machte rasante Fortschritte, und nachdem es erschienen war, wurde es zum hervorragendsten Meisterwerk aller Zeiten erklärt – spannend genug für den abgebrühtesten anspruchslosen Leser und so ausgezeichnet geschrieben, daß der anspruchsvolle Kenner ihm seine Huldigung nicht versagen konnte.

Es verkaufte sich wie warme Semmeln, und Ambrose wurde überall gefeiert. Sein Keller war voll vom besten Sherry. Seine Frau seufzte nicht mehr, nicht einmal wenn sie von Long Island nach der Provence oder von der Provence nach Long Island fuhren. «Wir lieben die Abwechslung», sagte sie zu den Interviewern.

Es dauerte nicht lange, und sie schenkte Ambrose als Krönung seines Glückes einen strammen Jungen. «Bald wird er mir entgegenlaufen können», sagte Ambrose, «und dann wirst du uns filmen. Er sieht mir nicht ganz so ähnlich, wie er sollte; wahrscheinlich schlägt bei ihm deine gröbere Natur durch. Aber vielleicht macht er sich noch heraus, oder vielleicht machst du es nächstes Mal besser.»

Natürlich gab es ein nächstes Mal, und Ambrose erfreute sich nun zweier idealer Kinder. «Auch dieser kommt noch nicht ganz an das Ideal heran», sagte er. «Er sieht etwas weibisch aus – das hat er wahrscheinlich von dir. Aber wenn man den Durchschnitt nimmt, haben sie wirklich viel Ähnlichkeit mit ihrem Vater, und mehr kann man ja nicht verlangen.»

So verging die Zeit, und es gab keinen selbstzufriedeneren Menschen als Ambrose. «Was bin ich für ein glücklicher Mann», sagte er sich, «mit meinem Ruhm, meinem Reichtum, meiner schönen Frau, die mich anbetet, meinen wirksamen Stoffen, meinem erlesenen Stil, meinen zwei Häusern, meinen zwei Sekretären und meinen zwei idealen Kindern!» Er wollte sich gerade mit den ihm entgegenlaufenden Kindern filmen lassen, als ein Besucher gemeldet wurde, ein Pilger der Literatur, der ihm huldigen wollte.

Solche Besucher waren dem großen Mann stets hochwillkommen. «Ja», sagte er, «hier sehen Sie mich. Dies ist mein Arbeitszimmer, dort meine Bücher. Die Dame in der Hängematte ist meine Frau. Und da hinten im Garten sind meine beiden idealen Kinderchen. Kommen Sie mit, dann werden Sie sehen, wie sie ihrem Papa entgegenlaufen.»

«Haben sie die Genialität ihres Vaters mitbekommen?» fragte der Besucher.

«Wahrscheinlich», sagte Ambrose. «Natürlich in verkleinertem Maßstabe.»

«Dann wollen wir uns leise heranschleichen und ihr Geplauder belauschen», schlug der Besucher vor. «Vielleicht erzählen sie einander Geschichten. Ich würde der Welt gern berichten, daß sie das Genie ihres Vaters geerbt haben.»

Ambrose war's zufrieden, und sie gingen auf Zehenspitzen zum Sandkasten, wo die beiden Kleinen im Sand kauerten. Natürlich, sie plapperten wie die Elstern, und natürlich war es eine Geschichte.

«Und der olle Drache», sagte der ältere, «stürzte sich wie wild auf ihn und spuckte Feuer . . .»

«Und das Ungeheuer», sagte der jüngere, «warf sich mit seinem feurigen Atem über ihn . . .»

«Aber er hopste weg und stieß ihm sein Schwert in den Bauch . . .»

«Aber er sprang gewandt beiseite und bohrte ihm sein blankes Messer ins schwarze Herz . . .»

«Da fiel das Biest um . . .»

«Da brach das Scheusal zusammen . . .»

«Und war hin.»

«Tot.»

Der unwirkliche Mr. Beelzy

«Da läutet's zum Tee», sagte Mrs. Carter. «Hoffentlich hat Simon es gehört.»

Sie blickten aus dem Wohnzimmer in den langgestreckten, liebenswürdig verkommenen Garten hinaus, der sich hinten in eine Art Wildnis verlief. Dort stand ein Sommerhäuschen, das sich kurz vor dem endgültigen Verfall befand und in diesem Stadium beinahe schön zu nennen war. Das war Simons Schlupfwinkel. Die dichten Zweige eines Apfelbaums und eines Birnbaums – zu dicht nebeneinander gepflanzt wie immer in Vorstadtgärten – schirmten es fast völlig gegen die Außenwelt ab. Die beiden Frauen erhaschten dann und wann einen Blick auf den Jungen: er stolzierte auf und ab und redete und gestikulierte mit all dem feierlichen Hokuspokus, mit dem kleine Jungen sich lange Nachmittage in dem vergessenen Winkel eines großen Gartens zu vertreiben pflegen.

«Da ist er ja, das liebe Kind», sagte Betty.

«Spielt wieder sein Spielchen», sagte Mrs. Carter. «Er will nicht mehr mit anderen Kindern spielen. Und wenn ich zu ihm gehe – diese Wut! Und immer kommt er ganz erschöpft herein.»

«Hält er keinen Mittagsschlaf?» fragte Betty.

«Du kennst doch den großen Simon mit seinen Ideen», sagte Mrs. Carter. «‹Laß ihn selber entscheiden›, sagt er. Nun, der Junge hat sich entschieden, und wenn er dann reinkommt, ist er weiß wie ein Laken.»

«Sieh mal! Er hat das Läuten gehört», sagte Betty. Die Bemerkung war berechtigt, obwohl die Glocke schon seit einer vollen Minute schwieg. Der kleine Simon blieb stehen, als hätte das dünne Gebimmel erst jetzt sein Ohr erreicht. Sie sahen ihn mit seinem Stöckchen bestimmte rituelle Schwing- und Kratzbewegungen vollführen, dann kam er langsam über das von der Hitze erschlaffte Gras auf das Haus zu.

Mrs. Carter führte ihren Gast hinunter ins Spiel- oder Gartenzimmer, in dem an heißen Tagen der Tee eingenommen wurde. Der große Raum war die ehemalige Spülküche dieses weitläufigen georgianischen Hauses. Jetzt waren die Wände cremefarben getüncht, an den Fenstern hingen grobe blaue Tüllvorhänge, auf dem Steinboden standen leinenbezogene Armsessel, und über dem Kamin hing eine Reproduktion von van Goghs *Sonnenblumen.*

Der kleine Simon kam hereingeschlendert und gönnte Betty einen flüchtigen Gruß. Sein Gesicht – ein fast vollkommenes Dreieck mit spitzem Kinn – war blasser, als es hätte sein sollen. «Das kleine Elfenkind!» rief Betty.

Simon sah sie an und sagte: «Nein.»

In diesem Augenblick ging die Tür auf, und Mr. Carter trat händereibend ein. Er war Zahnarzt und wusch sich die Hände vor und nach allem, was er tat. «Du!» sagte seine Frau. «Schon zurück!»

«Hoffentlich nicht unwillkommen», sagte Mr. Carter, Betty zunickend. «Zwei Patienten haben abgesagt; da beschloß ich, nach Hause zu gehen. Wie gesagt, hoffentlich bin ich nicht unwillkommen.»

«Dummkopf!» sagte seine Frau. «Natürlich nicht.»

«Bei Klein Simon scheint mir das nicht so sicher», fuhr Mr. Carter fort. «Simon, hast du was dagegen, daß ich mit euch Tee trinke?»

«Nein, Vati.»

«Nein, was?»

«Nein, großer Simon.»

«So ist's richtig. Großer Simon und Klein Simon. Das klingt doch viel freundschaftlicher, findest du nicht? Früher, da mußten kleine Jungen ihren Vater mit ‹Sir› anreden. Wenn sie's vergaßen, gab's eine Tracht Prügel. Aufs Hinterteil, Klein Simon! Aufs Hinterteil!» sagte Mr. Carter, sich noch einmal die Hände in unsichtbarem Seifenwasser waschend.

Der kleine Junge wurde dunkelrot vor Scham oder Wut.

«Aber jetzt, siehst du», sagte Betty, um ihm zu Hilfe zu kommen, «jetzt kannst du deinen Vater anreden, wie du willst.»

«Und was hat Klein Simon heute nachmittag gemacht?» fragte Mr. Carter. «Während der große Simon gearbeitet hat?»

«Nichts», brummte sein Sohn.

«Dann hast du dich also gelangweilt», sagte Mr. Carter. «Laß dir das eine Lehre sein, Klein Simon. Tu morgen etwas Amüsantes, und du wirst dich nicht langweilen. Ich möchte, daß er aus Erfahrung lernt, Betty. Das ist meine Methode, die neue Methode.»

«Ich habe gelernt», sagte der Junge im Ton eines alten, müden Mannes, den kleine Jungen oft haben.

«Das kann ich mir kaum denken», sagte Mr. Carter, «wenn du den ganzen Nachmittag auf deinem Hintern sitzt und nichts tust. Hätte *mein* Vater mich beim Nichtstun erwischt, ich hätte nicht mehr sehr bequem sitzen können.»

«Er hat gespielt», sagte Mrs. Carter.

«Ein bißchen», sagte der Junge, auf dem Stuhl hin und her rutschend.

«Zuviel», sagte Mrs. Carter. «Er ist ganz nervös und verdöst, wenn er hereinkommt. Er müßte mittags schlafen.»

«Er ist sechs», sagte ihr Mann. «Er ist ein vernunftbegabtes Wesen. Er muß das selbst entscheiden. Aber was ist das für ein Spiel, Klein Simon, von dem man nervös und verdöst wird? Es gibt sehr wenige Spiele, für die sich das lohnt.»

«Ach, nichts», sagte der Junge.

«Na, komm», sagte der Vater. «Wir sind doch Freunde, nicht wahr? Du kannst mir's ruhig erzählen. Ich war auch mal ein kleiner Simon, genau wie du, und habe dieselben Spiele gespielt wie du. Natürlich gab es damals keine Flugzeuge. Mit wem spielst du denn dieses schöne Spiel? Komm, höfliche Fragen muß man beantworten, wo kämen wir sonst hin? Mit wem spielst du denn?»

Der Junge konnte nicht widerstehen. «Mit Mr. Beelzy», antwortete er.

«Mr. Beelzy?» Der Vater hob die Augenbrauen und sah seine Frau fragend an.

«Das ist ein Spiel, das er sich ausgedacht hat», sagte seine Frau.

«Gar nicht ausgedacht!» rief der Junge. «Quatsch!»

«Jetzt schwindelst du», sagte seine Mutter. «Und außerdem bist du unhöflich. Wir wollen lieber von etwas anderem sprechen.»

«Kein Wunder, daß er unhöflich ist», sagte Mr. Carter, «wenn du sagst, daß er lügt, und dann darauf bestehst, das Thema zu wechseln. Er erzählt dir seine Phantasien, und du impfst ihm ein Schuldgefühl ein. Was kannst du anders erwarten als eine automatische Abwehrreaktion? Damit forderst du das Lügen erst heraus.»

«Wie in *Die Drei*», sagte Betty. «Nur natürlich andersrum. *Sie* log wirklich, ohne zu erröten.»

«Ich hätte ihr das Erröten schon beigebracht», sagte Mr. Carter, «und zwar an dem richtigen Körperteil. Aber Klein Simon ist jetzt im Phantasier-Stadium. Hab ich recht, Klein Simon? Du denkst dir einfach was aus.»

«Nein, tu ich nicht», sagte der Junge.

«Doch», sagte sein Vater. «Und darum ist es auch nicht zu spät, vernünftig mit dir zu reden. Es schadet nichts, wenn man Phantasie hat, mein Junge. Es schadet nichts, wenn man ein bißchen so tut, als ob. Du mußt nur den Unterschied zwischen Tagträumen und Wirklichkeit kennen, sonst kann dein Verstand sich nicht entwickeln, und du wirst nie so klug wie der große Simon. Also komm, erzähl uns von diesem Mr. Beelzy. Na? Wie sieht er denn aus?»

«Wie gar nichts», sagte der Junge.

«Wie gar nichts? Das ist ja ein schrecklicher Kerl.»

«Nein, ich habe keine Angst vor ihm», sagte das Kind lächelnd. «Kein bißchen.»

«Das will ich hoffen», sagte sein Vater. «Sonst würdest du dir ja selbst Angst machen. Ich sage immer den Leuten – Leuten, die älter sind als du –, daß sie sich nur selber Angst machen. Ist er ein komischer Mann? Ist er ein Riese?»

«Manchmal ja», sagte der kleine Junge.

«Aha. Manchmal das eine und manchmal das andere. Klingt ziemlich unbestimmt. Kannst du uns nicht einfach erzählen, wie er aussieht?»

«Ich liebe ihn», sagte der kleine Junge. «Und er liebt mich.»

«Das ist ein großes Wort», sagte Mr. Carter. «Das sollte man lieber für etwas Wirkliches aufheben wie den großen Simon und Klein Simon.»

«Er ist etwas Wirkliches», sagte der Junge leidenschaftlich. «Er ist nichts Ausgedachtes. Er ist wirklich.»

«Nun hör mal zu», sagte der Vater. «Wenn du da hinten im Garten bist, da ist doch niemand? Oder ist jemand da?»

«Nein», sagte der Junge.

«Also, du denkst an ihn, in deinem Kopf drin, und dann kommt er.»

«Nein», sagte Klein Simon. «Ich muß Zeichen machen. Auf der Erde. Mit meinem Stock.»

«Darauf kommt es nicht an.»

«Doch.»

«Klein Simon, jetzt bist du eigensinnig», sagte Mr. Carter. «Ich bemühe mich, dir etwas zu erklären. Ich bin schon länger auf der Welt als du, darum bin ich natürlich älter und klüger. Ich will dir erklären, daß es Mr. Beelzy nur in deiner Phantasie gibt. Hörst du mir zu? Hast du verstanden?»

«Ja, Vati.»

«Er ist ein Spiel. Er ist ein Als-ob.»

Der kleine Junge blickte resigniert lächelnd auf seinen Teller.

«Ich hoffe, du hörst mir gut zu», sagte der Vater. «Ich will nur, daß du sagst: ‹Ich habe etwas Ausgedachtes gespielt, mit jemand, den ich mir ausdenke und Mr. Beelzy nenne.› Dann wird niemand sagen, daß du lügst, und du weißt den Unterschied zwischen Traum und Wirklichkeit. Mr. Beelzy ist ein Tagtraum.»

Der kleine Junge starrte noch immer auf seinen Teller.

«Manchmal ist er da, und manchmal ist er nicht da», fuhr Mr. Carter fort. «Manchmal sieht er so aus und manchmal anders. Du kannst ihn nicht wirklich sehen. Nicht so, wie du mich siehst. Ich bin wirklich. Du kannst ihn nicht anfassen. Mich kannst du anfassen. Ich kann dich anfassen.» Mr. Carter streckte seine große, weiße Zahnarzthand aus und nahm seinen kleinen Sohn beim Nacken. Er schwieg einen Augenblick, dann packte er fester zu. Der kleine Junge ließ den Kopf noch tiefer sinken.

«Jetzt weißt du den Unterschied», sagte Mr. Carter, «zwischen etwas Ausgedachtem und etwas Wirklichem. Auf der einen Seite du und ich, auf der anderen er. Welches ist das Als-ob? Los, antworte. Welches ist das Als-ob?»

«Der große Simon und Klein Simon», sagte der Junge.

«Nicht!» rief Betty und legte sofort die Hand über den

Mund, denn warum sollte ein Gast «Nicht!» rufen, wenn ein Vater auf moderne, wissenschaftliche Art etwas erklärt? Außerdem ärgert das den Vater.

«Nun, mein Junge», sagte Mr. Carter, «ich habe gesagt, man muß dir Gelegenheit geben, durch Erfahrung zu lernen. Geh nach oben. Geh sofort in dein Zimmer. Du sollst lernen, was besser ist: Vernunft anzunehmen oder böse und eigensinnig zu sein. Geh nach oben. Ich komme gleich nach.»

«Du wirst doch das Kind nicht schlagen?» rief Mrs. Carter.

«Nein», sagte der kleine Junge. «Mr. Beelzy erlaubt das nicht.»

«Mach, daß du hinaufkommst!» brüllte sein Vater.

Klein Simon blieb an der Tür stehen. «Er hat gesagt, er erlaubt nicht, daß mir jemand was tut», wimmerte er. «Er hat gesagt, wenn mir einer was tun will, wird er wie ein Löwe mit Flügeln kommen und ihn auffressen.»

«Ich werde dich lehren, wie wirklich er ist!» brüllte sein Vater ihm nach. «Wenn du's nicht mit dem Kopf lernen kannst, sollst du's mit dem Hintern lernen. Ich zieh dir die Hosen stramm. Aber erst trinke ich meinen Tee aus», sagte er zu den beiden Frauen.

Keiner sagte ein Wort, Mr. Carter trank seinen Tee aus und ging, sich die Hände in unsichtbarem Seifenwasser waschend, ohne Eile aus dem Zimmer.

Mrs. Carter sagte nichts. Betty fiel nichts ein, was sie hätte sagen können. Sie hätte gern gesprochen, denn sie fürchtete sich vor dem, was sie vielleicht hören würden.

Plötzlich kam es. Es schien die Luft zu zerreißen. «Lieber Gott!» rief sie. «Was war das? Er hat ihm weh getan.» Sie sprang vom Stuhl auf, ihre törichten Augen blitzten hinter der Brille. «Ich gehe rauf!» rief sie zitternd.

«Ja, gehen wir hinauf», sagte Mrs. Carter. «Gehen wir hinauf. Das war nicht Klein Simon.»

Auf dem Treppenabsatz des ersten Stocks fanden sie den Schuh, in dem noch der Fuß des Mannes steckte wie der letzte Bissen einer Maus, der einer Katze unbemerkt aus dem Mundwinkel gefallen ist.

Mit fremden Federn

Es war einmal ein junger Bildhauer namens Eustace. Da seine Werke für den modernen Geschmack im großen und ganzen zu lebensecht waren, sah er sich häufig genötigt, gegen sieben Uhr abends bei seinen Freunden hereinzuschauen in der begierigen Hoffnung, daß sie ihn drängen würden, zum Essen zu bleiben. «Ich habe viel Steine und wenig Brot», sagte er zu sich. «Wenn ich einmal reich bin, wird es hoffentlich umgekehrt sein.»

Gierig sog er die Düfte der brutzelnden Braten und deftigen Ragouts ein, die aus der Küche zu ihm drangen und ihn dazu anregten, über seinen unbestechlichen Idealismus zu frohlokken und wütend über die abstrakten Künstler herzuziehen. Aber Natur und Kunst hatten sich gegen den unglücklichen Eustace verschworen, denn die lieblichen Dünste regten seine Speicheldrüsen an, so daß ihm das Auszischen der Modernen bei Leuten wie Brancusi, Lipschitz und Brzeska am wirkungsvollsten gelang.

Besonders die Frauen fühlten sich durch Eustaces feuchte Aussprache unliebsam an den Niagarafall erinnert und suchten ihn so schnell wie möglich loszuwerden. Um das zu erreichen, bedienten sie sich zahlreicher Tricks; eine der menschenfreundlichsten Methoden war, ihm eine Theaterkarte zu schenken mit der Bemerkung, er müsse sich beeilen, wenn er noch zum Anfang zurechtkommen wolle.

So kam es, daß Eustace eines Abends, um einen nahrhaften Rostbraten betrogen, unerwartet in einer Vorstellung von Charlie McCarthy saß, den er mit dem humorlosen und kritischen Auge eines hungrigen Bildhauers betrachtete. «Ich verstehe nicht, wieso der Mann solchen Beifall hat», sagte er zu seinem Nachbarn. «Diese Witze macht nicht er selber, sondern ganz offensichtlich ein Bauchredner. Und als Kunstwerk betrachtet – nun, ich bin zufällig selbst Bildhauer und kann Ihnen versichern, er ist der letzte Kitsch.»

«Trotzdem», erwiderte der Fremde, «bringt er seinem Besitzer jährlich wer weiß wie viele hunderttausend Dollar ein.»

«Herrgott noch mal!» rief Eustace aufspringend und die Fäuste schüttelnd. «So etwas nennt sich Zivilisation? Dieser grobe, primitive Schmierenpopanz, der nicht einmal als Skulptur etwas wert ist, bringt diesem Kerl alljährlich wer weiß wie viele hunderttausend ein, während die lebensechtesten Werke des Jahrhunderts . . .» An diesem Punkt nahmen die Platzanweiser ihn beim Hosenboden und warfen ihn hinaus.

Eustace rappelte sich auf und schlurfte in Richtung Brooklyn davon, denn dort stand die alte Garage, die ihm gleichzeitig als Wohnung und Atelier diente. Auf dem Wege kam er an einer schäbigen kleinen Buchhandlung vorüber, vor der ein Gestell mit antiquarischen Büchern stand, darunter ein Band mit dem auffallenden Titel «Praktische Bauchredekunst». Eustace blieb stehen, nahm das Buch zur Hand und sah es mit höhnischem Lächeln an. «Die Kunst und meine Ideale haben mich in diesen Engpaß geführt», sagte er. «Wenn die Zahlen, die dieser Bursche genannt hat, stimmen, könnte die praktische Bauchredekunst mich hinausführen.» Er warf einen Blick in den Laden, und als er sah, daß niemand auf ihn achtete, steckte er das Buch unter sein Jackett und machte, daß er fort kam. «Jetzt hast du gestohlen, Eustace. Wie fühlst du dich als Dieb?» fragte er sich, und er antwortete: «Großartig.»

Zu Hause angekommen, vertiefte er sich in das Buch und studierte es gründlich. «Nichts einfacher als das», sagte er, «Man braucht die Stimme nur hüpfen zu lassen wie einen Ball und dafür zu sorgen, daß die Kiefer sich dabei nicht bewegen. Ball habe ich als Kind gespielt, und meine Kiefer haben Übung darin, sich nicht zu bewegen. Hier ist ja auch eine kleine Abbildung vom Kehlkopf mit A, B, C, D – alles da. Ich kann das Bauchreden so gut erlernen wie jeder andere, und mit einer Puppe, die ein wirkliches Kunstwerk ist, werde ich bald ein Vermögen verdienen.»

Er holte sofort seine Arbeiten hervor, die sich seit langem angesammelt hatten, und suchte nach einer Figur, die sich als Rivale für Charlie McCarthy verwenden ließ. Aber obwohl er sich von seinen Idealen losgesagt hatte, war der Künstler in ihm nicht ganz gestorben. «Alle diese Arbeiten sind wunderbar», sagte er, «aber ich kann noch Besseres schaffen. Ich werde eine so lebensechte Figur machen, daß die Leute sie für einen lebendigen Statisten halten werden, und dann werde ich sie auffordern, sich vom Gegenteil zu überzeugen, indem sie aufs Podium kommen und mit Nadeln hineinstechen.»

Er sah sich nach Material für dieses Meisterwerk um, aber obwohl er mehr Steine als Brot hatte, fand er kein passendes Stück. «Macht nichts», sagte er, «ich werde ihn aus Ton modellieren; der hat den Vorteil, leichter und nicht so kalt zu sein, und er wird unter den Nadelstichen ein bißchen nachgeben. Damit liefere ich den Zuschauern, die zur Nadelprobe aufs Podium kommen, eine angenehme Sensation, denn solche Leute sind bestimmt sadistisch veranlagt.»

Am nächsten Morgen begab er sich in den Hinterhof, wo er schwer mit Hacke und Schaufel arbeitete, bis er eine Schicht von rötlichem Ton freigelegt hatte, der von merklich besserer Qualität war als derjenige, den man in Kunstbedarfsläden zu kaufen bekommt. Aus diesem Ton formte er die Figur eines unübertrefflich attraktiven Mannes mit welligem Haar und griechisch-römischem Profil. Den Gesichtsausdruck fand er ein bißchen hochnäsig, und er bemühte sich, ihn zu ändern, aber trotz all seiner Kunstfertigkeit wollte es ihm nicht gelingen. «Mag er so bleiben», sagte er schließlich. «Ein so geniales Werk hat ein Recht auf einen leicht hochnäsigen Ausdruck.»

Um seiner Schöpfung die erforderliche Biegsamkeit zu verleihen, versah er die Gelenke des Halses und der Gliedmaßen mit Stücken von alten Sprungfedern, die auf jedem Hinterhof in Brooklyn zu finden sind. Das Experiment war so erfolgreich, daß er auch Finger, Zehen und Augenlider mit Federn versah. Diese entnahm er einigen verbeulten Weckeruhren, die er im Hof gefunden hatte – wahrscheinlich hatten die Nachbarn sie als Wurfgeschosse gegen jaulende Katzen benutzt. Beim Wühlen in den Abfällen förderte er noch mehr Federn von allen Formen und Größen zutage, die er sehr vorteilhaft verwendete, ohne gewisse Einzelheiten zu vernachlässigen, die das Publikum höchstwahrscheinlich nie zu sehen bekommen würde. Als er fertig war, hatte die Figur allen Grund, ein hochnäsiges Gesicht zu machen.

Sodann schürte Eustace seinen alten rostigen Ofen bis zur Weißglut an und brannte die matt glasierte und in den ansprechendsten Farben getönte Tonfigur zu einer leichten, porösen, aber widerstandsfähigen Masse. Schließlich borgte er sich etwas Geld, um beim Pfandleiher seinen besten Anzug auszulösen, der zu seinem Entzücken der Figur wie angegossen paßte – viel besser als ihm selbst. Nachdem unser Freund ein paar Stunden mit der Bewunderung seines Werkes verbracht hatte, griff er zum Telefon und rief Sadie an. «Sadie», sagte er, «bitte, komm sofort herüber. Ich habe eine große Überraschung für dich.»

«Ich glaube, ich werde lieber nicht rüberkommen, solange wir nicht heiraten können», antwortete sie. «Es schadet dem Ruf eines Mädchens, wenn man sie ins Atelier eines Bildhauers gehen sieht.»

«Keine Sorge», sagte er. «Die Jahre des Wartens sind vorbei. Jetzt können wir's uns leisten, auf die Konventionen zu pfeifen, denn ich werde sehr bald alljährlich wer weiß wie viele hunderttausend Dollar verdienen.»

«In diesem Fall komme ich sofort rüber», sagte sie.

Bald darauf klopfte sie an die Tür, und Eustace beeilte sich, sie einzulassen. «Ich kann es kaum glauben», sagte sie. «Oh, Eustace, die Zeit ist mir so lang geworden!»

«Denk nicht mehr daran», sagte er. «Das alles hat nun ein Ende. Darf ich dir den Urheber unseres Glückes vorstellen: Mr. Bertie McGregor.»

«Sehr angenehm», sagte sie errötend und lächelte. «Wenn Eustace die Wahrheit gesagt hat, erkläre ich Sie hiermit zu meinem Liebling. Ja, wirklich, ich finde Sie ganz wunderbar.»

«Wunderbar ist das richtige Wort», sagte Eustace. «Aber du brauchst kein Süßholz zu raspeln, er ist nämlich nur eine Puppe, und das Lob gebührt mir.»

«Eine Puppe?» rief sie. «Und ich habe die ganze Zeit mit ihm geredet! Für eine Puppe sieht er wirklich sehr gut aus! Aber, Eustace, als ich ihn ansprach, da schien es mir so, als hätte er gelächelt und genickt.»

«Daß er so gut aussieht», erklärte Eustace, «liegt daran, daß ich mir mit ihm soviel Mühe gegeben habe, und was das Lächeln und Nicken betrifft, so ist das nicht ausgeschlossen, denn ich habe ihm Spiralfedern eingesetzt. Er ist bis in die kleinsten Einzelheiten vollkommen.»

«Tatsächlich – jede Einzelheit?» fragte sie.

«Ja, aber das erkläre ich dir alles, wenn wir verheiratet sind», sagte er. «Aber sag mir ehrlich: findest du seinen Gesichtsausdruck nicht ein bißchen hochnäsig?»

«O nein», sagte sie. «Ich finde, er sieht einfach reizend und irgendwie sehr männlich aus, irgendwie . . . Na, das erkläre ich dir, wenn wir verheiratet sind. Aber, Eustace, wie kann er der Urheber unseres Glückes sein, wenn er wirklich eine Puppe ist? Das klingt mir ein bißchen wie ein Roman.»

«Nichts von Roman», erwiderte er lächelnd. «Ich versichere dir, es ist unverfälschte Biographie.» Er setzte ihr seinen großen Plan auseinander und sagte abschließend: «Und hier siehst du ein von mir entworfenes Plakat, die Ankündigung für das Publikum. Für den Anfang müßten wir einen Saal mieten, und dazu, dachte ich, könnten wir unsere Ersparnisse benutzen. Ich glaube, die Beschriftung ist recht wirkungsvoll. Und hier, siehst du, steht die Aufforderung an die Zuschauer, sich nach der Vorstellung durch Nadelstiche davon zu überzeugen, daß er trotz seines naturgetreuen Aussehens und seiner Schlagfertigkeit kein lebendiger Mensch ist.»

«Werden wir wirklich alljährlich wer weiß wie viele hunderttausend einnehmen?» fragte sie. «Du weißt, wie lange es gedauert hat, bis ich diesen kleinen Notgroschen zusammen hatte.»

Eustace deutete stolz auf seine Schöpfung. «Wer sieht lebensechter aus?» fragte er.

«In mancher Hinsicht er und in mancher du», antwortete sie.

«Nicht doch!», sagte Eustace. «Ich meinte: er oder Charlie McCarthy.»

«Ach so. Natürlich er», antwortete Sadie. «Das ist gar keine Frage.»

«Dann ist das Geld auch keine Frage», sagte Eustace. «Und was deinen kläglichen kleinen Spargroschen angeht, so zweifle ich nicht daran, daß wir ihn schon am ersten Abend wieder hereinholen.» Damit schloß er sie so leidenschaftlich in die Arme, wie sein etwas geschwächter Zustand es zuließ. Plötzlich stieß Sadie ihn mit einem Quietschen von sich. «Eustace», sagte sie, «selbst wenn wir wirklich reich werden, brauchst du mich nicht so zu kneifen. Schließlich sind wir noch nicht verheiratet.»

«Ich dich kneifen?» sagte er. «Ich würde nicht im Traum dran denken.»

«Daß du im Traum nicht dran denken sollst, habe ich nicht gesagt», erklärte Sadie spitzfindig. «Du bist verliebt. Du bist jung. Du bist ein Künstler. Träume sind nichts Unrechtes.»

«Es freut mich, daß du so denkst», sagte er, «denn dieses Kneifen mußt du geträumt haben.»

«Nein. *Ich* würde so was nicht träumen», sagte sie, «weil ich ein gesundes, normales Mädchen bin und von ganz anderen Sachen träume. Aber wenn du so gesund und normal bist, wie ich bisher angenommen habe, könntest *du* als Mann sehr wohl davon träumen. Aber bist du wirklich ein Mann? Oder bist du eine Maus?»

«Ich bin ein Mann, Sadie», sagte er. «Aber bis jetzt war ich außerdem Künstler, und der schöpferische Impuls hat solche Sachen absorbiert. Jetzt bin ich ganz und gar Praktiker und werde vermutlich ganz verteufeltes Zeug träumen. Laß uns nicht streiten, mein Liebes. Was liegt schon an dem bißchen Kneifen, sei es wirklich oder eingebildet? Vielleicht habe ich es unbewußt getan – wer weiß? Jetzt wollen wir zur Bank gehen und dein Geld abheben, und dann mieten wir den Saal.»

So geschah es, und in der ganzen Nachbarschaft kündigten große Plakate das Auftreten von Bertie und Eustace an. Der schicksalsschwere Abend kam heran, und Sadie saß in der ersten Reihe und verdrehte sich fast den Kopf, um die Zuschauer zu zählen, weil sie, ehrlich gesagt, mächtige Angst um ihren Notgroschen hatte.

Ihre Befürchtungen legten sich jedoch bald, denn der Saal füllte sich recht erfreulich, und dann ging der Vorhang auf, und Eustace stand strahlend wie ein Honigkuchenpferd auf der Bühne und verbeugte sich. Bertie dankte artig für den Applaus. «Was für wunderbare Federn Eustace ihm eingebaut hat!» dachte Sadie. «Ich glaube, es gibt kaum etwas, was er nicht kann. Er ist bestimmt viel hübscher als Charlie McCarthy.»

Die Vorstellung begann, und zu Sadies Kummer zeigte sich bald, daß die Sache einen kleinen Haken hatte. Eustace nahm die Figur auf den Schoß und redete sie mit ein paar alten, abgedroschenen Kalauern an, die er auf den letzten Seiten des Buches über Bauchredekunst gefunden hatte. Es wurde sogleich offenbar, daß er die ersten Seiten nicht gründlich genug studiert hatte, denn seine Stimme hüpfte genausowenig wie ein Bleiklumpen. Außerdem weigerten die Federn in den Kiefern der Figur sich eigensinnig, zu funktionieren, und jedermann merkte, daß Eustace ein ganz miserabler Bauchredner war.

Die Zuschauer begannen zu johlen und höhnisch zu lachen. Eustace, der den Grund dafür nicht ahnte, sah darin ein Zeichen dafür, daß sie die Vorstellung über alle Maßen schön fänden, trat lächelnd an die Rampe und forderte sie auf, ungeniert heraufzukommen und die Puppe mit Nadeln zu stechen,

Es gibt immer ein paar Leute, die solchen Aufforderungen nicht widerstehen können, und diese gingen nun im Gänsemarsch aufs Podium, wo Eustace ihnen extragroße Nadeln mit Zierköpfen als Souvenir aushändigte; aber sobald die erste Nadel mit Master Bertie in Berührung kam, erscholl ein gequältes «Au!», das jeden Zuschauer davon überzeugte, daß er nicht einmal eine echte Puppe war.

Das Publikum, das sich doppelt betrogen fühlte, brach in Empörung aus. Es kam zu einem Tumult, die Polizei eilte herbei, und alle Eintrittsgelder mußten zurückerstattet werden. Eustace, der im Taxi hergekommen war, mußte zu Fuß nach Hause gehen, schwankend unter Berties ansehnlichem Gewicht und den nicht weniger schwerwiegenden Vorwürfen seiner Liebsten. Zu Hause setzte er die Figur auf den Diwan; mit hängendem Kopf stand er davor – ein geschlagener Mann. Sadie, die sich den Verlust ihres Geldes sehr zu Herzen nahm und nicht mehr an die wer weiß wie vielen Hunderttausend im Jahr glaubte, überschüttete ihn weiter mit Vorwürfen. «Das hast du absichtlich getan», sagte sie. «Du hast absichtlich alles verdorben.»

«Nein, mein Liebes», sagte er. «Das habe ich nicht getan. Aber ich gebe zu, daß meine Bauchrederei nicht sehr erfolgreich war.»

«So eine Frechheit!» sagte sie. «So eine Schamlosigkeit! Dieses letzte ‹Au!› war ein Meisterstück. Du hast mit deinen Fähigkeiten geprotzt, wo sie alles ruinieren mußten.»

«Aber nein», sagte er, «dieses ‹Au!› habe ich nicht geschrien. Es hat mich genauso überrascht wie alle anderen.»

«Wenn du es nicht warst, wer dann?» fragte sie.

«Woher soll ich das wissen?» sagte er. «Es sei denn, daß es Bergen war, der mit falschem Bart die Vorstellung besucht haben könnte, um einen so vielversprechenden Rivalen zu ruinieren.»

«Quatsch mit Soße», sagte sie. «Du warst es selber, das weißt du.»

«Immerhin, es wäre möglich», sagte er. «Schließlich traf der Nadelstich ein Kind meines Genies, und ich bin nun einmal eine sensible Natur, wenn ich auch jetzt ein praktischer Bauchredner bin. Aber selbst wenn, Sadie, dann ist es unbewußt geschehen, glaub mir.»

«Ungefähr so unbewußt wie neulich das Kneifen», versetzte Sadie. «Ich schwöre dir, das Kneifen war unbewußt», sagte Eustace.

«O nein, durchaus nicht», sagte Bertie, der die bedauerliche Szene mit seinem hochnäsigen Lächeln beobachtet hatte. «Sadie hat – wie üblich – recht. *Ich* habe sie gekniffen, und zwar mit vollem Bewußtsein, und ich erinnere mich noch immer gern daran.»

«Aber wir sind doch nicht verheiratet», quietschte Sadie. «Wir sind nicht einmal verlobt! Was machen wir bloß?» Sie legte zitternd die Hand an den Mund und sah die Puppe mit großen, vorwurfsvollen Augen an.

«Wer bist du?» rief Eustace völlig entgeistert. «So sprich doch, sprich!»

«Ich spreche, wenn ich will, und ich halte den Mund, wenn ich will», erwiderte das Bildwerk.

«Bist du eine verdammte Seele?» rief Eustace. «Hast du vielleicht Urlaub auf Ehrenwort von der Hölle, bist du in meinen Ofen gekrochen, um dich aufzuwärmen, und dort in mein Meisterwerk geschlüpft?»

Die Figur lächelte hochnäsig.

«Wäre es möglich», rief Eustace, «daß der Ton in meinem Hinterhof jener Urlehm ist, aus dem Adam gemacht wurde? Aber das würde bedeuten, daß Brooklyn dort steht, wo der Garten Eden war.»

Die Figur brach in lautes Lachen aus.

«Oder ist mir etwas gelungen», fuhr Eustace fort, «woran alle Gelehrten gescheitert sind, nämlich toten Lehm in eine organische, mit Energie und Willen geladene Materie zu verwandeln? Das muß es sein. In diesem Fall bin ich ein ganz verteufelter Bildhauer!»

«Denk, was du willst», sagte das Bildwerk. «Auf jeden Fall bist du ein miserabler Bauchredner, und damit wolltest du doch die wer weiß wie vielen hunderttausend im Jahr scheffeln.»

«Da ist etwas dran», sagte Eustace. «Aber da du so gut sprechen kannst, werden wir sicherlich fabelhafte Vorstellungen geben.»

«Nicht mit mir als Statist», sagte Bertie. «Ich sehe gut aus und bin eine Persönlichkeit. Ich werde nicht mehr auf deinem Schoß sitzen. Wenn du willst, kannst du auf meinem sitzen, und ich leite die Vorstellung und scheffle das Geld.»

«Ich auf deinem Schoß sitzen?» rief Eustace. «Niemals!»

«Oh, das ist nicht so schlimm», sagte der andere. «Komm, probier's doch mal! Du willst nicht? Nun, vielleicht versucht es das Fräulein.»

«Ja, gern», sagte Sadie. «Schließlich sind wer weiß wie viele hunderttausend im Jahr nicht zu verachten, finde ich.» Damit setzte sie sich dem Bildwerk auf den Schoß.

«Nun, meine Süße, wie gefällt dir das?» fragte die Figur.

«Ich glaube, wir sollten uns verloben», sagte sie. «Vielleicht sollten wir sogar heiraten.»

«Darüber zerbrich dir nicht den Kopf», sagte Bertie, sie unter dem Kinn tätschelnd. «Auf der Bühne ist das was anderes. Wir Artisten sind Praktiker.»

«Dann mach deine praktischen Übungen woanders als in meinem Atelier», sagte Eustace. «Ich kehre zu meinen Idealen zurück. Keine Bauchrederei, keinen Lehm und keine Sprungfedern mehr! Ich werde Grabsteine machen, und, bei Gott, die werden schwer und teuer sein!»

«Ganz wie du willst», sagte das Bildwerk. «Sadie und ich werden als Paar sehr gut durchkommen.»

«Sie wird die Nadeln nicht mögen», sagte Eustace.

«Nadeln werde ich nicht zulassen», sagte die Figur, Sadie einen beruhigenden Blick zuwerfend. «Nur ein bißchen was von dieser Art.» Dabei kniff er sie wieder, ähnlich wie beim ersten Mal, nur reagierte sie diesmal mit einem tieferen, klangvolleren Quietschen.

«Dein Quietschen klingt sehr tief und voll», sagte Eustace zu ihr, als er dem Paar mit eisiger Miene die Tür öffnete. «Denk lieber daran, daß die Federn, die ich verwendet habe, zum Teil alt und verrostet sind.»

Damit schloß er die Tür hinter ihnen, und entgegen seiner Absicht wandte er sich einem griffbereit daliegenden Lehmklumpen zu, aus dem er eine ganz bezaubernde Eva zu modellieren begann. Als er sie halb vollendet hatte, besann er sich jedoch eines anderen und machte daraus einen niedlichen kleinen Sealyham Terrier.

Weihnachten wieder hier

«Doktor», sagte Major Sinclair, «Weihnachten wollen wir Sie aber bestimmt wieder hier haben.» Carpenters Wohnzimmer war voll von Freunden, die zum Tee gekommen waren, um dem Doktor und seiner Frau ein letztes Lebewohl zu sagen.

«Er wird wieder hiersein», sagte Mrs. Carpenter. «Ich verspreche es Ihnen.»

«Ganz sicher ist es nicht», sagte Dr. Carpenter. «Obwohl ich natürlich nichts lieber täte.»

«Aber Sie haben doch nur einen Dreimonatsvertrag für Ihre Vorträge», sagte Mr. Hewitt.

«Es könnte ja was dazwischenkommen», sagte Dr. Carpenter.

«Ganz gleich, was passiert», sagte Mrs. Carpenter mit strahlendem Lächeln, «Weihnachten ist er wieder in England, das dürfen Sie mir glauben.»

Alle glaubten es. Sogar der Doktor selbst glaubte es beinahe. Seit zehn Jahren hatte sie ihn den Leuten zu Abendgesellschaften, Gartenfesten, Komiteesitzungen und wer weiß was noch versprochen, und all diese Versprechen waren gehalten worden.

Man begann sich zu verabschieden. Komplimente über das wunderbare Organisationstalent der lieben Hermione wurden geflötet. Carpenters würden heute abend mit dem Wagen nach Southampton fahren und morgen an Bord gehen. Keine Eisenbahnfahrt, keine Hetzerei, bis zur letzten Minute alles bestens geregelt. Wirklich, der Doktor wurde glänzend versorgt. Und in Amerika würde er großen Erfolg haben. Besonders wenn Hermione sich um alles kümmerte. Und ihr war die schöne Reise auch zu gönnen. Sie würde die Wolkenkratzer sehen – so etwas gab es in Little Godwearing nicht. Aber sie mußte bestimmt dafür sorgen, daß er wiederkam. «Ja, ich werde dafür sorgen, darauf können Sie sich verlassen.» Daß er sich nicht etwa überreden ließ, seinen Aufenthalt zu verlängern oder gar einen fabelhaften Posten an einer superamerikanischen Klinik anzunehmen! Er wurde hier im Krankenhaus notwendig gebraucht. Und Weihnachten mußte er wieder hiersein. «Ja», rief Mrs. Carpenter den letzten abziehenden Gästen nach, «ich werde dafür sorgen. Weihnachten ist er wieder hier.»

Die letzten Arbeiten, bevor das Haus verschlossen wurde, waren bald erledigt. Nachdem die Mädchen das Teegeschirr abgewaschen hatten, kamen sie herein, um sich zu verabschieden, gerade rechtzeitig, um den Nachmittagsbus nach Devizes zu erreichen.

Nun blieben nur noch die allerletzten Kleinigkeiten zu tun: Türen abschließen, alles sauber und ordentlich hinterlassen. «Geh nach oben und zieh den braunen Tweedanzug an», sagte Hermione. «Mach die Taschen von diesem Anzug leer, bevor du ihn in den Koffer packst. Alles übrige mache ich schon. Sieh nur zu, daß du mir nicht im Weg bist.»

Der Doktor ging nach oben und zog seinen Anzug aus, aber statt des braunen Tweedanzugs zog er einen schmutzigen alten Bademantel an, den er aus dem Hintergrund seines Schrankes hervorgeholt hatte. Dann, nachdem er einige kleine Vorbereitungen getroffen hatte, beugte er sich übers Treppengeländer und rief seine Frau: «Hermione! Hast du einen Augenblick Zeit?»

«Natürlich, Schatz. Ich bin gerade fertig.»

«Dann komm doch bitte mal herauf. Ich muß dir etwas sehr Sonderbares zeigen.»

Hermione kam sofort herauf. «Aber, mein Liebling, was soll denn das?» rief sie, als sie ihren Mann sah. «Warum läufst du denn in dem dreckigen alten Ding herum? Ich habe dir schon vor langer Zeit gesagt, du sollst es verbrennen.»

«Kannst du mir vielleicht sagen», fragte der Doktor, «wer eine goldene Kette in den Badewannenabfluß geworfen hat?»

«Niemand natürlich», sagte Hermione. «Bei uns trägt niemand so etwas.»

«Wie kommt es dann da hinein?» sagte der Doktor. «Nimm die Taschenlampe. Wenn du dich richtig vorbeugst, kannst du sie da ganz unten schimmern sehen.»

«Wahrscheinlich so ein billiges Armband, das eins von den Mädchen verloren hat», sagte Hermione. «Was sollte es sonst sein?» Aber sie nahm die Taschenlampe, beugte sich über die Wanne und spähte, die Augen zusammenkneifend, in den Abfluß. Der Doktor hob ein kurzes Bleirohr, schlug zwei- bis dreimal sehr kräftig und präzise zu, hob die Leiche bei den Knien an und ließ sie in die Wanne fallen.

Dann warf er den Bademantel ab; nackt wie Adam wickelte er die in ein Handtuch verpackten Instrumente aus und legte sie ins Waschbecken. Nachdem er den Fußboden mit Zeitungspapier ausgelegt hatte, wandte er sich wieder seinem Opfer zu.

Sie war tot, natürlich. Scheußlich zusammengekrümmt, als setzte sie zu einem Salto an, lag sie am einen Ende der Wanne. Er stand sehr lange da und sah sie an und dachte gar nichts. Erst der Anblick des vielen Blutes brachte seinen Geist wieder in Bewegung.

Er zog und rückte so lange an ihr herum, bis sie ausgestreckt in der Wanne lag. Dann zog er sie aus, was in der engen Badewanne keine leichte Arbeit war, aber schließlich hatte er es geschafft. Er drehte die Wasserhähne auf, und das Wasser rauschte in die Wanne. Nach einem Weilchen floß es spärlicher, dann versiegte es ganz, und das letzte bißchen gurgelte den Abfluß hinunter.

«Großer Gott!» sagte er. «Sie hat den Haupthahn abgestellt.»

Es blieb ihm nichts anderes übrig, als in den Keller zu gehen. Der Doktor wischte hastig die Hände an einem Handtuch ab, öffnete mit einem sauberen Handtuchzipfel die Badezimmertür, warf das Handtuch auf den Schemel und lief barfüßig, leicht wie eine Katze, hinunter. Die Kellertür befand sich in einer Ecke der Diele, unter der Treppe. Er wußte genau wo der Absperrhahn war, und das hatte seine Gründe: er hatte sich nämlich in letzter Zeit da unten zu schaffen gemacht – weil er einen Weinverschlag machen wollte, wie er Hermione gesagt hatte. Er stieß die Kellertür auf, ging die steilen Stufen hinunter und fand den Hahn gerade noch, ehe die Tür zufiel und es im Keller pechfinster wurde. Nachdem er das Wasser wieder angestellt hatte, tastete er sich an der schmutzigen Mauer entlang und zurück zu den Stufen. Er wollte gerade hinaufsteigen, als es klingelte.

Der Doktor nahm dieses Klingeln kaum als Geräusch wahr. Er fühlte es wie ein spitzes Eisen, das sich vom Magen aus langsam immer höher bohrte, bis es sein Gehirn erreichte. Dann zerbrach etwas in ihm. Er warf sich auf den mit Kohlenstaub bedeckten Boden und sagte: «Ich bin erledigt. Ich bin erledigt. Jetzt *darf* niemand kommen», sagte er. Dann hörte er sein eigenes Keuchen und sagte sich: «Nimm dich zusammen.»

Allmählich kam er wieder zu sich. Er stand auf, und als es noch einmal klingelte, verursachte der Ton ihm kaum noch einen Schmerz. «Sie werden schon wieder weggehen», sagte er. Dann hörte er die Vordertür aufgehen. «Ist mir egal», sagte er. Seine Schulter hob sich wie bei einem Boxer, der sein Gesicht schützen will. «Ich geb's auf», sagte er.

Er hörte jemand rufen. «Herbert! Hermione!» Es waren die Wallingfords. «Zum Teufel mit ihnen! Einfach so hereinzuplatzen, wenn man es eilig hat wegzukommen und noch dazu splitternackt ist! Und ganz voll Blut und Kohlenstaub! Ich bin erledigt. Es ist aus. Ich schaffe es nicht.»

«Herbert!»

«Hermione!»

«Wo können sie bloß sein?»

«Der Wagen ist da.»

«Vielleicht sind sie auf einen Sprung zu Mrs. Liddell gegangen.»

«Wir müssen sie noch sehen.»

«Oder vielleicht zum Einkaufen. Vielleicht ist ihnen in letzter Minute noch was eingefallen.»

«Das sieht Hermione nicht ähnlich. Horch mal! Klingt das nicht, als ob jemand badet? Soll ich rufen? Oder an die Tür bummern?»

«Seht! Lieber nicht. Das wäre nicht sehr taktvoll.»

«Ach was, rufen kann nichts schaden.»

«Nein, Schatz. Wir werden auf dem Rückweg noch mal hereinschauen. Vor sieben fahren sie nicht ab, hat Hermione gesagt. Sie wollen unterwegs essen, in Salisburry.»

«Na schön, wenn du meinst. Aber ich muß noch mit Herbert auf seine glückliche Wiederkehr anstoßen. Sonst wäre er gekränkt.»

«Wir werden uns beeilen. Gegen halb sieben können wir wieder hiersein.»

Der Doktor hörte sie hinausgehen und die Vordertür leise hinter sich schließen. Er dachte: «Halb sieben. Das kann ich schaffen.»

Er ging durch die Diele zur Vordertür und schob den Riegel vor. Dann stieg er hinauf, nahm seine Instrumente aus dem Waschbecken und erledigte, was er zu tun hatte. Wieder mit dem Bademantel bekleidet, trug er die in Handtücher oder Zeitungspapier gewickelten und säuberlich mit Sicherheitsnadeln zugesteckten Pakete, eins nach dem anderen, in den Keller. Er verstaute sie sorgfältig in dem engen, tiefen Loch, das er in der Kellerecke ausgehoben hatte, schaufelte es zu und bedeckte das Ganze mit Kohlenstaub. Er vergewisserte sich, daß alles in Ordnung war, und ging wieder hinauf. Dort säuberte er erst das Bad, dann sich selbst und dann das Bad noch einmal. Nachdem er sich angezogen hatte, schaffte er die Kleidung seiner Frau und seinen Bademantel hinunter und warf sie in den Abfallverbrennungsofen.

Er rückte hier und dort noch etwas zurecht, dann war alles in Ordnung. Es war erst Viertel nach sechs. Die Wallingfords würden, wie immer, zu spät kommen; er brauchte jetzt nur in den Wagen zu steigen und abzufahren. Schade, daß er nicht warten konnte, bis es dunkel war, aber er konnte ja einen Umweg machen, um die Hauptstraße zu vermeiden, und selbst wenn er allein im Wagen gesehen wurde, würden die Leute sich nichts dabei denken, sondern glauben, Hermione wäre aus irgendeinem Grund vorausgegangen.

Trotzdem war er froh, als er schließlich völlig unbemerkt die Landstraße erreicht hatte und in die sinkende Dämmerung hineinfuhr. Er mußte sehr vorsichtig fahren, denn er merkte, daß er keine Entfernungen schätzen konnte und abnorm langsam reagierte, aber das war Nebensache. Als es ganz dunkel war, erlaubte er sich, auf der Höhe der Downs anzuhalten, um nachzudenken.

Was für ein herrlicher Sternenhimmel! Unten in der Ebene konnte er die Lichter von ein paar kleinen Ortschaften erkennen. Er hätte vor Freude jauchzen mögen. Was nun kam, war alles ganz einfach, und in Chicago wartete Marion, die ihn bereits für einen Witwer hielt. Seine Vorträge konnte er mit irgendeiner Ausrede absagen. Er brauchte sich nur noch in einer aufblühenden, abgelegenen amerikanischen Stadt niederzulassen, dann war er für immer in Sicherheit. Natürlich, die Koffer mit Hermiones Kleidung – aber die konnte er durch die Kabinenluke werfen. Gott sei Dank, daß sie ihre Briefe mit der Schreibmaschine schrieb – solche Kleinigkeiten wie handgeschriebene Briefe konnten alles vereiteln. «Aber das ist es eben», sagte er. «Sie war immer auf Draht, eine tüchtige Frau in jeder Beziehung. Mit allem wurde sie fertig – bis sie sich selber fertiggemacht hat – das verwünschte Weib! Kein Grund zur Aufregung», dachte er. «Ich werde für sie ein paar Briefe schreiben, mit der Zeit immer weniger. Ich werde selber schreiben: bald komme ich zurück, noch ein bißchen Geduld – und nie wird es klappen. Das Haus werde ich für dieses Jahr behalten, dann für das nächste und dann fürs übernächste; die Leute werden sich dran gewöhnen. Könnte sogar in ein oder zwei Jahren allein zurückkommen und alles ordnungsgemäß regeln. Nichts leichter als das. Aber nicht zu Weihnachten!» Er ließ den Motor an und fuhr weiter.

In New York fühlte er sich endlich frei, wirklich frei. Er war in Sicherheit. Er konnte mit Vergnügen – wenigstens mit einem gewissen Vergnügen, etwa wenn er sich nach dem Essen seine Zigarette anzündete – an die Minuten zurückdenken, als er im Keller auf die Klingel, die Tür, die Stimmen gehorcht hatte. Er konnte sich auf Marion freuen.

Als er durch die Hotelhalle schlenderte, winkte der Empfangschef ihm lächelnd mit einigen Briefen. Es war die erste Post aus England. Nun, was war schon dabei? Es würde Spaß machen, ein paar Briefe in Hermiones biederem Stil herunterzuklappern und ihre verschnörkelte Unterschrift darunterzusetzen, allen Freunden zu berichten, daß sein erster Vortrag ein Bombenerfolg gewesen sei, daß er von Amerika begeistert sei, aber Weihnachten bestimmt wieder zu Hause sein werde. Daß diese Rückkehr zweifelhaft war, konnte man später einfließen lassen.

Er durchflog den Briefstapel. Die meisten waren für Hermione. Von Sinclairs, von Wallingfords, vom Vikar, und ein Geschäftsbrief von Holt & Söhne, Bauunternehmer und Dekorateur.

Er stand mitten in der Halle, die Vorübergehenden streiften

ihn. Er riß die Umschläge mit dem Daumen auf, las hier eine Stelle und da eine Stelle und lächelte. Alle sahen seiner Rückkehr zu Weihnachten zuversichtlich entgegen. Sie vertrauten auf Hermione. «Da irren sie sich ganz gewaltig», sagte der Doktor. Zuletzt öffnete er den Brief des Bauunternehmers. Wahrscheinlich eine Rechnung. Er las:

Sehr geehrte gnädige Frau,
wir danken Ihnen bestens für Ihre freundliche Zustimmung zu unserem nachstehenden Kostenanschlag sowie die Übersendung des Schlüssels.

Wir versichern Ihnen nochmals, daß wir Ihren Auftrag umgehend ausführen werden, so daß die bauliche Veränderung als Weihnachtsgeschenk zurechtkommt. Wir werden noch in dieser Woche mit den Arbeiten anfangen.

1 eingelassenen Weinverschlag im Keller ausschachten, mauern und ausfüttern unter Verwendung besten Materials nebst Ausbesserungsarbeiten, wie besprochen . . . £ 18
Mit vorzüglicher Hochachtung

Paul Holt & Söhne

Eilzustellung

Mit weit offenen Augen und einem an Furcht grenzenden Widerstreben unterwarf Albert Baker sich langsam der Leidenschaft, die sein ganzes Leben verändern sollte. «Bin ich verrückt?» fragte er.

Er richtete diese Frage am Schluß eines langen Briefes an einen gewissen Großen Bruder Frank, der in der Seufzerspalte der beliebten Wochenzeitschrift *Immer fidel!* ehrlich gemeinte Ratschläge gab. Sein Brief wurde ungekürzt abgedruckt.

Sehr geehrter Herr,

entschuldigen Sie, wenn ich an Sie schreibe, aber Sie haben gesagt, man soll mit seinen Schwierigkeiten zu Ihnen kommen. Ich bin in Schwierigkeiten und kann sonst niemand fragen, alle würden sagen, ich bin verrückt. Ich habe mich verliebt. Nur ist die junge Dame nicht so wie andere. Sie ist etwas Besonderes.

Sind Sie mal um acht Uhr morgens die Oxford Street langgegangen? Ich muß jeden Morgen da lang, weil ich da arbeite. Da können Sie sehen, wie die jungen Männer die künstlichen jungen Damen in die Schaufenster tragen und sie für den Tag anziehen. Dic ganze Straße lang können Sie das sehen, wie auf dem alten Meistergemälde von den Römern mit den geraubten Frauen, nur daß die dicker waren. Manche wehren sich, manche haben die Arme um den Hals ihres jungen Mannes gelegt, aber dabei sehen sie zum Fenster hinaus. *Sie* wehrt sich nicht und sieht auch nicht aus dem Fenster. Sie ist eine von diesen jungen Damen, und ich bin einer von den jungen Männern.

Sicher ist das nicht viel anders, als wenn man sich in einen Filmstar verliebt. Ich bin seit vier Jahren in London in demselben Geschäft und habe niemand, mit dem ich richtig reden kann. Sie scheint alles zu wissen, was ich sagen will. Sie hat so lange, schmale blaue Augen und denkt wahrscheinlich an die Riviera, aber sie ist sehr lieb.

Das ist es ja schließlich, was man von einem Mädchen will:

die höheren Dinge. Es geht auch nicht bloß um die Riviera, sondern ich kümmere mich in jeder Hinsicht um sie, und man könnte wirklich meinen, daß sie es weiß. Gewöhnliche Mädchen wissen das nicht, glauben Sie mir.

Ich bringe sie ins Schaufenster, und dann bleibe ich vor ihr stehen, bis sie ganz angezogen ist, niemand soll in der Zeitung über sie schreiben. Übrigens möchte ich wissen, um was da so ein Gewese gemacht wird – da ist doch *nichts*. Ich bin nicht verrückt, sie ist so, wie ich mir eine Frau wünsche, nicht jeder will immerfort Geschwätz hören oder eine Familie haben. Man braucht einen Menschen, der einen versteht, dann kann man glücklich sein. Ich würde gut für sie sorgen. Aber sie kostet 30 Pfund, das ist genauso, als wollte ich den Mond haben. Und auch wenn ich die 30 Pfund hätte, würden alle zu mir sagen, du bist verrückt. Oder unmoralische Absichten. Aber so ist es nicht.

Im Geschäft haben sie mich mit ihr sprechen gehört, und jetzt ziehen sie mich damit auf. Ich weiß, was ich zu tun habe, aber erst muß ich wissen, wie es um mich steht. Meine Pläne sind fertig. Bitte, Großer Bruder, sagen Sie mir, ob Sie glauben, daß sie recht haben. Bin ich verrückt?

Ihr sehr ergebener
Albert Baker

Die Antwort des Großen Bruders Frank war darunter abgedruckt. «Nehmen Sie kalte Bäder und bewegen Sie sich viel in frischer Luft», schrieb der liebenswürdige Ratgeber. «Suchen Sie sich eine andere Beschäftigung. Wenn Sie sich diese entartete, perverse Neigung nicht aus dem Kopf schlagen können, suchen Sie unbedingt einen zuverlässigen Psychiater auf, und wenn notwendig, begeben Sie sich zur Behandlung in eine Anstalt.»

«Ich bin also wahnsinnig», sagte Albert, als die Zeitung am Freitagmorgen ausgeliefert wurde. «Also gut. Meine Pläne sind fertig.» Das war ein wenig geprahlt. Alberts einziger Plan war, sich still zu verhalten und zu sehen, was er tun konnte.

Um halb acht Uhr morgens kann ein kaufmännischer Angestellter nur eines tun, nämlich so schnell wie möglich zur Arbeit eilen, besonders wenn er von Paddington zur Oxford

Street zu Fuß gehen muß. Verrückt sein und bei Rudd & Agnew Ltd. zu spät kommen sind zwei verschiedene Dinge; so verrückt war Albert nun wieder nicht.

Er stürzte also mit offenstehendem Mund und weitaufgerissenen Augen aus seiner Wohnung. «Wenn ich zu spät komme», sagte er, «wird jemand anders sie zu fassen kriegen. Er wird sie verbiegen. Wer weiß, was er alles mit ihr macht. Ich muß mich beeilen.»

«Ich werde rechtzeitig dasein», rief Albert Eva zu, über den trostlos strahlenden Sonnenschein des jungen Tages hinweg, den Sonnenschein des Tages, an dem er endgültig für verrückt erklärt und alles möglich war; den Sonnenschein, in dem er und sie unwiderruflich schrecklich allein waren. «Ich lasse dich nicht im Stich.»

Leider überließ Albert sich nun einem Traum, dem Traum von seiner allmorgendlichen Hetzerei zu Rudd & Agnew. In Gedanken betrat er den leeren Salon und nahm die Schutzhülle ab. «Wach auf», pflegte er zu sagen. «Alles in Ordnung? Leg die Arme um meinen Hals. Du armes, hilfloses Wesen. Hier ist dein Büstenhalter. Hier sind deine Sachen.» (Die Schaufensterpuppen bei Rudd & Agnew waren bis zu einem gewissen Grade naturgetreu modelliert, es fehlte kaum eine Einzelheit.) «Komm mit», sagte Albert, «niemand kann dich sehen. Beeil dich, dann haben wir noch eine Minute für uns, ehe die anderen kommen. Was hast du geträumt? Hast du von dem Haus geträumt?»

Während Albert sich seine tägliche Litanei wiederholte, verfiel er unwillkürlich in sein normales Tempo. Als er aus seiner Träumerei erwachte, fand er sich in dem gekachelten Personaleingang; der trockene Geruch des großen Kaufhauses schlug ihm entgegen, und die Kontrolluhr vor ihm zeigte drei Minuten nach acht. «Sie werden schon dasein», sagte er.

Er raste durch die Katakomben des Souterrains, treppauf, treppab, über eine Innenbrücke zu den Verkaufsräumen. Von einer Galerie aus konnte er in die langen Gänge hinter den Hauptschaufenstern hinabsehen. Wie beladene Ameisen in einem aufgestörten Ameisenhaufen rannten die Angestellten mit ihrer stillen, bleichen Last hin und her. Albert konnte sehen, wie die Lippen des einen den Witz des Tages an die Augen des anderen weitergaben, sobald ihre Wege sich kreuzten, während sie die wachsbleichen Tscherkessinnen, die stolzen, leidgewohnten verzauberten Prinzessinnen mit dem leeren Blick, aus ihrer verrückten, geheimnisvollen Nacht zu der verhaßten Ankleidezeremonie für den Sklavenmarkt des langen Tages trugen. Er hörte einen Klaps und schallendes Gelächter.

«Laß das», sagte der Abteilungsleiter, konnte sich aber selber ein dreckiges Grinsen über Clarkies Scherze nicht verkneifen.

Als Albert um die Galerie herumging, konnte er in die Ecke hineinsehen, wo er Eva jeden Abend, wenn alle anderen gegangen waren, ordentlich schlafen legte. Drei oder vier junge Männer standen um sie herum und beugten sich über sie. Der Abteilungsleiter konnte sie nicht sehen. Aus der Mitte der Gruppe hörte Albert Millers verhaßte Stimme. «Oh, mein Gott!» rief er. «Sie haben sie erwischt.»

Er flog die Treppe hinunter wie in einem Alptraum, ohne auf die Stufen zu achten, vorbei an der Seidenabteilung und den französischen Modellen. «Lebendes Bild Nummer drei», hörte er Miller sagen. «Alberts Flitterwochen oder . . .» Seine Hände schnellten vor, ohne auf einen Befehl zu warten; seine Finger packten Millers von Brillantine rutschigen Nacken; seine Nägel krallten sich in Millers Fleisch.

Im nächsten Augenblick hatte Miller sich aufgerichtet und zu ihm umgedreht. «Wenn du denkst, daß du mit mir so was machen kannst!» rief er. «Du armer Schwachsinniger!» Ein lauter Knall: Miller hatte ihn mit der flachen Hand ins Gesicht geschlagen.

«Laß sie in Ruhe», sagte Albert, «oder ich bring dich um, das schwör ich dir.»

«Was ist denn hier los?» rief der Abteilungsleiter, der eilig angelaufen kam.

«Seine Fingernägel in meinem Nacken – das ist los», antwortete Miller wütend; er fühlte sich nicht zu Unrecht im Recht. «Ich glaube, es blutet.»

Alberts Unterlippe zuckte, als würde sie von einer fremden Kraft bewegt. «Er hat sie angefaßt», sagte er schließlich.

Alle blickten auf die nackte Eva nieder, deren Augen, jenseits jeder Scham, ins Weite starrten, wie ein Löwe über Gitter und Menschenmenge hinweg ins Weite starrt. Albert bückte sich und brachte sie in eine schicklichere Lage. Sie übersah ihn. Natürlich: sie fühlte sich im Stich gelassen und war böse.

«Na, und wenn er sie angefaßt hat?» sagte der Abteilungsleiter. «Glauben Sie, Rudd & Agnew kann warten, bis *Sie* zu kommen geruhen und die Fenster dekorieren?»

«Ich bitte um Entschuldigung», sagte Albert.

«Ich werde Sie melden müssen», sagte der Abteilungsleiter. «Los, weitermachen.»

Albert blieb mit Eva allein. «Wenn sie mich rausschmeißen», murmelte er, «wer wird dann für dich sorgen? Sei nicht so hart zu mir, Eva. Ich konnte es nicht ändern. Und ich wollte dir etwas sagen. Willst du wissen, was? Willst du? Wirklich? Also, hör zu . . .»

Eva hatte ihm einen unverkennbar verständnisvollen und verzeihenden Blick zugeworfen. Albert geriet in eine gefährliche Hochstimmung. Er riskierte es sogar zweimal, sich mit ihr in den Flur hinauszustehlen, um einen Seitenblick ihrer schönen Augen zu erhaschen. Nein, unmöglich, sie konnten ihn nicht rausschmeißen!

Die Dinge nahmen jedoch eine andere Wendung. Nach der Mittagspause, während der Albert vor dem Geschäft auf und ab gegangen war – das war nicht verboten, weil niemand an diese Möglichkeit gedacht hatte –, erschien Miller, platzend vor Triumph, in der Hand die Wochenzeitung *Immer fidel!*, die er Albert im Vorübergehen grinsend zeigte.

«Ich Idiot!» sagte Albert. «Was war ich für ein Idiot!»

«Seht mal hier, Jungens», rief Miller, so laut er es wagte. «Kommt hier nach hinten. Clarkie! Sid! Kommt mal her. Bloß 'ne halbe Sekunde. Es lohnt sich.»

«Gehen Sie an Ihre Ladentische», sagte der Abteilungsleiter, als er die Aufregung bemerkte. «Was ist denn jetzt schon wieder los, Miller?»

«Nur ein Beweis für etwas», sagte Miller mit der Miene eines Biedermannes und reichte dem Abteilungsleiter das verhängnisvolle Blatt.

«Jetzt wird es aber ernst!» rief der Abteilungsleiter mit einem scharfen Blick auf Albert. «Das ist ein Fall für den Personalchef. Ich werde diese Zeitung mitnehmen, Miller, und Mr. Schilberg persönlich übergeben.»

Er ging; Albert stand allein da, und alle starrten ihn an wie einen, der zum Galgen geführt wird. «Jetzt schmeißen sie mich bestimmt raus», sagte er sich, «und wer weiß, vielleicht lassen sie mich sogar einsperren.»

Dieser Gedanke setzte seine Beine in Bewegung. «Hallo, bleib lieber hier», rief ein gutmütiger Mann. «Sie werden dich gleich rufen lassen.»

«Laß sie doch», sagte Albert. «Ich bin nicht da.»

«Na schön, ich hab nichts gesehen», sagte der andere.

«Ich gehe!» rief Albert den anderen Angestellten seiner Abteilung zu. Alle starrten ihn an, dann taten sie so, als hätten sie nichts bemerkt. Er ging die Treppe hinauf und um die Galerie, durch die Korridore und an dem Pförtner vorbei hinaus. «Ich gehe», sagte er, als er zum letztenmal seine Karte in die Kontrolluhr steckte.

«So sehen Sie auch aus», sagte der Pförtner gleichgültig.

Er ging um die Ecke in die Oxford Street und dort auf die andere Straßenseite in der Hoffnung, Eva unbemerkt ein Zeichen geben zu können. Sobald er sie sah, wußte er, was er zu tun hatte. Ohne den Schritt zu beschleunigen, ging er weiter zu einem anderen Eingang, der zur Eisenwarenabteilung führte, wo man kaum etwas von dem Vorfall wissen und ihn nicht erkennen würde.

Er gelangte durch eine Personaltür in ein Labyrinth von Korridoren und fand schließlich in einem Lagerraum einen Schlupfwinkel, in dem er sich bis zum Ladenschluß verstecken konnte. Dort lag er mit geschlossenen Augen und gefalteten Händen wie ein Toter, aber in seinem Gehirn tickte eine Uhr.

Punkt sieben Uhr stand er auf und trat leise hinaus. Er war jetzt völlig verändert, kühl und gesammelt. Durch die Jalousien der Schaufenster sickerte ein wenig Tageslicht herein; die hohe Glaskuppel färbte sich bläulich, die Galerien versanken im Dunkel; die Freitreppen sprangen vor, wo das Licht sie traf, und brachen plötzlich, wie weggebissen von der Dunkelheit, wieder ab. Mächtige Schattenblöcke, schiefe Fassaden drohender Träume, stiegen auf wie die Wolkenkratzer einer neuerstandenen Stadt, von einem körperlosen Stockwerk zum anderen, bis hinauf in die Kuppel. Der Nachtwächter, selbst ein Schattenwesen, schlenderte gemächlich durch die sich verdunkelnden Räume. Albert folgte ihm, noch schattenhafter und leiser als der Wächter, ein vollkommenes Geschöpf der Finsternis.

Der Wächter trat in die Haupthalle, durchschritt das Reich der französischen Modelle und verschwand auf der anderen Seite in dunklen Tiefen. Albert lief geräuschlos weiter; er war völlig Herr der Situation und wußte genau, nach wieviel Minuten er dem Wächter auf seinem Rundgang wieder begegnen mußte.

Er nahm die Schutzhüllen von den Puppen, die eine dichtgedrängte Gruppe bildeten wie die vergessenen Opfer einer ausgeplünderten Stadt. Manche standen aufrecht und verkrampft da, sich gegen neue Gewalttat wappnend; andere krochen mit gebeugtem Kopf auf allen vieren und kämpften um erlösende Tränen. Wieder andere, die das Grauen um den Verstand gebracht hatte, saßen mit ausgestreckten Beinen und flach und leblos hängenden Armen am Boden und starrten verblödet in eine Finsternis, die schwärzer war als die Nacht.

«Eva!» flüsterte Albert. «Wo bist du?» Sie saß ein bißchen abseits von den anderen, als wartete sie darauf, daß er sie holte.

«Du hast gewußt, daß ich komme», sagte Albert, während er sie aufhob. Ihr Gesicht fiel gegen das seine, ihre Lippen streiften seine Wange. «Du bist ganz kalt», sagte Albert. «Du bist an dein Bett gewöhnt.»

Er nahm die Schutzhülle auf und legte sie so um ihren Hals, daß die bleichen Stoffalten sie und ihn einhüllten.

Dieses verhüllte Doppelwesen, eine wandelnde Umarmung von Leben und Tod, ein schönes Nachtgespenst unter seinem wolkigen Baumwollschild, lief nun, ein wenig schwankend, lautlos über die leichten Wendeltreppen und Schwebebrücken aus durchbrochenem Eisen; bald sah man es hoch oben eine Galerie umrunden, bald wurde es von der Dunkelheit verschlungen; dann wurde es weiter oben sichtbar, wie eine Spinne immer höher kletternd, bis er schließlich die obersten Korridore und die Zuflucht des kleinen Lagerraumes erreicht hatte.

Albert schloß die Tür und bettete Eva auf ein Lager aus Packpapier; er nahm ihren Kopf in den Schoß und zog die Schutzhülle über sie und sich. Eva blickte zu ihm auf. Durch ein lukenartiges, rundes Fensterchen fiel noch ein wenig Licht herein. Ihre Augen betrachteten ihn fest und kühl, gleichsam abschätzend: sein schwächliches Gesicht mit den nervösen, unsicheren Zügen, sein unansehnliches, weiches Haar. Trotzdem: er war ihr Retter, und nicht nur das, er war für sie der einzige Mann auf der Welt. Wenn sie überhaupt lieben konnte, mußte sie ihn lieben. Welche Erinnerungen sie auch haben mochte, jetzt gab es nur ihn. Alle anderen waren für sie blindwütige Ungeheuer. So unwürdig er ihrer sein mochte, er war das einzige Lebewesen, dem sie ihre Liebe schenken konnte. «Was kann ich tun?» dachte Albert, überwältigt von der Verantwortung, die dieses ungeheuerliche Spiel des Zufalls ihm auferlegte, dieser Erpressung, die sie dazu zwang, ihn zu lieben, und es ihm überließ, sich ihrer würdig zu erweisen.

Die Morgendämmerung mit ihren Gefahren rief ihn aus tausenderlei schöngeistigen Gedanken zu einer sehr praktischen Überlegung zurück. «Hier kann ich dich nicht lassen», sagte er. «Was soll ich tun?»

Albert war kein Mann der Tat. Die hundert Gewohnheiten unterwürfiger Knechtschaft hatten seine Seele geschwächt, gebrochen, verkümmern lassen. Den Kopf in die Hand gestützt, kauerte er da, weniger über sein Problem nachdenkend, als unter dem Zwang von Evas blauäugigem Blick, der eine Entscheidung erwartete.

Plötzlich stand Albert auf. «Ich hab's», sagte er. «Sie haben mich dazu getrieben. Mach dir keine Gedanken. Tu nur, was ich dir sage, und vertraue *mir.*» Er betonte tatsächlich das Wort «mir». Er hob Eva auf und setzte sie in eine Ecke, als wäre sie ein toter Gegenstand. «Verhalte dich ruhig», sagte er. «Ich werde dich als Warenlieferung hinausbringen, das hab ich mal in einem Buch gelesen.»

Er trat hinaus in das Zwielicht des großen Kaufhauses – in die Morgendämmerung, die ganz anders war als die gestrige Abenddämmerung. Auch Albert war jetzt ganz anders – kein Schatten mehr, der wie eine Ratte von Dunkel zu Dunkel huschte, sondern ein mutiger, entschlossener junger Mann. Er war zu allem bereit: sollte er dem Nachtwächter in der Seidenabteilung begegnen, würde er ihn mit einer Rolle bedruckter Foulardseide niederschlagen; wenn ihre Wege sich in der Wäscheabteilung kreuzten, würde er ihm einen Hüfthalter über den Kopf ziehen; in der Handschuhabteilung würde er ihn mit Handschuhen knebeln, in der Strumpfabteilung mit Strümpfen erwürgen, in der Obstabteilung ihn mit einer Gurke mundtot machen. Immerhin hoffte er aufrichtig, die Begegnung möge nicht bei den Eisen- und Stahlwaren stattfinden, denn Albert war das sanftmütigste, gütigste Geschöpf unter der Sonne und verabscheute den Anblick von Blut. Das Glück wollte es, daß der Nachtwächter an diesem Junitag um sechs Uhr morgens nicht mit Einbrechern rechnete; er saß weit weg im Souterrain in seinem kleinen Gelaß und bereitete sich ein Täßchen Kakao, um den schädlichen Einwirkungen der Nachtluft vorzubeugen.

Doch davon wußte Albert nichts. Er war entschlossen, es notfalls mit einem Dutzend Nachtwächtern aufzunehmen, und dieses erste Erlebnis mutiger Tatkraft berauschte ihn derart, daß er über sich selbst hinauswuchs. Als er eine komplette Garderobe für Eva beisammen hatte – etwas gewagter, als sie sich sonst zu kleiden pflegte –, begab er sich kühn ins Hauptbüro; in dem Schreibtisch für Eilzustellungen fand er einen entsprechenden Formularblock; er wählte aus der auf dem Schreibtisch liegenden Kundenliste den Namen «Raymond Pinckney Esq., 14 Mulberry Grove, Hampstead», schrieb ihn auf das Formular und darunter: «Eine Schaufensterpuppe, Lieferung nach besonderer Vereinbarung . . .» Albert stutzte. «Verdammt, was haben wir heute für einen Tag?» murmelte er. Ihm sank das Herz; er war erledigt; das war die schwache Stelle, die den größten Verbrechern zum Verhängnis wird. Aber nein! Da war ein Kalender: gestern mußte Freitag gewesen sein, denn sein Bett war frisch bezogen worden; also war heute Samstag. «Wer sagt denn, ich wäre verrückt?» sagte Albert, und er schrieb: «. . . Samstag, den 14. Juni, 9 Uhr vorm., dringend.» Nun noch den Stempel. Er zog die mittlere Schublade auf, und richtig, da lag er. Alles ging wie geschmiert. Leichten Herzens nahm er sich das Geld für die Auslagen, dann eilte er zurück zu Eva.

Sie sah ihn fragend an. «Keine Sorge», sagte er. «Ich habe es geschafft wie ein Mann. Jetzt werde ich dich einpacken. Natürlich erst, wenn ich dich angezogen habe.»

Nachdem er Eva angekleidet hatte – keine schwierige Aufgabe für ihn –, wickelte er sie in grauweißes Packpapier, ließ aber eine schmale Öffnung für Licht und Luft. Dann wartete er auf den Achtuhrschlag, eine lange Zeit, in der er ebenso still war wie Eva. Er wagte nicht, sich zu rühren oder zu denken, er wagte kaum zu atmen; er war ganz davon beansprucht, seinen Mut zusammenzuhalten, der schon zu sinken drohte. Er hörte es nicht sieben Uhr schlagen, er hörte weder die Eimer der Putzfrauen scheppern noch die Staubsauger brummen; erst bei einem bronzenen Nachhall horchte er auf und wußte: es hatte acht geschlagen.

Er nahm Eva auf, lief die Hintertreppe hinunter und fuhr mit einem klirrenden Warenaufzug in den Packhof; von dort ging er schnurstracks hinaus, vorbei an dem Pförtner, dem er sein Formular hinhielt: «Eilzustellung. Muß ein Taxi nehmen.»

Albert sah sich um: er stand auf der Straße. «Ach, du lieber Himmel!» sagte er. «Was habe ich getan?» Alle Leute sahen ihn an; im Bruchteil einer Sekunde würden sie alles wissen, und die Hetzjagd würde losgehen. Er vergaß das Taxi und konzentrierte seine ganze Denk- und Willenskraft auf die Anstrengung, nicht loszurennen.

Ganz mechanisch schlug er den Weg zu seiner Wohnung ein. Viermal sah er in der Ferne einen Polizisten, viermal ging er bleiernen Schrittes unter dem Auge des Gesetzes weiter, bis er an dem Mann vorüber war, den schmalen Grat zwischen frecher Annäherung und schuldbewußter Flucht überschritten hatte, die schrecklichen Augen im Rücken fühlte und jeden Augenblick erwartete, zurückgerufen zu werden.

Er kam an einer Schar von Schulkindern vorüber, die riefen: «Sieh mal, der trägt 'ne Leiche! Hoh, ein Mörder!»

Er hatte kein Mittag- und Abendessen, kein Frühstück und keinen Schlaf gehabt. Die Morgensonne war schon stechend heiß. Im Geschäft hatte er Eva mit der Leichtigkeit eines Straßenräubers hin und her getragen, jetzt wurde sie zur drückenden Last. Seine Gelenke schmerzten, seine Knie zitterten, sein Kopf drehte sich; jeder einzelne von Tausenden von Straßenpassanten schien ein Verfolger zu sein; es gab keine Kreatur auf Gottes Erde, die so einmütig gejagt wurde und so erbärmlich langsam von der Stelle kam.

Endlich bog er in die schäbige Straße ein, in der er wohnte. Er stolperte in den muffigen Hausflur. Seine Wirtin hatte ihn durchs Kellerfenster erspäht und rief nun von der Küchentreppe her: «Sind Sie das, Mr. Baker?»

Albert blieb wie angewurzelt stehen. Bis zu seinem Zimmer hatte er noch zwei Treppen zu steigen, aber er sah es schon vor sich, als stände er in der Tür: der trübselige, ungepflegte Raum, der doch ein paar Stunden Sicherheit mit Eva verhieß. Darüber hinaus hatte er noch nicht gedacht. Er wollte weiter nichts als ein paar Stunden in diesem Zimmer. Dafür war er durch die Hölle der Straßen gegangen, und jetzt, als die Wirtin ihn anrief, sagte er sich, daß er sein Zimmer nie wiedersehen würde. Er brach in Tränen aus.

«Ja, Mrs. Budgen, ich bin's», sagte er stockend zwischen zwei Schluchzern.

«Jemand hat nach Ihnen gefragt, Mr. Baker», rief die Wirtin. «Sah mir nach Kriminalpolizei aus. Kann ich Sie mal sprechen, aber *gleich*. Ich . . .»

«Ist recht, Mrs. Budgen», sagte Albert. «Ich bin in einer halben Sekunde unten. Muß nur mal aufs Klo.»

Er gönnte sich ein paar Sekunden Atempause, dann nahm er Eva wieder auf und stahl sich aus dem Haus. Er ging die häßliche Straße entlang bis zur Ecke Pread Street, und da sah er den Taxistand.

«Muß mir ein Taxi nehmen», sagte er so laut, als spräche er noch mit dem Mann auf dem Packhof. «*Ich* weiß nicht, wo ich hin muß.»

«Hallo!», rief Albert ein vorüberfahrendes Taxi an, aber es fuhr an ihm vorbei. «Hallo! Halt, warum halten Sie nicht? Sind Sie verrückt?» Er brachte seine weichen Knie dazu, ein paar Meter weiter bis zur Kreuzung zu stolpern, wo das Taxi hielt. Der Fahrer sah ihn verwundert an, als er keuchend neben ihm auftauchte.

«Na also», sagte Albert und starrte auf den Lieferschein, den er die ganze Zeit in der Hand gehalten hatte. «Zu Pinckney, 14 Mulberry Grove, Hampstead.»

«Gemacht», sagte der Fahrer. Albert plumpste ins Taxi, und sie fuhren los.

Er lehnte Eva neben sich und schloß die Augen. Ein Ruck, wie ihn die Toten am jüngsten Tag spüren werden, brachte ihn wieder zu sich. Draußen schien die Sonne, ganz unähnlich dem feindseligen Licht in den lauten Straßen: sie wurde durch das Laub von Lindenbäumen gefiltert. Ringsum herrschte himmlische Ruhe, er sah ein grünes Eisentor, eine kiesbestreute Auffahrt, und eine friedliche, wohlhabende, nicht unfreundliche Hausfront lächelte ihm entgegen.

Albert stand, den Arm um Eva gelegt, auf einer geräumigen Terrasse. Ein freundlich aussehender Mann in Köperhose und -weste stand in der Tür. «Noch nie von 'nem Lieferanteneingang gehört?» fragte er milde.

«Eilzustellung», sagte Albert, ihm seinen Schein hinhaltend.

«Tja, da sind Sie nicht an der richtigen Stelle», sagte der Mann. «Mr. Pinckney ist in seinem Landhaus. Two Rivers Hall, Baddingly, Suffolk. Das hätten die in Ihrer Firma aber wissen können. Nehmen Sie's nur gleich wieder mit.»

«Aber es ist sehr eilig», murmelte Albert verzweifelt und hielt dem Mann wieder seinen Schein hin.

Der Mann dachte einen Augenblick über die Situation nach. «Na gut», sagte er dann. «Lassen Sie's hier. Der Chauffeur kann es mitnehmen, er fährt sowieso hin.»

«Dann muß er mich auch mitnehmen», sagte Albert. «Das ist nämlich Vertrauenssache.»

«Na schön», sagte der Mann. «Aber für die Rückfahrt müssen Sie selber sorgen.»

«Darüber machen Sie sich keine Gedanken», sagte Albert.

Und so ging der Traum weiter: Albert saß im Fond eines großen Tourenwagens, Eva neben ihm; er hatte die Verpakkung ein bißchen gelockert, so daß sie frische Luft schöpfen und die Wiesen vorüberfliegen sehen konnte. Kein Wort wurde gesprochen. Albert gab es auf, die Dinge in seinem Kopf ordnen zu wollen. Am liebsten wäre er ewig so weitergefahren, aber da die Fahrt ja einmal enden mußte, war er froh, daß sie vor einem stillen Haus endete; sie hielten auf einem sanften Hügel von Suffolk, und hinter roten Mauern sah man einen kühlen, grünen Park, beschattet von alten Bäumen.

«Der junge Herr ist im Atelier», sagte eine alte Frau zum Chauffeur.

«Kommen Sie mit», sagte der Chauffeur zu Albert.

Albert folgte ihm mit seiner kostbaren Last in einen mit Kopfsteinen gepflasterten Wirtschaftshof. Der Chauffeur klopfte an eine Tür. «Ein junger Mann von Rudd & Agnew. Eilzustellung.»

«Was? Wieso?» sagte eine Stimme. «Er soll reinkommen.»

Albert stand in einem riesigen, hohen Raum, der einmal Stall und Speicher gewesen war und dessen eine Wand aus einem großen, kühlen Atelierfenster bestand. Auf einer Staffelei stand eine große Leinwand, und Hunderte von Pinseln, mehrere Paletten und Farbkästen lagen und standen herum. Auf einem rohrgeflochtenen Sofa lag höchst behaglich ein junger Mann, der in einem Kriminalroman las.

Dieser junge Mann blickte nun zu Albert auf. Er hatte ein ausgesprochen häßliches Affengesicht mit lebhaften braunen Augen und in die Stirn fallendem Haar, trug einen Baumwollsweater, Strandhosen und Strohschuhe und rauchte eine Pfeife. «Ja? Was wünschen Sie?» fragte er.

«Ich bringe . . .» sagte Albert. «Ich bringe – ich bringe dies.» Er zog die Verpackung ein bißchen mehr beiseite.

«Ich habe nichts dergleichen bestellt», sagte der junge Mann. «Sie haben sie zur verkehrten Adresse gebracht.»

«Hier steht es», sagte Albert, seinen Schein vorzeigend. «Lesen Sie selbst.»

«Ich arbeite nicht mit solchen Modellen», sagte der junge Mann. «Allerdings, vielleicht wäre es eine Idee. Aber nein, nehmen Sie's wieder mit. Lassen Sie sich vorher in der Küche ein Bier geben.»

«Nein», sagte Albert. Zitternd und bebend wie ein verängstigtes Kaninchen starrte er Mr. Pinckney an. Mr. Pinckney starrte ihn ebenfalls an und fragte: «Was *soll* das alles?»

«Mr. Pinckney», sagte Albert, «haben Sie je geliebt?»

«Das steht nicht zur Diskussion», sagte der häßliche junge Mann.

«Wenn Sie nichts von Liebe wissen, hat es keinen Zweck, daß ich weiterrede», sagte Albert. «Also gut, ich gehe. Komm, Eva. Ich kann's nicht ändern. Wir müssen gehen.»

«Einen Moment», sagte Mr. Pinckney. «Immer mit der Ruhe. Erzählen Sie mir die ganze Sache. Ich werd's schon verstehen.»

«Es ist nämlich so», sagte Albert, und dann erzählte er merkwürdigerweise seine ganze merkwürdige Geschichte.

«Sie sind total verrückt», sagte Pinckney, als er geendet hatte.

«Das sagen alle», bestätigte Albert, «aber bin ich nicht ein Mensch? Ich könnte glücklich werden.»

«Ihre Weltanschauung gefällt mir», sagte Pinckney. «Verrückt, aber glücklich.»

«Bin ich je glücklich gewesen?» sagte Albert.

«Fahren Sie fort», sagte Pinckney.

«Und was soll aus ihr werden?» sagte Albert. «Aber Sie lachen ja. Sie ziehen mich nur auf.» Seine Stimme stieg gefährlich an.

«Was würden Sie denn mit ihr machen?» fragte Pinckney.

«Ich würde für sie sorgen», sagte Albert. «Aber aufziehen lasse ich mich nicht. Nein. Ich werde gehen.»

«Hören Sie mal», sagte Pinckney. «Wenn Sie für sie sorgen wollen, dann lassen Sie sie nicht da an den Tisch gelehnt stehen. Setzen Sie sie bequem in den Armsessel.»

«Ja, gern», sagte Albert. «Ich wollte nicht darum bitten.»

«Und nehmen Sie dieses stickige Packpapier ab», sagte Mr. Pinckney barsch. Albert lächelte ihm zu.

«So, Sie lieben sie also», sagte Mr. Pinckney, «und Sie wollen glücklich werden. Wie heißen Sie übrigens?»

«Albert Baker. Und Sie heißt Eva.»

«Also, Baker», sagte Pinckney in befehlendem Ton. «Ich kann Ihnen nichts versprechen, aber fürs erste sollen Sie hier Ruhe und Frieden haben. Wie lange, das hängt von allem möglichen ab. Vor allem davon, wie Sie sich benehmen. Sie sind verrückt. Vergessen Sie das nicht. Es macht nicht das geringste aus, aber Sie müssen in dieser Beziehung vernünftig sein. Hören Sie gut zu: sollten Sie jemals einen übermächtigen Drang spüren – sollten Sie je das Gefühl haben, daß Sie irgend etwas – was es auch sein mag – einfach tun müssen, dann sagen Sie es erst mir. Verstanden?»

«O ja», rief Albert. «Wenn ich bitten darf, ich muß – ich muß auf die Toilette. Ich bin so glücklich.»

«Ausgezeichnet!» rief Pinckney. «Und dann gehen Sie hinaus und setzen sich da drüben unter den Baum. Eva kann nichts passieren. Sie wird sich ausruhen.»

«Ja, sie fühlt sich wohl», sagte Albert. «Sie hat Vertrauen zu Ihnen.»

Als er draußen war, ging Pinckney zum Telefon und rief seinen Rechtsanwalt an.

«Ich werde ihn hierbehalten», sagte er abschließend. «Doch, ich behalte ihn hier und damit basta ... Ja, aber sagen Sie ihnen, daß ihre verdammte Schaufensterpuppe bezahlt wird. Das ist das einzige, was sie interessiert ... Ja. Ich übernehme die Verantwortung für ihn ... Richtig, unser geschätzter Mandant ... Wie lange? Das überlasse ich Ihnen ... Ach, scheußlich, absolut scheußlich ... So was kann man höchstens als Ulk malen ... Also, Sie geben mir Bescheid? Sehr gut! Das ist schön.»

Pinckney hängte ein. «Er wird's schon machen», sagte er zu sich. «Aber das werde ich für mich behalten für den Fall, daß man ihn zur Ordnung rufen muß. Wenn er mir deprimiert vorkommt, kann ich's ihm immer noch sagen.»

Albert machte jedoch keinen deprimierten Eindruck. Die Fahrt durch die Londoner Straßen hatte in seiner Erinnerung einige angenehme Lücken hinterlassen. Sein Gesichtsausdruck war leicht verwirrt, sein Mund stand offen, und hin und wieder, wenn ein Gedanke glücklich zu Ende gedacht war und sich in seinem Innern wie eine aufgehende Blume in ein Gefühl verwandelte, füllten seine Augen sich mit Tränen. Äußerlich war nichts Beunruhigendes an ihm zu bemerken. «Er ist ein bißchen komisch, findest du nicht?» sagte das Hausmädchen Mabel zur Wirtschafterin.

«Nervenzusammenbruch», erklärte diese. «Mr. Pinckney hat's gesagt. Der Junge von meiner Schwester hatte mal einen. Sie haben ihn in ein Heim gesteckt.»

«Er macht keine Mühe», sagte Mabel. «Sein Zimmer räumt er übrigens selber auf. Komisch, er versperrt seine Tür, als hätte er die Kronjuwelen zu bewachen.»

«Er ist sehr willig und entgegenkommend», sagte die Wirtschafterin. «Man muß ihn in Ruhe lassen.»

Albert bewohnte ein altes Chauffeurzimmer ganz am Ende der Stallungen. Er putzte die Schuhe, er holte und brachte, was die Wirtschafterin ihm auftrug, die aber Anweisung hatte, ihn nie ins Dorf zu schicken. Meistens half er den Gärtnern im Park, der fast nur aus Rasen und Bäumen bestand. Durch das verstaubte Fenster sah Eva ihm zu, wie er für sie arbeitete im gelben Schatten der Linden, im schwarzen Schatten der Maulbeerbäume, im grünen Schatten der mächtigen Buchen.

Die Abendmahlzeit nahm Albert im Zimmer der Wirtschafterin ein. Nach dem Essen bedankte er sich sehr höflich bei ihr und Mabel. Die beiden Frauen waren für ihn so etwas wie Engel, ausführende Organe der großen Macht, die den Lauf der Welt bestimmte. Dann eilte er in sein Zimmer, um Eva die Ereignisse des Tages zu berichten.

«Heute ist er zu mir gekommen», erzählte er etwa. «Oh, er ist so *nett*, Eva, ich kann dir gar nicht sagen, wie nett er ist. Er hat so einen rauhen Ton, aber das ist nur Spaß. Und von dir spricht er immer mit großem Respekt. Er weiß dich zu schätzen. Ich hätte dir's sagen sollen: es war sein Einfall, dir Rosen mitzubringen. Ich dachte nur, du hättest es lieber, wenn ich drauf gekommen wäre.»

Das war nur der Anfang ihres Abends, der sich weit in die helle Sommernacht erstreckte, denn Albert schlief sehr wenig, und wenn er schlief, wurde Eva in seinen Träumen lebendig. «Fühlst du dich unglücklich?» fragte er sie. «Sehnst du dich noch nach der Riviera?»

«Nein, gar nicht», antwortete sie sanft.

«Hier ist es doch besser als im Laden, nicht wahr?» fragte er ängstlich.

«Es ist hübsch, bei dir zu sein», sagte Eva.

«Meinst du das ernst?» rief Albert feurig. «Bei mir?»

Solche zärtlichen Worte wechselten sie in seinen Träumen, und diese vermischten sich derart mit seinem wachen Leben dieses Sommers, daß er so leicht und unmerklich von den einen zum anderen überging wie aus dem Schatten der Buchen zum Schatten der Linden auf dem grünen Rasen. Manchmal gingen Albert und Eva gar nicht schlafen, sondern saßen die Nacht über am Fenster: sie sahen auf den roten Dächern des Dorfes am Fuß des Hügels das Abendrot verblassen und rührten sich nicht von der Stelle, bis die Landschaft im ersten Morgenlicht wieder sichtbar wurde.

Eines Abends fand unter einem dieser freundlichen roten Dächer eine Versammlung statt, bei der die Organisation der Blumenschau und des anschließenden Dorffestes besprochen wurde. Man ernannte ein Komitee, das für die Beschaffung des Ausstellungszeltes, des Portals zur Festwiese und der anderen

Attraktionen zu sorgen und die Spendensammlung durchzuführen hatte. «Ich schlage vor, daß wir Mr. Bly bitten, die Spendensammlung zu übernehmen», sagte der Gärtner des Vikars. «Ich unterstütze diesen Vorschlag», sagte der Schmied. «Wenn Mr. Bly so freundlich sein will», sagte der Sekretär mit einem fragenden Seitenblick zu dem Dorfpolizisten, der als Beamter für dieses verantwortungsvolle Amt besonders geeignet erschien. Mr. Bly gab mit gewichtigem Kopfnicken seine Zustimmung, der Vorschlag wurde einmütig akzeptiert und ins Protokoll aufgenommen, und die Versammlung vertagte sich.

Am nächsten Morgen bestieg Mr. Bly sein Fahrrad und radelte langsam zum Pinckneyschen Landsitz hinauf.

Albert erspähte ihn, hinter einer Hecke stehend, und rief: «Ach Gott! Sie sind uns auf der Spur.»

Geduckt lief er zu seinem Stall-Zimmerchen. «Komm, Eva», sagte er, «es hilft alles nichts. Es konnte nicht dauern. Diesmal kann er uns nicht retten. Es ist die Polizei.»

Er nahm Eva in die Arme und lief an den Wiesenhecken entlang hinunter zu einem Wald, dann querfeldein an den Rändern von staubigen Brachäckern entlang; er kroch durch hochstehendes Getreide, verbarg sich in Wäldern, wo er konnte, überquerte hastig die Landstraßen, wurde auf den Feldern ein paarmal angebrüllt und einmal auf einer Lichtung vor der Hütte eines Waldhüters von einem Hund angesprungen, und die ganze Zeit starrte ihn von oben her ein furchtbares Auge an. Um sich herum spürte er ein Netz von Autos und Menschen: Polizisten, Abteilungsleiter und der Personalchef persönlich – sie alle waren auf der Jagd nach ihm und Eva.

Es wurde Nacht. Er konnte nur noch hundertmeterweise weiterkriechen, dazwischen mußte er lange Ruhepausen machen; dann fühlte er, wie die Erde sich unentwegt drehte und das Netz der Verfolger sich um ihn zusammenzog. «Eva», sagte er, «wir müssen die Nacht durch weitergehen. Wirst du das aushalten?»

Eva antwortete nicht. «Du bist schon ganz schwach», fuhr er fort, «dir ist schwindlig im Kopf, und du fühlst dein Herz versagen. Aber wir müssen weiter. Ich habe dich wieder enttäuscht, Eva. Wir müssen weiter.»

Auf den letzten Teil dieser Nachtwanderung konnte Albert sich hinterher nicht besinnen. Sie mußten zu einem Gemeindeanger gekommen sein. Als er wieder zu sich kam, lag er ausgestreckt zwischen Ginstergestrüpp in einer tiefen Mulde. Eva war neben ihn gepurzelt, in derselben gräßlichen Haltung wie an jenem Morgen im Kaufhaus. «Streck dich aus», sagte er. «Ich komme gleich zu dir und kümmere mich um dich.»

Aber als er sich aufzusetzen vermochte, stand die Sonne schon hoch, und Eva lag ebenso breitbeinig da wie zuvor. Eine gelbe Fliege krabbelte über ihre Wange; bevor er sich bewegen konnte, war sie über ihr weit geöffnetes Auge hinweggekrochen. «Eva!» rief er. «Was hast du? Wach auf. War es zuviel für dich? Sag doch etwas, bitte!»

«Sie ist tot!» rief er der ganzen Welt zu. «Ich habe sie getötet – weil ich sie so herumgeschleppt habe.»

Er warf sich über die spreizbeinige Gestalt. Er knöpfte ihr Kleid auf und legte das Ohr an ihr Herz. So lag er lange. Die Sonne brannte herab, flimmerte auf dem abgetragenen blauen Anzug, dörrte das weiche Haar, verzehrte die wächsernen Wangen, bleichte die starren blauen Augen.

Alberts Gesicht war ebenso tot wie Evas, bis es sich plötzlich durch einen Ausdruck belebte, der zu gequält und zu flüchtig war, um hoffnungsvoll genannt zu werden. Er hörte etwas – bum, bum, bum – und glaubte, ihr Herz hätte wieder zu schlagen begonnen. Dann wurde ihm klar, daß es näherkommende Schritte waren.

Er hob den Kopf. Auf der anderen Seite des Gestrüpps waren Menschen. «Sie sollen dich nicht stören, mein Liebling», sagte er zu Eva; er stand auf und stolperte um die Büsche herum, um den Störenfrieden entgegenzutreten.

Es waren keine Polizisten, sondern zwei gewöhnliche Männer, schmutzig und unrasiert, die Albert mit bösen Augen ansahen.

«Nette Sachen, die da vorgehen», sagte der eine.

«Wir haben dich gesehen», sagte der andere.

«So was ist gesetzlich verboten», sagte der erste. Er blickte zum Himmel. «Wär ein paar Pfund wert, für so was nicht angezeigt zu werden.»

«Bestimmt, wenn's ein anständiges Mädchen ist», sagte der andere.

«Wenn sie nicht mit runterhängenden Strumpfbändern zur Polizeiwache geschleppt werden will», sagte der erste.

«Wehe, wenn ihr sie anrührt!» sagte Albert. «Ich habe kein Geld. Ehrenwort. Könnt mich durchsuchen, wenn ihr wollt.»

«Vielleicht hat die junge Dame welches», sagte der erste Mann, nachdem er Alberts Aussage bestätigt gefunden hatte.

«Wenn's wirklich 'ne junge Dame ist, müßte sie eigentlich», meinte der zweite.

«Und wenn nicht», sagte der erste, «wenn nicht, Alf . . . Was meinst du? Sah mir ganz annehmbar aus. Netter Bissen!»

«Ich mache mit», sagte Alf, sich umblickend.

Die Männer gingen einen Schritt vor. Albert trat ihnen mit weit ausgebreiteten Armen entgegen. «Wehe, wenn ihr sie anrührt!» sagte er noch einmal, und dabei fühlte er, wie gewichtslos und flau und nutzlos seine Worte waren.

«Setz dich auf ihn, Alf», sagte der erste Mann. «Nachher halt ich ihn fest.»

Es kam zu einem Handgemenge. Albert gelang es – weiß der Himmel, wie –, sich von Alf loszureißen und dem ersten Mann nachzustürzen; er packte ihn beim Kragen und bearbeitete seinen harten Schädel mit der Faust. «Verflucht!» schrie der Mann. «Au, das tut weh! Zu Hilfe, Alf, komm her!»

Albert wurde von einer Hand gepackt, wandte sich um und blickte in Alfs grinsendes Gesicht. «Komm, Herzchen», sagte Alf. Albert erschlaffte für einen Augenblick, dann trat er zu, so fest und gemein er konnte. Ein entsetzliches Aufheulen, und Alf wälzte sich am Boden.

«Was werden sie mit mir machen?» dachte Albert. «Eva! Ich hab es für dich getan.»

«Er hat mir's zertreten!» schrie Alf. «Er hat mir's zertreten. Bring ihn um . . . Bring ihn um!»

Albert fühlte einen Schlag gegen den Kiefer, und in seinem Gehirn explodierte eine Granate. «Der ist hin», sagte der erste Mann und wandte sich um, um dorthin zu gehen, wo Eva lag.

«Jetzt kriegt er meine Stiefel zu spüren», sagte Alf, sich aufrappelnd.

«Himmelherrgott! Sieh dir das an, Alf», rief der erste

Mann hinter dem Gestrüpp. «Ist bloß eine dämliche Puppe.»

«Komm mal her», sagte Alf. «Du hast ihn niedergeschlagen. *Ich* nicht.»

«Was ist denn?» rief der andere, eilig zurückkommend.

«Der wird nicht wieder», sagte Alf. «Ich verzieh mich.»

«Moment mal, Kumpel», rief der erste Mann. «Nimm doch Vernunft an. Du sitzt genauso drin wie ich. Du hast ihn getreten. Denkst du, ich hab keine Augen? Aber laß nur. Wir werden ihn verstecken, das ist die Hauptsache.»

«Schmeiß sie in die Kalkgrube, alle beide», sagte der andere. «Komm schon! Dann sieht es so aus, als wär er von allein reingefallen. Wir haben ihn nie gesehen, abgemacht?»

Ein paar Minuten später waren die Männer fort. Die Sonne brannte auf den funkelnden Gemeindeanger nieder und versengte alles bis auf den kühlen Grund der Kalkgrube, wo Albert und Eva ungesucht und ungestört lagen. Sein Kopf ruhte schlaff auf ihrem Hals, und ihr steifer Arm hing in einem Bogen über ihm. Als im Herbst das überhängende Erdreich auf sie niederbröckelte, wurden sie für immer dicht aneinandergepreßt.

Zum Nachspülen

Alan Austen stieg ängstlich wie ein Kätzchen eine knarrende, dunkle Treppe unweit der Pell Street hinauf; auf dem dämmerigen Treppenabsatz mußte er lange suchen, bis er den gewünschten Namen auf einem schwer erkennbaren Türschild fand.

Diese Tür stieß er auf, denn so lautete die Anweisung. Er trat in ein kleines Stübchen, dessen Einrichtung nur aus einem einfachen Küchentisch, einem Schaukelstuhl und einem gewöhnlichen Stuhl bestand. An einer der schmutzigen, braungelben Wände standen zwei Regale, die etwa ein Dutzend Flaschen und Dosen enthielten.

Ein alter Mann saß im Schaukelstuhl und las Zeitung. Alan überreichte ihm wortlos die Karte, die man ihm gegeben hatte. «Nehmen Sie Platz, Mr. Austen», sagte der alte Mann sehr höflich. «Ich freue mich, Ihre Bekanntschaft zu machen.»

Alan fragte: «Stimmt es, daß Sie eine gewisse Mixtur verkaufen, die – äh – eine sehr ungewöhnliche Wirkung hat?»

«Mein lieber Herr», antwortete der Alte, «mein Warenbestand ist nicht sehr umfangreich – ich handle nicht mit Abführpillen oder Mitteln für zahnende Säuglinge –, dafür aber recht mannigfaltig. Ich glaube, keines der Mittel, die ich verkaufe, hat eine Wirkung, auf die das Wort ‹gewöhnlich› zutreffen würde.»

«Nun ja, die Sache ist nämlich die . . .» begann Alan.

«Hier zum Beispiel», unterbrach ihn der Alte, nach einer auf dem Regal stehenden Flasche langend. «Hier habe ich eine Flüssigkeit, farblos wie Wasser, fast ohne Geschmack, überhaupt nicht wahrnehmbar in Kaffee, Milch, Wein oder sonstigen Getränken. Auch durch die bekannten Methoden der Autopsie ist sie nicht festzustellen.»

«Meinen Sie, es ist ein Gift?» rief Alan entsetzt.

«Nennen Sie es ein Reinigungsmittel, wenn Sie wollen», sagte der alte Mann gleichmütig. «So manches Leben bedarf der

Reinigung. Nennen Sie es einen Fleckentferner. ‹Fleck – weg!› Heh? ‹Lebenslicht – weg!›»

«Ich brauche nichts dergleichen», sagte Alan.

«Um so besser für Sie», sagte der Alte. «Wissen Sie, was das kostet? Für einen Teelöffel voll – und mehr braucht man nicht – verlange ich fünftausend Dollar. Nie weniger. Keinen Penny weniger.»

«Hoffentlich sind nicht all Ihre Mixturen so teuer», sagte Alan ängstlich.

«O nein, woher denn!» sagte der Alte. «Es hätte beispielsweise keinen Sinn, für einen Liebestrank einen solchen Preis zu berechnen. Junge Leute, die einen Liebestrank brauchen, haben sehr selten fünftausend Dollar. Sonst brauchten sie nämlich keinen Liebestrank.»

«Ich freue mich, das zu hören», sagte Alan.

«Ich sehe das so an», erklärte der Alte. «Ein Kunde, dem man bei dem einen Artikel gefällig gewesen ist, kommt wieder, wenn er einen anderen braucht. Auch wenn er ihn mehr kostet. Er wird, wenn's sein muß, dafür sparen.»

«Sie haben also wirklich einen Liebestrank zu verkaufen?» fragte Alan.

«Wenn ich keinen Liebestrank verkaufte», erwiderte der Alte, nach einer zweiten Flasche greifend, «hätte ich die andere Sache gar nicht erwähnt. Solche vertraulichen Mitteilungen kann man sich nur leisten, wenn man in der Lage ist, jemandem gefällig zu sein.»

«Und dieser Trank», sagte Alan, «der ist nicht nur – nur – äh . . .»

«O nein», sagte der alte Mann. «Er ist von dauernder Wirkung, die sich weit über gewisse gelegentliche Impulse hinaus erstreckt. Aber auch auf diese wirkt er ganz vorzüglich. O ja, das tut er. Sie werden sehen: häufig – ausdauernd – unermüdlich.»

«Meine Güte!» sagte Alan, um eine wissenschaftlich interessierte Miene bemüht. «Das ist ja hochinteressant!»

«Und dann bedenken Sie den seelischen Aspekt», sagte der Alte.

«Ja, gewiß», sagte Alan.

«Gleichgültigkeit wird durch Zuneigung ersetzt, Verachtung

durch Anbetung. Geben Sie der jungen Dame eine kleine Dosis dieser Mixtur – ihr Aroma ist in Orangensaft, Suppe oder Cocktail nicht wahrzunehmen –, und sie wird wie verwandelt sein. Wie lebenslustig und flatterhaft sie auch gewesen sein mag, sie wird von Stund an nur noch nach Einsamkeit verlangen – und nach Ihnen.»

«Ich kann es kaum glauben», sagte Alan. «Sie liebt die Geselligkeit.»

«Das wird sich ändern», sagte der Alte. «Sie wird Angst davor haben, weil Sie bei solchen Gelegenheiten hübsche Mädchen kennenlernen könnten.»

«Meinen Sie wirklich, daß sie eifersüchtig sein wird?» rief Alan ganz verzückt. «Auf mich?»

«Ja, sie wird Ihr ein und alles sein wollen.»

«Das ist sie schon. Nur interessiert sie das gar nicht.»

«Es wird sie aber interessieren, sobald sie dies genommen hat. Und wie es sie interessieren wird! Sie werden der Mittelpunkt ihres Lebens sein.»

«Herrlich!» rief Alan.

«Sie wird über alles, was Sie tun, Bescheid wissen wollen», fuhr der alte Mann fort. «Sie wird genau wissen wollen, was Sie den Tag über erlebt haben. Jedes kleinste bißchen. Sie wird wissen wollen, woran Sie denken, warum Sie plötzlich lächeln, warum Sie traurig aussehen.»

«Das nenne ich Liebe!» rief Alan.

«Ja», sagte der Alte. «Wie gewissenhaft wird sie für Sie sorgen! Sie wird nicht zulassen, daß Sie sich ermüden, daß Sie im Zugwind sitzen, daß Sie Ihre Ernährung vernachlässigen. Wenn Sie eine Stunde später nach Hause kommen, wird sie in tausend Ängsten schweben. Sie wird glauben, Sie wären einem Mörder oder einer Sirene zum Opfer gefallen.»

«Ich kann mir das bei Diana gar nicht vorstellen!» rief Alan.

«Sie werden sich nichts vorzustellen brauchen», sagte der Alte. «Und übrigens, Sirenen liegen immer auf der Lauer, und wenn Sie möglicherweise später ein bißchen ausrutschen *sollten*, dann brauchen Sie sich keine Sorgen zu machen. Letzten Endes wird sie Ihnen verzeihen. Natürlich, es wird sie schrecklich kränken, aber sie wird Ihnen verzeihen – letzten Endes.»

«So etwas wird nicht geschehen», schwor Alan feurig.

«Natürlich nicht», sagte der Alte. «Aber wenn, dann brauchen Sie sich, wie gesagt, keine Sorgen zu machen. Sie wird sich nie scheiden lassen. O nein! Und sie selbst wird Ihnen natürlich nie den geringsten Grund zu – natürlich nicht zur Scheidung, aber nicht einmal zur Beunruhigung geben.»

«Und was kostet diese wunderbare Mixtur?» fragte Alan.

«Die ist nicht so teuer wie der Fleckentferner – so wollten wir es doch nennen? Der kostet fünftausend Dollar, keinen Penny weniger. Man muß älter sein als Sie, wenn man sich diesen Luxus gönnen will. Man muß dafür sparen.»

«Aber der Liebestrank?» fragte Alan.

«Ach so, der», sagte der Alte; er zog die Schublade des Küchentisches auf und entnahm ihr ein ziemlich verschmutztes Fläschchen. «Der kostet nur einen Dollar.»

«Ich kann gar nicht sagen, wie dankbar ich Ihnen bin», sagte Alan, während er zusah, wie der Alte das Fläschchen füllte.

«Ich bin gern gefällig», sagte der alte Mann. «Dann kommen die Kunden nämlich wieder, später im Leben, wenn es ihnen finanziell besser geht und sie teurere Sachen brauchen. Hier haben Sie Ihren Trank. Sie werden sehen: er wirkt vorzüglich.»

«Nochmals vielen Dank», sagte Alan. «Leben Sie wohl.»

«Auf Wiedersehen», sagte der alte Mann.

Die in diesem Band enthaltenen Erzählungen erschienen in folgenden Originalausgaben:

«Presenting Moonshine» (Rupert Hart-Davis, London 1941):
Bottle-Party (Bottle Party) – Malefizgeld (Witch's Money) – Eichhörnchen haben blanke Augen (Squirrels Have Bright Eyes) – Grüne Gedanken (Green Thoughts) – Mary (Mary) – Der indische Seiltrick – (Rope Enough) – Blüten der Nacht (Evening Primrose) – Team-Arbeit (Collaboration) – Der unwirkliche Mr. Beelzy (Thus I Refute Beelzy) – Zum Nachspülen (The Chaser) – Eilzustellung (Special Delivery)

«Fancies and Goodnights» (Doubleday, New York 1951):
Mitternachtsblau (Midnight Blue) – Dornröschen (Sleeping Beauty) – Große Möglichkeiten (Great Possibilities) – Jugend aus Wien (Youth From Vienna)

«Pictures in the Fire» (Rupert Hart-Davis, London 1958):
Abenteuer an einem See (Incident on a Lake) – Ein Männlein steht im Walde ... (Three Bears Cottage) – De Mortuis (De Mortuis) – Novembernebel (Season of Mists) – In den Karten (In the Cards) – Traumdeutung (Interpretation of a Dream) – Kleines Memento (Little Memento) – Der Paradiesgarten (And Who, With Eden ...) – Das zarte Alter (The Tender Age) – Feuerzauber (Pictures in the Fire) – Verregneter Samstag (Wet Saturday) – Mit fremden Federn (Spring Fever) – Weihnachten wieder hier (Back for Christmas)